新时代文联工作

中国文学艺术界联合会

组织编写

中国文联出版社

图书在版编目（ＣＩＰ）数据

新时代文联工作/中国文学艺术界联合会组织编写. -- 北京：中国文联出版社，2021.11（2023.10 重印）

ISBN 978-7-5190-4699-6

Ⅰ.①新… Ⅱ.①中… Ⅲ.①中国文学艺术界联合会－工作概况 Ⅳ.① I2-2

中国版本图书馆 CIP 数据核字 (2021) 第 217062 号

新时代文联工作
XINSHIDAI WENLIAN GONGZUO

编　　者	中国文学艺术界联合会
责任编辑	王柏松　刘　雷
责任校对	鹿　丹
装帧设计	刘晓翔工作室

出版发行	中国文联出版社有限公司
社　　址	北京市朝阳区农展馆南里 10 号
邮　　编	100125
电　　话	010-85923025（发行部）
	010-85923091（总编室）
经　　销	全国新华书店等
印　　刷	北京顶佳世纪印刷有限公司

开　　本	787 毫米 ×1092 毫米　1/16
印　　张	22.25
字　　数	299 千字
版　　次	2021 年 11 月第 1 版第 1 次印刷　2023 年 10 月第 3 次印刷
定　　价	58.00 元

版权所有 . 侵权必究
如有印装质量问题，请与本社发行部联系调换

《新时代文联工作》编委会

名誉主任：铁　凝

主　　任：李　屹

副 主 任：李前光　胡孝汉　徐永军　董耀鹏　张雁彬

成　　员：邓光辉　谢　力　董占顺　周由强　暴淑艳
　　　　　郑希友　刘国强　庞井君

目录

第一章　新时代文艺文联工作的指导思想 / 001

　　第一节　新时代文艺工作的地位作用 / 002

　　　　一、文艺事业是党和人民的重要事业 / 003

　　　　二、文艺是时代前进的号角 / 004

　　　　三、文艺是铸造灵魂的工程 / 006

　　第二节　坚持以人民为中心的创作导向 / 007

　　　　一、正确把握文艺与人民的关系 / 008

　　　　二、坚持为人民服务 / 009

　　　　三、虚心向人民学习 / 010

　　第三节　中国精神是社会主义文艺的灵魂 / 011

　　　　一、培育和弘扬社会主义核心价值观 / 012

　　　　二、坚定文化自信 / 013

　　　　三、传承弘扬中华优秀传统文化

　　　　　　和中华美学精神 / 014

　　第四节　创作无愧于时代的优秀作品 / 015

　　　　一、衡量一个时代的文艺成就最终要看作品 / 016

　　　　二、创作生产优秀作品是文艺工作的
　　　　　　中心环节 / 017
　　第五节　做有信仰有情怀有担当的文艺工作者 / 019
　　　　一、坚持德艺双修 / 019
　　　　二、坚持把社会效益和社会价值放在首位 / 020
　　第六节　加强和改善党对文艺工作的领导 / 022
　　　　一、高度重视文艺工作 / 023
　　　　二、切实加强文艺评论工作 / 024
　　　　三、重视发挥文艺界人民团体的职能作用 / 026

第二章　文联组织的创建与发展 / 029
　　第一节　早期文艺团体的创建 / 029
　　　　一、进步文艺团体的兴起 / 030
　　　　二、革命文艺团体的发展 / 033
　　　　三、早期文艺团体的历史贡献 / 036
　　第二节　全国文联的诞生 / 039
　　　　一、全国文联诞生的历史背景 / 039
　　　　二、第一次全国文代会的召开 / 040
　　　　三、第一次全国文代会的历史地位 / 044
　　第三节　中国文联的发展 / 046
　　　　一、探索时期 / 046
　　　　二、遭受挫折时期 / 053
　　　　三、健康发展时期 / 054
　　　　四、守正创新时期 / 066

第三章　文联组织的性质职能特点和基本原则 / 075

第一节　文联组织的性质职能 / 075
　　一、文联组织的性质 / 075
　　二、文联组织的职能 / 080
第二节　文联组织的特点 / 087
　　一、政治性 / 087
　　二、先进性 / 089
　　三、群众性 / 092
　　四、专业性 / 094
第三节　文联工作的基本原则 / 096
　　一、坚持围绕中心、服务大局 / 096
　　二、坚持面向基层、服务群众 / 099
　　三、坚持团结引领、凝心聚力 / 101
　　四、坚持与时俱进、守正创新 / 103
　　五、坚持依法依规依章程开展工作 / 106

第四章　文联的组织架构和体制机制 / 111
　第一节　全国文联的组织架构 / 111
　　一、中国文联的组织架构 / 112
　　二、地方文联的组织架构 / 116
　　三、产（行）业文联的组织架构 / 122
　第二节　文联组织的体制机制 / 123
　　一、领导决策体制 / 124
　　二、工作运行机制 / 128

第五章　文联工作的内容与载体 / 141
　第一节　文联工作的内容 / 141

一、理论武装 / 142
　　二、主题活动 / 143
　　三、创作引导 / 146
　　四、人才培养 / 149
　　五、采风实践 / 152
　　六、志愿服务 / 155
　　七、成果推介 / 158
　　八、理论评论 / 161
　　九、行业建设 / 166
　　十、权益保护 / 169
　　十一、出版管理 / 172
　　十二、对外交流 / 174
第二节　文联工作的载体 / 176
　　一、教育培训 / 176
　　二、评奖办节 / 180
　　三、文艺品牌 / 186
　　四、社会艺术考级 / 189
　　五、专业职称评审 / 192
　　六、宣传舆论阵地 / 196

第六章　文艺家协会工作 / 199
第一节　文艺家协会的主要任务 / 200
　　一、坚持和加强党的全面领导 / 200
　　二、聚焦"做人的工作" / 201
　　三、推动文艺创作和人才培养 / 203
第二节　文艺家协会工作的基本要求和重点 / 206

　　　　　　一、文艺家协会工作的基本要求 / 206
　　　　　　二、文艺家协会工作的重点 / 210
　　　　　　三、专委会（艺委会）建设 / 216

第七章　地方文联工作与产（行）业文联工作 / 219
　　第一节　地方文联的工作重点 / 219
　　　　　　一、服务地方党委和政府中心任务 / 220
　　　　　　二、促进地方文艺事业繁荣兴盛 / 223
　　　　　　三、加强基层文艺队伍建设 / 225
　　　　　　四、积极开展公共文化服务 / 231
　　　　　　五、提高区域精神文明程度 / 233
　　　　　　六、推动文化资源保护和利用 / 235
　　　　　　七、助力文化产业健康发展 / 236
　　第二节　产（行）业文联的工作重点 / 239
　　　　　　一、助推产（行）业发展 / 239
　　　　　　二、培育产（行）业价值理念 / 241
　　　　　　三、提升产（行）业人文素养 / 243
　　　　　　四、满足产（行）业文化需求 / 244

第八章　新文艺组织与新文艺群体 / 247
　　第一节　"文艺两新"的基本构成和主要特点 / 247
　　　　　　一、基本构成 / 247
　　　　　　二、主要特点 / 252
　　第二节　"文艺两新"的主要作用 / 256
　　　　　　一、繁荣发展文艺事业 / 256
　　　　　　二、丰富群众文化生活 / 257

　　　　三、培育新兴文艺业态 / 257
　　　　四、促进社会和谐发展 / 258
　　第三节　开展"文艺两新"工作的主要方式 / 259
　　　　一、思想引领 / 259
　　　　二、政策倾斜 / 262
　　　　三、组织吸纳 / 267
　　　　四、创作扶持 / 270
　　　　五、传播推介 / 273

第九章　网络文艺与网上文艺之家 / 277
　　第一节　重视发展网络文艺 / 277
　　　　一、网络文艺的重要作用 / 278
　　　　二、网络文艺的类型构成 / 280
　　　　三、培养优秀网络文艺人才 / 282
　　第二节　加强网络文艺创作、评论与传播 / 284
　　　　一、创作网络文艺精品 / 285
　　　　二、推动传统文艺与网络文艺融合发展 / 287
　　　　三、加强网络文艺评论 / 289
　　　　四、发挥全媒体传播优势 / 290
　　第三节　建设网上文艺之家 / 293
　　　　一、搭建多元平台 / 293
　　　　二、注重内容建设 / 296
　　　　三、实现互联互通 / 300

第十章　加强党对文联工作的全面领导 / 303
　　第一节　深入学习贯彻习近平新时代中国特色

社会主义思想 / 303
  一、科学把握指导地位 / 304
  二、深刻领会核心要义 / 305
  三、切实体现到工作全过程和各方面 / 307
 第二节 全面推进文联深化改革 / 309
  一、强化党的领导 / 310
  二、优化基本职能 / 311
  三、完善机构设置 / 313
  四、创新运行机制 / 314
 第三节 加强党的建设和意识形态工作 / 319
  一、坚持以政治建设为统领 / 319
  二、履行全面从严治党主体责任 / 322
  三、落实意识形态工作责任制 / 324
 第四节 建设高素质专业化文联工作者队伍 / 327
  一、抓住关键少数 / 327
  二、提高综合能力 / 330
  三、提升专业素养 / 333
  四、激励干事创业 / 335
  五、锻造过硬队伍 / 338

后记 / 341

第一章

新时代文艺文联工作的指导思想

文艺文联工作是党的宣传思想文化工作的重要组成部分，属于社会主义精神文明建设和意识形态领域范畴。作为党的指导思想的马克思主义是一个内容丰富的科学体系，马克思主义文艺理论是其不可分割的有机组成部分。马克思、恩格斯在19世纪创立了马克思主义，成为人类思想史上的一场伟大革命。他们对于文艺问题发表了大量论述，创造性地形成了马克思主义文艺理论。列宁结合本国实际创造性地继承和发展了马克思主义文艺理论。毛泽东、邓小平、江泽民、胡锦涛在中国革命、建设和改革各个历史时期，运用马克思主义立场、观点和方法，围绕中国文艺发展和面临的实际问题，进行深入思考与科学概括，进一步丰富发展了马克思主义文艺理论，"百花齐放，百家争鸣"、"推陈出新"、"古为今用，洋为中用"、"人民是文艺工作者的母亲"、"为人民服务，为社会主义服务"、"弘扬主旋律，提倡多样化"、"贴近实际、贴近生活、贴近群众"等一系列重要思想观点至今闪耀着真理的光芒，对文联工作具有重大指导意义。

党的十八大以来，习近平总书记站在坚持和发展中国特色社会主义、实现中华民族伟大复兴中国梦的全局和战略高度，亲自谋划、亲自部署、亲自指导推动新时代文化建设和文艺工作，发表一系列重要讲话，作出一系列重要指示批示和重大决策部署。习近平总书记关于文艺工作重要论述，源自于中华优秀传统文化，熔铸于党领导人民创造的革命文化和社会主义先进文化，植根于改革开放和社会主义现代化建设的历史性变革和人民群众创造美好生活的生动实践。习近平总书记关于文艺工作重要论述，继承和发展了马克思主义文艺观、毛泽东文艺思想和中国特色社会主义文艺学说，坚持把马克思主义文艺理论同中国特色社会主义文艺发展实际相结合、同中华优秀传统文化相结合、与新的时代特征和实践要求相统一，彰显了对社会主义文艺本质及其发展规律的科学把握，实现了当代中国马克思主义文艺理论的新飞跃，是新时代文艺文联工作的理论指导和行动指南。

第一节　新时代文艺工作的地位作用

中国共产党在领导中国人民进行革命和建设的历史进程中，坚持马克思主义和中国实际相结合，形成了对于文艺在党和人民的伟大事业中的重要地位和作用的深刻认识。马克思主义关于经济基础与上层建筑的学说，蕴含着对文艺社会地位和功能的科学理解。毛泽东《在延安文艺座谈会上的讲话》指出，"在我们为中国人民解放的斗争中，有各种的战线，就中也可以说有文武两个战线，这就是文化战线和军事战线"，而革命的文艺工作者构成了文化战线的一支中坚力量。邓小平《在中国文学艺术工作者第四次代表大会上的祝词》中强调："不论是对于满足人民精神生活多方面的需要，对于培养社会主义新人，对于提高整个社会的思想、文化、道德水平，文艺工作都负有其他部门所不能代替的重要责任。"江泽民认为，文艺在社会主义精神文明和先进文化建设中具有重要地位，发挥着重要作用。他明确指出："在精神文明建设中，社会主义文艺是一条重要的战线，承担着培养有理想、有道德、有文化、有纪律的'四有'新人，激励人民团结奋进的庄严职责。"[①] 胡锦涛指出："文化在综合国力竞争中的地位日益重要。谁占据了文化发展的制高点，谁就能够更好地在激烈的国际竞争中掌握主动权。人类文明进步的历史充分表明，没有先进文化的积极引领，没有人民精神世界的极大丰富，没有全民族创造精神的充分发挥，一个国家、一个民族不可能屹立于世界先进民族之林。"[②] 进入新时代，我们党对文艺事业的重要性认识提升到了一个新的理论高度，主要集中反映在习近平总书记关于文艺工作重要论述中。习近平总书记在文艺工作座谈会上明确指出，"文艺事业是党和人民的重要事业，文艺战线是党和人民的重要战线"。这"两个重要"的论述，继承了中国化的马克思主义文艺观，也在新的历史条件下，针对时代的变化作出了新的理论探索和发展。

一、文艺事业是党和人民的重要事业

习近平总书记关于"文艺事业是党和人民的重要事业，文艺战线是党和人民的重要战线"的理论阐述，具有强烈的现实针对性。他指出，"实现中华民族伟大复兴，是中华民族近代以来最伟大的梦想"[③]。

---

① 江泽民：《在中国文联第六次全国代表大会、中国作协第五次全国代表大会上的讲话》，《民主 团结 鼓劲 繁荣：中国作家协会第五次全国代表大会文集》，作家出版社1997年版，第2页。

② 胡锦涛：《在中国文联第八次全国代表大会、中国作协第七次全国代表大会上的讲话》，人民出版社2006年版，第3-4页。

③ 习近平：《在中国文联十大、中国作协九大开幕式上的讲话》，人民出版社2016年版，第3页。

实现这个目标,"必须高度重视和充分发挥文艺和文艺工作者的重要作用"①。这就是把文艺放到历史、时代、民族、人民的语境中,坚定不移地确认文艺与近代以来中华民族历史命运的关系,与中国人民创造历史的壮阔实践的关系,与实现中华民族伟大复兴宏伟事业的关系。

文艺事业之所以是党和人民的重要事业,就在于如习近平总书记强调的那样,"每到重大历史关头,文化都能感国运之变化、立时代之潮头、发时代之先声,为亿万人民、为伟大祖国鼓与呼。中华文化既坚守本根又不断与时俱进,使中华民族保持了坚定的民族自信和强大的修复能力,培育了共同的情感和价值、共同的理想和精神",就在于"独具特色、博大精深的中华文化,为中华民族克服困难、生生不息提供了强大精神支撑。没有中华文化繁荣兴盛,就没有中华民族伟大复兴。一个民族的复兴需要强大的物质力量,也需要强大的精神力量"②,就在于"在人类发展的每一个重大历史关头,文艺都能发时代之先声、开社会之先风、启智慧之先河,成为时代变迁和社会变革的先导"③。习近平总书记从文化的高度看文艺,精辟地论证了文化和文艺在中华民族伟大复兴宏伟事业中的重要作用,深刻阐明了当代中国文艺的现实逻辑和历史使命,为我们做好文艺工作明确了时代方位和奋斗目标。

二、文艺是时代前进的号角

对于文艺与时代的关系,习近平总书记深刻指出,文艺是时代前进的号角,最能代表一个时代的风貌,最能引领一个时代的风气。实

---

① 习近平:《在文艺工作座谈会上的讲话》,人民出版社 2015 年版,第 2 页。
② 同上,第 2、5 页。
③ 习近平:《在中国文联十大、中国作协九大开幕式上的讲话》,人民出版社 2016 年版,第 7-8 页。

现"两个一百年"奋斗目标、实现中华民族伟大复兴的中国梦,文艺的作用不可替代,文艺工作者大有可为。[1] 习近平总书记的这两个"最能",既是对文艺功能和地位的至高评价,也是对当前和未来文学艺术的巨大期待。习近平总书记指出:"古人讲:'文章合为时而著,歌诗合为事而作。'所谓'为时'、'为事',就是要发时代之先声,在时代发展中有所作为。"[2] 实现中华民族伟大复兴,需要伟大精神旗帜的引领,而举精神之旗、立精神支柱、建精神家园,都离不开文艺。习近平总书记强调,一个时代有一个时代的文艺,一个时代有一个时代的精神。任何一个时代的经典文艺作品,都是那个时代社会生活和精神的写照,都具有那个时代的烙印和特征。[3] 广大文艺工作者要"坚持与时代同步伐","把握时代脉搏,聆听时代声音,承担记录新时代、书写新时代、讴歌新时代的使命,勇于回答时代课题,从当代中国的伟大创造中发现创作的主题、捕捉创新的灵感,深刻反映我们这个时代的历史巨变,描绘我们这个时代的精神图谱,为时代画像、为时代立传、为时代明德"[4]。这些重要论述,阐明了文艺在时代发展进步中的独特价值和功能作用,鲜明地回答了新时代文艺工作的使命任务和广大文艺工作者的历史责任。

---

[1] 习近平:《在文艺工作座谈会上的讲话》,人民出版社2015年版,第5、6页。
[2] 习近平:《一个国家、一个民族不能没有灵魂》,《论党的宣传思想工作》,中央文献出版社2020年版,第367页。
[3] 习近平:《在中国文联十大、中国作协九大开幕式上的讲话》,人民出版社2016年版,第7页。
[4] 习近平:《一个国家、一个民族不能没有灵魂》,《论党的宣传思想工作》,中央文献出版社2020年版,第367页。

三、文艺是铸造灵魂的工程

在文艺工作座谈会上的讲话中谈及优秀文艺作品对人的影响时，习近平总书记强调，文艺要发挥好"温润心灵"和"铸造灵魂"的作用。习近平总书记指出："正本清源、守正创新，一个国家、一个民族不能没有灵魂，作为精神事业，文化文艺、哲学社会科学当然就是一个灵魂的创作，一是不能没有，一是不能混乱。"[1] 文艺是铸造灵魂的工程，文艺工作者是灵魂的工程师。作家艺术家要通过更多有筋骨、有道德、有温度的文艺作品，书写和记录人民的伟大实践、时代的进步要求，彰显信仰之美、崇高之美[2]，鼓舞人们在黑暗面前不气馁、在困难面前不低头，用理性之光、正义之光、善良之光照亮生活[3]。好的文艺作品就应该像蓝天上的阳光、春季里的清风一样，能够启迪思想、温润心灵、陶冶人生，能够扫除颓废萎靡之风。[4] 他强调，伟大的文艺展现伟大的灵魂，伟大的文艺来自伟大的灵魂。一切艺术创作都是人的主观世界和客观世界的互动，都是以艺术的形式反映生活的本质、提炼生活蕴含的真善美，从而给人以审美的享受、思想的启迪、心灵的震撼。只有用博大的胸怀去拥抱时代、深邃的目光去观察现实、真诚的感情去体验生活、艺术的灵感去捕捉人间之美，才能够创作出伟大的作品。[5] 广大文艺工作者要做真善美的追求者和

---

[1] 习近平：《一个国家、一个民族不能没有灵魂》，《论党的宣传思想工作》，中央文献出版社2020年版，第366页。

[2] 习近平：《在文艺工作座谈会上的讲话》，人民出版社2015年版，第6页。

[3] 习近平：《在中国文联十大、中国作协九大开幕式上的讲话》，人民出版社2016年版，第14页。

[4] 习近平：《在文艺工作座谈会上的讲话》，人民出版社2015年版，第23页。

[5] 习近平：《在中国文联十大、中国作协九大开幕式上的讲话》，人民出版社2016年版，第17页。

传播者，把崇高的价值、美好的情感融入自己的作品，引导人们向高尚的道德聚拢，不让廉价的笑声、无底线的娱乐、无节操的垃圾淹没我们的生活。[①] 习近平总书记这些重要论述，为文艺的发展与繁荣指明了正确方向、规划了顶层设计、注入了强大动力。

第二节 坚持以人民为中心的创作导向

马克思主义认为，人民是历史的主体，是社会物质财富和精神财富的创造者，是社会变革的决定性力量。马克思在1842年《第六届莱茵省议会的辩论》中就指出："人民历来就是作家'够资格'和'不够资格'的唯一判断者。"[②] 列宁指出，无产阶级的文学，"不是为饱食终日的贵妇人服务，不是为百无聊赖、胖得发愁的'一万个上层分子'服务，而是为千千万万劳动人民，为这些国家的精华、国家的力量、国家的未来服务"[③]。进而言之，人民群众不仅是历史的主体，也是文艺的主体。文艺的人民主体论是马克思主义文艺观中最经典的理论之一。在中国革命、建设、改革各个时期，我们文艺的旗帜上始终写着"人民"二字。毛泽东指出，我们的文艺是为人民的，并在《在延安文艺座谈会上的讲话》发表的抗日战争特定历史时期，对人民的内涵给予了历史的、具体的回答："最广大的人民，占全人口百分之九十以上的人民，是工人、农民、兵士和城市小资产阶级。……这四种人，就是中华民族的最大部分，就是最广大的人民大众。""我们的

[①] 习近平：《在中国文联十大、中国作协九大开幕式上的讲话》，人民出版社2016年版，第17页。
[②] 马克思：《第六届莱茵省议会的辩论（第一篇论文）》，《马克思恩格斯全集》第1卷，人民出版社1960年版，第90页。
[③] 《列宁选集》第1卷，人民出版社1995年版，第666页。

文艺，应该为着上面说的四种人"服务"。①邓小平《在中国文学艺术工作者第四次代表大会上的祝词》中指出，"人民是文艺工作者的母亲。一切进步文艺工作者的艺术生命，就在于他们同人民之间的血肉联系"。习近平总书记鲜明提出，社会主义文艺，从本质上讲，就是人民的文艺。文艺必须坚持以人民为中心的创作导向。他指出："以人民为中心，就是要把满足人民精神文化需求作为文艺和文艺工作的出发点和落脚点，把人民作为文艺表现的主体，把人民作为文艺审美的鉴赏家和评判者，把为人民服务作为文艺工作者的天职。"②

一、正确把握文艺与人民的关系

习近平总书记辩证分析了文艺与人民的关系，指明了人民在文艺表现中的历史主体和价值主体地位，进一步强调"人民需要艺术，艺术更需要人民"的科学论断。习近平总书记指出，人民的需要是文艺存在的根本价值所在。人民的需求是多方面的。人类社会与动物界的最大区别就是人是有精神需求的，人民对精神文化生活的需求时时刻刻都存在。满足人民日益增长的精神文化需求，必须抓好包括文艺创作在内的文化建设，增加社会的精神文化财富。随着人民生活水平不断提高，人民对包括文艺作品在内的文化产品的质量、品位、风格等的要求也更高了。③他强调，人民是历史的创造者，是时代的雕塑者。"人民生活中本来就存在着文学艺术原料的矿藏，人民生活是一

---

① 毛泽东：《在延安文艺座谈会上的讲话》，《毛泽东选集》第三卷，人民出版社1991年版，第855—857页。
② 习近平：《在文艺工作座谈会上的讲话》，人民出版社2015年版，第13—14页。
③ 同上，第14、16页。

切文学艺术取之不尽、用之不竭的创作源泉。"[1]"人民是文艺创作的源头活水,一旦离开人民,文艺就会变成无根的浮萍、无病的呻吟、无魂的躯壳。"[2]"一切优秀文艺工作者的艺术生命都源于人民,一切优秀文艺创作都为了人民。"[3]"文艺创作方法有一百条、一千条,但最根本的方法是扎根人民。只有永远同人民在一起,艺术之树才能常青。"[4] 这些重要论述深刻阐明了文艺和人民的内在本质联系,是文艺创作生产必须秉持的根本立场。

二、坚持为人民服务

习近平总书记指出,文艺"不能在为什么人的问题上发生偏差",强调"坚持以人民为中心的创作导向",并对如何体现和落实这一导向进行了深入阐发,为在新的历史条件下进一步密切文艺与人民的联系提出了新的具体要求。他强调,"能不能搞出优秀作品,最根本的决定于是否能为人民抒写、为人民抒情、为人民抒怀。一切轰动当时、传之后世的文艺作品,反映的都是时代要求和人民心声。我国久传不息的名篇佳作都充满着对人民命运的悲悯、对人民悲欢的关切,以精湛的艺术彰显了深厚的人民情怀"[5]。人民既是历史的创造者、也是历史的见证者,既是历史的"剧中人"、也是历史的"剧作者"。他强调,"文艺要反映好人民心声,就要坚持为人民服务、为社会主义服务这个根本方向。这是党对文艺战线提出的一项基本要求,也是决定

---

[1] 习近平:《在文艺工作座谈会上的讲话》,人民出版社2015年版,第15-16页。
[2] 同上,第15页。
[3] 习近平:《在中国文联十大、中国作协九大开幕式上的讲话》,人民出版社2016年版,第10页。
[4] 同上,第11页。
[5] 习近平:《在文艺工作座谈会上的讲话》,人民出版社2015年版,第16页。

我国文艺事业前途命运的关键"①。"广大文艺工作者要坚持以强烈的现实主义精神和浪漫主义情怀，观照人民的生活、命运、情感，表达人民的心愿、心情、心声，立志创作出在人民中传之久远的精品力作。"②他强调，"文艺创作的目的是引导人们找到思想的源泉、力量的源泉、快乐的源泉。清泉永远比淤泥更值得拥有，光明永远比黑暗更值得歌颂。广大文艺工作者要提高阅读生活的能力，善于在幽微处发现美善、在阴影中看取光明，不做徘徊边缘的观望者、讥诮社会的抱怨者、无病呻吟的悲观者"③。"对人民深恶痛绝的消极腐败现象和丑恶现象，应该坚持用光明驱散黑暗、用真善美战胜假恶丑，让人们看到美好、看到希望、看到梦想就在前方。"④

三、虚心向人民学习

习近平总书记要求文艺工作者虚心向人民学习、向生活学习，从人民的伟大实践和丰富多彩的生活中汲取营养，不断进行生活和艺术的积累，不断进行美的发现和美的创造。他指出，文艺工作者要想有成就，就必须自觉与人民同呼吸、共命运、心连心，欢乐着人民的欢乐，忧患着人民的忧患，做人民的孺子牛。热爱人民不是一句口号，要有深刻的理性认识和具体的实践行动。对人民，要爱得真挚、爱得彻底、爱得持久，就要深深懂得人民是历史创造者的道理，深入群众、深入生活，诚心诚意做人民的小学生。⑤他强调，要走进生活深

---

① 习近平：《在文艺工作座谈会上的讲话》，人民出版社2015年版，第13页。
② 习近平：《在中国文联十大、中国作协九大开幕式上的讲话》，人民出版社2016年版，第10页。
③ 同上，第14页。
④ 同上，第14-15页。
⑤ 习近平：《在文艺工作座谈会上的讲话》，人民出版社2015年版，第18页。

处，在人民中体悟生活本质、吃透生活底蕴。只有把生活咀嚼透了，完全消化了，才能变成深刻的情节和动人的形象，创作出来的作品才能激荡人心①。习近平总书记的这些重要论述，有力回答了"我是谁"、"为了谁"、"依靠谁"这个根本的问题，进一步明确了新时代中国特色社会主义文艺的人民性特质，丰富发展了马克思主义关于人民文艺的思想，深刻揭示了社会主义文艺的本质属性，指明了社会主义文艺的价值支点、理论基点和实践原点，为文艺工作保持正确的政治方向和创作导向提供了根本遵循。

第三节 中国精神是社会主义文艺的灵魂

实现中华民族伟大复兴的中国梦，必须弘扬中国精神。中国精神贯穿于中华民族五千年历史、积蕴于近现代中华民族复兴历程，特别是在中国快速崛起中迸发出来的具有很强的民族集聚、动员与感召效应的精神及其气象，是中国文化软实力的重要体现。习近平总书记深刻阐明了文艺与核心价值观、文艺与文化自信的关系，鲜明提出"中国精神是社会主义文艺的灵魂"②。这是习近平新时代中国特色社会主义思想在马克思主义文艺理论上的一大创新性贡献，对新时代文艺创作的主旋律作出了质的规定。

---

① 习近平：《在文艺工作座谈会上的讲话》，人民出版社 2015 年版，第 19 页。
② 同上，第 21 页。

一、培育和弘扬社会主义核心价值观

社会主义核心价值观是当代中国精神的集中体现,是凝聚中国力量的思想道德基础。文艺创作坚守和弘扬中国精神,就是要坚守和弘扬社会主义核心价值观。习近平总书记强调,广大文艺工作者要高扬社会主义核心价值观的旗帜,充分认识肩上的责任,把社会主义核心价值观生动活泼、活灵活现地体现在文艺创作之中,用栩栩如生的作品形象告诉人们什么是应该肯定和赞扬的,什么是必须反对和否定的,做到春风化雨、润物无声。[①] 他强调,任何一个时代的文艺,只有同国家和民族紧紧维系、休戚与共,才能发出振聋发聩的声音。[②] 在社会主义核心价值观中,最深层、最根本、最永恒的是爱国主义。拥有家国情怀的作品,最能感召中华儿女团结奋斗。要把爱国主义作为文艺创作的主旋律,引导人民树立和坚持正确的历史观、民族观、国家观、文化观,增强做中国人的骨气和底气[③]。他强调,"追求真善美是文艺的永恒价值。艺术的最高境界就是让人动心,让人们的灵魂经受洗礼,让人们发现自然的美、生活的美、心灵的美"[④]。文艺工作者"要通过文艺作品传递真善美,传递向上向善的价值观,引导人们增强道德判断力和道德荣誉感,向往和追求讲道德、尊道德、守道德的生活。只要中华民族一代接着一代追求真善美的道德境界,我们的民族就永远健康向上、永远充满希望"[⑤]。习近平总书记这些重要论述,回答了以什么引领文艺创作生产的重大问题,明确了文艺工作必须始终坚守的价值追求。

---

① 习近平:《在文艺工作座谈会上的讲话》,人民出版社2015年版,第23页。
② 习近平:《在中国文联十大、中国作协九大开幕式上的讲话》,人民出版社2016年版,第7页。
③ 习近平:《在文艺工作座谈会上的讲话》,人民出版社2015年版,第24页。
④ 同上。
⑤ 同上,第25页。

二、坚定文化自信

党的十八大以来，我们党把文化自信和道路自信、理论自信、制度自信并列为中国特色社会主义"四个自信"，这是"把文化建设提升到一个新的历史高度"的重要标志之一。从"世界百年未有之大变局"的视野，从"事关国运兴衰、事关文化安全、事关民族精神独立性"的高度，习近平总书记创造性地发展了马克思主义文化理论，提出"坚定文化自信"的"大问题"。习近平总书记强调，文化自信，是更基础、更广泛、更深厚的自信，是更基本、更深沉、更持久的力量。没有文化自信，不可能写出有骨气、有个性、有神采的作品。[①] 文艺工作者要"坚定不移用中国人独特的思想、情感、审美去创作属于这个时代、又有鲜明中国风格的优秀作品"[②]。坚定文化自信是文艺创作的立心工程、铸魂工程，文艺作品的骨气、个性、神采与文化自信高度相关。如果没有坚定的文化自信，而"以洋为尊"、"以洋为美"、"唯洋是从"，把作品在国外获奖作为最高追求，跟在别人后面亦步亦趋、东施效颦，热衷于"去思想化"、"去价值化"、"去历史化"、"去中国化"、"去主流化"那一套，绝对是没有前途的[③]。习近平总书记指出，"在5000多年文明发展中孕育的中华优秀传统文化，在党和人民伟大斗争中孕育的革命文化和社会主义先进文化，积淀着中华民族最深层的精神追求，代表着中华民族独特的精神标识"[④]。坚定文化自信就是要坚定对中华优秀传统文化、革命文化和社会主义先进文化的自信。坚信自身文化理想、文化价值，坚信自身文化生命力和创造力，这是我们坚定文化

[①] 习近平：《在中国文联十大、中国作协九大开幕式上的讲话》，人民出版社2016年版，第6页。
[②] 同上，第8页。
[③] 习近平：《在文艺工作座谈会上的讲话》，人民出版社2015年版，第25页。
[④] 习近平：《在庆祝中国共产党成立95周年大会上的讲话》，人民出版社2016年版，第13页。

自信的基本维度。只有坚定了这样的文化自信，文艺创作才能具有中国的主体性，才能有中国根、中国心、中国魂。这些关于坚定文化自信的系统论述，深刻阐明了为什么要坚定文化自信、坚定什么样的文化自信，以及如何在文艺工作中坚定文化自信等一系列重大理论问题。

三、传承弘扬中华优秀传统文化和中华美学精神

中华优秀传统文化是中华民族的精神命脉，是涵养社会主义核心价值观的重要源泉，也是我们在世界文化激荡中站稳脚跟的坚实根基。新时代必须推动中华优秀传统文化创造性转化、创新性发展，不断增强中华文化的影响力和吸引力，创造中华文化新的辉煌。习近平总书记强调，中华文化延续着我们国家和民族的精神血脉，既需要薪火相传、代代守护，也需要与时俱进、推陈出新。① 文化文艺工作者要坚持古为今用、洋为中用，辩证取舍、推陈出新，摒弃消极因素，继承积极思想，"以古人之规矩，开自己之生面"，实现中华文化的创造性转化和创新性发展②。要坚持把马克思主义基本原理同中华优秀传统文化相结合，加强对中华优秀传统文化的挖掘和阐发，使中华民族最基本的文化基因同当代中国文化相适应、同现代社会相协调，把跨越时空、超越国界、富有永恒魅力、具有当代价值的文化精神弘扬起来，激活其内在的强大生命力，让中华文化同各国人民创造的多彩文化一道，为人类提供正确精神指引③。习近平总书记从中华民族"根"和"魂"的高度，肯定了弘扬中华优秀传统文化

---

① 习近平：《在中国文联十大、中国作协九大开幕式上的讲话》，人民出版社2016年版，第15页。
② 习近平：《在文艺工作座谈会上的讲话》，人民出版社2015年版，第26页。
③ 习近平：《在中国文联十大、中国作协九大开幕式上的讲话》，人民出版社2016年版，第15—16页。

是增强文化自觉自信的基石。

文学艺术在中华文化的形成和发展中发挥了极其重要的作用，中国文化的辉煌与文学艺术的发展是分不开的，而且文学艺术传承着优秀传统文化中的思想观念和道德规范等文化基因，承载着中华美学精神。习近平总书记在文艺工作座谈会上提出"传承和弘扬中华美学精神"，这是一个新命题，也是实现中华传统文化创造性转化、创新性发展的一项新任务。这一命题，对当下的艺术创作和美学实践有重要意义。习近平总书记强调，中华民族在长期实践中培育和形成了独特的思想理念和道德规范，有崇仁爱、重民本、守诚信、讲辩证、尚和合、求大同等思想，有自强不息、敬业乐群、扶正扬善、扶危济困、见义勇为、孝老爱亲等传统美德。中华优秀传统文化中很多思想理念和道德规范，不论过去还是现在，都有其永不褪色的价值。中华美学讲求托物言志、寓理于情，讲求言简意赅、凝练节制，讲求形神兼备、意境深远，强调知、情、意、行相统一。我们要坚守中华文化立场、传承中华文化基因，展现中华审美风范。[①] 文化文艺工作者要结合新的时代条件传承和弘扬中华优秀传统文化，传承和弘扬中华美学精神。

第四节　创作无愧于时代的优秀作品

文艺的繁荣发展离不开优秀作品。优秀文艺作品浓缩了民族的历史社会认知和精神想象力，体现了民族精神感悟、价值追求的不断超越。看一个国家、一个民族是否有充沛的文化创造力，就要看是否有

[①] 习近平：《在文艺工作座谈会上的讲话》，人民出版社2015年版，第25-26页。

层出不穷的优秀作品、源源不断的艺术创新。什么是优秀作品？习近平总书记指出："优秀作品并不拘于一格、不形于一态、不定于一尊，既要有阳春白雪、也要有下里巴人，既要顶天立地、也要铺天盖地。只要有正能量、有感染力，能够温润心灵、启迪心智，传得开、留得下，为人民群众所喜爱，这就是优秀作品。"① 习近平总书记深刻阐明了创作优秀文艺作品对于文艺工作的根本性意义，鲜明提出衡量一个时代的文艺成就最终要看作品、创作生产优秀作品是文艺工作的中心环节、作品是文艺工作者的立身之本等重要思想。

一、衡量一个时代的文艺成就最终要看作品

习近平总书记在总结中国文艺光辉成就和世界文艺发展经验时，精辟地指出，"衡量一个时代的文艺成就最终要看作品。推动文艺繁荣发展，最根本的是要创作生产出无愧于我们这个伟大民族、伟大时代的优秀作品"②。他强调，伟大的时代呼唤伟大的作品。实现中华民族伟大复兴，是一场震古烁今的伟大事业，需要坚忍不拔的伟大精神，也需要振奋人心的伟大作品。③ 当代中国正经历着我国历史上最为广泛而深刻的社会变革，也正在进行着人类历史上最为宏大而独特的实践创新。这种伟大实践必将给文化创新创造提供强大动力和广阔空间。广大文艺工作者要努力创作同我们这个文明古国、我们这个蓬勃发展的国家相匹配的优秀作品④；努力创作生产更多传播当代中国价值观念、体现中华文化精神、反映中国人审美追求，思想性、艺术

---

① 习近平：《在文艺工作座谈会上的讲话》，人民出版社 2015 年版，第 7-8 页。
② 同上，第 7 页。
③ 习近平：《在中国文联十大、中国作协九大开幕式上的讲话》，人民出版社 2016 年版，第 5 页。
④ 同上，第 15 页。

性、观赏性有机统一的优秀作品,形成"龙文百斛鼎,笔力可独扛"之势[①]。中国人民不仅将为人类贡献新的发展模式、发展道路,而且将把自己在文化文艺创新创造中取得的成果奉献给世界。他强调,历史变化如此深刻,社会进步如此巨大,人们的精神世界如此活跃,为文艺发展提供了无尽的矿藏。[②] 揭示人类命运和民族前途是文艺工作者的追求。伟大的作品一定是对个体、民族、国家命运最深刻把握的作品。改革开放近40年来,我们党领导人民所进行的奋斗,推动我国社会发生了全方位变革,这在中华民族发展史上是前所未有的,在人类发展史上也是绝无仅有的。面对这种史诗般的变化,我们有责任写出中华民族新史诗。[③]

二、创作生产优秀作品是文艺工作的中心环节

习近平总书记运用马克思主义文艺观,深刻回答了文艺创作生产最关键最要害的问题,为新时代文艺创新创造推出精品、实现从高原向高峰跨越指明了努力方向,提供了可靠途径。他指出,推动文艺繁荣发展,最根本的是要创作生产出无愧于我们这个伟大民族、伟大时代的优秀作品。没有优秀作品,其他事情搞得再热闹、再花哨,那也只是表面文章,是不能真正深入人民精神世界的,是不能触及人的灵魂、引起人民思想共鸣的。[④] 文艺工作者只有静下心来、精益求精搞创作,才能把最好的精神食粮奉献给人民。从创作来源上讲,走入生

---

① 习近平:《在文艺工作座谈会上的讲话》,人民出版社2015年版,第7页。
② 习近平:《在中国文联十大、中国作协九大开幕式上的讲话》,人民出版社2016年版,第13页。
③ 同上。
④ 习近平:《在文艺工作座谈会上的讲话》,人民出版社2015年版,第7页。

活、贴近人民，是艺术创作的基本态度；以高于生活的标准来提炼生活，是艺术创作的基本能力。他强调，创新是文艺的生命。文艺创作是观念和手段相结合、内容和形式相融合的深度创新，是各种艺术要素和技术要素的集成，是胸怀和创意的对接。[①]要把创新精神贯穿文艺创作全过程，大胆探索，锐意进取，在提高原创力上下功夫，在拓展题材、内容、形式、手法上下功夫，推动观念和手段相结合、内容和形式相融合、各种艺术要素和技术要素相辉映，让作品更加精彩纷呈、引人入胜。要把提高作品的精神高度、文化内涵、艺术价值作为追求，让目光再广大一些、再深远一些，向着人类最先进的方面注目，向着人类精神世界的最深处探寻，同时直面当下中国人民的生存现实，创造出丰富多样的中国故事、中国形象、中国旋律，为世界贡献特殊的声响和色彩、展现特殊的诗情和意境。[②]

习近平总书记还深刻分析了文艺创作现状，指出当前文艺最突出的问题是"浮躁"。一些人觉得，为一部作品反复打磨，不能及时兑换成实用价值，或者说不能及时兑换成人民币，不值得，也不划算。这样的态度，不仅会误导创作，而且会使低俗作品大行其道，造成劣币驱逐良币现象。人类文艺发展史表明，急功近利，竭泽而渔，粗制滥造，不仅是对文艺的一种伤害，也是对社会精神生活的一种伤害。[③]文艺创作是艰苦的创造性劳动，来不得半点虚假。那些叫得响、传得开、留得住的文艺精品，都是远离浮躁、不求功利得来的，都是呕心沥血铸就的。广大文艺工作者要有"板凳坐得十年冷"的艺术定力，有"语不惊人死不休"的执着追求，才能拿出扛鼎之作、传世之

[①] 习近平：《在文艺工作座谈会上的讲话》，人民出版社 2015 年版，第 11 页。
[②] 习近平：《在中国文联十大、中国作协九大开幕式上的讲话》，人民出版社 2016 年版，第 16 页。
[③] 习近平：《在文艺工作座谈会上的讲话》，人民出版社 2015 年版，第 9—10 页。

作、不朽之作。①

第五节　做有信仰有情怀有担当的文艺工作者

文艺工作者是灵魂的工程师。文艺要塑造人心，创作者首先要塑造自己。用明德引领风尚，是文艺工作者必须时刻牢记的文化责任和社会担当。习近平总书记关于从艺与修德的阐述，深刻回答了文艺工作者应该走什么样的人生之路、艺术之路这一重大命题，为加强和改进新时代文艺工作者队伍建设、团结凝聚更广泛的文艺人才明确了根本原则和要求。

一、坚持德艺双修

习近平总书记指出，立德是最高的境界。文化文艺工作者肩负着启迪思想、陶冶情操、温润心灵的重要职责，承担着以文化人、以文育人、以文培元的使命，要以高远志向、良好品德、高尚情操为社会作出表率。新时代的文化文艺工作者明大德、立大德，就要有信仰、有情怀、有担当，树立高远的理想追求和深沉的家国情怀，把个人的艺术追求同国家前途、民族命运紧紧结合在一起，同人民福祉紧紧结合在一起，努力做对国家、对民族、对人民有贡献的艺术家和学问家②。他强调，文艺工作者除了要有好的专业素养之外，还要

---

① 习近平：《在中国文联十大、中国作协九大开幕式上的讲话》，人民出版社2016年版，第18、19页。
② 习近平：《一个国家、一个民族不能没有灵魂》，《论党的宣传思想工作》，中央文献出版社2020年版，第370页。

有高尚的人格修为，有"铁肩担道义"的社会责任感[①]。要遵循言为士则、行为世范，牢记文化责任和社会担当，正确把握艺术个性和社会道德的关系，始终把社会效益放在首位，严肃认真考虑作品的社会效果。[②]文艺是给人以价值引导、精神引领、审美启迪的，艺术家自身的思想水平、业务水平、道德水平是根本。文艺工作者要自觉坚守艺术理想，不断提高学养、涵养、修养，加强思想积累、知识储备、文化修养、艺术训练，努力做到"笼天地于形内，挫万物于笔端"。[③]要坚守高尚职业道德，多下苦功、多练真功，做到勤业精业。要自觉践行社会主义核心价值观，在市场经济大潮面前自尊自重、自珍自爱，讲品位、讲格调、讲责任[④]。这些都在告诉我们，崇德和尚艺、修德和修艺相辅相成、密不可分。文艺工作者必须正确把握艺术个性和社会道德的关系，既要考虑作品的艺术效果，更要考虑作品的社会效果，把崇德尚艺作为一生的功课，把为人、做事、从艺统一起来，遵循言为士则、行为世范，牢记文化责任和社会担当，加强思想积累、知识储备、艺术训练，提高学养、涵养、修养，努力追求真才学、好德行、高品位，做到德艺双馨。

二、坚持把社会效益和社会价值放在首位

习近平总书记在阐释文艺与市场的关系时，首先肯定文化产品

[①] 习近平：《在文艺工作座谈会上的讲话》，人民出版社2015年版，第12页。
[②] 习近平：《在中国文联十大、中国作协九大开幕式上的讲话》，人民出版社2016年版，第19页。
[③] 习近平：《在文艺工作座谈会上的讲话》，人民出版社2015年版，第11—12页。
[④] 习近平：《一个国家、一个民族不能没有灵魂》，《论党的宣传思想工作》，中央文献出版社2020年版，第370页。

要通过市场实现价值，同时强调文艺不能在市场经济大潮中迷失方向，不能被市场牵着鼻子走，要求文艺工作者必须坚持把社会效益和社会价值放在首位。习近平总书记指出，在发展社会主义市场经济的条件下，许多文化产品要通过市场实现价值。这个价值既包括经济效益和经济价值，也包括社会效益和社会价值。由于市场的推动，不仅优秀文艺作品产生了明显的经济效益，而且也借此巩固和扩大了其社会效益。市场是文艺作品走进读者和观赏者的一条基本路径，不仅实现经济效益需要市场，实现社会效益同样需要市场来推动。他强调，一部好的文艺作品，应该是经得起人民评价、专家评价、市场检验的作品，应该是把社会效益放在首位，同时也应该是社会效益和经济效益相统一的作品。[1] 文艺工作者在兼顾社会效益和经济效益的同时，要坚持"社会效益"优先原则。要自觉抵制不分是非、颠倒黑白的错误倾向，自觉摒弃低俗、庸俗、媚俗的低级趣味，自觉反对拜金主义、享乐主义、极端个人主义的腐朽思想[2]，以高尚的职业操守、良好的社会形象、文质兼美的优秀作品赢得人民喜爱和欢迎[3]。他强调，要坚守文艺的审美理想、保持文艺的独立价值，合理设置反映市场接受程度的发行量、收视率、点击率、票房收入等量化指标，既不能忽视和否定这些指标，又不能把这些指标绝对化，被市场牵着鼻子走。[4] 文艺工作者不能在市场经济大潮中迷失方向，要坚决抵制"唯市场化"倾向，摒弃与市场负面效应相联系的低级趣味和腐朽思想，在经济效益面前保持一份清醒。要求文艺工作者珍惜自己的社会形象，在市场经济大潮面前耐得住寂寞、稳得住心神，不为一时之利而动摇、不为一时之

---

[1] 习近平：《在文艺工作座谈会上的讲话》，人民出版社 2015 年版，第 20 页。
[2] 习近平：《在中国文联十大、中国作协九大开幕式上的讲话》，人民出版社 2016 年版，第 18 页。
[3] 习近平：《在文艺工作座谈会上的讲话》，人民出版社 2015 年版，第 12 页。
[4] 同上，第 20-21 页。

誉而急躁,不当市场的奴隶,敢于向炫富竞奢的浮夸说"不",向低俗媚俗的炒作说"不",向见利忘义的陋行说"不"。要以深厚的文化修养、高尚的人格魅力、文质兼美的作品赢得尊重,成为先进文化的践行者、社会风尚的引领者,在为祖国、为人民立德立言中成就自我、实现价值。①这些重要论述,深刻阐明了如何正确处理文艺作品两种属性的关系,明确了做好文艺工作必须遵循的重要原则。

第六节 加强和改善党对文艺工作的领导

从历史上看,马克思主义经典作家都鲜明主张并坚持党对文艺事业的有力领导。马克思和恩格斯曾提出过类似的问题。譬如,他们不赞成诗人弗莱里格拉特说的"诗人要站在比党的壁垒更高的瞭望台上观察世界"的观点,反对"诗人的尖塔,高出党派的楼阁"的意见。马克思和恩格斯明确希望其他阶级中的人参加无产阶级运动,"首先就要要求他们不要把资产阶级、小资产阶级等等的偏见的任何残余带进来,而要无条件地掌握无产阶级世界观"②。列宁继承了马克思和恩格斯的思想,根据俄国的历史条件和无产阶级革命的形势变化,提出了文艺"党性原则"的理论,丰富了马克思主义文艺理论的宝库。毛泽东结合中国的国情和文艺实际,又推进和发展了列宁的文艺思想。毛泽东的突出贡献是把坚持文学"党性原则"同坚持马克思主义的指导结合起来。他指出:"一个自命为马克思主义的革命作家,尤其是党员作家,必须

---

① 习近平:《在中国文联十大、中国作协九大开幕式上的讲话》,人民出版社 2016 年版,第 19-20 页。
② 马克思、恩格斯:《给奥·倍倍尔、威·李卜克内西、威·白拉克等人的通告信》,《马克思恩格斯选集》第 3 卷,人民出版社 1972 年版,第 373-374 页。

有马克思列宁主义的知识。但是现在有些同志，却缺少马克思主义的基本观点。"[1]"学习马克思主义，是要我们用辩证唯物论和历史唯物论的观点去观察世界，观察社会，观察文学艺术，并不是要我们在文学艺术作品中写哲学讲义。马克思主义只能包括而不能代替文艺创作中的现实主义，正如它只能包括而不能代替物理科学中的原子论、电子论一样。"[2] 这是坚持党对文艺领导的基础性要求，是坚持文艺"党性原则"的根本性一环。坚持和改善党对文艺工作的领导，是邓小平文艺理论的重要内容。邓小平一贯要求加强和改进党对文艺工作的领导，这种领导要建立在正确认识和把握艺术生产规律的基础上。习近平总书记明确指出，加强和改进党对文艺工作的领导，要把握住两条：一是要紧紧依靠广大文艺工作者，二是要尊重和遵循文艺规律。[3] 习近平总书记要求，各级党委要高度重视文艺工作，用符合文艺规律的方式领导文艺事业，切实加强文艺界人民团体党的建设。

一、高度重视文艺工作

办好中国的事情，关键在党。如何看待党对文艺工作的领导，是习近平总书记文艺工作重要论述的一个重要方面。习近平总书记在文艺工作座谈会上讲的"第五个问题"，就是关于"加强和改进党对文艺工作的领导"；在中国文联十大、中国作协九大开幕式上的讲话中的最后部分，是从"加强和改进党对文艺工作的领导，是文艺事业繁荣发展的根本保证"的命题出发，深刻阐述了加强和改进党对文艺工

---

[1] 毛泽东：《在延安文艺座谈会上的讲话》，《毛泽东选集》第三卷，人民出版社1991年版，第852页。
[2] 同上，第874页。
[3] 习近平：《在文艺工作座谈会上的讲话》，人民出版社2015年版，第28页。

作领导的做法、步骤、必要性和重要性。习近平总书记强调，各级党委要从建设社会主义文化强国的高度，增强文化自觉和文化自信，把文艺工作纳入重要议事日程，贯彻好党的文艺方针政策，把握文艺发展正确方向。要重视文艺阵地建设和管理，坚持守土有责，绝不给有害的文艺作品提供传播渠道。[1]他强调，各级党委要指导推动文联、作协深化改革、发展事业，加大政策支持和保障力度[2]。要选好配强文艺单位领导班子，把那些德才兼备、能同文艺工作者打成一片的干部放到文艺工作领导岗位上来。文联、作协要充分发挥优势，加强行业服务、行业管理、行业自律，真正成为文艺工作者之家。[3]他强调，各级党委要尊重文艺工作者的创作个性和创造性劳动，政治上充分信任，创作上热情支持，营造有利于文艺创作的良好环境。要诚心诚意同文艺工作者交朋友，关心他们的工作和生活，倾听他们心声和心愿。各级宣传文化部门要在党委领导下，切实加强对文艺工作的指导和扶持，加强对文艺工作者的引导和团结，为推动文艺繁荣发展作出积极贡献。[4]习近平总书记这些重要论述，紧密结合中国特色社会主义文艺的实际，把加强和改进党对文艺工作领导的内容具体化，具有很强的现实针对性和可操作性。

二、切实加强文艺评论工作

习近平总书记对文艺评论高度重视，既把文艺评论工作作为文艺

---

[1] 习近平：《在文艺工作座谈会上的讲话》，人民出版社 2015 年版，第 28 页。
[2] 习近平：《在中国文联十大、中国作协九大开幕式上的讲话》，人民出版社 2016 年版，第 21 页。
[3] 习近平：《在文艺工作座谈会上的讲话》，人民出版社 2015 年版，第 28 页。
[4] 同上。

事业的重要组成部分、推动文艺繁荣发展的重要力量，又把评论作为党领导文艺工作的有效方法和有力手段，要求文艺评论把党的文艺主张融会到学理评论中，指导创作、引领思潮，发挥应有的作用。

"加强和改进文艺理论和评论工作"是加强和改进党对文艺工作领导的重要内容。党对文艺的领导是具体的，不是空洞的、抽象的，必须体现到文艺批评标准、方法和态度上，体现在文艺工作的方方面面。加强和改进文艺理论和批评，应当成为党领导文艺工作的题中应有之义。

在文艺工作座谈会上的讲话中，习近平总书记把文艺评论放在加强和改进党对文艺工作的领导这部分中，鲜明强调了文艺评论工作的重要作用。文艺评论工作作为文艺事业的重要组成部分、推动文艺繁荣发展的重要力量，是我们党以符合文艺规律的方式领导文艺工作的有效方法和有力手段。习近平总书记强调，要加强和改进文艺理论和评论工作，褒优贬劣，激浊扬清，更加有效地引导创作、推出精品、提高审美、引领风尚。[1]真理越辩越明。一点批评精神都没有，都是表扬和自我表扬、吹捧和自我吹捧、造势和自我造势相结合，那就不是文艺批评了！文艺批评要的就是批评，不能都是表扬甚至庸俗吹捧、阿谀奉承，不能套用西方理论来剪裁中国人的审美，更不能用简单的商业标准取代艺术标准，把文艺作品完全等同于普通商品，信奉"红包厚度等于评论高度"。[2]他强调，文艺批评是文艺创作的一面镜子、一剂良药[3]，有了真正的批评，我们的文艺作品才能越来越好。要以马克思主义文艺理论为指导，继承创新中国古代文艺批评理论优秀遗

---

[1] 习近平：《在中国文联十大、中国作协九大开幕式上的讲话》，人民出版社2016年版，第21页。
[2] 习近平：《在文艺工作座谈会上的讲话》，人民出版社2015年版，第29页。
[3] 同上。

产,批判借鉴现代西方文艺理论,打磨好批评这把"利器",把好文艺批评的方向盘,运用历史的、人民的、艺术的、美学的观点评判和鉴赏作品,在艺术质量和水平上敢于实事求是,对各种不良文艺作品、现象、思潮敢于表明态度,在大是大非问题上敢于表明立场,倡导说真话、讲道理,营造开展文艺批评的良好氛围。[①]

三、重视发挥文艺界人民团体的职能作用

文联作为人民团体,是党和政府联系文艺界的桥梁和纽带,在团结引领文艺工作者、繁荣发展社会主义文艺事业方面肩负重要职责。习近平总书记在致中国文联、中国作协成立70周年的贺信中充分肯定文艺界人民团体的地位作用并提出殷切希望,希望中国文联、中国作协自觉承担起举旗帜、聚民心、育新人、兴文化、展形象的使命任务,认真履行团结引导、联络协调、服务管理、自律维权的职能,团结带领广大文艺工作者记录新时代、书写新时代、讴歌新时代,努力创作出无愧于时代、无愧于人民、无愧于民族的优秀作品,为繁荣发展社会主义文艺事业、建设社会主义文化强国,为实现"两个一百年"奋斗目标、实现中华民族伟大复兴中国梦作出新的更大的贡献。

新时代党的群团工作只能加强、不能削弱,只能改进提高、不能停滞不前。针对文联深化改革,习近平总书记提出了"四个要加强"的总要求,即:"要加强引领,突出政治性、先进性、群众性,团结带领广大文艺工作者践行社会主义核心价值观,不断增强组织向心力。要加强联络,延伸工作手臂,加强对新文艺组织、新文艺群体的团结引导,把千千万万文艺从业者、爱好者凝聚起来,不断增强组织

[①] 习近平:《在文艺工作座谈会上的讲话》,人民出版社2015年版,第30页。

吸引力。要增强本领，加强能力建设，强化行业服务、行业管理、行业自律，发挥在行业建设中的主导作用，不断增强行业影响力。要加强沟通，待人以亲、助人以诚，多做得人心、暖人心的事，成为文艺工作者事业上的好伙伴、生活中的真朋友，成为文艺工作者的温馨之家"[1]。这"四个要加强"，为深化中国文联改革指明了方向、绘就了蓝图。

他强调，人是事业发展最关键的因素。文艺界是思想活跃的地方，也是创造力充沛的地方，济济多士，英才辈出。我国文艺事业要实现繁荣发展，就必须培养人才、发现人才、珍惜人才、凝聚人才。作为党和政府联系文艺界的桥梁和纽带，哪里有文艺工作者，文联、作协的工作就要做到哪里，发挥好文艺界人民团体作用[2]。要不断推动文联、作协深化改革、发展事业，坚定文化自信，担当文化使命，认真履行团结引导、联络协调、服务管理、自律维权的职能，使文联、作协的联系范围和服务管理能力显著提升，对网络文艺和新文艺群体影响力显著扩大，行业建设主导作用显著增强，政治性、先进性、群众性更加突出，吸引力、引导力、公信力不断提高，把文联、作协真正建设成为覆盖面大、凝聚力强、温馨和谐的文艺工作者之家，"把文艺战线的力量发动起来，把人民群众中蕴藏的创作能量激发出来，推动文艺事业呈现百花齐放的繁荣景象"[3]。

---

[1] 习近平：《在中国文联十大、中国作协九大开幕式上的讲话》，人民出版社2016年版，第20-21页。

[2] 同上，第20页。

[3] 同上，第21页。

第二章

文联组织的创建与发展

全国文联组织是在中国共产党领导的革命斗争和文艺实践的基础上形成的,从创建到逐步发展壮大,走过了不平凡的伟大历程。全国文联的诞生和发展,极大地推动了各个艺术门类的蓬勃发展,有力地促进了文艺界的团结和谐,为繁荣发展新中国文艺事业奠定了坚实基础。

第一节 早期文艺团体的创建

我国现代早期文艺团体是受 20 世纪五四新文化运动和文学革命的影响而产生的,开始是文艺家自由结社,随着文艺团体参加社会运动而逐步壮大,进而形成全国性的文艺联合团体,分布在共产党管辖的解放区和国民党统治的国统区。在参与反帝反封建的社会运动中,许多进步文艺团体逐步接受中国共产党的领导,并为第一次全国文代会的召开创造了有利条件。

一、进步文艺团体的兴起

五四新文化运动时期,一批倡导新文化运动的志士仁人怀着救国救民的理想,掀起了建设新文艺的热潮,一些进步文艺团体应运而生。从整体上看,这些进步文艺团体主要有三种类型:一是以建设新文学为宗旨的文艺团体,二是以倡导无产阶级革命文学为宗旨的左翼文艺团体,三是以抗日救亡为宗旨的爱国文艺团体。这些文艺团体在揭露黑暗、讴歌光明,唤起民众、打击敌人,锻炼队伍、推出作品等方面发挥了积极作用。在五四新文化运动中,发端于文艺领域的创新风潮对社会变革产生了重大影响,成为全民族思想解放运动的重要引擎。

1. 以建设新文学为宗旨的文艺团体,主要活动于20世纪20年代

1917年,陈独秀、胡适等掀起文学革命之后,相继产生了"随感录"作家群、北京大学新潮社和北京大学歌谣研究会等团体。受不同思想影响的作家、艺术家,各自集结为不同的文学艺术组织,以群体的形式积极寻求真理、表达生活理想,同时文艺活动开始走向同仁化、社团化、职业化。

1921年至1923年,全国出现大大小小的文艺社团60多个,编辑出版文艺刊物50多种。1925年,文学社团和相应刊物增至100多个。在众多的新文艺社团中,文学研究会和创造社成立最早,影响最大,最有代表性。[①]1921年1月,郑振铎、茅盾、叶圣陶等人在北平发起成立文学研究会。该会反对封建文学和游戏文学,反对唯美派的文学脱离人生的"纯艺术"的观点,宣称"文学是一种工作,而且又是于人生很切要的一种工作",声明"研究介绍世界文学、整理

---

① 钱理群等:《中国现代文学三十年》,北京大学出版社1998年版,第16页。

中国旧文学、创造新文学"。可见，文学研究会的成立具有行业协会的特征，希望"著作同业的联合"是"建立著作工会的基础"，以"谋文学工作的发达与巩固"。[①]1932年1月《小说月报》停刊后，该会自行解散。1921年6月，郭沫若、郁达夫、田汉等人在日本东京发起成立创造社，该社以1925年"五卅运动"为界线，分为前后两个时期。前期的创造社反对封建文化，反对功利主义文学观，主张为艺术而艺术，强调自我表现和个性解放。后来，到大革命高潮时期，创造社转而提倡"同情于无产阶级"的革命文学，引发过关于"革命文学"的论争。1929年2月，该社被国民党政府查封，从此停止活动。

在当时的历史条件和社会环境下，在思想与艺术倾向上，与文学研究会比较接近的是由鲁迅领导的语丝社、莽原社、未名社等，与创造社比较接近的是浅草—沉钟社、南国社等。

2. 以倡导无产阶级革命文学为宗旨的左翼文艺联合团体，主要活动于20世纪30年代，以"左联"最为重要

在大革命高潮时期，诞生了大批具有革命倾向的文艺团体。大革命失败后，中国共产党成立中央文化工作委员会，倡导无产阶级革命文学，加强了对左翼文艺运动的组织和领导。

左翼文艺团体在政治上适应革命斗争的需要，在组织上接受中国共产党的领导。较早由中国共产党领导的左翼文艺社团有太阳社和上海艺术剧社。太阳社和上海艺术剧社分别于1928年1月和1929年11月在上海成立，它们积极倡导无产阶级革命文学运动，鲜明提出了"无产阶级戏剧"等口号。

1928年至1929年，鲁迅、茅盾在与创造社、太阳社关于无产

---

① 参见中国文联编著：《文联工作概论》，中国文联出版社2011年版，第39页。

阶级革命文学的论争中,促成了中国左翼作家联盟(简称"左联")的产生。1930年3月2日,"左联"在上海成立。"左联"通过的理论纲领宣告:"我们的艺术是反封建阶级的,反资产阶级的",奋斗目标是"站在无产阶级的解放斗争的战线上","援助而且从事无产阶级艺术的产生"。鲁迅在会上作了题为《对于左翼作家联盟的意见》的演讲,总结了建设无产阶级革命文学过程中的经验教训,成为"左联"开展工作的重要指导性文献。会议选举鲁迅、夏衍、田汉等组成常务执行委员会。后来,茅盾、冯雪峰、周扬、瞿秋白等进入"左联"领导层,担当相应的职务。在此前后,"社联"、"剧联"、"美联"、"影联"、"记者联"等左翼文艺组织也相继成立。"左联"统一领导整个左翼文艺运动,陆续在国内一些大中城市和日本东京设立分支机构,还加入国际革命作家联盟,与国际上的无产阶级文艺运动遥相呼应。"左联"通过《拓荒者》《萌芽月刊》《文学月报》等机关刊物,宣传马克思主义文艺理论,批判国民党的反动文艺政策,推动左翼文艺运动迅猛发展。1936年春,为建立文艺界抗日民族统一战线,"左联"自动解散,完成了它的历史使命。

3. 以抗日救亡为宗旨的爱国文艺团体,主要活动于20世纪三四十年代,以中华全国文艺界抗敌协会与文化工作委员会最有代表性

1937年7月,抗日战争全面爆发后,在全民族联合起来救亡图存的形势下,中国文艺界以"抗日救亡"为主题,迅速将各地区的文艺团体发展成为全国性的文艺组织。1937年12月31日,第一个全国性的抗日文艺团体——中华全国戏剧界抗敌协会在湖北汉口成立。1938年3月27日,中华全国文艺界抗敌协会(简称"全国文协")在武汉正式成立,并在全国建立了数十个分会及通讯处,使文艺界在

民族解放的旗帜下结成了最广泛的抗日民族统一战线。"全国文协"号召，用文艺发动民众抵抗日寇，开展"文章下乡、文章入伍"运动，动员文艺家深入现实生活和实际斗争，以文艺服务抗战。"全国文协"成立之后，音乐界、电影界、美术界等艺术领域的全国性抗敌协会也相继成立。

1938年4月，郭沫若主持的国民政府军事委员会政治部第三厅（简称"第三厅"），将各地流亡到武汉的文艺工作者和文艺团体组织起来，到全国各地巡回演出，在抗日文艺宣传中发挥了积极作用。1938年10月，抗日战争进入相持阶段，一些抗日文艺团体被强令改组或解散。1940年9月，国民政府改组，军事委员会政治部撤销"第三厅"。同年11月，郭沫若在重庆成立文化工作委员会。文化工作委员会是抗日战争时期国统区的重要进步文艺组织，做了许多有益的事情，在社会上产生了积极影响。1945年3月，该委员会被国民政府勒令解散。

抗日战争胜利后，1945年10月，中华全国文艺界抗敌协会更名为中华全国文艺界协会（简称"文协"），并于1946年从重庆移至上海，继续领导国统区的文艺运动。此时"文协"的活动，主要任务是引导广大文艺工作者迅速站到劳动大众一边，同时宣传毛泽东《在延安文艺座谈会上的讲话》，推动国统区的进步文艺运动。华北解放后，"文协"大批成员进入解放区和北平，参与筹备召开中华全国文学艺术工作者第一次代表大会。

二、革命文艺团体的发展

解放区的文艺团体是在第二次国内革命战争时期的红色苏区萌芽诞生的。它的最早形态是共产党、红军领导的宣传队、话剧社团、战斗剧社、战士剧社等,如1931年12月在中央苏区成立的八一剧团,1932年9月成立的工农剧社,1933年成立的工农剧社总社、高尔基戏剧学校、蓝衫剧团、列宁剧团等。1935年,中央红军到达陕北后,共产党领导建立了边区民主根据地,为革命文艺团体的活动提供了民主自由的政治环境。1936年11月22日,陕北的文艺家们在保安县集会,发起成立"文艺工作者协会"。经毛泽东提议,全体会员一致通过,确定该会名称为"中国文艺协会"。[①]会上,毛泽东发表了讲演。他说:"今天这个中国文艺协会的成立,这是近十年来苏维埃运动的创举。……现在我们不但要武的,我们也要文的了,我们要文武双全。"[②]他认为,在停止内战、一致抗日的运动中,文艺协会伟大而光荣的任务是,"发扬苏维埃的工农大众文艺,发扬民族革命战争的抗日文艺"[③]。中国文艺协会的成立是苏维埃运动的创举,领导了陕北根据地的文艺事业,推动了各种文艺团体的迅速建立和不断发展。

解放区的文艺团体是在抗日战争中发展壮大起来的。1937年抗日战争全面爆发后,许多青年知识分子奔赴抗日根据地,开展抗日民主根据地的文艺运动,产生了一大批革命文艺社团。据不完全统计,其中有鲁迅研究会、延安新诗歌会、文艺月会等文学社团18个,人民抗日剧社、鲁艺实验剧团、西北文艺工作团等戏剧社团18个,民间音乐研究会、中央管弦乐团、延安作曲者协会等音乐社团11个,大众美术研究会、鲁艺美术工场、漫画研究会等美术社团7个,总政电影团、边区抗敌电影社等电影社团4个。[④]同时,创办有《文艺突击》《谷雨》《大众文艺》等文艺刊物。

[①] 孙国林编著:《延安文艺大事编年》,陕西师范大学出版总社2016年版,第30页。
[②] 中共中央文献研究室编:《毛泽东文集》第一卷,人民出版社1993年版,第461-462页。
[③] 同上,第462页。
[④] 中国文联编著:《文联工作概论》,中国文联出版社2011年版,第43-44页。

1937年11月，陕甘宁边区文化界救亡协会（简称"边区文协"）在延安成立，它是由陕甘宁边区的广大文艺工作者组成的群众性文艺联合团体，其主要任务是"争取民主"、"为抗战而服务"、"保卫中华民族的文化"。"边区文协"起初是单独成立的，后来与全国文化界取得联系，成为"全国文协"的一个分会，于1939年改称中华全国文艺界抗敌协会陕甘宁边区分会。1940年1月，"边区文协"召开第一次代表大会，毛泽东在大会上作了《新民主主义论》的长篇报告，指出"新民主主义的文化，就是人民大众反帝反封建的文化"[1]，鼓励文艺工作者为创造民族的、民主的、科学的新文化而斗争。大会之后，边区音乐界救亡协会、边区美术工作者协会、边区戏剧界抗敌协会等相继成立。各个抗日根据地也成立了本区域内的文艺界救亡联合组织。1945年抗日战争胜利后，"边区文协"更名为延安文艺界协会，简称"延安文协"。

这一时期，比较重要的文艺团体还有鲁迅艺术文学院。1938年4月成立的鲁迅艺术学院，是为培养抗战文艺干部和文艺工作者而创办的一所综合性文学艺术学校，1940年更名为鲁迅艺术文学院，简称"鲁艺"。"鲁艺"以团结培养文学艺术的专门人才为目的，以致力于新民主主义的文学艺术事业为方针，设有音乐、戏剧、美术、文学等四个系，还成立了平剧研究团、文艺工作团、实验剧团、歌舞团、美术工作团以及其他科研组织。"鲁艺"曾先后被并入华北联合大学、延安大学。1945年抗战胜利后，"鲁艺"迁往东北。

1941年至1942年，根据地文艺界开展了整风运动。1942年5月，毛泽东发表《在延安文艺座谈会上的讲话》，总结了五四运动以后中国革命文艺运动中的经验教训，提出了一系列带有根本性的文艺

---

[1] 毛泽东：《新民主主义论》，《毛泽东选集》第二卷，人民出版社1991年版，第699页。

理论和政策问题，丰富和发展了马克思主义文艺理论，成为我们党领导革命文艺运动的指导思想。经过延安文艺整风运动，解放区文艺团体统一了思想，提高了认识，精神面貌焕然一新，文艺活动呈现出积极融入群众文艺运动、改造传统艺术形式的新特点新趋势，受到基层广大群众的普遍欢迎。

解放战争时期，大批文艺工作者前往晋察冀、晋冀鲁豫和东北解放区。其中，晋察冀、晋冀鲁豫解放区的文艺界联合会成为解放区拥有文艺家最多的团体。1948年9月，这两个解放区连成一片，其文艺界联合会合并为华北文艺界协会（简称"华北文协"），并参与了成立新的全国性文学艺术界组织的筹备工作。

三、早期文艺团体的历史贡献

早期文艺团体倡导新文艺、建设新文化，广泛参与追求民主、争取民族独立的革命斗争，为推动各个时期的文艺发展和革命运动作出了不可磨灭的历史贡献。

1. 早期文艺团体是反帝反封建运动的一支重要力量

早期文艺团体是新文化运动与文学革命的产物，从诞生之初就承担了反对封建文化、抨击文化专制主义的历史任务，坚决反击复古逆流，树立现代民主与自由意识的主导地位，成为革命文艺运动的先声。左翼文艺运动兴起后，进步文艺团体团结大批进步知识分子，积极投身革命斗争，打破了国民党的文化围剿，宣传无产阶级革命文化，扩大了革命运动的群众基础，增强了革命运动的整体力量。在抗日战争和解放战争中，各进步的文艺团体广泛团结文艺工作者和动员广大民众积极投身国家独立、民族振兴、人民解放的历史洪流，成为反对日本帝国主义侵略和国民党反动统治的一支不可或缺的重要力量。

2. 早期文艺团体促进了新文艺的建设和发展

早期文艺团体推出了风格各异、形式多样的文艺成果。比如,文学研究会推出了以叶圣陶为代表作家的"问题小说"创作,后来其成员创作了大量人生写实小说和乡土小说;创造社推出了以郁达夫为代表作家的"自叙传"抒情小说和以郭沫若为代表作家的新诗;"左联"推出了鲁迅、茅盾、丁玲、沙汀等人的"左翼"小说及柔石、殷夫的新诗。抗日战争时期,国统区的进步文艺团体推出了抗日诗歌、戏剧及讽刺小说等。解放区的文艺团体推出了抗日歌谣、话剧、街头诗歌、秧歌剧、平剧等。

早期文艺团体推动了文艺创作手法的创新。文学研究会、创造社提出现实主义与浪漫主义两种创作手法。这两种创作手法在"左联"、抗战文艺团体中被大量运用,为后来倡导的革命现实主义与革命浪漫主义相结合的创作手法,打下了良好基础。

早期文艺团体拓展了文艺题材。早期文学社团开始注重探索人生、主观抒情、怀念乡土,"左翼"文艺团体注重表现革命事业、塑造革命者形象,抗战"文协"把抗日救亡、发动工农群众等时代主题纳入文艺创作的重点表现题材之中。

3. 早期文艺团体传播了马克思主义文艺理论

早期文艺团体主要通过开展文艺新论和争鸣,批判错误文艺思潮,传播马克思主义文艺理论。例如文学研究会与创造社之间"为人生"、"为艺术"的论争;1928年至1929年革命文学的论争;"左联"开展的三次文艺大众化问题讨论;20世纪20年代,对"鸳鸯蝴蝶派"游戏文学的批评;1930年前后,"左联"先后开展的对"新月派"的论争、对国民党"民族主义文学"的斗争和"第三种人"的论争；1940年前后，延安文艺界关于文艺民族形式问题的讨论；等等。这些文艺论争有力地批判了错误的文艺思潮，形成了一批文艺理论上的重要成果，传播了马克思主义理论，为新文艺的发展提供了思想理论上的指导。

4. 早期文艺团体吸纳、培育了大批文艺专门人才

早期文艺团体吸纳、培育了一大批志同道合、投身革命文艺的文艺骨干。比如文艺研究会定期举办读书会，提高会员的文学素养；鲁迅早年领导的文艺社团，扶持了孙伏园、钱玄同、川岛、周作人等一批青年作家；南国社吸纳了田汉、欧阳予倩、徐志摩、徐悲鸿、周信芳等一批文艺青年，他们以后成为新中国戏剧、电影、音乐、美术等方面的骨干力量；"左联"经常组织青年文艺工作者进行理论学习和文艺创作，为新文艺增添了一批新生力量；解放区的文艺团体号召文艺工作者到工农兵中去学习，而且设立"鲁艺"等专业学校来培养人才，提高文艺人才的综合素质。

5. 早期文艺团体为文联组织的成立提供了借鉴和基础

早期文艺团体推动了文艺组织活动的规范化、职业化，积极探索现代文艺组织活动的规律与方式。比如，文艺团体设立组织机构以领导和推动本团体成员的创作活动，保持活动的团体性，大力倡导本团体的宗旨和任务；文艺团体制定章程以规范成员的创作，在文艺观念、创作风格、评价机制上都对成员加以引导和约束；文艺团体办有机关刊物，编辑出版成员的作品，使成员获得更多社会认可。文艺职业化与规范化使最初的文艺家自由结社发展为文艺联合团体，为新中国文联组织的成立提供了良好土壤和组织基础。

6.早期文艺团体为实现党对文艺工作的领导积累了宝贵经验

许多早期文艺团体在工作实践中逐步接受了马克思主义文艺理论，得到中国共产党的帮助与指导。比如，"左翼"文艺团体成员既是文艺家又是革命者，在中国共产党的直接领导下参加革命斗争；中国共产党通过统一战线组织和发挥共产党员先锋模范作用的方式，加强对国统区进步文艺团体的组织领导和思想领导；在解放区，中国共产党通过文化管理机构与教育机构，宣传贯彻党的文艺路线、方针、政策，把文艺工作纳入到整个革命事业中，积极引导文艺工作者树立马克思主义文艺观，为实现党对文艺工作的领导积累了宝贵经验。

第二节　全国文联的诞生

成立全国文联是早期进步文艺团体发展的必然结果，是中国共产党顺应历史趋势作出的科学决策。全国文联的诞生，确立了中国共产党领导建设新中国文艺事业的组织形式与工作方式，成为新中国文艺工作的重要奠基石。

一、全国文联诞生的历史背景

首先，中国共产党领导的人民解放战争即将取得全面胜利，创建新的全国性的文艺领导组织成为现实政治与文艺发展的迫切需要。一方面，革命战争仍在进行，作为革命组成力量的进步文艺工作者还需要继续参与、配合政治与军事斗争。另一方面，政治与军事上的胜利为文艺活动的健康发展提供了民主的社会环境，为成立真正全国性的文艺团体提供了可靠保障。随着中国反对帝国主义、封建主义和官僚资本主义统治的新民主主义革命基本完成，社会主义革命和建设即将到来，文艺工作必须确立新的发展方向，文艺界必须创建与新社会制度相适应的新的领导机构和工作制度。

其次，文艺工作指导思想的确立，为成立全国文联奠定了思想理论基础。随着马克思主义在中国的广泛传播和新民主主义革命逐步取得全面胜利，革命文艺事业蓬勃发展，马克思主义文艺理论、毛泽东文艺思想在文艺工作中的指导地位已经确立，这为全国性文艺组织的创立提供了可靠的思想基础。同时，受到苏联的影响，中国共产党在文艺工作的组织机构和管理方式上也以苏联为参照。

再次，文艺队伍需要切实增强团结。随着解放战争的推进，大批国统区的著名文艺家和文艺工作者汇聚到华北解放区和北平，与解放区的文艺工作者实现了文艺大军的会师。文艺工作者中存在不同的思想倾向、价值观念和创作理念，有的还曾经论战过多年，为了解决矛盾、沟通感情、统一思想，文艺队伍迫切需要加强团结、扩大团结。另外，中国共产党长期把"全国文协"等进步文艺团体作为文艺界的统一战线工作部门，领导他们全面参与革命斗争。为了革命形势发展的需要，迫切需要加强对文艺团体和广大文艺工作者的团结引导，创建全国性的文艺组织就成为时代的期待和召唤。

二、第一次全国文代会的召开

（一）大会筹备情况

1949年3月22日，华北人民政府文化艺术工作委员会与"华北文协"举行茶话会，郭沫若提议召开全国文学艺术工作者代表大会，成立新的全国性文学艺术界组织，得到全体到会人员的普遍赞成。接着，由"全国文协"在北平的理事、监事与"华北文协"理事举行联席会议，商讨创建新的全国性文艺界组织。联席会议组建了筹备委员会，负责第一次全国文学艺术工作者代表大会的准备工作。3月24日，筹备委员会举行第一次会议。郭沫若任筹备委员会主任，茅盾、周扬为副主任，沙可夫任秘书长，黄药眠、陈企霞、沈图任副秘书长，叶圣陶、郑振铎等42人为筹备委员。筹备委员会研究并确立了第一次全国文代会的方针、任务、代表资格，制定了代表产生办法，起草了大会章程、报告和专题发言，成立了大会宣传处，创办了《文艺报》，为大会的胜利召开做好了充分准备。

（二）大会盛况

1949年6月30日，第一次中华全国文学艺术工作者代表大会举行预备会议，通过大会机构，郭沫若等99人被推选为大会主席团，会议推举郭沫若为总主席，茅盾、周扬为副总主席。出席第一次全国文代会的代表共648名，代表着7万多名来自各方面的新文艺工作者。

第一次全国文代会受到中国共产党的高度重视，会议开幕前，中共中央委员会向大会开幕发来贺电。苏联、英国、朝鲜等国外文艺组织也发来贺电。

7月2日，第一次全国文代会开幕。郭沫若致开幕词，朱德代表中共中央，董必武代表华北人民政府和中共中央华北局，陆定一代表中共中央宣传部，李济深代表中国国民党革命委员会，沈钧儒代表中国民主同盟，叶剑英代表中共北平市委、北平军管会及北平市人民政府发表讲话。此外，全国总工会、解放区农民团体、全国民主妇联、新民主主义青年团中央、全国民主青年联合会的代表也先后发表讲话，向大会召开表示热烈祝贺。

朱德代表中共中央在大会上发表讲话。他在讲话中指出，中国新文艺运动的主流，自"1919年的'五四'运动以来，始终是和中国人民民主革命运动相联系的"。"30年来新的文学艺术吸引了大群的青年走上进步和革命的道路，不少的文学艺术工作者自己参加革命斗争或者牺牲在革命斗争中。人民革命斗争得到了胜利，新的文学艺术也得到了胜利……文学艺术和革命斗争，有这样一个不可分离的关系，这是中国新文艺的光荣。"他还指出，革命胜利以后，文学艺术工作者要担负更重大的责任，要"用文学艺术的武器鼓舞全国的人民"，"来努力建设我们的独立、自由、民主、统一、富强的新国家"，并期望文艺工作者团结起来，加强工作，迎接新使命。

7月3日，郭沫若向大会作了题为《为建设新中国的人民文艺而奋斗》的总报告。他指出，"五四"以来的新文艺是"无产阶级领导的人民大众反帝反封建的新民主主义的文艺"。"30年来的新文艺运动主要是统一战线的文艺运动。"他提出，今后文艺工作的任务是用文学艺术的武器参加新民主主义革命和新中国建设、创造"为人民大众所喜闻乐见的人民文艺"。7月4日，茅盾作了题为《在反动派压迫下斗争和发展的革命文艺》的报告，总结了国统区的革命文艺的成就与经验。7月5日，周扬作了题为《新的人民的文艺》的报告，总结了解放区文艺工作的成就与经验，对毛泽东文艺思想作了阐释。

7月6日，周恩来在《政治报告》中分析了解放战争的发展形势，论及了团结、为人民服务、普及与提高、改造旧文艺、文艺界要有全局观念、组织等六个方面的内容。他强调指出，解放战争的胜利要归功于工农兵，源于共产党的正确领导，因此"一定不要忘记表现这个伟大的时代的伟大的人民军队"，要表现"值得我们记录和宣扬的"工人农民，要熟悉"正在一天比一天成为中国建设事业的主要力量"的工人阶级。《政治报告》的核心思想是号召文艺工作者团结起来，坚持毛泽东文艺思想，坚持文艺为工农兵服务的方向，为建设新中国的人民文艺而奋斗。

在周恩来将要结束报告时,毛泽东莅临会场,全场欢声雷动。毛泽东向代表们发表了热情的即席讲话,他说:"同志们,今天我来欢迎你们。你们开的这样的大会是很好的大会,是革命需要的大会,是全国人民所希望的大会。因为你们都是人民所需要的人,你们是人民的文学家、人民的艺术家、或者是人民的文学艺术工作的组织者。你们对于革命有好处,对于人民有好处。因为人民需要你们,我们就有理由欢迎你们。再讲一声,我们欢迎你们。"[①] 全体代表对毛泽东的讲话报以长时间的热烈鼓掌和欢呼。

会议期间,巴金、曹禺、胡风、阳翰笙、艾青、赵树理等就文学、戏剧、美术、电影、舞蹈、旧戏曲改造、艺术教育等进行了专题发言。

7月14日,大会通过《中华全国文学艺术界联合会章程》,规定全国文艺界组织定名为中华全国文学艺术界联合会,简称"全国文联"。《章程》规定,"全国文联"的宗旨是团结全国一切爱国的民主的文学艺术工作者,和全国人民一起,为彻底打倒帝国主义、封建主义和官僚资本主义,建设中华人民民主共和国和新民主主义的人民文学艺术而奋斗,并确立了六项任务。"全国文联"采用团体会员制,组织原则是民主集中制。《章程》规定,以大会选出的全国委员会为最高权力机关,在全国委员会闭会期间,由全国委员会选出的常务委员会负责处理会务。常务委员会设立秘书长一名,副秘书长一至两名,帮助正副主席处理日常工作。常务委员会下面设各部处,各部、处、委员会的组织章程及办事细则,由常务委员会制定。

7月19日,大会产生了中华全国文学艺术工作者联合会领导机构,选举郭沫若任总主席,茅盾、周扬任副总主席,选举产生了郭沫若、周扬、茅盾、丁玲(女)、田汉、李伯钊(女)、阿英、沙可夫、

---

① 《中华全国文学艺术工作者代表大会纪念文集》,新华书店1950年版,第3页。

洪深、柯仲平、曹靖华、阳翰笙、张致祥、冯雪峰、郑振铎、刘芝明、欧阳予倩等17名成员组成的全国文联常务主席团和全国委员，通过了《大会宣言》和《大会决议》。这标志着全国文联的正式诞生。全国文联的成立，是20世纪新中国文学艺术发展史上一个划时代的重大事件。

7月19日，郭沫若在闭幕式上致辞。他指出，经过这次大会，建立了全国文学艺术界的统一机构。今后文学艺术工作纲领将更加集中，工作内容将更加丰富，工作步骤将更加整齐了。7月20日，新华社刊发了社论《我们的希望——祝全国文学艺术工作者代表大会胜利闭幕》。社论指出："有了文艺界的广泛的团结，又有了文艺工作的正确的方向，再加上坚强有力的领导，新中国的人民文学艺术运动一定将走上一个新的光辉的阶段。"[①]

三、第一次全国文代会的历史地位

第一次全国文代会宣告了"全国文联"的成立，确立了"建设新中国的人民的文艺"的目标，是新中国文学艺术事业的奠基石和文联工作蓬勃发展的新起点，在社会主义文化建设史上具有重要的历史地位。

首先，为新中国文艺工作的发展确立了指导思想，保证了文艺工作的正确方向。根据中国社会即将发生的伟大历史转折，明确了文艺工作必须为新中国的建设作贡献的新使命；文艺工作必须坚持毛泽东文艺思想的指导，把"文艺为人民服务"作为新中国文艺的总方向和总方针；文艺工作为人民群众服务，表现人民群众，是文艺工作发展

---

① 新华社社论：《我们的希望——祝全国文学艺术工作者代表大会胜利闭幕》，《人民日报》1949年7月20日。

的客观需要，这为新中国文艺工作的开展提供了理论指导，保证了新中国文艺工作前进的正确方向。

其次，进一步巩固和扩大了文艺界的统一战线，实现了文艺界的大团结，为新中国文艺事业发展提供了坚强的组织保证。来自方方面面的文艺工作者，经过第一次全国文代会的大会师，沟通了感情，统一了思想，增进了团结。大会强调，要继承文艺界统一战线内部团结和批评的经验，文艺工作者要在为人民服务的立场上团结，也要容忍不同观点的存在，这有利于文艺批评的健康开展，使团结成为繁荣和发展新中国文艺事业的重要推动力量。

再次，明确了"全国文联"的性质、地位、作用和组织制度，为新中国文艺事业和文联组织的发展提供了可靠的制度保障。大会确立了全国文联团结全国一切爱国的民主的文学艺术工作者，和全国人民一起，为彻底打倒帝国主义、封建主义和官僚资本主义，建设中华人民民主共和国和新民主主义的人民文学艺术而奋斗的宗旨，确立了全国文联的组织形式为团体会员制。第一次文代会后，相继成立了文学、戏剧、电影、音乐、舞蹈、美术、曲艺等领域的文艺工作者组织，作为全国文联的团体会员。这为党的文艺方针政策在文艺界的贯彻执行、引导广大文艺工作者实现建设新中国人民文艺的目标，提供了制度保障和组织保障。

最后，分析了当时文艺发展面临的重大问题，探索了开展新中国文艺工作的具体措施和方法。第一次文代会在充分总结五四运动以来中国文艺发展经验教训的基础上，号召改造旧文艺、旧戏曲，把新时代文艺的主题、人物、艺术方法和语言形式作为文艺创新的重点内容，表现劳动人民的功绩和勤劳勇敢的品质，重视文艺普及运动，既帮助群众提高，也向群众学习，等等。这些观念对新中国文艺的发展具有理论价值和重要指导意义。

第三节　中国文联的发展

全国文联组织从创建到壮大,走过了70多年不平凡的光辉历程。从整体上讲,可划分为四个历史时期:从1949年到"文化大革命"前的探索时期,"文化大革命"遭受挫折时期,改革开放之后的健康发展时期,进入新时代后的守正创新时期。

一、探索时期

从1949年到"文化大革命"前的十七年,是全国文联在实践中探索、在发展中前进的时期。在这个历史时期,先后召开了第一、二、三次全国文代会,有力地推动了文联工作和文艺事业的发展。在中华人民共和国成立前夕,召开全国第一次文代会,凸显了文艺工作在党的事业中的重要地位和作用。新中国的成立,开辟了中国历史的新纪元。中国文联就是迎着新中国的曙光、在党中央的亲切关怀下成立的重要人民团体,作为中国人民政治协商会议第一届全体会议的发起单位和组成单位之一,为新中国的诞生和人民民主政权的建立作出了重要贡献。

第一次全国文代会闭幕后,全国文联组织机构逐步建立起来,先后成立了中华全国美术工作者协会、中华全国舞蹈工作者协会、中华全国曲艺界改进会筹备委员会、中华全国文学工作者协会、中华全国音乐工作者协会、中华全国戏剧工作者协会、中华全国电影艺术工作者协会,并成为全国文联团体会员。第一次全国文代会通过的章程规定,全国各省(市)文学艺术界各联合组织作为团体会员加入全国文联。全国文联机关设编辑出版部、福利部、联络部、指导部、秘书处,必要时增设各种专门委员会,如评奖委员会等,并对各部、处、委员会人员编制作出了具体规定。

1953年9月23日至10月6日，中华全国文学艺术工作者第二次代表大会在北京召开。本次大会的中心任务是总结四年来的工作经验，进一步发展文学艺术的创作事业，鼓励作家和艺术家创造出更多更好的作品，加强文学艺术界更紧密的团结，健全文艺工作者的组织机构，把任务明确化，改进工作，改进领导，使文学艺术的生产能够蓬蓬勃勃地发展起来。郭沫若致开幕词。周扬和茅盾分别在会上作了报告。周恩来在题为《为总路线而奋斗的文艺工作者的任务》的政治报告中，就历史估价、为谁服务、深入实际生活、提高艺术修养、努力艺术实践、创作有正确思想内容的优秀文艺作品、帮助开展群众文艺活动、文艺界的团结与改造、领导的责任等问题发表了富有指导性的意见。

第二次全国文代会将社会主义现实主义确立为我国文艺批评和创作的最高准则，确立了文学在社会主义改造时期的新任务，初步清算了创作上的概念化、公式化的反现实主义倾向和文学批评上的简单化、庸俗化以及领导方式的行政命令化倾向。大会提出，各个文艺家协会应当成为专业作家、艺术家自愿参加的组织，协会应当以组织作家、艺术家的创作和学习作为主要的任务，将指导文学艺术普及工作、培养青年作家、艺术家列为协会的重要任务。省、市文联的主要任务是组织自己的会员从事文艺创作，辅导群众的业余文艺活动。这种辅导应该侧重于供应群众业余艺术活动的材料和指导群众的创作这两方面，以便和政府文化主管部门的工作相互配合而不重复。大会号召全国文学艺术工作者，在中国共产党领导下，掌握为工农兵服务的方向，深入实际生活，提高艺术修养，努力艺术实践，用艺术的武器来参加逐步实现国家的社会主义工业化的伟大斗争。

1953年10月4日下午，在大会休会期间，毛泽东、朱德、刘少奇、周恩来、陈云等党和国家领导人接见了全体代表并合影留念。

大会通过了新的章程，决定将"中华全国文学艺术界联合会"更名为"中国文学艺术界联合会"，简称"中国文联"。大会还决定，中国文联以团体会员身份加入中苏友好协会。在闭幕式上，胡乔木向出席大会的全体代表作了《关于文学艺术团体为争取我国文学艺术的繁荣的组织任务》的报告。大会选出了由郭沫若、茅盾、周扬、丁玲（女）、郑振铎、夏衍、柯仲平、老舍、田汉、欧阳予倩、梅兰芳、洪深、阳翰笙、蔡楚生、袁牧之、齐白石、江丰、吕骥、马思聪、陈沂、巴金等21名成员组成的中国文联全国委员会主席团，选举郭沫若为主席，茅盾、周扬为副主席，阳翰笙为秘书长。茅盾代表主席团致闭幕词，号召全国文学艺术工作者把认真学习、认真创作、坚持批评与自我批评作为经常的任务。

1953年10月8日，《人民日报》发表社论《努力发展文学艺术的创作》。社论指出，中国文学艺术工作者第二次全体代表大会的召开，对于今后文学艺术的发展将有重要的作用。大会听取了周恩来同志关于我国过渡时期经济建设总路线的报告，使我国文学艺术活动家们看到了我国壮丽的远景，认清了文学艺术工作者在这个新的历史时期的重大责任。文学艺术界的会议充分讨论了当前时期文学艺术工作的方针和任务，澄清了许多错误的思想，并改组了各个文学艺术团体，便于它们有效地工作。社论指出了这次大会最重要的收获是：这次大会着重地要求作家和艺术家经常地创作和表演，在不断的实践中逐步提高自己的水平，着重地要求文学艺术团体以及各个有关的领导部门认真地从各方面保证作家和艺术家经常创作和表演的条件，并且认真地改善他们领导创作的方法，纠正各种使用行政手段和不懂事的"批评"粗暴干涉和打击文艺创作活动的错误。社论还指出，文学艺术事业是人民事业的一部分，也是党的事业的一部分，而文学艺术事业的发展，是和党的经常的正确的领导分不开的。文学艺术的创作是一切文学艺术活动的主体。要发展创作，首先依靠作家们的坚持不懈的努力，依靠作家们对于生活的热爱和深刻的认识。但是改善文艺团体及其他有关领导部门对文学、艺术创作的领导，无疑也是发展创作的重要条件之一。批评和自我批评是我们一切事业发展的动力，也是文学艺术事业发展的动力。反对有些作家的那种对批评置身事外并且在原则上加以轻视和敌视的错误观点，但也必须反对有些批评家不尊重作家的劳动和经验，信口开河而又自以为是的横暴态度。

第二次全国文代会的成功召开是与党和国家主要领导人的关心和重视分不开的。第二次全国文代会前夕，毛泽东就对文联组织的作用进行了充分肯定，认为文联有独特的任务和作用。1953年9月，在中央政治局听取第二次文代会筹备情况的汇报会上，毛泽东说，文联，就是要"联"嘛，上联、下联、左联、右联、内联、外联。大会闭幕之后，根据新的形势，文联在探索新的工作内容与方法方面，作出了新的成绩，为文艺事业的繁荣和文联工作的发展进步奠定了良好基础。

1960年7月22日至8月13日，中国文学艺术工作者第三次代表大会在北京召开。郭沫若致开幕词。陆定一代表党中央和国务院致《祝词》。《祝词》号召："我国文学艺术工作的首要任务，就是用文艺的武器，极大地提高全国人民社会主义和共产主义的思想觉悟，提高全国人民共产主义的道德品质。"周恩来、陈毅和李富春作了国内外形势和有关文学艺术工作的报告。周扬作《我国社会主义文学艺术的道路》的报告，阳翰笙作文联工作报告。这次大会的中心任务是，结合新中国成立以来文艺创作与文艺运动的实际，总结我国社会主义文学艺术的发展道路。大会认为，在为工农兵服务、为社会主义事业服务的方向下实行百花齐放、百家争鸣和推陈出新的政策，是发展我国社会主义文学艺术最正确、最宽广、最富于创造性的道路，我国文学艺术的首要任务是通过各种文艺形式，提高全国人民的社会主义和共产主义的思想觉悟和道德品质，积极为我国社会主义革命和社会主义建设服务。

会议期间，毛泽东、刘少奇、宋庆龄、周恩来、朱德、邓小平等党和国家领导人接见了全体代表，充分体现了党中央对文艺工作的高度重视和对文艺工作者的亲切关怀。大会对新中国成立十一年以来的文学艺术的巨大成就作了全面的估价，总结了十一年来文学艺术工作的丰富经验，进一步明确了社会主义文学艺术发展的道路，那就是：在为工农兵服务、为社会主义服务的方向下实行百花齐放、百家争鸣和推陈出新。

大会通过修改后的文联章程，具体规定了文联工作的各项任务。大会选举了领导机构，选举郭沫若为主席，茅盾、周扬、巴金、老舍、许广平（女）、田汉、欧阳予倩、梅兰芳、夏衍、蔡楚生、何香凝（女）、马思聪、傅钟、赛福鼎·艾则孜（维吾尔族）、阳翰笙为副主席。郭沫若致闭幕词。1962年增补刘芝明为副主席。

1960年8月15日，《人民日报》发表社论《更大地发挥社会主义文艺的革命作用》。社论指出，我们的文艺已经成为劳动人民自己的文艺。革命的文学、电影、戏剧和其他各种艺术作品已经深入广大群众的心灵。我国的文艺真正呈现出了万紫千红、百花竞艳的局面。一支以工人阶级文艺家为骨干的强大的文艺队伍已经形成。这一切都证明了党的文艺路线、毛泽东文艺思想的正确，证明在为工农兵服务、为社会主义事业服务的方向下实行百花齐放、百家争鸣和推陈出新，是发展社会主义文艺最正确、最宽广的道路。社论要求全国文学艺术工作者更有效地运用文学艺术这个犀利的武器，更大地发挥文学艺术的革命作用。

可见，从新中国成立到"文化大革命"之前的十七年，文联组织日益壮大发展，文联工作开展积极有效，取得了很大的成绩，为新中国文艺事业的发展作出了重要贡献，得到党和人民的高度评价。

这一时期，全国文联组织建设全面推进。至全国第三次文代会召开时，各级文艺团体得到了迅速发展，有全国性文艺团体10个、各文艺团体的地方分会110个；地方文联有省文联20个、自治区文联4个、中央直辖市文联2个、省辖市文联90个、专区文联20个、县文联293个，有的人民公社和工厂也成立了相应的组织。1954年，中国文联召开全委会，对省、自治区、直辖市文联的方针任务以及行政大区撤销后加强全国性文艺团体与地方文艺团体的联系进行了讨论，并提出了改进意见。1955年，中国文联组织召开了省、市、自治区文化局长、文联主席座谈会，讨论研究了省、自治区、直辖市文联的方针任务、工作方法，群众文艺团体与政府文化部门的关系，全国性文艺团体与地方文艺团体的关系等等问题。1956年，中国文联召开省、自治区、直辖市文联工作座谈会，讨论了进一步改进省、自治区、直辖市文联的工作、文联如何推动与指导团体会员的工作等问题。

这一时期，全国文联工作开展得有声有色。中国文联根据当时党和国家的中心任务，积极开展各项工作。朝鲜战争开始后，中国文联就及时发出关于文艺界展开抗美援朝宣传工作的号召，要求全国各协会和各地文联组织文艺工作者创作演出具有高度爱国主义和国际主义精神的作品，加强抗美援朝宣传工作；组织作家艺术家义演、义展、义卖，并到朝鲜前线，以文艺为武器，与中国人民志愿军共同战斗。1953年，中国文联组织和推动文艺界认真学习、宣传总路线，积极推动文艺工作者努力创作优秀文艺作品，开展文艺评论和文艺竞赛，发展群众性文艺活动，促进国内外艺术交流。1961年6月，中共中央宣传部在北京召开全国文艺工作座谈会，根据周恩来提出的认真总结经验、研究文艺规律的要求，会议认真讨论了1959年由全国文联党组和文化部党组起草的《关于当前文艺工作若干问题的意见》（即《文艺十条》）。8月下旬，又将此文发各地征求意见。在听取各方意见后，于1962年4月由中宣部修改、周恩来审定为《文艺八条》。《文艺八条》是为纠"左"的错误而制定的，它总结了经验教训，反映了社会主义文艺的发展规律，对繁荣和发展社会主义文艺起了重要的指导作用。三年困难时期，中国文联团结全国广大文艺工作者，艰苦奋斗、共渡难关。中国文联深入了解了一些知名作家、艺术家们工作上、生活上的困难，访问了300多人次，整理了近百万字的访问纪要，并将情况及时汇报中央有关方面，还本着"自己动手解决困难"的精神开办"文艺农场"。1964年7月，举行全国京剧现代戏观摩演出大会，促进戏曲创作。中国文联对外文化交流取得新的进展，与60多个外国进步文艺团体建立了经常性的联系。1955年至1960年，中国文联举办了世界文化名人44人的纪念大会，接待了来自25个国家48起文化代表团或艺术团体和多次的文化界人士的访问，与36个国家交换了文化资料，多次组织我国文艺界出国访问，加强国际文化交流。这一时期，全国文联组织团结凝聚广大文学艺术工作者遵循着党的文艺方针，深入工农群众，努力艺术实践，创作了许多思想性和艺术性都很高的、为群众所喜闻乐见的优秀作品，对我国社会主义革命和建设作出了卓越的贡献。如：《谁是最可爱的人》《白毛女》《南征北战》《星火燎原》《刘三姐》《红旗谱》《苦菜花》《林海雪原》《创业史》《万水千山》《春华秋实》《红日》《暴风骤雨》《铜墙铁壁》《上甘岭》《龙须沟》《洪湖赤卫队》《江姐》《青春之歌》《红岩》等，其中有许多成为新中国文艺发展史上的"红色经典"。

这一时期，文联工作在探索中不断总结经验。随着国际国内政治形势的变化，全国文联工作也受到了当时政治运动的干扰和"左"的倾向的影响。比如，文艺界进行了对电影《武训传》的批判，对《红楼梦》研究中胡适主观唯心论的批判，对胡风政治和文艺观点的批判等，作为思想批判、文艺批判，是必要的，但是作为政治运动在全国大张旗鼓地展开，产生了严重的消极后果。特别是1957年开始的反右派斗争被严重地扩大化了，混淆了两类不同性质的矛盾，使很多文艺界的同志遭到了不应有的打击，错误地批判了一些正确的或基本正确的文艺观点和文艺作品，伤害了一大批文艺工作者。1958年全国浮夸风、共产风和在知识界进行的"拔白旗"的运动，使文艺界"左"的倾向又一度抬头，对一些文艺问题的解释和处理，存在着简单化、庸俗化的毛病，助长了理论上和创作上的公式化、概念化倾向，出现了粗暴批评，损害了艺术民主。1964年，文联开展了内部整风，之后，文联和各协会大批干部离京，参加农村"四清"运动，文联工作大多陷于停顿，文联发展转入了遭受挫折时期。

二、遭受挫折时期

1966年至1976年"文化大革命"时期，林彪、"四人帮"窃取和篡夺了党对文艺工作的领导权，使我国社会主义文艺事业经历了一场空前的灾难。新中国成立以来的文艺工作和文联工作的成就被完全错误估计，文艺战线和文联工作者遭受到摧残和迫害，中国文联基本停止了各项工作，我国文艺事业和文联工作遭受了重大挫折。

1966年2月，林彪委托江青在上海召开的部队文艺工作座谈会，认为文艺领域的工作是反社会主义的"黑线专政"，完全否定了新中国成立以来的文艺工作和文联工作。1966年5月，"文化大革命"爆发，中国文联和各文艺家协会遭到空前的大灾难，被强行解散。7月，中国文联机关报《文艺报》被迫停刊。文联和各协会机关的许多同志被打成"黑线人物"、"黑班底"，遭到批判斗争，工作人员统统被下放到湖北咸宁、河北静海"五七"干校劳动，接受教育改造，历时十余年之久。"文化大革命"十年间，很多正常健康的文艺创作、传播、演出等活动都被限制，文艺活动单调。虽然"文化大革命"中后期党的文艺政策有所调整，但是由于文联组织没有得到恢复，文联工作也无法正常开展，仍然处于瘫痪状态。"文化大革命"十年间，除了八个革命样板戏以外，群众比较熟悉的大抵只有《艳阳天》《金光大道》《闪闪的红星》等带有明显时代烙印的文艺作品。

三、健康发展时期

（一）文联组织的恢复

1976年10月，党中央一举粉碎"四人帮"，党和国家各项工作开始恢复正常。1977年12月，文艺界开始批判1966年下发的《部队文艺工作座谈会纪要》。1978年1月，由中共中央宣传部建议，经党中央批准，成立了恢复文联和各协会的筹备小组。筹备小组的任务是：负责筹备恢复文联和各个协会，负责筹备全国性文艺理论刊物《文艺报》的复刊工作，负责筹备在适当的时候召开第四次全国文代会。筹备小组建立后，开始了恢复文联和各协会的准备工作。

1978年5月下旬，中国文联三届全委第三次扩大会议在北京召开，来自全国各地的300名代表参会。会议庄严宣布，中国文学艺术界联合会和中国作家协会、中国戏剧家协会、中国音乐家协会、中国电影工作者协会、中国舞蹈工作者协会正式恢复工作，《文艺报》立即复刊，中国美术家协会、中国曲艺工作者协会、中国民间文艺研究会和中国摄影学会积极筹备恢复。到1978年底，中国文联和所有文艺门类协会都已恢复工作，并调集干部数百人，恢复和创办刊物22种。

1978年12月，中国共产党举行十一届三中全会，号召把全党全国的工作重点转移到社会主义现代化建设上来。党的指导思想和工作重心的大转移，使文联工作获得了健康正常的发展条件，文艺事业迅速繁荣起来。到1978年底，中国文联积极响应党中央发出的"解放思想，实事求是，团结一致向前看"的号召，组织文艺界在思想上对"左"的错误进行拨乱反正，落实党的知识分子政策，平反冤假错案。中国文联所属各文艺家协会普遍进行会员的重新登记，发展新会员，推动各项工作在新的起点上向前迈进。

1979年元旦，筹备小组举办迎新茶会，胡耀邦代表党中央在会上向作家、艺术家发出热情的召唤：为"四个现代化"唱出时代的最强音！2月，中国文联在北京召开全国文联工作座谈会，着重讨论地方文联与各协会筹备恢复的问题，并对召开第四次全国文代会交换意见。3月，中国文联与中宣部、中组部、文化部联合召开了全国文艺界落实知识分子政策座谈会，重点讨论了茅盾提议的落实老作家、老艺术家政策的问题，并下发有关通知，大大促进了全国文艺界的政策落实工作。1979年9月6日，经中央批准，成立了第四次全国文代会领导小组，恢复文联与各协会的筹备小组完成了它的历史使命。

(二) 科学发展新时期

党的十一届三中全会作出把党和国家工作重心由过去的"以阶级斗争为纲"转移到经济建设上来的重大历史性决策，社会主义文化建设迎来了生机盎然的春天。进入新时期以来，我们党对文化建设的重要地位和作用的认识日趋深刻，切实把文化建设提到更加突出的位置，对包括文艺在内的文化建设作出一系列重大决策部署，深刻反映了我们党对当今时代发展趋势和我国文化发展方位的科学把握，为进一步繁荣发展社会主义文艺事业提供了根本保证，文联工作进入科学发展新时期，各项工作全面推进，逐步形成大团结、大繁荣、大发展的生动局面。

1979年10月30日至11月16日，在党中央的亲切关怀下，中国文学艺术工作者第四次代表大会在北京召开。出席大会的3200名代表中，有久经风雨、成绩卓著的文坛老将，有初露锋芒、朝气蓬勃的艺苑新秀，有少数民族的作家、艺术家，也有台港澳地区的进步的爱国的文艺家，代表了全国广大的文艺工作者，是我国文艺界一次具有历史意义的盛会。会议的任务是：总结新中国成立以来文艺战线正反两方面的丰富经验，讨论新时期文艺工作的任务和计划，修改文联和各协会章程，选举文联和各协会新的领导机构。叶剑英、邓小平、李先念等党和国家领导人出席了开幕式。茅盾致开幕词，邓小平代表党中央、国务院向大会致祝词，周扬作《继往开来，繁荣社会主义新时期的文艺》的大会报告，阳翰笙作《中国文联会务工作报告》，夏衍致闭幕词。

邓小平在《祝词》中肯定了新中国成立十七年来广大文艺工作者的积极努力和所取得的成绩，推倒了林彪、"四人帮"强加给文艺界的诬蔑不实之词，赞扬了文艺工作者所作的新贡献，阐明了新的历史时期文艺工作面临的形势、任务和党的文艺路线、方针，丰富和发展了毛泽东文艺思想，这份《祝词》是指导新时期文艺工作的纲领性文件。《祝词》指出："人民是文艺工作者的母亲。""人民需要艺术，艺术更需要人民。自觉地在人民的生活中汲取题材、主题、情节、语言、诗情和画意，用人民创造历史的奋发精神来哺育自己，这就是我们社会主义文艺事业兴旺发达的根本道路。""文艺这种复杂的精神劳动，非常需要文艺家发挥个人的创造精神。写什么和怎样写，只能由文艺家在艺术实践中去探索和逐步求得解决。在这方面,不要横加干涉。"①这些关于文艺工作的精辟论述,在当时是振聋发聩和令人振奋的,至今仍然闪耀着思想的光芒,对文艺工作和文联工作依然具有很强的指导意义。

大会号召全国文艺工作者团结起来,同心同德,用最大的努力,繁荣社会主义文艺创作,提高表演艺术水平,以丰富人民群众的文化生活,提高人民的精神境界,培养社会主义新人,鼓舞人民为建设现代化的社会主义祖国而奋斗。大会要求加强同世界各国的文化交流,发展同各国作家艺术家的友好往来,增进同世界人民的了解和友谊,团结各国人民为反对帝国主义和霸权主义、保卫世界和平而斗争。大会同意杂技艺术界同志关于成立杂技工作者协会的建议,并同意接纳其为中国文联的团体会员。大会修改了中国文联和各协会的章程。修改后的《章程》规定,中国文联对各全国性文艺家协会、研究会或学会和各省、自治区、直辖市文联负有协调、联络和指导的责任,并可代表各协会进行必要的对外文化交流活动。《章程》规定,大会最高权力机关为中国文学艺术工作者代表大会。代表大会由各会员团体选举代表及本会特邀代表组成。由代表大会选出全国委员若干人,组成全国委员会。由全国委员会选举主席、副主席若干人组成主席团。主席团设立秘书长一人、副秘书长若干人,协助主席团处理会务。

大会选举产生了中国文联新的领导机构,茅盾为名誉主席,周扬为主席,巴金、夏衍、傅钟、阳翰笙、谢冰心(女)、贺绿汀、吴作人、林默涵、俞振飞、陶钝、康巴尔汗(女,维吾尔族)等为副主席,阳翰笙为秘书长(1980年6月陆石为秘书长,1986年5月刘剑青为秘

---

① 邓小平:《在中国文学艺术工作者第四次代表大会上的祝词》,《邓小平文选》第二卷,人民出版社1994年版,第211–213页。

书长）。在第四次全国文代会召开期间，各全国性文艺家协会也召开了代表大会，选举了新的领导机构。

1979年11月17日，《人民日报》发表社论《迎接社会主义文艺复兴的新时期——热烈祝贺中国文学艺术工作者第四次代表大会胜利闭幕》。社论指出，新中国成立的三十年来，我国的社会主义文学艺术所走过的道路，是伟大光荣而又艰巨曲折的，取得了重大的成就，也有缺点和错误，在斗争中积累了正反两方面的经验和教训。社论指出，无产阶级政党在掌握全国政权以后，如何正确地领导文艺事业，如何指引文艺沿着社会主义的轨道，向着有利于人民的方向不断发展，是一个新的课题，需要通过反复的实践在摸索中前进。粉碎"四人帮"之后，我们国家进入了一个新的历史时期。党的十一届三中全会向全党和全国人民提出了把工作重心转移到社会主义现代化建设上来。这是一个重大的战略决策，一个历史性的伟大转折。在这种形势下，文艺事业要实现更大的繁荣和提高，更好地在四个现代化建设中发挥战斗作用，思想要有一个大解放，作风要有一个大改变；坚决贯彻"双百"方针，发扬文艺民主；调动一切积极因素，壮大文艺队伍。

第四次全国文代会以后，随着我国社会主义现代化建设事业的蓬勃发展和改革的不断深化，广大作家艺术家在党的十一届三中全会路线的指引下，从"以阶级斗争为纲"的"左"的指导思想中解放出来，认真贯彻"二为"方向、"双百"方针，以富有创造性的文学艺术实践，为文学艺术事业带来繁荣兴旺的新局面。许多优秀作品和表演艺术成果，在反映生活的广度和深度上，在题材、体裁、形式、风格和表现手法的多样化上，在塑造多种艺术形象、体现时代精神、反映人民群众的理想、愿望和追求上，取得了历史性的重要成就。新时期的文学艺术对帮助人民解放思想、拨乱反正、振奋精神，投身建设和改革，起了积极的推动作用，为社会主义物质文明和精神文明建设作出了重大贡献。

1988年11月8日至12日，中国文学艺术界联合会第五次全国代表大会在北京召开。夏衍致开幕词。胡启立代表中共中央、国务院致《祝词》，强调坚持"一个中心、两个基本点"的基本路线，加强和改善党对文艺工作的领导。大会的中心任务是讨论《中共中央关于进一步繁荣文艺的若干意见》（征求意见稿）、国务院关于文化经济政策的有关规定（讨论稿）。大会讨论通过了修改后的中国文联章程，突出中国文联对各团体会员的联络、协调、服务，增加了中国人民解放军中的全国各文艺家协会会员可统一参加文联活动、视同于团体会员的内容。在组织机构上，规定文联全国委员会委员必须是代表某个团体的会员。大会同意接纳中国电视艺术家协会为中国文联团体会员。大会选举了领导机构，选举曹禺为执行主席，才旦卓玛（女，藏族）、马烽、尹瘦石、冯骥才、李瑛、吴祖强、张君秋、夏菊花（女）、谢晋为执行副主席。大会选举周扬、傅钟、阳翰笙、谢冰心（女）、贺绿汀、林默涵、俞振飞、陶钝、康巴尔汗（女，维吾尔族）等9人为中国文联第五届全国委员会名誉委员。林默涵致闭幕词。中国文联第五届全委会主席团第一次会议决定，全国文联秘书长、副秘书长要实行聘任制。会议聘请刘剑青担任秘书长，杨澧、江晓天、夏义奎任副秘书长。

1996年12月16日至20日，中国文学艺术界联合会第六次全国代表大会在北京召开。中国文联主席曹禺逝世前为大会写了开幕词。党和国家领导人出席了开幕式。江泽民在会上发表重要讲话，朱镕基作经济形势报告，钱其琛作对外工作报告。丁关根在中国文联六届一次全委会上讲话。中国文联党组书记高占祥作《肩负新使命，迈向新世纪，为繁荣社会主义文艺而奋斗》工作报告。江泽民在大会上的讲话，充分肯定了新时期文艺工作的成就，深刻阐明了当前文艺战线的形势和任务，明确提出了繁荣社会主义文艺必须坚持的指导思想和基本原则。他指出，过去十多年文艺工作取得的成就，是党和国家工作重心转移，贯彻落实党的基本理论和基本路线，全面展开社会主义现代化建设的结果，也是文艺界坚持文艺为人民服务、为社会主义服务方向和百花齐放、百家争鸣方针的结果。他指出，"中国社会主义文艺发展和繁荣的最深刻根源，在中国人民的历史创造活动之中"。"一个伟大民族的过去、现在和未来，都会有文艺的发展和繁荣相伴随。文艺是民族精神的火炬，是人民奋进的号角。"他相信，21世纪"将是中国社会主义文艺更加群星灿烂、百花争艳的世纪"。大会修改了《中国文学艺术界联合会章程》，《章程》规定，中国文联全国委员会选举主席一人，副主席若干人，组成主席团。主席团下设书记处主持日常会务工作（不再设秘书长、副秘书长职务）。书记处书记由主席团推举产生。《章程》还规定，中国文联设立荣誉委员若干名，荣誉委员由全国委员会主席团聘请。大会决定吸收全国性的产业文联和新疆生产建设兵团文联作为团体会员。大会选举周巍峙为主席，才旦卓玛（女，藏族）、尹瘦石、白淑湘（女）、冯元蔚（彝族）、冯骥才、吕厚民、刘晓江、李准、李瑛、李默然（回族）、杨伟光、吴贻弓、吴祖强、沈鹏、张锲、张君秋、罗扬、夏菊花（女）、高占祥、高运甲、谢晋、靳尚谊为副主席。中国文联第六届主席团第一次会议研究决定，任命高占祥、高运甲、李准、董良翚（女）、陈晓光、胡珍等为中国文联第六届书记处书记。中国文联第六届主席团还聘请马烽、巴金、华君武、刘白羽、关山月、吕骥、孙犁、启功（满族）、常香玉（女）、谢冰心（女）等33名全国文艺界德高望重、成就卓著的老一辈各民族文学艺术家为中国文联荣誉委员。中国文联主席周巍峙致闭幕词。1999年增补田爱习、李世济（女）为副主席，2000年增补赵志宏、陈晓光为副主席。

2001年12月18日至22日，中国文学艺术界联合会第七次全国代表大会在北京召开。巴金致开幕词。党和国家领导人出席了开幕式。江泽民发表重要讲话。朱镕基作经济形势报告。钱其琛作对外工作报告。丁关根在中国文联七届一次全委会上讲话。中国文联党组书记李树文作工作报告。中国文联主席周巍峙致闭幕词。江泽民同志的重要讲话，从振奋民族精神的高度对文艺事业提出要求，指出实现中华民族的伟大复兴，不仅需要发达的物质文明，而且需要先进的精神文明，建设先进文化与发展先进生产力是我们实现现代化的战略任务。他希望中国文联"进一步发挥党和政府联系文艺工作者的桥梁和纽带的作用，做好联络、协调、服务工作，团结广大文艺工作者为促进先进文化的发展而不懈努力"，要求文联"进一步深化改革，形成适应社会主义市场经济和文艺发展规律的组织体制、运行机制和活动方式，更好地促进文艺的发展繁荣"，使文联成为"推动我国文艺事业繁荣发展的重要力量"。大会修改了《中国文学艺术界联合会章程》，突出了中国文联在社会主义精神文明建设中的重要作用。在文联组织机构方面，增加了主席团委员职务。大会选举周巍峙为主席，丁荫楠、才旦卓玛（女，藏族）、王兆海、丹增（藏族）、白淑湘（女）、冯骥才、仲呈祥、刘兰芳（女，满族）、刘炳森、李牧、李世济（女）、李树文、杨伟光、吴贻弓、吴雁泽、陈晓光、胡珍、夏菊花（女）、覃志刚（壮族）、靳尚谊、裴艳玲（女）为副主席，甘英烈、廖奔为主席团委员。主席团推举李树文、覃志刚（壮族）、甘英烈、胡珍、李牧、仲呈祥、廖奔为中国文联第七届书记处书记。中国文联第七届主席团聘请马加、巴金、贺敬之等48名同志为中国文联第七届荣誉委员。在2005年12月9日召开的中国文联七届六次主席团会议上，胡振民、冯远被推举为中国文联书记处书记。在2006年3月18日召开的中国文联七届六次全委会上，胡振民、冯远被增补为中国文联第七届副主席。

2006年11月10日至14日，中国文学艺术界联合会第八次全国代表大会在北京召开。出席大会的有中国文联各团体会员和有关方面组成的47个代表团、12个文艺门类共1449名代表，以及香港、澳门特别行政区和台湾地区文艺界嘉宾43名。党和国家领导人出席大会开幕式。周巍峙致开幕词。胡锦涛发表重要讲话，深刻阐述了文艺工作在党和人民事业中的重要地位，热情赞颂了中华民族悠久而丰富的历史文化，充分肯定了广大文艺工作者为推动我国社会发展进步作出的重要贡献，科学分析了当前文艺工作面临的形势和任务，明确指出了现阶段我国文化工作的主题和广大文艺工作者的庄严使命，为新世纪新阶段文化建设和文艺工作指明了前进方向。温家宝作专题报告，李长春在中国文联八届一次全委会上讲话，唐家璇作关于国际形势的报告。胡振民作文联工作报告。大会修改了《中国文学艺术界联合会章程》，增加了中国文联开展文艺领域的行业教育、行业自律、行业服务和行业管理的工作内容。大会选举孙家正为主席，丁荫楠、才旦卓玛（女，藏族）、丹增（藏族）、白淑湘（女）、冯远、冯骥才、刘大为、刘兰芳（女，满族）、李牧、李维康（女）、杨志今、吴贻弓、吴雁泽、张西南、陈晓光、赵化勇、胡振民、段成桂、夏菊花（女）、覃志刚（壮族）、裴艳玲（女）等21人为副主席，白庚胜（纳西族）、冯双白、李前光（蒙古族）、林建、赵长青、姜昆、徐沛东、康健民、董伟、廖奔、黎鸣等为主席团委员。主席团推举胡振民、覃志刚（壮族）、李牧、冯远、杨志今、廖奔、白庚胜（纳西族）为中国文联第八届书记处书记。中国文联第八届主席团第一次会议推举周巍峙为中国文联第八届名誉主席，聘请林默涵等59人为中国文联第八届荣誉委员。中国文联主席孙家正致闭幕词。

2009年，中国文联迎来60周年华诞，举办了一系列隆重热烈的庆祝纪念活动。7月17日，纪念中国文联成立60周年大会在人民大会堂隆重召开，李长春发来贺信，刘云山出席会议并发表讲话，孙家正致辞。李长春的贺信和刘云山的讲话，全面回顾了中国文联成立60年来走过的光辉历程，系统总结了社会主义文艺事业取得的伟大成就和宝贵经验，充分肯定了文艺工作和文联工作在党和人民事业中的重要地位和作用，明确提出了做好新形势下文艺工作和文联工作的新任务新要求，对做好文艺工作和文联工作具有十分重要的指导意义。

2010年1月，在胡锦涛总书记、温家宝总理的亲切关怀下，在中央有关部门的大力支持下，全国文艺界广为关注的"中国文艺家之家"顺利竣工。这充分体现了党中央、国务院对文化建设的高度重视和对广大文艺工作者的亲切关怀。胡锦涛总书记为此专门发来贺信指出，"文艺事业大发展大繁荣，归根到底要靠文艺工作者的创造性劳动。衷心希望全国广大文艺工作者，自觉坚持先进文化的前进方向，积极投身我国改革开放和现代化建设的伟大实践，努力创作出更多为广大人民群众所喜闻乐见的优秀作品，为实现中华民族伟大复兴作出新的更大贡献"。温家宝总理为"中国文艺家之家"题名，同时发来贺信，希望广大文艺工作者共同努力，把文联建设成为文艺工作者的"创作之家、温馨和谐之家"。2010年春节前夕，李长春、刘云山、刘延东等到"中国文艺家之家"调研文联工作，看望慰问文艺家和文联工作者。他们希望中国文联进一步增强服务意识，改进服务方式，多为文艺工作者办实事办好事，努力造就一支梯次分明、结构合理的文艺工作者浩荡大军，使文联真正成为广大文艺工作者的创作创新之家、温馨和谐之家，把广大文艺工作者紧密团结凝聚在党的周围。

2011年11月22日至25日，中国文学艺术界联合会第九次全国代表大会在北京召开。出席大会的有来自中国文联54个团体会员和包括香港特别行政区、澳门特别行政区在内的全国各省区市、各民族、各艺术门类的1545名代表，台湾地区和海外的29名特邀嘉宾。

党和国家领导人出席大会开幕式。孙家正致开幕词。胡锦涛发表重要讲话，充分肯定了八次文代会以来文艺工作和文联工作取得的显著成绩，高度评价了广大文艺工作者为推动我国文艺事业繁荣发展作出的重要贡献。胡锦涛站在新的历史起点上，从推动社会主义文化大发展大繁荣、建设社会主义文化强国的战略高度，深入分析了当前我国文艺工作面临的新形势，深刻阐明了文艺工作在繁荣发展先进文化中的重要地位和作用，进一步指明了我国文艺事业的发展方向和目标任务，并对广大文艺工作者提出了殷切期望。他强调，广大文艺工作者要认清时代和人民赋予的神圣使命，坚持为人民服务、为社会主义服务，坚持百花齐放、百家争鸣，坚持贴近实际、贴近生活、贴近群众，高擎民族精神火炬，吹响时代前进号角，创作生产更多无愧于历史、无愧于时代、无愧于人民的优秀作品，奋力开创文艺发展新局面，为推动社会主义文化大发展大繁荣、建设社会主义文化强国贡献智慧和力量。中共中央政治局常委李长春同志在中国文联第九届全国委员会全体会议上讲话。中国文联党组书记赵实同志作《高举先进文化旗帜，团结动员广大文艺工作者，为建设社会主义文化强国而努力奋斗》工作报告。大会修改了《中国文学艺术界联合会章程》。选举孙家正为主席，丹增（藏族）、冯远、冯骥才、边发吉、刘大为、刘兰芳（女，满族）、李屹、李雪健、李维康（女）、杨承志（女）、陈晓光、迪丽娜尔·阿布拉（女，维吾尔族）、赵实（女）、赵化勇、段成桂、徐沛东、奚美娟（女）、彭丽媛（女）、覃志刚（壮族）、裴艳玲（女）、黎国如等21人为副主席，冯双白、李前光（蒙古族）、吴长江、张显、邵学敏、罗杨、季国平、赵长青、夏潮、康健民、董耀鹏等11人为主席团委员。主席团推举赵实（女）、覃志刚（壮族）、李屹、冯远、杨承志（女）、夏潮、李前光（蒙古族）等7人为中国文联第九届书记处书记。中国文联第九届主席团第一次会议推举周巍峙同志为中国文联第九届名誉主席，聘请丁荫楠等73人为中国文联第九届荣誉委员。中国文联主席孙家正致闭幕词。在2012年7月5日召开的中国文联九届三次全委会上，左中一被选举增补为中国文联第九届副主席，王瑶被增补为中国文联第九届主席团委员。在中国文联第九届主席团第三次会议上，左中一被推举为中国文联第九届书记处书记。在2013年6月30日召开的中国文联九届五次全委会上，周涛、夏潮被选举增补为中国文联第九届副主席。在中国文联第九届主席团第五次会议上，黎国如被聘请为中国文联第九届荣誉委员。在2014年1月10日召开的中国文联第九届主席团第六次会议上，郭运德、罗成琰被推举为中国文联第九届书记处书记，在1月11日召开的中国文联九届六次全委会上，李前光被选举增补为中国文联第九届副主席，郭运德、罗成琰被增补为中国文联第九届主席团委员。在2015年1月22日召开的中国文联九届七次主席团会议上，陈建文被推举为中国文联第九届书记处书记。在1月23日召开的中国文联九届七次全委会上，陈建文、陈洪武、罗斌、韩新安被增补为中国文联第九届主席团委员。

在改革开放新时期，全国文艺界在党中央的正确领导下，始终高举中国特色社会主义伟大旗帜，坚持"二为"方向、"双百"方针，坚持以人民为中心的创作导向，自觉投身改革开放的伟大实践，不断增强文化自信，谱写了社会主义文艺事业繁荣发展的辉煌篇章。文学、戏剧、电影、电视、音乐、舞蹈、美术、摄影、书法、曲艺、杂技、民间文艺、文艺评论、群众文艺、艺术教育等都取得丰硕成果。戏曲艺术得到复苏，到目前已发展到300多个剧种、1万多个演出团体；1977年、1978年两年共生产电影56部，而2017年产量已达970部，中国成为世界第二大电影市场；电视剧在1978年的产量只有8部单本剧，2017年则达到313部、13475集，连年稳居世界第一。除了数量激增、市场蓬勃发展以外，各艺术门类持续推出大批反映时代呼声、弘扬中国精神、陶冶高尚情操的优秀作品，各领域涌现出一批德艺双馨的文艺名家，培养造就了一支有信仰、有情怀、有担当的文艺人才队伍。仅中国文联所属 11 个全国文艺家协会，会员数量已由 1979 年的 1.2 万人发展到 12.6 万人，广大文艺工作者为不断丰富和满足人民群众的精神文化需求作出积极而富有成效的努力。

四、守正创新时期

2012 年 11 月 8 日，党的十八大召开，标志着中国特色社会主义进入新时代。大会正式确立了中国特色社会主义文化发展道路，深刻揭示了文化的战略地位和作用，进一步完善了文化建设的新布局，进一步明确了文化建设的总目标、总任务，阐明了当代中国文化建设与发展的新途径。2014 年 10 月，习近平总书记亲自主持召开文艺工作座谈会，2015 年出席中央党的群团工作会议并发表重要讲话，同年，《中共中央关于繁荣发展社会主义文艺的意见》由新华社全文播发。习近平总书记 2016 年出席中国文联十大、中国作协九大开幕式，2017 年在党的十九大上，2019 年看望参加全国政协十三届二次会议的文化艺术界社会科学界委员时，2020 年 9 月出席教育文化卫生体育领域专家代表座谈会上，习近平总书记都针对文化文艺发表了重要讲话。习近平总书记 2017 年给乌兰牧骑队员回信，2018 年给牛犇同志写信、给中央美院老教授回信，2019 年致信祝贺中国文联中国作协成立 70 周年，2020 年 10 月给中国戏曲学院师生回信，还针对文艺界相关艺术门类存在的问题作出许多重要指示批示。2021 年 4 月，习近平总书记视察清华大学美术学院时，对美术事业发表重要讲话。习近平总书记关于文艺工作的这些重要论述是习近平新时代中国特色社会主义思想的重要组成部分，创造性地回答了坚持和发展什么样的中国特色社会主义文艺，怎样坚持和发展中国特色社会主义文艺等根本问题，观点鲜明、内容丰富、逻辑严密、学理深厚。这一系列重要论述根植于改革开放和社会主义现代化建设的历史性变革和人民群众创造美好生活的生动实践，继承和发展了马克思列宁主义文艺观、毛泽东文艺思想和中国特色社会主义文艺学说，有力破解了一段时间以来困扰文艺理论和实践的普遍问题，科学回答了当代中国文艺发展遇到的特殊问题，鲜明提出了许多具有原创性、开创性、指导性的新思想新观点新论断，具有重大而深远的意义。这一系列重要论述标志着我们党对文艺工作重要地位作用及其规律的认识达到了一个新高度，是繁荣新时代文艺的认识论、实践论和方法论，是指导新时代文艺工作文联工作的总方针、总依据和总要求，在社会主义文艺事业发展史上具有里程碑意义。

2015年10月3日，《中共中央关于繁荣发展社会主义文艺的意见》出台。这一事关新时代我国文艺发展的顶层设计，既体现了马克思主义文艺观的一脉相承，也彰显着强烈的中国特色与时代特征，为进一步繁荣发展中国特色社会主义文艺事业勾勒出清晰可行的路线图，注入强大的能量。2017年10月18日，党的十九大报告首次对思想文化建设成就进行单独表述，首次对文艺工作进行单个章节部署，深刻阐述了文化和文化建设的地位作用，阐明了在新时代以什么样的立场和态度对待文化、用什么样的思路和举措发展文化、朝着什么样的方向和目标推进文化建设等重大问题，为推动社会主义文化繁荣兴盛提供了根本遵循。大会把中国特色社会主义文化同中国特色社会主义道路、中国特色社会主义理论体系、中国特色社会主义制度一道写入党章，充分彰显了以习近平同志为核心的党中央对文化的高度重视、对文化工作寄予的深切期望。2020年10月，党的十九届五中全会描绘了我国未来发展的宏伟蓝图，作出了应对变局、开辟新局的顶层设计，并对我国文化建设作出了战略部署，指出到2035年建成文化强国，提出了远景目标，规划了发展蓝图，对文艺工作和文联工作提出了新的更高要求。这一系列事关我国文艺长远发展的重要会议及政策文件，极大地激发了广大文艺工作者的创作热情，文艺界精神面貌焕然一新。中国文联在党中央的坚强领导和中宣部的有力指导下，认真贯彻落实中央各项决策部署，始终坚持"二为"方向、"双百"方针，坚持以人民为中心的工作导向，积极发挥党和政府联系文艺工作者的桥梁和纽带作用，认真履职尽责，强化职能转变、作风转变，推动理念创新、工作创新、机制创新，团结凝聚文联系统、动员引导广大文艺工作者为繁荣文艺事业作出了重要贡献。

2016年11月30日至12月3日，中国文学艺术界联合会第十次全国代表大会在北京召开。出席大会的有来自中国文联55个团体会员和包括香港特别行政区、澳门特别行政区、台湾地区在内的全国各地各民族各领域1550名代表和特邀嘉宾。党和国家领导人出席大会开幕式。孙家正致开幕词。习近平总书记发表重要讲话，站在民族复兴和时代进步的历史高度，充分肯定了全国九次文代会以来特别是党的十八大以来文艺事业取得的显著成就，高度评价了广大文艺工作者作出的重要贡献，鲜明指出了新形势下我国文艺发展的正确方向，深刻阐明了繁荣文艺创作的一系列新思想新论断新任务，对广大文艺工作者提出了殷切希望，对文联作协工作提出了明确要求。他强调，文运同国运相牵，文脉同国脉相连。广大文艺工作者要坚持以人民为中心的创作导向，坚持为人民服务、为社会主义服务，坚持百花齐放、百家争鸣，坚持创造性转化、创新性发展，高擎民族精神火炬，吹响时代前进号角，把艺术理想融入党和人民事业之中，做到胸中有大义、心里有人民、肩头有责任、笔下有乾坤，推出更多反映时代呼声、展现人民奋斗、振奋民族精神、陶冶高尚情操的优秀作品，努力筑就中华民族伟大复兴时代的文艺高峰。

刘云山在中国文联第十届全国委员会全体会议上讲话。赵实作《肩负时代新使命，推动文艺新发展，为实现中华民族伟大复兴中国梦贡献力量》工作报告。

大会修改了章程，根据新的形势任务和新的精神，在内容上增加了党的十八大以来，以习近平同志为核心的党中央关于实现中华民族伟大复兴中国梦、推进"四个全面"战略布局和关于加强文艺工作、群团改革方面的新理念新思想新论断的表述，明确了中国文联对各团体会员、文艺工作者以及新的文艺组织、新的文艺群体履行团结引导、联络协调、服务管理、自律维权基本职能，发挥在行业建设中的主导作用。在文联组织机构方面，增加了主席团职权内容。同时对章程作了个别文字修改，规范了有关提法用语。

大会选举铁凝（女）为主席，左中一、叶小钢、冯巩、冯远、边发吉、许江、李屹、李前光（蒙古族）、李祯盛、李雪健、张平、陈振濂、迪丽娜尔·阿布拉（女，维吾尔族）、孟广禄、赵实（女）、胡占凡、奚美娟（女）、郭运德、彭丽媛（女）、董伟、潘鲁生、濮存昕等22人为副主席，王瑶（女）、王一川、冯双白、陈建文、高西西、盛小云（女）等6人为主席团委员。主席团推举赵实（女）、李屹、左中一、李前光（蒙古族）、郭运德、陈建文等6人为中国文联第十届书记处书记。中国文联第十届主席团第一次会议推举孙家正为中国文联第十届名誉主席，聘请丁荫楠等81人为中国文联第十届荣誉委员。中国文联主席铁凝致闭幕词。在2019年1月16日召开的中国文联十届四次全委会上，陈建文被增补为中国文联第十届副主席。在2020年1月7日召开的中国文联十届五次全委会上，董耀鹏被增补为中国文联第十届主席团委员。2021年1月15日召开的中国文联第十届主席团第八次会议决定，推举胡孝汉、张雁彬为中国文联第十届书记处书记，陈建文不再担任中国文联第十届书记处书记。在1月16日召开的中国文联十届六次全委会上，增选胡孝汉为中国文联副主席，增选张雁彬为中国文联主席团委员。2021年7月28日召开的中国文联第十届主席团第九次会议上，推举徐永军为第十届书记处书记。7月29日召开的中国文联十届八次全委会上，增选徐永军、董耀鹏为中国文联副主席。

第十次全国文代会以来，中国文联在党中央亲切关怀和中宣部直接领导下，深入学习贯彻习近平新时代中国特色社会主义思想和党的十九大、十九届二中、三中、四中、五中全会精神，贯彻落实习近平总书记关于宣传思想工作、文艺工作、群团工作的重要论述，团结引领广大文艺工作者不忘初心、牢记使命，围绕中心、服务大局，繁荣创作、服务人民，守正创新、锐意进取，扎实推进完成中国文联第十届全国代表大会上的各项目标任务，为繁荣发展社会主义文艺事业作出了新努力新贡献。

进入新时代以来，中国文联切实抓好理论武装，坚持把学习贯彻习近平新时代中国特色社会主义思想和党的十九大精神引向深入；扎实开展重大文艺实践，汇聚正能量、唱响主旋律，浓墨重彩庆祝新中国成立70周年，在鼓舞人心、凝聚力量上取得新成效；持续强化文艺界理论武装，思想政治引领更加鲜明有力；广泛开展"深入生活、扎根人民"主题实践和文艺志愿活动，服务大众更加用心用力，在满足人民群众美好生活新期待上展现新作为；大力加强文艺界行风建设和文艺工作者职业道德建设，努力营造风清气正的文艺发展环境，文艺生态日益健康清朗；扎实开展和改进文艺评奖，大力加强文艺评论，激励引导作用进一步增强，引导文艺精品创作更加主动精准有效；注重互联网应用，推动"互联网＋文艺"、"互联网＋文联"工作取得新进展；积极开展对外和对港澳台民间文艺交流，服务党和国家外交外宣大局愈益务实活跃，在推动中华文化走出去上取得新成绩；文联深化改革整体推进，组织活力、向心力、吸引力和行业影响力明显提升；认真组织"不忘初心、牢记使命"主题教育和巡视整改，切实抓好党的政治建设，文联党的建设和干部队伍建设展现新风貌，文联工作科学化制度化规范化水平日益提升。

2016年12月，中共中央办公厅印发《中国文联深化改革方案》。中国文联认真贯彻落实方案要求，始终把保持和增强文联组织政治性、先进性、群众性作为主线，把克服机关化、行政化，转变职能、密切联系文艺工作者作为重点，从国家发展大局和文艺事业发展全局出发积极推动深化改革工作。中国文联紧紧围绕"团结引导、联络协调、服务管理、自律维权"十六字职能，聚焦"做人的工作"，扎实有序推进文联系统各项改革任务贯彻落实。加强顶层设计，立稳改革"四梁八柱"，优化转变职能，制定出台贯彻落实方案的一系列指导性文件；推进各全国文艺家协会深化改革落细落实，调整优化机构设置和人员配备，改革文联及文艺家协会运行机制；加强对各省区市文联深化改革的指导，召开全国文联深化改革座谈会、全国基层文联工作座谈会、全国文联"文艺两新"工作座谈会，不断提升文联系统履职能力，有效发挥文联组织在行业建设中的主导作用。通过深化改革，全国文联系统进一步加强了党对文艺工作和文联工作的领导，强化了对广大文艺工作者的思想政治引领，最大限度地团结引导广大文艺工作者听党话、跟党走；扩大了文联组织覆盖面，延伸了文联工作手臂，提高了对广大文艺工作者特别是新文艺组织和新文艺群体（以下正文简称"文艺两新"）联系服务能力和水平，文联组织的活力、向心力、吸引力和行业影响力不断提升，全国文联工作开启了创新发展的新局面。

2019年，中国文联迎来70周年华诞，举办了一系列隆重热烈的庆祝纪念活动。7月16日，纪念中国文联、中国作协成立70周年座谈会在人民大会堂举行，中共中央总书记、国家主席、中央军委主席习近平发来贺信，代表党中央表示热烈祝贺，向全国广大文艺工作者致以诚挚问候。中共中央政治局委员、中央书记处书记、中宣部部长黄坤明出席会议并发表讲话。

习近平总书记在贺信中指出，文艺事业是党和人民的重要事业，文艺战线是党和人民的重要战线。新中国成立70年来，广大文艺工作者响应党的号召，积极投身社会主义革命和建设、改革开放伟大实践，创作出一批又一批脍炙人口的优秀文艺作品，塑造了一批又一批经典艺术形象。特别是党的十八大以来，广大文艺工作者坚持以人民为中心的工作导向，深入生活、扎根人民，不断增强"脚力、眼力、脑力、笔力"，推动我国文艺事业呈现出良好发展态势，文学、戏剧、电影、电视、音乐、舞蹈、美术、摄影、书法、曲艺、杂技、民间文艺、文艺评论等都取得了丰硕成果，弘扬了民族精神和时代精神，为实现国家富强、社会进步、人民幸福作出了十分重要的贡献。

习近平总书记在贺信中强调，中国特色社会主义新时代呼唤着杰出的文学家、艺术家。中国文联、中国作协是党和政府联系文艺界的桥梁和纽带，在团结引领文艺工作者、繁荣发展社会主义文艺事业方面肩负重要职责。希望中国文联、中国作协深入学习贯彻新时代中国特色社会主义思想和党的十九大精神，自觉承担起举旗帜、聚民心、育新人、兴文化、展形象的使命任务，认真履行团结引导、联络协调、服务管理、自律维权的职能，团结带领广大文艺工作者记录新时代、书写新时代、讴歌新时代，努力创作出无愧于时代、无愧于人民、无愧于民族的优秀作品，为繁荣发展社会主义文艺事业、建设社会主义文化强国，为实现"两个一百年"奋斗目标、实现中华民族伟大复兴中国梦作出新的更大的贡献。

黄坤明在会上宣读习近平的贺信并讲话。他指出，习近平总书记的贺信，充分体现了党中央对文艺工作的高度重视、对广大文艺工作者的亲切关怀和殷切期望，充分肯定了中国文联、中国作协的光荣历史和重要贡献，对做好新时代文联作协工作提出明确要求，广大文艺工作者要牢记嘱托、铭刻初心、担当使命，更加自觉地举精神之旗、铸时代之魂、怀赤子之心、树凌云之志、领风气之先，用更多彰显中国精神和中国力量的精品力作回馈时代、奉献人民。贺信在文艺界产生强烈反响。

中国文联走过了70多年不平凡的历程。70多年来，广大文艺工作者始终坚持立德修身、崇德尚艺，涌现出一大批德艺双馨的名家大师。他们以坚定的信仰追求、卓越的艺术创造，绘就时代华彩、奏响时代强音，以高尚的道德操守、独特的人格魅力，引领社会风尚、赢得人民热爱。实践充分证明，我们的文艺队伍是一支热爱祖国、热爱人民、热爱社会主义的队伍，是一支锐意进取、富于创造、乐于奉献的队伍，是一支与党同心同德、与人民同甘共苦、值得充分信赖的队伍。特别是2020年面对史无前例的新冠肺炎疫情，中国文联积极发挥组织优势、文艺优势，组织号召广大文艺工作者创作优秀文艺作品，以艺抗"疫"，宣传中央决策部署，宣传抗疫实践中的感人事迹和人物。在中国文联的组织带领下，广大文艺工作者认真学习贯彻习近平总书记重要指示精神和党中央、国务院决策部署，倾情投身抗疫主题文艺实践，谱壮歌传递真情、持画笔描绘坚毅、举相机凝聚感动、创精品培根铸魂，推出一批强信心、暖人心、聚民心、筑同心的优秀文艺作品，有效鼓舞了士气、抚慰了人心、凝聚了意志，构筑起全国人民众志成城抗击疫情的强大精神之坝。

一百年来，中国共产党团结带领中国各族人民，以"为有牺牲多壮志，敢教日月换新天"的大无畏气概，书写了中华民族几千年历史中最恢宏的史诗。中国文联以及进步的革命的文艺组织在党的领导下，为中华民族实现从站起来到富起来再到强起来的历史性飞跃作出了重要贡献。回顾过去,展望未来,中国文联必将在党中央正确领导下,认真贯彻党的文艺方针政策,切实履行职能,努力发挥作用,为增进文学艺术界的大团结、促进文学艺术创作的大繁荣、繁荣发展社会主义文艺事业、建设社会主义文化强国,为全面建成社会主义现代化强国、实现中华民族伟大复兴中国梦作出新的历史性贡献。

第三章

文联组织的性质职能特点和基本原则

第一节　文联组织的性质职能

新时代文联组织的性质职能是党中央根据治国理政和国家工作全局的实际需要赋予的，既是对过去文联工作走过的不平凡历程的总结，也是对新时代文联工作使命任务的定位和要求。

一、文联组织的性质

文联是党领导的文艺界人民团体，是党和政府联系文艺工作者的桥梁和纽带，是繁荣发展社会主义文艺事业、建设社会主义文化强国的重要力量。文联组织的性质主要体现在以下三个方面。

（一）党领导的文艺界人民团体

中国文联是由中央书记处领导，中宣部代管的正部级人民团体。2016年12月第十次全国文代会通过的《中国文学艺术界联合会章程》规定，中国文联是中国共产党领导的由全国性的文艺家协会，省、自治区、直辖市文学艺术界联合会和全国性的产（行）业文学艺术界联合会组成的人民团体。各级文联组织作为共产党领导下的群团组织，有着作为群团组织的共同特点：在中国共产党的领导下，有严格规范的章程、健全的内部治理结构以及严密规整的组织网络体系。其在性质上明显区别于党政机关、企事业单位以及其他社会组织机构，更不同于西方国家的非政府组织，而是具有政治性、先进性、群众性这三大本质属性，具有鲜明的中国特色。这是党在探索社会主义文化发展道路的长期实践中形成和发展起来的，符合我国的国情和历史发展趋势。文联组织的特色主要体现在以下几个方面：

一是始终坚持党的领导。这是一项在任何时候、任何情况下都绝不能动摇的基本原则和政治要求。中国文联的建立和发展与中国共产党的领导有着深厚的历史渊源和紧密的现实关联。回顾文联走过的70多年的光荣历程，文联工作始终在党的领导下，紧紧围绕党和国家工作大局，与广大文艺工作者一起，与党同心同德、同向同行。在新的历史时期，文联组织必须自觉肩负起自身的政治责任，把党的理论和路线方针政策贯彻落实到文联工作各方面、全过程，把自身工作与党领导的伟大事业联系在一起，服从服务于党和国家工作大局。

二是具有特殊的政治地位。文联章程开宗明义指出，文联是党领导的人民团体，是党和政府联系文艺界的桥梁和纽带，是繁荣发展社会主义文艺事业、建设社会主义先进文化的重要力量。这明确厘清了文联组织的性质，赋予文联组织党领导的人民团体的本质属性。文联不是单纯的文艺组织，也不是简单的人民团体，而是党领导下的政治组织，是服务于党和国家工作大局的，是党和国家治国理政的重要抓手，是国家治理体系中的重要力量。

三是拥有严密的组织网络。中国文联是我国覆盖面最广、规模最大的全国性文艺组织，在联系文艺家、文艺工作者方面具有天然优势。

深化改革以来，文联组织通过强基础，构建了从中央到省、地（市、州、盟）、县（市、区、旗）、乡镇直至社区、乡村的组织网络。之前，中国文联和各地方文联之间并没有直接工作指导关系，文联深化改革以来，积极贯彻党领导群团工作的基本制度要求，明确了中国文联可以依法依章程指导下级文联的工作，大大提升了文联组织的上下联动能力。

（二）党和政府联系文艺工作者的桥梁和纽带

习近平总书记在致中国文联成立70周年的贺信中强调，中国文联是党和政府联系文艺界的桥梁和纽带，在团结引领文艺工作者、繁荣发展社会主义文艺事业方面肩负重要职责。"桥梁和纽带"是对文联组织功能定位的形象比喻。实践表明，群团组织这种层级化组织结构体系，是高效的组织，有助于上情下达，把党和政府的意图、决策及时传输到基层；同时，也有助于下情上传，把基层群众的诉求、愿望、期盼通过组织化的通道向上反馈。文联组织一头连着党和政府，一头连着广大文艺工作者，发挥着统一思想、凝聚人心、化解矛盾、增进感情、激发动力的重要作用。

文联组织作为文艺界的群团组织，通过立体化、多层面的组织体系最广泛地把文艺工作者团结、凝聚起来，积极践行党的群众路线和文艺路线。当今时代，文艺领域发生深刻变化，文艺新业态、新样式不断呈现，新文艺组织、新文艺群体大量涌现，团结引领文艺界的任务愈加繁重，文联组织的桥梁和纽带作用只能加强，不能削弱。新时期，文联组织通过重心下移、方式转变、机制创新等，进一步扩大群众优势，把党和政府联系文艺界的桥梁架得更多、纽带系得更紧，把党和政府的纲领路线、方针政策、决策部署同文艺界和文艺工作者的心声、愿望、诉求有机地统一起来，牢牢把握大团结大联合的主题，坚持一致性和多样性统一，找到最大公约数，画出最大同心圆。积极适应新形势新任务新要求，强化政治担当，践行初心使命，自觉站在党和国家事业全局高度谋划文联工作，结合职能职责把党的路线方针政策和党中央重大决策部署落到实处。

与其他社会组织相比，群团组织参与政治过程、影响公共决策的能力更强、更大，渠道也更畅通、便捷。按照中央《关于加强社会主义协商民主建设的意见》精神，文联组织作为文艺界人民团体，可以更好组织和代表所联系的群众参与公共事务，有效反映群众意愿和利益诉求。《中国文联深化改革方案》强调，鼓励文联组织发挥专业和人才优势，承担一些适合由文联组织承担的社会治理服务职能，参与制定相关立法、政府规划、公共政策等事务。正是基于自身独特的组织优势和社会资源，文联组织在党与文艺界之间建立起政治协商、民主监督、参政议政的沟通平台，为文艺界提供依法、有序、广泛参与管理国家和社会治理渠道，使党和政府在决策的过程中能够更全面地了解广大文艺工作者需求，使各项决定、政策能够更加真实地反映和体现文艺界的诉求，让广大文艺工作者真正感受到文联作为"文艺工作者之家"的亲切和温暖。

（三）繁荣发展社会主义文艺事业、建设文化强国的重要力量

文艺是时代前进的号角，最能代表一个时代的风貌，最能引领一个时代的风气。文艺事业是党和人民的重要事业。党的十八大以来，习近平总书记就繁荣发展社会主义文艺多次发表重要讲话，深刻阐明了文艺和文艺工作的地位作用、时代使命、方针原则和目标任务，为繁荣发展社会主义文艺指明了方向。习近平总书记在致中国文联成立70周年的贺信中明确提出，希望中国文联"自觉承担起举旗帜、聚民心、育新人、兴文化、展形象的使命任务"，"为繁荣发展社会主义文艺事业、建设社会主义文化强国，为实现'两个一百年'奋斗目标、

实现中华民族伟大复兴中国梦作出新的更大的贡献"。繁荣发展社会主义文艺事业，是对文联工作的总体要求，也是广大文艺工作者的神圣职责。

深化改革以来，文联组织认真贯彻落实习近平总书记系列重要讲话精神，坚定信心、乘势而上，不断推动文艺工作持续发展，在繁荣文艺创作、引领社会风尚、加强文艺队伍建设等方面展现出新面貌新气象。

繁荣发展社会主义文艺，必须推动创作生产。加强文艺精品创作，不仅要跟上时代发展、把握人民需求，还要紧扣党和国家的中心任务。文联立足自身定位，利用戏剧、电影、电视、音乐、舞蹈、美术、摄影、书法、曲艺、杂技以及民间文艺、文艺评论等艺术形式，通过"深入生活、扎根人民"等一系列活动，引领广大文艺工作者讲好中国故事、传播好中国声音、阐发中国精神、展现中国风貌，为党分忧、为民谋利、为国立魂。

繁荣发展社会主义文艺，必须引领社会风尚。文艺承担着以文化人、以文育人的职责。文联工作必须把社会效益放在首位，引导文艺工作者树立起正确的历史观、民族观、国家观、文化观，自觉讲品位、讲格调、讲责任，自觉遵守国家法律法规，加强道德品质修养，坚决抵制低俗庸俗媚俗，做真善美的追求者和传播者，把崇高的价值、美好的情感融入文艺作品，引领社会风尚。

繁荣发展社会主义文艺，必须加强队伍建设。事业的发展关键靠人才。繁荣发展社会主义文艺事业，建设社会主义文化强国，必须努力打造一批各艺术领域的领军人物，建设一支宏大的文艺人才队伍。要通过教育培训、采风创作、志愿服务、典型宣传等多种方式，引导广大文艺工作者努力提升思想水平、业务水平、道德水平。加强联系沟通，改进服务方式，诚心诚意同文艺工作者交朋友，待人以亲、助人以诚，关心他们的工作和生活，倾听他们的心声和心愿，多做得人心、暖人心的事，成为文艺工作者事业上的好伙伴、生活中的真朋友，营造有利于文艺创作的良好环境。要延伸工作手臂，加强对新文艺组织、新文艺群体的团结引导，把千千万万文艺从业者、爱好者凝聚起来。文艺工作者自身也要自觉坚守艺术理想，不断提高学养、涵养、修养，加强思想积累、知识储备、文化修养、艺术训练，努力以高尚的职业操守、良好的社会形象、文质兼美的优秀作品赢得人民喜爱和欢迎。

二、文联组织的职能

文联的职能是由其性质决定的，所要解决的是"干什么"的问题，是文联所具有的功能、作用、价值在社会实践中的具体体现。

长期以来，文联组织团结引领广大文艺工作者听党话、跟党走，繁荣创作，服务人民，为发展社会主义文艺事业作出了积极贡献。党的十八大以来，以习近平同志为核心的党中央高度重视新时代文艺事业，围绕做好新时代文艺工作、群团工作和文联工作作出一系列重要论述。这些重要论述，是习近平新时代中国特色社会主义思想的重要组成部分，深刻回答了新的历史条件下文艺工作方向性、全局性、战略性的重大问题，为文联工作指明了前进方向、提供了根本遵循。2014年习近平总书记在文艺工作座谈会上的重要讲话中指出："文联、作协要充分发挥优势，加强行业服务、行业管理、行业自律，真正成为文艺工作者之家。"2015年《中共中央关于繁荣发展社会主义文艺的意见》进一步明确要求："各级党委和政府要加大对文联、作协的支持保障力度，切实支持其履行团结引导、联络协调、服务管理、自律维权职能，在行业建设中发挥主导作用。"2016年12月《中国文联深化改革方案》再次明确提出,"推动文联基本职能由联络、协调、服务拓展为团结引导、联络协调、服务管理、自律维权,使文联组织的联系范围和服务管理能力显著提升,对网络文艺和新文艺群体影响力显著扩大,行业建设主导作用显著增强"。

深化改革是党中央交给文联的重大政治任务,也是推进文联组织自身转型发展的内在要求和重大历史机遇。改革不仅意味着文联工作理念、工作思路的深刻变化,也意味着基本职能的重大转型。为适应新形势新任务的需要,中国文联机关在深化改革中按照自身的性质,积极探索并建立符合文联组织特点、充满生机和活力的运行机制。按照中央有关文件明确规定,从2021年起,中国文联机关的主要职责,在2001年"三定"方案基础上将"联络、协调、服务"调整为"团结引导、联络协调、服务管理、自律维权",并将"新文艺群体、新文艺组织"纳入文联的工作对象范围,同时增加开展行业建设、推动网上文联建设、依法依章程指导下级文联工作三项职责,并在内设机构、各全国文艺家协会、各所属事业单位里增加了相关职能。

(一)团结引导

团结引导职能是文联组织的核心任务。把各领域、多方面、各层次的文艺工作者、文艺爱好者最广泛最紧密地团结起来,是党交给文联的重大政治任务,是检验文联工作成效的根本标准,也是履行其他职能的前提和基础。文联组织主要是靠自身的影响力和凝聚力,通过各种方式和渠道,努力把广大文艺家、文艺工作者广泛紧密地团结起来,使他们成为繁荣发展社会主义文艺事业的有生力量。在新的历史条件下,要切实解决文联组织同文艺工作者联系不够紧密、对新文艺群体有效覆盖不够、广泛性和代表性不强的问题,中国文联及所属各全国文艺家协会努力延伸工作手臂,畅通联络渠道,创新组织形式,营造良好文艺生态，努力实现从"文艺家"到"千千万万文艺从业者、爱好者"、再到"整个文艺界"的辐射，调动和激发他们做好文艺工作的积极性和主动性，努力为"多出人才、多出精品"做好服务工作，进一步推动文艺事业繁荣发展。

文联的团结引导职能是文联组织的政治性的具体表现。在党的十九大报告中，习近平总书记强调，要增强群团组织的群众工作本领，创新群众工作体制机制和方式方法，组织动员广大人民群众坚定不移跟党走。发挥好自身的组织优势，解决好思想政治引领作用不够突出的问题，引导广大文艺工作者践行以人民为中心的创作导向，不断增强广大文艺工作者的政治认同、思想认同、情感认同，把贯穿其中的坚定信仰信念、真挚人民情怀、自觉历史担当，体现到文联工作中去，是文联工作的核心内涵和本质要求。通过深化改革，文联组织在培训会员、组织主题文艺实践活动、改革全国性文艺评奖、加强文艺评论等方面进行了一些新的有益探索。一是把文艺人才的培训研修作为重要工作职能，常态化、高质量地做好体制内外、不同层次文艺人才的思想政治培训和业务培训工作，引导广大文艺工作者成为党的文艺方针政策的拥护者、践行者；二是积极发挥评奖评论、志愿服务的示范作用，通过完善"深入生活、扎根人民"主题实践常态化工作机制和文艺志愿服务长效工作机制，引导广大文艺工作者坚持正确的创作导向。

履行好团结引导职能，需要正确处理好团结与引导的关系。团结是做好引导的前提和基础，引导是团结的方向和方式。团结是坚持正确导向下的团结，引导是遵循创作规律的引导。这就要求文联既要始终坚持党对文艺工作的领导，坚持党的事业至上和人民利益至上原则，始终把握正确的创作导向和工作导向，又要充分发扬艺术民主和学术民主，尊重广大文艺工作者的创造性劳动，既引导他们坚守思想品质，又鼓励和提倡他们拥有独特的艺术追求和不同形式风格的自由发展，创造和谐民主、严肃活泼的氛围，形成良好的文艺生态，把更多的文艺工作者团结在党的周围。

（二）联络协调

联络协调是文联工作的基本方法。联络协调就是要充分发挥好党联系广大文艺工作者的桥梁和纽带作用，认真做好上下纵横各方面的联络交流和沟通协调工作，搭建起各级文联与广大文艺工作者紧密联系在一起的文艺平台。

一是加强与广大文艺工作者的联络联系。坚持眼睛向下、重心下沉、端口前移，工作向基层倾斜，积极构建新文艺群体联络体系、建设网上文艺工作者之家、开展新文艺群体职称评定、加强文艺家协会专业委员会建设、建立"青年艺术家之友"工作平台等，真正实现新形势下文联工作从面向文艺家到面向广大文艺工作者包括文艺爱好者的转变和拓展。同时加强和改进会员联络机制，修订完善文联所属各文艺家协会《个人会员入会条件细则》，调整准入门槛，完善创新会员发展、管理制度和会员的准入、退出、奖惩机制，积极吸纳新文艺群体、新文艺组织中的年轻会员和自由职业者中的代表性人物、领军人才，更加主动广泛地联络团结各类文艺界人才。

二是加强文联系统的联络沟通。深化改革以来，文联组织重点通过建机制、建平台等方式加强文联系统的联系，补齐自身基层基础工作薄弱的短板，逐渐建立起上下贯通、左右协调的联动组织模式，在发挥文联传统优势职能方面打下坚实的组织基础。一方面加强中国文联、各全国文艺家协会和各级文联、协会之间的纵向沟通联络，充分发挥上级文联、协会对下级文联、协会的工作指导作用；另一方面加强下级文联、协会之间的横向联络和交流，相互学习借鉴，团结合作，资源共享，形成合力。

三是加强与其他社会各界的联络。主要是加强与相关部门、其他文艺组织以及其他各界别的联系交流与合作，提高全社会对文艺界的关注度、参与度，推动形成与相关单位、部门协同推进、全社会共同参与的文艺工作发展新格局。比如，在"北漂"、"横漂"、"景漂"等所在的有较好艺术发展环境、专业艺术人才相对集中的新文艺群体聚集区，文联组织与地方政府和行业组织合作，在专业培训、市场优化、展演展示等方面提供帮助，建立起行业管理与属地管理相结合的工作模式。同时，发挥文联的组织优势，代表文艺界为国家发展建言献策、合理反映自身利益诉求，并在各种活动中寻求各级党委和政府的支持。注重加强与海外文艺组织和文艺工作者的交流与合作，学习借鉴外国先进理念、经验和做法，推动中国优秀文艺作品走向世界。

（三）服务管理

服务管理是文联工作的重要方式，主要是加强行业服务和行业管理。从文联所联系的文艺界人民群众即广大文艺工作者和爱好者最关心、最直接、最现实的切身利益出发，坚持在思想上尊重他们，感情上贴近他们，工作上依靠他们，维护他们的合法权益。群团组织只有用心用情服务所联系的界别中最广泛的人民群众，才能扩大知名度、美誉度和影响力，不断增强自身发展的生命力。

加强行业服务，就是要不断提升文联服务文艺工作者的意识、能力、质量和水平，为多出精品、服务人民提供有益帮助，创造良好环境。一方面是人才的培养和扶持。文艺工作者的成长成才既要靠自身的执着追求和不断学习探索，也要靠各级文联组织的培养和扶持。文联通过举办培训班、重点扶持培养等方式，引导广大文艺工作者加强党的方针政策的学习，加强文艺理论和专业知识的学习，不断提高个人道德修养、文艺素养和创作实力，激发广大文艺工作者创作的自觉性和积极性。另一方面是创作和生活服务。文联努力为广大文艺工作者提供更多的服务内容和项目,包括采风创作、宣传推介、职称评定等,积极帮助文艺工作者解决创作、生活中遇到的各种实际困难,为他们潜心创作创造良好环境,提供坚实保障。

加强行业管理,主要是指文联及协会要充分发挥在行业日常管理中的职能作用。一是会员管理。会员是文联组织及所属文艺家协会构成的基础,会员管理是文联行业管理职能中的重要组成部分。文联要切实改变"重发展、轻服务、缺管理"的倾向,就必须严格规范会员入会条件、办法,实现服务与管理并重,明确会员的权利和义务,形成有效的行为规范和约束机制。二是阵地管理。习近平总书记在文艺工作座谈会重要讲话中强调:"要重视文艺阵地建设和管理,坚持守土有责,绝不给有害的文艺作品提供传播渠道。"[1]文联必须进一步强化阵地意识、责任意识,牢牢掌握主动权、话语权,弘扬主旋律,传播正能量,更加积极主动有效地加强对文艺报纸期刊、研讨论坛、教育培训、展演展示等文艺阵地的建设和管理,做到守土有责、守土负责、守土尽责。三是业务管理。一方面是加强对各类专业委员会和文艺社团的业务指导和管理,帮助他们健全领导班子,完善各项制度,规范活动开展,建立工作模式,示范带动、以点带面,发挥他们在促进文艺事业繁荣发展中的作用。另一方面努力在行业规划、行业标准、行业规范方面进行有益探索,建立健全各艺术门类管理制度、学术评价体系以及行业规范,切实发挥各全国文艺家协会的专业优势,并按照中央文件要求,逐步开展不同艺术门类新文艺群体的职称评定。

服务和管理是相辅相成、互为促进的关系。只有更广泛地服务广大文艺工作者,才能为加强行业管理奠定良好的群众基础,使行业管

---

[1] 习近平:《在文艺工作座谈会上的讲话》,人民出版社2015年版,第28页。

理更有效、更接地气。也只有切实履行好行业管理职能，才能够维护广大文艺工作者的合法利益，建设良好行业发展生态。

（四）自律维权

自律维权职能是文联组织的坚实保障。加强行业自律，就是要发挥好文联组织在文艺界自我教育、自我管理的功能，组织引导所联系的广大文艺工作者继承和弘扬中华优秀文化，自觉培养和践行社会主义核心价值观，发挥好文艺反映时代风貌、引领时代风气的重要作用。深化改革以来，中国文联主动作为，把加强行风建设和行业自律作为一条主线贯穿到工作之中，出台了《中国文艺工作者职业道德公约》，中国文联所属各全国文艺家协会也相继制定了本艺术门类从业人员自律公约或行为守则，建立健全行业自律、文艺从业人员道德监督、会员退出等机制，加强文艺界行业自律和行风建设，确保文艺工作者规范、有序地开展文艺活动。积极发挥文艺工作者职业道德委员会作用，大力加强正面典型宣传，特别是对中青年文艺工作者，包括新文艺组织、新文艺群体中的德艺双馨典型人物先进事迹的宣传，发挥正能量，产生正效应，体现对文艺界从业人员的正向引领。与此同时，中国文联和各文艺家协会逐步建立有刚性约束力的管理制度、自律公约，抵制行帮习气和不良行为，发现问题，及时发声，一方面加强批评教育，另一方面加强舆论引导，营造风清气正的文艺界良好氛围。

维权职能就是发挥文联的组织优势，切实维护广大文艺工作者的正当合法权益。2012年，中国文联成立了权益保护部，围绕文艺工作者维权，作出了积极努力。深化改革以来，文联组织积极加快建立权益保护组织网络，以维护广大文艺工作者的名誉权、著作权、社会保障权等基本权利为工作重点，加强同相关部门的协调合作，不断完善立法协商机制、侵权纠纷调解机制、权益保护协调合作机制和诉求表达处理机制，大力维护文艺工作者合法权益。

团结引导、联络协调、服务管理、自律维权，这十六个字的职能要求既相互联系，又各有侧重，是一个辩证统一的有机整体。我们只有准确深刻地认识和把握这些职能的内涵要求和外延范围，才能更好地履行职能，做到到位不越位，在位不缺位，真正发挥文联的职能作用。

第二节　文联组织的特点

概括起来说，文联组织主要具有政治性、先进性、群众性、专业性四个方面的特点。这四个方面的特点，既相互区别又相互联系，体现在文联工作的全过程和方方面面，统一于繁荣发展社会主义文艺事业的伟大实践之中。

习近平总书记在中央党的群团工作会议上明确要求，党的群团组织要切实保持和增强政治性、先进性、群众性，组织动员广大人民群众更加紧密地团结在党的周围。政治性、先进性、群众性是文联组织的根本属性，也是文联组织开展工作的基本准则。文联组织覆盖各个文学艺术门类，专业性是文联组织的鲜明特点。

一、政治性

政治性是文联组织的灵魂所在，也是我国文艺界人民团体区别于世界上绝大多数国家文艺行业组织的最显著特性。文联组织的政治性体现在要始终把自己置于党的领导之下，在政治上思想上行动上始终同党中央保持高度一致，自觉维护党中央权威，坚决贯彻党的意志和主张，严守政治纪律和政治规矩，经得住各种风浪考验，承担起引导广大文艺工作者听党话、跟党走的政治任务，把自己联系的群众最广泛最紧密地团结在党的周围。

文联组织是在长期的革命斗争和文艺实践基础上形成的中国共产党团结联系文艺界的政治组织。中国文联自成立之日起，就具有鲜明的政治属性。党对文联组织的领导和指导，决定和强化了文联组织的政治性。在革命、建设和改革的不同时期，党组织有力领导文艺界的群众运动，帮助和指导早期文艺社团和文联组织了解马克思主义文艺理论，参加革命斗争和自身解放，并通过统一战线组织和在文联组织内设立党组织的方式，贯彻执行党的路线、方针、政策，保证文联工作不脱离正确轨道。在新的历史时期，必须毫不动摇坚持党对文联工作的领导，以习近平新时代中国特色社会主义思想为指导，坚定不移走中国特色社会主义道路，以党的旗帜为旗帜、以党的方向为方向、以党的意志为意志，切实加强党对文艺工作的领导，把党的理论和路线方针政策真正贯彻落实到文联组织和文联工作中。自觉接受党的领导始终是文联组织的首要原则，这一点在文联组织的章程中也有明确体现。2016年12月通过的《中国文学艺术界联合会章程》明确指出，中国文联是中国共产党领导的人民团体，要坚持党的基本路线、基本纲领、基本经验，坚定不移走中国特色社会主义文艺发展道路和群团发展道路。

文联组织政治性的特点，要求文联工作要进一步提高政治站位，要在党和国家事业全局、宣传思想战线大局中准确认识和科学把握文联组织的政治定位，自觉坚持党对文艺工作和文联工作的全面领导，牢牢把握政治性是文联组织第一属性、文联工作是政治工作、文联组织是政治组织的要求。自觉强化中国文联及各团体单位党的政治机关意识，以政治建设为统领，全面加强文联组织党的建设，以党建带队伍、抓管理、强基础、促业务，增强文联组织的政治功能，把各级文联组织建设成为让党中央放心、让广大文艺工作者和人民满意的模范集体，把文联各级基层党组织建设成为坚强的战斗堡垒，使广大党员真正地发挥先锋模范作用，经得住挑战和考验，在关键时刻节点、在大是大非问题面前，牢牢站稳政治立场，旗帜鲜明、主动发声，确保党的群团组织不变色、不变质。从而更好地承担起团结引导广大文艺工作者听党话、跟党走的政治责任，为文联组织的改革发展提供坚强思想政治保证。

鲜明的政治性是文联组织同一般社会组织的根本区别，也是衡量文联工作做得好不好的重要标准。只有保持和增强政治性，文联组织才能和党同心同德、同心同向。服从党的领导，接受党的领导，一心一意跟党走，文联组织工作才能始终沿着正确方向前进。

二、先进性

先进性是文联组织的关键所在。文联是党直接领导的文艺界群众组织，承担着组织动员广大文艺工作者为完成党的中心任务而共同奋斗的重大责任，必须把保持和增强先进性作为文联工作的重要着力点。文联组织要牢牢把握为实现中华民族伟大复兴中国梦而奋斗的时代主题，紧紧围绕党和国家工作大局，切实发挥文联及协会的人才资源优势，通过履职尽责、发挥作用、评选表彰、宣传推介等多种形式载体，建立增强先进性的常态化工作机制，充分发挥优秀文艺工作者的示范带动作用，营造崇德尚艺、学习先进、潜心耕耘、团结和谐、积极向上的良好氛围。

文联组织先进性的特点，要求文联组织坚定不移走好中国特色社会主义文艺发展道路。古人云，欲事立，须是心立。坚持用党的创新理论武装头脑，以科学理论引领行动，是文联组织在新时代迎接新挑战、完成新使命的根本保证。习近平新时代中国特色社会主义思想是马克思主义中国化最新成果，深入回答了时代之问、实践之问、人民之问，深刻揭示了强党之路、强国之路、民族复兴之路，是全党全国人民的思想之旗和精神之魂。习近平总书记关于文艺工作的重要论述，是习近平新时代中国特色社会主义思想的重要组成部分，深化了我们党对文艺工作的规律性认识，是中国化的马克思主义文艺理论，是马克思主义文艺观的当代教科书。在新的征程上，文联组织要履行好新时代的职责使命、体现先进性，一刻也离不开习近平新时代中国特色社会主义思想的强大指引。文联组织要把习近平新时代中国特色社会主义思想作为主心骨、定盘星，深入领会贯穿其中的马克思主义立场观点方法，特别是深入学习领会习近平总书记关于文艺工作重要论述，在学懂弄通做实上下功夫，把学习成果切实转化为增强"四个意识"、坚定"四个自信"、做到"两个维护"的政治自觉、思想自觉和行动自觉，转化为正确的世界观、人生观、价值观，更加有力地承担起举旗帜、聚民心、育新人、兴文化、展形象的使命任务。

文联组织先进性的特点，要求文联组织始终坚持马克思主义在意识形态领域指导地位这一根本制度，牢牢把握社会主义文艺前进的正确方向。习近平总书记指出，马克思主义就是我们党和人民事业不断发展的参天大树之根本，就是我们党和人民不断奋进的万里长河之泉源。[1] 党的十九届四中全会第一次把马克思主义在意识形态领域的指导地位确立为中国特色社会主义的一项根本制度，这是关系党和国家事业长远发展、关系我国文化前进方向和发展道路的重大理论创新。

---

[1] 习近平：《继续推进马克思主义中国化时代化大众化》，《论党的宣传思想工作》，中央文献出版社2020年版，第286页。

历史深刻表明，党的初心使命源于马克思主义科学理论的指引和召唤，党的团结统一首先在于指导思想上的团结和统一，党的先进性纯洁性基础在于思想理论上的先进和纯洁。只有坚持马克思主义指导地位，中国特色社会主义文艺才能固本开新、永葆生机，才能开创繁荣兴盛的生动局面，反之就会迷失方向、丢掉灵魂，就会导致不良文艺思潮沉渣泛起，造成文艺领域的混乱。文联组织必须要牢牢掌握党在文艺领域意识形态工作的领导权，发扬斗争精神，澄清模糊认识，耐心细致纠正偏颇认识，旗帜鲜明反对错误认识，切实维护文艺领域意识形态安全，把准社会主义先进文化前进方向。

文联组织先进性的特点，要求文联组织必须始终坚持与时代同步伐。新中国文艺70多年砥砺奋进，文艺工作者把个人艺术追求融入民族复兴伟业，把文学艺术生动创造寓于时代进步大潮，走出了一条中国特色社会主义文艺发展之路。70多年的历史深刻昭示，任何一个时代的经典文艺，都是那个时代社会生活和精神的写照。文艺是探察时代变化的敏感触角，也是鼓舞时代前进的响亮号角，总是在重大历史关头，发时代之先声，开社会之先风，启智慧之先河。新时代赋予新使命，新时代提出新要求。只有保持和增强先进性，文联组织才能找到工作的着力点和自身的支撑点。文联组织一定要在准确把握社会主要矛盾变化中，反映时代新风貌，始终坚持与时代同频共振，满足人民新需求；一定要在顺应历史潮流中锐意创新创造，奉献精品力作，用心用情用功抒写伟大时代，持续推进新时代文艺高峰建设；一定要在实现理想征途中追求德艺双馨，坚持培根铸魂，引领社会风尚；一定要为党分忧、为民谋利，以先进引领后进，把社会主义核心价值观融入推动发展伟大实践之中。

三、群众性

群众性是文联组织的根本所在。人民群众是党的领导和执政的力量源泉，更是文联组织的立足之基。文联组织开展工作和活动要以群众为中心，让群众当主角。要更多关注、关心、关爱普通群众，进万家门、访万家情、结万家亲，经常同群众进行面对面、手拉手、心贴心的零距离接触，增进对群众的真挚感情。文联组织要保持和增强群众性，须时刻牢记广大文艺工作者是文联和协会赖以存在的组织基础、群众基础，要在广泛联系、密切联系上下功夫，不断延伸工作手臂，扩大组织覆盖，增强文联和协会组织的活力吸引力，充分调动基层一线广大文艺工作者，特别是"文艺两新"的积极性、主动性、创造性，共同把文联和协会建成文艺工作者的温馨和谐之家。

文联组织群众性的特点，要求文联组织必须高度聚焦"做人的工作"这一核心任务，自觉担负团结引领文艺工作者的重大责任。习近平总书记指出，哪里有文艺工作者，文联、作协的工作就要做到哪里。文联组织是党和政府联系广大文艺工作者的桥梁和纽带，是党领导下的人民团体，担负着做好所联系的文艺界群众工作的重要任务。文联的十六字基本职能，团结引导、联络协调、服务管理、自律维权，归根结底就是"做人的工作"。这就要求文联组织在谋划推进文联深化改革特别是文联的组织架构、职能任务、活动策划、业务考核中，都要体现"做人的工作"这一核心理念和要求。切实把团结引导和服务管理结合起来。遵循群团工作特点和文艺发展规律，最广泛地把各领域各层级的文艺工作者、文艺从业者、文艺爱好者团结凝聚起来。尊重文艺工作者的创造性劳动和艺术个性，政治上充分信任，创作上热情支持，生活上关心爱护，营造有利于文艺发展的良好社会环境。眼睛向下、重心下沉，诚心诚意同文艺工作者交朋友，经常同他们进行面对面的思想交流和情感沟通，多做得人心、暖人心的事，努力把实事办好，把好事办实。特别是要积极延伸工作手臂，主动加强对"文艺两新"的团结引导服务。有针对性地加强调查研究，了解新文艺群体的生存状况、从业情况和专业诉求，尽最大可能帮助他们强信心筑同心，把千千万万文艺从业者、爱好者团结起来，凝聚起文艺战线的磅礴力量，推动文艺事业呈现出百花齐放的蓬勃景象。

文联组织群众性的特点，要求文联组织牢固坚持以人民为中心的工作导向。人民是文艺工作者的母亲，文艺植根于人民、来源于人民、服务于人民。坚持以人民为中心的创作导向，是社会主义文艺的本质要求，也是文联组织贯彻落实"二为"方向和"双百"方针的具体体现。文联组织要心系群众、面向大众，坚持把人民作为表现主体，把百姓生活作为文艺创作的主要内容。广泛组织开展"送欢乐下基层"、"文艺进万家"等文艺惠民活动，扎实开展"深入生活、扎根人民"等主题实践活动，深入农村、社区、企业、校园、军营等，把舞台搭建在基层，把欢笑传送到群众，把更多更好的精神食粮奉献给人民。始终坚持以人民为中心的创作导向，把满足人民文化需求和增强人民精神力量作为根本出发点和落脚点。

文联组织群众性的特点，要求文联组织积极融入推进国家治理体系和治理能力现代化的时代洪流，不断探索发挥行业建设主导作用的实现途径。习近平总书记指出，文联组织要强化行业服务、行业管理、行业自律，发挥在行业建设中的主导作用，不断增强行业影响力。党的十九届四中全会对新时代群团组织参与创新社会治理、行业治理、基层治理提出了新任务新要求。文艺领域是推进国家治理体系和治理能力现代化的重要方面，文联组织作为文艺界群团组织是推进文艺领域国家治理体系和治理能力现代化的重要力量。要继续推进文联深化改革，把强基础、补短板与立机制有机结合起来，发挥组织优势和行业优势,积极参与国家治理体系和治理能力现代化建设。支持和代表文艺工作者,依法、有序、广泛参与管理国家事务、社会事务和文化事业,积极反映文艺界的利益诉求和意见建议。科学制定行业标准、行业规范,有效开展行业评价,积极协调利益、化解矛盾、整合力量,推动文艺行业服务、行业管理、行业自律有序推进。要支持基层文联积极参与政府治理、社会调节和居民自治的良性互动,使基层文联组织和基层文艺工作者、基层文艺爱好者成为推动基层社会治理的重要力量。要进一步加强统筹协调,综合运用法治、道德、科技、行政等多种手段,完善文娱领域综合治理工作机制,增强行业治理的整体性、协同性、系统性、精准性,形成综合联动的行业治理平台,为推动国家治理体系和治理能力现代化发挥更大作用。

四、专业性

专业性是文联组织的界别特征。文联是各个文学艺术门类的专业组织,从事着文学艺术的崇高事业,引领着整个文艺界的发展方向,因而具有明显的专业性。这也是文联组织区别于其他社会团体的重要特征之一。总体来看,文联组织的专业性主要体现在构成主体、目标任务、工作方式等几个方面。

从构成主体来看,文联及协会汇聚了中国各艺术门类的优秀文艺家和文艺工作者,他们构成了文联组织的主体。作为所在艺术门类的骨干力量,对于文艺行业发展、行业建设发挥着极其重要的影响力。他们从事的是党和人民的崇高的精神文化事业,代表着该艺术门类的最高水平和发展方向,也代表了中国文艺事业发展的主流。文联组织聚焦"做人的工作"的核心任务,在不断加强对所联系的协会会员服务管理的同时,积极团结、吸纳社会中广大文艺行业从业者、文艺爱好者中的专业优秀分子成为会员,加强对新文艺组织、新文艺群体的团结引导,把千千万万文艺从业者、爱好者凝聚起来,不断增强组织吸引力,从而更好地为满足广大人民群众精神文化生活需要、建设社会主义文化强国服务。

从目标任务来看,文联组织的性质和职能决定了文联组织把创作生产优秀作品、培养造就优秀人才作为根本任务贯穿始终。文联组织作为党领导下的文艺类专业性人民团体,是文艺人才荟萃之地,创作生产精品力作,培养推出名家大师,既是文联组织存在的最大价值和意义,也是文艺事业繁荣发展的显著标志,同时更是建设社会主义文化强国的必然要求。精品力作背后站立着名家大师,名家大师支撑着精品力作。这就要求文联组织必须坚持以人为本,遵循文艺创作生产和艺术人才成长的客观规律,营造良好的环境氛围,努力推出文艺精品,造就文艺大师。

从工作方式来看,文联组织联系服务和管理的对象主要是文艺家和文艺工作者这一思想活跃、个性鲜明的特殊群体,这个特殊群体从事的是塑造心灵、启迪智慧、培根铸魂、生产精神文化产品的特殊工作,这就要求文联组织必须采取与其他行业不同的工作方式。对广大文艺工作者,主要通过研修培训、采风实践、创作扶持等方式,加强思想引领和创作引导,使他们真正听党话跟党走,为人民服务、为社会主义服务。要通过经常性联系的方式,诚心诚意同文艺工作者交朋友,做到政治上充分信任,思想上主动引导,创作上热情支持。要尊重他们的创作个性和创造性劳动,关心他们的工作和生活,倾听他们的心声和心愿,多为文艺工作者办实事、做好事、解难事,积极营造有利于出人才、出精品的良好环境。当前,文艺工作的对象、方式、手段、机制出现了许多新情况、新特点,文艺创作生产的格局、人民群众的审美要求发生了很大变化,文艺产品传播方式和群众接受欣赏习惯也发生了很大变化,这为文联的工作提出了新的挑战。这要求文联在工作手段和方式上不断创新,通过深化改革、完善政策、健全体制等,不断加强行业服务、行业管理、行业自律,充分发挥在行业建设中的主导作用,努力形成不断出精品、出人才的生动局面。

第三节　文联工作的基本原则

我们党在长期领导和推动群团工作不断发展的丰富实践中,逐步形成了一系列重要指导方针原则。加强和改进新形势下党的群团工作,最重要的是保持和增强政治性、先进性、群众性,全面把握"六个坚持"的基本要求和"三统一"的基本特征。"六个坚持"即坚持党对群团工作的统一领导,坚持发挥桥梁和纽带作用,坚持围绕中心、服务大局,坚持服务群众的工作生命线,坚持与时俱进、改革创新,坚持依法依章程独立自主开展工作。"三统一"即群团组织自觉接受党的领导、团结服务所联系群众、依法依章程开展工作相统一。落实和体现到文艺界,这一系列重要指导方针原则反映了社会主义文艺事业和群团事业发展的客观规律,体现了文联工作的特点和要求,做好文联工作,必须坚持和贯彻以下基本原则。

一、坚持围绕中心、服务大局

围绕中心、服务大局,始终是文联组织的工作原则,是文联组织的基本职责所系、根本价值所在。文联组织要充分展现自身的价值,就必须服从和服务于党和国家的工作大局,在大局下思考、在大局下行动,充分发挥自身优势,最大限度把文艺界智慧和力量凝聚起来,最大限度把全社会全民族的积极性、主动性、创造性激发出来，共同为实现中华民族伟大复兴的中国梦而奋斗。

在革命、建设和改革各个历史时期，文联组织始终围绕党和国家的中心任务，团结带领一代又一代文艺家和文艺工作者，与时代同步伐、与祖国共命运、与人民同呼吸、与社会同发展，用文艺的独特形式鼓舞人民斗志，凝聚社会力量，为我们党团结带领人民实现民族独立、人民解放、国家富强、人民幸福作出了十分重要的贡献。

抗日战争时期，左翼文艺团体接受中国共产党的领导，通过宣传文化工作，燃起了全国人民的抗日激情，为抗击日寇、取得抗日战争的胜利，起到了积极作用；新中国成立后，文联组织紧紧围绕社会主义改造和建设时期总任务，积极响应党的号召，把"文艺为人民服务"作为新中国文艺的总方向，迅速建立起广泛的文艺界统一战线，团结带领广大文艺工作者，推出大量具有现实主义精神的作品，极大地激发了亿万人民的旺盛热情和创造精神，为如火如荼的社会主义建设提供了强大的精神动力。

进入改革开放时期后特别是进入新时代，文联组织更是繁荣发展社会主义文艺事业、建设社会主义先进文化的重要力量，在团结引导广大文艺工作者、推动发展社会主义文艺事业、服务改革发展稳定的大局，实现中华民族伟大复兴中担负着重大责任。文联工作和文艺事业在新时代围绕中心、服务大局，就要紧紧围绕统筹推进"五位一体"总体布局、协调推进"四个全面"战略布局，牢牢把握为实现中华民族伟大复兴中国梦而奋斗的时代主题，立足职责定位、立足所联系的文艺界群众，充分发挥文联优势和文艺优势，通过主题文艺创作、优秀作品展演展示展播等多种形式，弘扬中国精神、凝聚中国力量，传播和激发正能量，鼓舞全国各族人民朝气蓬勃迈向未来，为实现"两个一百年"奋斗目标、实现中华民族伟大复兴的中国梦提供强大的价值引导力、文化凝聚力和精神推动力。

文联组织围绕中心服务大局，须从党政所需、业界所盼、自己所能的领域找准工作的结合点和着力点。多年来，各级文联组织紧紧围绕党委和政府的中心工作，在党委和政府的大力支持下，主动作为、服务大局，有力配合支持党委和政府的工作，在营造氛围、提振民心、丰富群众文化生活等方面，发挥了积极作用，实现了经济社会发展与文艺事业发展的良性互动。新时代、新使命、新要求，更加需要各级文联组织立足国家和地方经济社会发展实际，结合区域特点，因地制宜、精准谋划，紧紧围绕重要时间节点和国家重要战略及地方发展战略，引导广大文艺工作者，突出反映各地各条战线取得的巨大成就和先进模范人物的先进事迹。各地文联还应立足本地，主动作为，深度挖掘当地特色文艺，谋划一些具有地方特点和民族特色的文艺创作项目和长效品牌活动。要从当地党委和政府的重大部署中找准文艺工作、文联工作的结合点，始终从人民群众普遍关心的热点、难点问题中找准文艺工作、文联工作的切入点，积极探索打造丰富多彩的"文艺+"品牌，大力开展群众欢迎、社会需要、党委和政府满意的各类文艺活动，为服务经济社会发展、满足人民群众精神文化需求贡献力量。

总而言之，文联组织要围绕中心服务大局，就必须紧紧围绕党和国家中心任务，在党和国家事业全局、宣传思想战线大局中准确认识和科学把握文联组织的政治定位，自觉坚持党对文艺工作和文联工作的全面领导，自觉承担起举旗帜、聚民心、育新人、兴文化、展形象的使命任务，充分发挥在服务党和国家大局中不可替代的重要作用，为推动经济社会的全面进步，促进人的全面发展作出自己独特的积极贡献。

二、坚持面向基层、服务群众

基层是宣传思想文化工作的广阔天地，人民群众是文艺事业发展的力量源泉。面向基层、服务群众是文联工作的重要原则。文联组织作为宣传思想文化战线的重要组成部分，必须始终坚持把基层需要作为工作的出发点和落脚点，把人民群众满意不满意作为检验标准，使文联和文艺工作更加为基层所欢迎、为群众所认同。

文联工作面向基层服务群众，首先需要坚持践行以人民为中心的工作导向。社会主义文艺是人民的文艺。人民性是马克思主义文艺观的一贯立场，也是习近平总书记关于文艺工作重要论述的一贯立场。习近平总书记多次强调，人民需要文艺，文艺需要人民，文艺要热爱人民。人民群众的文化需要，需要繁荣的文艺来满足；人民群众的精神世界，需要文艺作品来丰富和充实。同时，人民是文艺创作的源头活水，人民的需要是文艺存在的根本价值所在。中国特色社会主义进入新时代，人民群众对美好精神文化生活的需求不断增长，对文艺作品质量、品位、风格等要求日益提高，创作推出贴近实际、贴近生活、贴近群众的优秀文艺作品，广泛开展群众喜闻乐见的文艺活动成为文艺工作的迫切需要。文联组织作为繁荣发展社会主义文艺、建设社会主义先进文化的重要力量，团结引领广大文艺工作者深入生活、扎根人民，把满足人民精神文化需求作为文艺和文联工作的出发点和落脚点，自觉以最广大人民为服务对象和表现主体，把人民作为文艺审美的鉴赏家和评判者，为人民提供更好更多的精神食粮，更好地满足人民精神文化生活新期待。同时，也充分尊重人民群众的主体地位和首创精神，使蕴藏于群众中的创造活力充分迸发。

文联工作面向基层服务群众，还要坚持眼睛向下，重心下移，不断延伸手臂，扩大覆盖。随着经济社会发展、文艺事业繁荣，文艺队伍得到空前的发展壮大。基层日益成为广大文艺工作者、文艺爱好者的流动、集聚之地，成为他们学习成长、从事文艺活动的重要场所。繁荣发展社会主义文艺、建设高素质文艺人才队伍，基础在基层，力量在群众，源泉在生活。习近平总书记指出，"新形势下，文联、作协要深化改革，工作向基层倾斜，服务向最广大文艺工作者拓展"[①]。这就要求文联组织不断延伸服务手臂，把服务对象从文艺家逐步扩展到文艺界、文艺工作者以及文艺爱好者，大力团结引导服务各艺术门类、各年龄层次、各种身份的文艺工作者，诚心诚意同文艺工作者交朋友，多做得人心、暖人心的事。特别是探索新的联络机制和服务方式，加强对新文艺组织、新文艺群体、网络文艺领域人才的团结引导服务，让文联组织成为广大文艺工作者事业上的好伙伴、生活中的真朋友，成为文艺工作者的温馨之家，把文艺战线的力量发动起来，把人民群众中蕴藏的创作能量激发出来，推动文艺事业呈现百花齐放的繁荣景象。

文联组织面向基层服务群众，还要不断改进机构设置、管理模式、运行机制，坚持力量配备、服务资源向基层倾斜。文艺和文联工作的服务对象大多在基层，工作主体在基层，任务落实靠基层。可以说，基层是繁荣发展社会主义文艺事业的前沿阵地，是开展文艺主题实践活动的源头活水。基层文联是文联组织的根系和前沿，是贯彻落实党的文艺路线方针政策的基础载体和平台，是团结凝聚文艺工作者、文艺爱好者不可缺少的"最后一公里"。文联组织只有不断加强顶层设计，持续改进机构设置、管理模式、运行机制，不断加强基层文联建设，才能不断提升基层文联工作的科学化规范化制度化水平，不断提升基层文联组织的活力、向心力、吸引力、行业影响力。一方面，文

---

① 习近平：《在中国文联十大、中国作协九大开幕式上的讲话》，人民出版社 2016 年版，第 20 页。

联组织加强上级文联对下级文联的工作指导和业务指导，将力量配备、服务资源向基层倾斜，不断创新基层文联组织设置、会员发展、联系群众、开展活动的方式，稳步增加基层人员在会员、理事、代表等群体中所占比例。在采风创作、教育培训、展演展示、项目扶持、海外研修等方面创造条件，增加与基层的合作与互动。另一方面，积极满足基层群众对精神文化生活的新需求新期待，持续开展"深入生活、扎根人民"主题实践活动、"送欢乐下基层"、"到人民中去"文艺志愿服务等一系列群众性文艺活动，种文化、送文化相结合，努力增强基层群众的文化获得感和生活幸福感。此外，还要更好地发挥基层文联组织在加强意识形态阵地建设、提供公共文化服务、引领社会风尚、助力乡村振兴等方面的积极作用，为推进基层社会治理体系和治理能力现代化作出应有的贡献。

三、坚持团结引领、凝心聚力

习近平总书记指出，中国特色社会主义进入新时代，必须把统一思想、凝聚力量作为宣传思想工作的中心环节。文联组织作为宣传思想文化战线的重要组成部分，坚持团结引领、凝心聚力，就是要在遵循群团工作的工作特点和文艺发展规律的基础上，坚持马克思主义在意识形态领域的指导地位，综合利用教育培训、评奖办节、文艺评论等工作载体，不断加强思想引领、价值引领、道德引领，最广泛地把各领域各层级的文艺工作者、文艺从业者、文艺爱好者团结起来，凝聚奋进新时代、实现民族复兴的磅礴伟力。

团结引领、凝心聚力，必须坚持马克思主义在意识形态领域指导地位的根本制度，把握文艺前进的正确方向。我国文艺发展的历史和实践充分表明，只有坚持马克思主义指导地位，中国特色社会主义文艺才能固本开新、永葆生机，才能开创繁荣兴盛的生动局面，反之就会迷失方向、丢掉灵魂。党的十九届四中全会第一次把马克思主义在意识形态领域指导地位确立为中国特色社会主义的一项根本制度，这是关系我国文化前进方向和发展道路的重大理论创新。文联组织坚持马克思主义在意识形态领域指导地位的根本制度，推动广大文艺工作者全面贯彻落实习近平新时代中国特色社会主义思想，推动文艺界用党的创新理论武装头脑、指导创作，切实把马克思主义的指导地位贯穿到文艺工作的各方面，落实意识形态工作责任制，维护文艺领域意识形态安全。加强文艺阵地的建设和管理，注意区分政治原则问题、思想认识问题、学术观点问题、艺术表现问题，最大限度地调动文艺界积极性，最广泛地把文艺工作者团结在党的周围，凝聚在中国特色社会主义旗帜下。

团结引领、凝心聚力，必须聚焦"做人的工作"这一核心任务，最广泛地团结广大文艺工作者听党话、跟党走。文联组织是党和政府联系广大文艺工作者的桥梁和纽带，本职就是做人的工作，就是凝聚人、团结人。特别是当前文艺队伍结构发生重大变化，"文艺两新"不断涌现，只有创新工作模式，建立起有效的渠道和途径，最大限度地延伸我们的工作手臂，才能实现从原来重点联系知名文艺家向联系广大文艺工作者延伸，进而扩大到整个文艺界。在谋划和推进文联的各项工作中，都要体现"做人的工作"这一核心理念和要求，通过努力把千千万万的文艺从业者、爱好者凝聚起来，汇聚起文艺战线服务党和国家工作大局的磅礴力量。

团结引领、凝心聚力，必须坚持以社会主义核心价值观引领行业建设。社会主义核心价值观是当代中国精神的集中体现，凝结着全体人民共同的价值追求。要把社会主义核心价值观融入社会发展各方面，转化为人们的情感认同和行为习惯。文联工作大力弘扬社会主义核心价值观，必须坚定自觉地以习近平新时代中国特色社会主义思想为指导，把习近平新时代中国特色社会主义思想作为主心骨、定盘星、度量衡，贯彻到培育和践行社会主义核心价值观全过程、各方面，切实增强广大文艺工作者的政治认同、思想认同、情感认同，巩固全党全国人民团结奋斗的共同思想基础。文联组织通过评奖办节、文艺评论、论坛研讨、项目扶持、主题实践活动等形式和手段，用社会主义核心价值观引领文艺创作生产，把社会主义核心价值观融入文艺工作各方面，强化教育引导、舆论宣传、文化熏陶、实践养成、制度保障，引导文艺界和人民群众自觉践行。文联组织积极引导广大文艺工作者继承"文以载道"、"艺以弘道"的传统，严格遵守《新时代公民道德建设实施纲要》《新时代爱国主义教育实施纲要》等文件精神，把培育和弘扬社会主义核心价值观作为根本任务，把追求真善美作为文艺创作的永恒价值，赋予作品高尚的精神品格、丰厚的思想内涵、鲜明的价值取向，通过文艺作品弘扬真善美，贬斥假恶丑，让更多充满正能量的作品激发人们崇德向善的精神力量，充分发挥成风化人的作用。文联组织大力引导文艺工作者聚焦实现中国梦这个时代主题，深入开展中国梦主题文艺创作活动，把人民群众追梦、筑梦、圆梦的激情和奋斗展示出来。唱响爱国主义主旋律，加强创作引导，精心组织创作推出热情讴歌党、讴歌祖国、讴歌人民、讴歌英雄的优秀作品，让爱国主义、英雄主义的旗帜始终高高飘扬，奏响团结奋进的时代之声、爱国之声、人民之声。

四、坚持与时俱进、守正创新

改革创新是群团工作发展进步的不竭动力。时代在发展，事业在创新。在新的历史时期，文联组织要紧紧把握时代脉搏，适应社会发展变化，尊重基层首创精神，不断推进文艺工作和文联组织建设理论创新、实践创新、制度创新，始终与党和国家事业同步前进。

首先，积极顺应形势变化，推动文联组织深化改革。深化文联改革是党中央交给文联组织的重大政治任务，也是推进文联组织自身转型发展的内在要求和重大历史机遇。党的十八大以来，习近平总书记先后就文艺工作、群团工作发表了多次重要讲话，中央就群团工作、文艺工作、文联工作先后下发了《关于加强和改进党的群团工作的意见》《关于繁荣发展社会主义文艺的意见》《中国文联深化改革方案》三个重要文件。特别是在中国文联十大、中国作协九大开幕式上的讲话中，习近平总书记对文联改革提出了明确要求，向文联组织发出了深化改革的动员令。2018年，中央下发的《深化党和国家机构改革方案》，专门对群团组织改革作出安排、提出要求，指出要健全党委统一领导群团工作的制度，紧紧围绕保持和增强政治性、先进性、群众性这条主线，聚焦突出问题，改革机关设置，优化管理模式，创新运行机制，坚持眼睛向下、面向基层，将力量配备、服务资源向基层倾斜，更好适应基层和群众需要。面对新时代对文艺事业和文联工作提出的新要求，文联组织在思想观念、体制机制上还存在诸多不适应，在组织结构、管理模式、运行机制、工作方式上还存在不少短板，一些长期困扰文联发展的难题亟须破解，文联发挥职能作用还有很多瓶颈制约。文联组织要紧跟时代步伐，紧扣我国社会主要矛盾发生的新变化，肩负繁荣兴盛社会主义文艺的神圣使命，切实把思想和行动统一到中央精神上来，把力量凝聚到中央的一系列重大决策部署上来，积极适应经济基础、体制环境、社会条件和传播手段的深刻变化，适应文艺工作和文联工作环境、任务、内容、渠道和对象的发展变化，进一步深化改革文联工作的管理制度、体制机制、组织形式、活动方式，努力探索行业服务、行业管理、行业教育、行业自律的实现方式和途径，始终保持与人民呼声相一致的创新意识，保持推动文联工作、开拓文联事业的前进动力。

其次，积极推动优秀传统文化创造性转化、创新性发展。创新是文艺的生命，坚持创新驱动，才能精品纷呈。要把创新精神贯穿文艺创作生产全过程，增强文艺原创能力，这是文艺事业和文联工作永葆蓬勃生机与活力的必由之路。在新的发展环境下，文艺传播手段从传统媒介到现代声光电和网络技术综合运用，在反映人民生活的广度和深度上，在题材、体裁、形式、风格和表现手法的多样化上，都发生了历史性深刻变化。文联工作作为文化建设的重要组成部分和推动文化大发展大繁荣的重要力量，必须继承和发扬中华民族优秀传统文化，推动优秀传统文化创造性转化、创新性发展。

"创造性转化"是要按照时代特点和要求，对那些至今仍有借鉴价值的传统文化资源加以改造，赋予其新的时代内涵和现代表达形式，激活其生命力。"创新性发展"是要结合时代的新进步新进展，对中华优秀传统文化的内涵加以补充、拓展、完善，增强其影响力和感召力。我国五千年的历史发展，孕育了灿烂而独特的中华文明，形成了以"中国精神"为核心的民族精神，使中华民族的文化血脉得以延续，中华民族的团结统一得以维系。深入挖掘和充分利用传统文化中仍然具有强大生命力的思想成果，对于发展社会主义先进文化具有重要作用。新时代文艺工作者和文联工作必须在前人基础上锐意进取、不断突破，在探索中突破超越，在融合中出新出彩，把继承创新和交流借鉴统一起来，深入挖掘和提炼优秀传统文化中的有益思想艺术价值，在提高原创力上下功夫，实现从内容到形式、从观念到手段、从意境到技法的多层面突破，在新的历史条件下把中华民族最基本的文化基因表达出来，向着人类最先进的方向注目，向着人类精神世界的最深处探寻，将创造性转化和创新性发展作为推动中华优秀传统文化现代化转型的基本准则和必由之路,传承其中的优秀成分,并在此基础上不断发扬光大。

守正出新,才能历久弥新。文艺工作和文联工作只有坚持正确方向,坚守正道、与时俱进,做到思想上不断有新解放,理论上不断有新发展,实践上不断有新创造,在拓展题材、内容、形式、手法上下功夫,推动观念和手段相结合、内容和形式相融合、各种艺术要素和技术要素相辉映,才能使广大文艺工作者的创新精神和创造活力竞相迸发、充分涌流,让文艺工作和文联工作在顺应历史潮流中锐意创新创造,不断续写新辉煌。

五、坚持依法依规依章程开展工作

依法依规依章程开展工作,是党对群团工作的基本要求,也是文联组织在新时代参与依法治国,顺应新形势,落实新要求,履行新职能,助力繁荣发展社会主义文艺,积极参与国家治理体系和治理能力现代化建设的必然要求。

文联组织依法依规依章程开展工作是贯彻落实依法治国基本方略的重要方面。依法治国是中国共产党领导全国各族人民治理国家的基本方略。党的十八大以来,党中央对全面依法治国作出一系列重大决策、提出一系列重大举措。党的十九大对新时代推进全面依法治国提出了新任务,明确了到 2035 年,法治国家、法治政府、法治社会要基本建成的目标。全国的经济、政治、文化和社会生活的各个方面应该由法律调整的都要实现法治化,都要依法治理,这一方针应成为执政党、国家机关、社会团体和广大公民的共同行为准则。作为文艺界人民团体,文联组织在全面贯彻落实依法治国进程中有着不可推卸的责任,也要贯彻落实依法治国的各项要求,坚持依法依章程开展工作。

在扩大覆盖面、增强代表性、强化服务意识、提高维权能力等各项工作中，都要运用法治思维和法治手段推进工作，依法依章程加强文联自身建设，以抓铁有痕、踏石留印的精神履行好文联的权利和义务。

依法依规依章程开展工作，就要遵守宪法、法律和文艺相关的政策法规。宪法是治国安邦的根本大法，在我国社会主义法律体系中，宪法在整个体系中的法律地位和效力最高。依法依章程开展工作，要引导广大文联干部和文艺工作者自觉树立宪法意识，捍卫宪法尊严，维护宪法权威，自觉遵守宪法，确保宪法实施，依照宪法这个治国安邦的总章程治理国家社会，做到坚持党的领导、人民当家作主、依法治国有机统一。要自觉遵守国家各项法律法规，坚持法定职责必须为、法无授权不可为。依法依章程开展工作，文联组织要积极推动和参与国家相关立法，推进建立健全坚持社会主义先进文化前进方向、遵循文化发展规律、有利于激发文化创造活力、保障人民基本文化权益的文化法律制度。同时，要按照《中国文学艺术界联合会章程》及各级文联组织和各文艺家协会的章程开展工作。各级文联和文艺家协会的章程是文联组织的根本大法，各项规章制度是文联组织依法治会的具体要求。各级文联组织要以宪法、法律法规和党的方针政策为根本依据，以切实履行文联组织新职能为基本要求，认真研究和做好章程的修订工作，确保章程制定过程和内容科学、民主、规范。各级文联组织的章程要上下衔接，协调一致，以利于发挥文联组织的整体优势，为工作上的协调联动提供制度保障。在制定和完善章程的基础上，文联组织要更加重视内部各项规章制度建设，建立健全文联组织日常行政管理制度，会议、活动、评奖制度，人事干部管理制度，财务、审计、资产管理制度，换届选举、外事管理制度等等，并根据时代发展、政策变化、工作需要等及时对组织章程和规章制度进行修订和完善，使文联组织工作有章可循、有规可依，按照规章制度办事。

依法依规依章程开展工作，还要尊重群团工作规律。尊重群团组织性质和特点是做好群团工作的重要原则。做好文联工作同样要尊重群团组织的特点和工作规律。邓小平指出："党对群众团体，应加强其政治领导，不应在组织上去包办。群众团体的工作，应由群众团体自己去讨论和执行。"① 习近平总书记指出："坚持党的领导，不是说群团组织自己什么也不要干了，一切照党政部门依样画葫芦，那样群团组织就没有特点了。"② 文联组织与党政机关相比具有不同的性质和特点，其管理和运行不能照抄照搬党政机关的做法，那样只会降低文联组织和文联工作的吸引力、感染力、凝聚力、战斗力，削弱文联组织和文联工作的存在价值。做好文联工作，要充分发挥文联组织的行业优势和专业优势，体现群众性的特点，创造性地开展工作，依法依规依章程开展活动、维护文艺界广大群众的权益，最广泛吸引和团结广大文艺工作者。正如习近平总书记强调的那样，群团组织"如果只喊口号而不做有声有色的工作，没有通过自身努力把党的意志和主张落实到广大人民群众中去，那也不能说是坚持了党的领导，因为你没有为坚持党的领导发挥自己的职能作用"③。

依法依规依章程开展工作，文联组织必须不断提高依法决策、依法管理、依法服务的能力。首先，要培养文联干部的法治思维，牢固树立法治观念，引导文联干部以法治思维看待问题，用法治方式解决问题。其次，要加强依法决策机制建设，把专家论证、风险评估、合法性审查、民主决策明确为重大行政决策的法定程序，建立文联组织内部重大决策合法性审查机制，确保决策的科学性，做到程序合法、

---

① 邓小平：《根据地建设与群众运动》，《邓小平文选》第一卷，人民出版社1994年版，第72-73页。
② 《习近平关于社会主义政治建设论述摘编》，中共中央文献研究室2017年版。
③ 同上。

过程公开、责任明确。再次，要积极推行法律顾问制度，通过公务员招录引进法律专业人才、聘请律师和法律顾问等方式，建立文联组织以组织内的法律专业人员为主体、吸纳法律专家和律师参与的法律顾问团队，使其在重大决策、重要活动的合法性审查、风险评估等方面发挥作用。此外，在开展会议活动、评奖办节、志愿服务、对外交流等活动中，要高度重视防范法律风险，强化契约意识，与合作方签订必要的书面合同或协议，并建立合同审查与备案机制。

总之，坚持依法依规依章程开展工作，就是要遵守宪法、法律和文联相关政策规定，使文联组织更科学地依法参与社会事务管理，竭诚为文艺工作者服务，进而树立文联组织在广大文艺工作者中的威信，更好地调动其积极性、主动性和创造性，不断焕发文艺工作和文联工作的生机活力。

第四章

文联的组织架构和体制机制

组织架构一定意义上决定着组织的运行机制，运行的体制机制又影响着组织架构的良性运转。文联作为党领导下的群团组织，其组织的性质职能以及特点原则决定了其必须建立起特定的组织架构，同时也应建立起与之相适应的运行机制，才能落实党和国家赋予文联组织的职能定位和职责使命。

第一节 全国文联的组织架构

文联组织作为中国特色社会主义伟大事业中的一种特有的组织类型，其组织架构也体现出鲜明的中国特色。从总体上来看，全国文联组织主要由中国文联、地方文联、产（行）业文联三部分构成。其中，每一部分的组织架构既有相同相似之处，又各有特点特色。

一、中国文联的组织架构

从组织体系来看，中国文联采取团体会员制的方式，是由全国性文艺家协会，省、自治区、直辖市文学艺术界联合会和全国性的产（行）业文学艺术联合会组成的人民团体；从行政隶属关系来看，中国文联由所属各全国性文艺家协会、机关各部门、各直属事业单位和企业单位组成。

具体来说，截至2021年11月，中国文联现有55个团体会员，分别是中国作家协会（行政独立单位）、中国戏剧家协会、中国电影家协会、中国音乐家协会、中国美术家协会、中国曲艺家协会、中国舞蹈家协会、中国民间文艺家协会、中国摄影家协会、中国书法家协会、中国杂技家协会、中国电视艺术家协会、中国文艺评论家协会（社会组织）、中国文艺志愿者协会（社会组织），31个省、自治区、直辖市文联，新疆生产建设兵团文联以及中国石油文联、中国铁路文联、中国煤矿文联、中国电力文协、中国水利文协、中国石化文联、全国公安文联、中国人民银行文联、中国金融文联等产（行）业文联。中国文联的章程规定，中国人民解放军和武警部队中的各全国文艺家协会会员集体参加中国文联的活动，视同中国文联的团体会员。

中国文联内设8个部门、所属11个全国文艺家协会。此外，中国文联还有17家事业单位，23家国有企业和5家中央文化企业单位。中国文联及所属11个全国文艺家协会机关参照《中华人民共和国公务员法》进行管理。

（一）中国文联机关职能部门及主要职责

中国文联机关职能部门是中国文联组织架构中的重要组成部分，处于承上启下、左右联通的重要地位，是贯彻落实中国文联党组决策部署和工作安排的第一方阵和"最初一公里"。加强和改进中国文联机关建设，对于增强文联组织的凝聚力、执行力，更好地发挥文联组织的吸引力和引导力，推动文艺工作和文联工作繁荣发展具有重要意义。

中国文联机关职能部门主要职责是：坚持和加强党的全面领导，贯彻落实党的文艺工作的方针政策和决策部署，对各团体会员、文艺工作者和新文艺组织、新文艺群体开展团结引导、联络协调、服务管理、自律维权的工作。团结广大文艺工作者，反映和听取文艺界的情况和意见，引导广大文艺工作者听党话跟党走；组织召开中国文联全国代表大会、全国委员会、主席团会议，全国文艺家协会全国代表大会、理事会、主席团会议，以及文联系统工作会议；组织开展采风创作、文艺志愿服务、主题文艺活动、展演展示展播等文艺实践活动。组织开展文艺人才教育培训、培养举荐、创作扶持等工作；负责中国文联系统全国性文艺奖项评奖工作。组织开展文艺评论、文艺理论研究、学术交流研讨等活动；依法开展文艺领域的行业教育、行业自律、行业服务和行业管理工作，开展行风建设和职业道德建设；服务党和国家对外工作大局，推动中华优秀文化走出去，组织开展中外文艺界的国际民间文化交流合作，组织开展同香港特别行政区、澳门特别行政区和台湾地区的文化交流合作；组织开展文艺领域的立法协商、侵权纠纷调解、权益保护协调合作、诉求表达处理、法律志愿服务等维权服务工作，维护文艺工作者的合法权益；引导网络文艺创作生产，促进传统文艺与网络文艺融合发展，指导协调文艺工作者联系服务平台建设；依法依章程指导下级文联工作；主管中国文联所属的文艺报刊和出版社。负责对有关的文化艺术社团社会组织进行监督管理；承担上级相关部门交办的有关事项。

（二）中国文联所属全国文艺家协会

各全国文艺家协会是中国共产党领导的，由全国各民族文艺家组成的人民团体，是党和政府联系广大文艺家、文艺工作者的桥梁和纽带，是中国文联的团体会员，是文艺工作和文联工作的重要组成部分。各全国文艺家协会与广大文艺工作者联系密切，拥有大量文艺资源，开展文艺活动经验丰富，在文联工作中处于十分重要而特殊的地位。在新时代，持续加强和改进文艺家协会建设，必将有力地推动新时代文艺事业和文联工作创新发展。

全国文艺家协会的主要职责是：坚持和加强党的全面领导，宣传贯彻落实党对文艺工作的方针政策和决策部署，对个人及团体会员、文艺工作者及新文艺组织、新文艺群体履行团结引导、联络协调、服务管理、自律维权职能。具体来讲，即组织开展主题创作等文艺实践活动、全国性文艺奖项的评奖、文艺评论以及文艺人才教育培训等工作；开展文艺界行风建设和职业道德建设，依法开展相关文艺领域行业教育、行业自律、行业服务和行业管理工作；组织开展网上文艺家协会建设；依法依章程指导下级文艺家协会工作。

经过长期发展实践，各全国文艺家协会探索形成了一套比较成熟稳定、较为合理健全的组织架构和运行机制。当前，各全国文艺家协会最高权力机构是全国代表大会，分党组是党在协会设立的领导机构，实现分党组发挥领导作用与协会设立的主席团依法依章程履行职责相统一，把党的主张通过法定、民主程序转化为主席团的决定；协会主席团一般由主席、驻会副主席和若干兼职副主席组成，同时各全国文艺家协会设有理事会、秘书长、副秘书长；协会机关一般设有办公室、会员工作处（权益保护处）、活动管理处、对外联络处、理论研究处（创作研究部）、人事处（党务办）、机关党委办公室、老干部处等部门。

近年来，面对推动文艺工作和协会工作创新发展的新形势新任务，按照《中国文联深化改革方案》和各全国文艺家协会的深化改革方案，以及各协会章程所赋予的任务职责，各全国文艺家协会对组织架构进行了进一步的健全和完善。经批准，中国文联成立了各艺术中心。比如，中国戏剧家协会设立的中国文联戏剧艺术中心（公益一类），内设部门有：综合处、志愿服务处、教育培训处、网络信息处等部门，其主要职责是引导广大文艺工作者进行文艺创作，组织开展相关文艺活动、展演展示等。为进一步发挥行业建设主导作用，提升协会参与行业规划、行业标准、行业规范的职能，目前，实行参公管理的11个全国文艺家协会在原成立的243个专业委员会（艺委会）的基础上，自2016年经过深化改革，各全国文艺家协会新增设48个专业委员会（艺委会），总数达到291个。例如，中国电影家协会新增设了网络电影工作委员会、"一带一路"工作委员会、军事题材工作委员会、青年和新文艺群体工作委员会、影视基地工作委员会。其主要职责是团结本专业文艺工作者，积极开展学术研讨，激励褒奖对本艺术专业作出突出贡献的新人新作，加强海内外专业学术交流等。与此同时，按照中央文化体制改革和发展工作领导小组统一部署，各全国文艺家协会配合中国文联改革办，积极推进并努力完成28家所属国有企业（其中5家为中央文化企业）改制任务。

（三）中国文联所属企事业单位

中国文联所属17个事业单位：其中6家为正局级，分别是中国文联机关服务中心、中国文联网络文艺传播中心、中国文联文艺志愿服务中心、中国文联文艺研修院、中国艺术报社、中国文联文艺评论中心；11家为副局级，受中国文联党组授权和委托，由相关文艺家协会代管，分别是中国文联戏剧艺术中心、中国文联电影艺术中心、中国文联音乐艺术中心、中国文联美术艺术中心、中国文联曲艺艺术中心、中国文联舞蹈艺术中心、中国文联民间文艺艺术中心、中国文联摄影艺术中心、中国文联书法艺术中心、中国文联杂技艺术中心、中国文联电视艺术中心。此外，中国文学艺术基金会作为在民政部注册的社会团体，由中国文联主管。

中国文联所属图书（音像、影视）出版单位4家：中国文联出版社有限公司、中国电影出版社有限公司、中国摄影出版传媒有限责任公司、中国书法出版传媒有限责任公司。

中国文联及各全国文艺家协会所属报刊30家：《中国艺术报》《中国摄影报》《中国书法报》《中国戏剧》《剧本》《中国戏剧年鉴》《大众电影》《环球银幕》《世界电影》《电影艺术》《人民音乐》《歌曲》《词刊》《音乐创作》《儿童音乐》《美术》《曲艺》《舞蹈》《民间文化论坛》《民间文学》《民艺》《中国摄影》《大众摄影》《中国书法》《杂技与魔术》《当代电视》《中国文艺家》《美丽中国》《艺术交流》《中国文艺评论》。

二、地方文联的组织架构

地方文联组织主要指的是省、自治区、直辖市级文联组织，基层文联组织主要指的是地市级及以下的文联组织。地方各级文联组织是繁荣发展社会主义文化，推动文艺事业繁荣兴盛，丰富广大人民群众精神文化生活，满足人民群众美好生活需要的重要基础性力量。高度重视地方各级文联工作，积极推动地方文联组织建设，不断增强其生机活力是推动新时代文艺事业和文联工作持续健康发展的必然要求和有力保证。

(一) 地方各级文联组织的建立与发展

地方各级文联是全国文联组织体系和我国文艺事业全局不可分割的重要组成部分。1949年7月19日，全国文联在北平成立，为全国各地的文联组织建设起到了极其重要的示范带动作用。新中国成立之后，各省、自治区、直辖市以及一些区位优势突出和战略地位明显的重点城市纷纷成立了文联组织，标志着基层文联得到初步建立。改革开放以来，随着社会主义精神文明和文化建设高潮的兴起，地方基层各级文联组织如雨后春笋般在中华大地上竞相建立，呈现出向县乃至乡镇、街道、社区全面拓展的可喜局面。回顾历史，地方文联走过了一条不平凡的发展历程。从新中国成立初期的各省级文联和地市级文联的初步兴起，到"文化大革命"期间地方各级文联组织遭受严重挫折；从改革开放之初的全面恢复，到新世纪以后得到繁荣发展；进入新时代以来，我们党从全局和战略高度更加重视地方各级文联工作和组织建设，取得了长足发展，推动文联组织在社会主义文艺繁荣发展的历史进程中发挥积极作用。2020年11月18日，在中国文联和中央人民政府驻香港联络办的共同指导下，中国文联香港会员总会及各全国文艺家协会香港会员分会注册成立，为香港与内地文联组织开展交流搭建了新平台。

中国文联高度重视基层文联组织的建设与发展，多次组织召开地方基层文联工作经验交流会，有力促进了地方各级文联组织及其工作的健康发展。比如，2007年，中国文联在广东广州召开全国基层文联工作座谈会；2019年，在湖北潜江召开全国基层文联工作座谈会。两次会议总结交流了各地推动基层文联建设的工作经验，分析了基层文联工作面临的新形势新问题，探讨了加强和改进基层文联工作的新途径新举措。自2016年中共中央办公厅印发《中国文联深化改革方案》以来，中国文联紧抓历史难得机遇，进一步加强地方各级文联组织建设，大力推动基层文艺工作繁荣发展。中国文联按照中央深化改革的决策部署，通过指导协助地方文联组织确立改革"四梁八柱"主体框架、完善制定改革方案、抓好顶层设计、优化职能服务、开展督促检查、搭建平台、促进交流等措施手段，促进地方文联组织有序推进各项改革任务的落实落地，推动基层文联组织建设和各项工作得到明显提升。

（二）地方各级文联组织日益健全

地方各级文联组织的建立健全是文联工作卓有成效的可靠基础和重要表现。从全国调研的情况来看，地方省级文联组织建设得到进一步加强。各省、自治区、直辖市和新疆生产建设兵团都建立了功能比较齐全、覆盖比较广泛的文联组织，拥有文学、戏剧、电影、音乐、美术、曲艺、舞蹈、民间文艺、摄影、书法、杂技、电视、文艺评论等文艺家协会，有的顺势而为，还成立了网络文艺家协会、动漫设计等新型文艺门类协会。

目前，地市级文联组织已经基本实现全覆盖，县级文联组织覆盖也在不断扩大，并逐渐向街道社区、乡镇延伸。截止到2021年7月，全国443个市级行政区中，成立市级文联组织的有441个，覆盖率99.55%。全国3454个县级行政区中，成立县级文联组织的有2635个，覆盖率76.29%。共有县级个人会员2011449人。内蒙古、山东、四川、新疆生产建设兵团等地实现了县级文联全覆盖。浙江宁波以及杭州富阳、绍兴柯桥、温州鹿城和台州的椒江、路桥、天台、黄岩，湖北大冶、潜江，陕西汉阴、延安黄陵，北京东城，安徽南陵，河北承德、定州、广平，河南太康，重庆永川、巴南、南岸等地已经实现街道、乡镇文联全覆盖，并在部分村庄建立文联协会分会或工作室。随着基层文联组织覆盖不断扩大，文联工作条件逐步得到改善，全国范围地市级文联的工作人员配置、办公经费、场所、活动场地基本得到保障，县级文联的工作人员配置、办公经费、场所、活动场地正在充实改观。截止到2021年7月，在全国已成立的2635个县级文联中，有独立办公场所的有1798个，占比68.24%；有办公经费的有2060个，占比78.18%；有专职工作人员的有2115个，占比80.27%。总的来说，全国基层文联组织建设呈现出良好发展态势。

（三）基层文联组织生机活力不断增强

基层文联认真贯彻落实中央和地方党委决策部署，加强党对文艺工作的领导，坚持围绕中心、服务大局，坚持以人民为中心的工作导向，把服务基层群众作为工作的出发点和落脚点，积极履行"做人的工作"核心职能，持续改革创新，转变思维方式，主动适应社会主义文艺事业发展新要求，在实践中探索前进，推动基层文联工作得到较快发展，迸发出新的活力。

基层文联助力经济社会发展成效明显。各地基层文联紧紧围绕当地经济社会发展和改革开放实践，聚焦重要时间节点和乡村振兴、脱贫攻坚、"一带一路"建设等，主动参与，主动服务，主动作为，积极开展主题文艺实践活动，助推地方经济社会发展，拓展了文联工作新领域，塑造了文联组织新形象。比如，海南海口市文联编撰出版丛书、举办各类艺术主题展览展演等，开展纪念改革开放40周年暨庆祝海南建省办经济特区30周年系列文艺活动。再如，山东青岛市文联承担上海合作组织青岛峰会全部艺术品创作任务，组织创作美术、书法等艺术门类精品100余幅，遍布各重要会见场馆。湖北武汉市文联先后成立富士康科技工业园文联、中车长江公司武汉分部文联、长江水利委员会文协等16家产（行）业文联，主动服务全市经济发展战略。安徽宣城市文联融合运用多种艺术形式，把当地一个名不见经传的偏僻山村打造成特色旅游乡村。山东青州市坚持政府搭台、文联主管、协会发动、企业推进，形成了青州农民画"四轮齐动"的产业发展模式，大幅增加了农民收入。吉林通化县文联在村头村尾、绿地公园建设诗碑、诗廊等文化广场，助力美丽乡村建设。四川金堂县文联、贵州瓮安县文联组织创作专题扶贫系列作品，举办脱贫攻坚演讲大赛、脱贫攻坚民族山歌大赛，宣传脱贫攻坚先进典型，展示扶贫攻坚成果，提振群众精气神。这些鲜活的事例展现了基层文联围绕中心、服务大局、奋发有为、发挥作用的生动实践。

基层文联繁荣文艺、服务群众作用突出。基层文联牢固树立以人民为中心的工作导向，把满足基层群众对精神文化生活的新期待作为工作目标，开展经常性群众文艺活动，努力增强基层群众的文化获得感和生活幸福感。一些基层文联抓住传统节日、乡俗活动、重要庆典、艺术演出季等时间节点，深入基层百姓，走进社区街道，开展风格各异、形式多样、具有鲜明民族和地方特色的惠民文艺演出，让更多群众享受发展带来的美好精神文化生活。一些地方的县乡镇级文联，积极调动人民群众的艺术创作积极性，利用城乡文化馆（站）、文化活动中心为群众文艺活动搭建平台，组织文艺家提供艺术指导、帮助创排节目，鼓励群众自己演、演给自己看，不断提高群众文艺水平，丰富群众精神生活。例如，吉林省延边朝鲜族自治州文联根据当地少数民族文化特点，开展"金达莱红"文艺志愿服务，传习朝鲜族舞蹈、洞箫、满族剪纸、朝文书法等特色文艺，深受当地老百姓喜爱。部分基层文联积极对接新时代文明实践中心站、所建设需求，组建各艺术门类文艺志愿服务队，开展文艺扶贫、文艺支教、文艺培训、文艺服务、文化传承、文艺惠民演出等志愿服务活动，成为地方精神文明建设的重要力量。基层文联在为民服务中有了位子、有了形象、有了口碑。

基层文联工作思路举措不断创新。基层文联把创新作为第一动力，在传统工作领域抓创新，在新兴工作领域找突破，不断搭建新的平台和阵地，探索网络化管理和服务模式，建立完善工作制度机制。基层文联强化教育培训的常态化工作机制，加强思想政治引领。南京市文联、杭州市文联、哈尔滨市文联等举办各艺术门类文艺骨干研修班，制订实施文艺骨干学习培训计划，坚持把学习贯彻习近平新时代中国特色社会主义思想特别是习近平总书记关于文艺工作的重要论述作为核心内容，与业务培训、品行修为相结合，探索人才培养新模式新机制，不仅提升了文艺工作者的综合素养，而且增强了文联组织的凝聚力吸引力。基层文联强化联系协会及会员的工作机制，探索出"文联围着协会转，协会围着会员转"的工作思路。黑龙江省牡丹江市文联针对基层协会没有专职干部的实际情况，派遣文联机关在职干部兼任协会秘书长，加强与协会联系，凡是协会重要活动和工作，文联干部始终参与、全程服务。湖南省浏阳市文联实行主席团成员联系协会、协会理事会成员联系会员的"双联"制度，实现服务"一对一"，联系"面对面"。深圳市宝安区文联实行委员会、常务委员会制度，把文联副主席荣誉职务转变成常委"实职"，细化责任分工，提升履职能力。同时，建立党建工作机制，促进党建带群建。天津市西青区文联在每个专业协会都成立一个党支部。江西省资溪县文联把支部建到协会、把党小组建在活动一线。通过这些实际举措，基层文联工作格局、组织活力和履职能力得到明显提升，推动了基层文联工作水平的不断提高。

基层文联团结凝聚大批文艺人才。一些地方党委宣传部门重视文联干部队伍建设，充实文联干部队伍，文联干部精神面貌焕然一新。许多基层文联主要负责人作为"领头雁"，以"跑断腿、磨破嘴"的劲头，主动争取支持，聚合各方资源，以"不懈怠、不抱怨"的精神，敢于面对困难，勇于担当作为，赢得了工作的主动。基层文联干部队伍的思想水平和业务素质有所提高，想干事的愿望、能干事的本领、干成事的业绩越来越凸显。基层文联把做人的工作牢牢抓在手上，发挥"蓄水池"、"储备库"功能，努力壮大基层文艺人才队伍。基层文联组织注重发展会员和扩大会员规模，一批有成就的中青年文艺人才、有热情的文艺骨干和新文艺群体被吸纳进来，不少艺术创作成绩突出的会员还相继加入了市级、省级和国家级协会。基层文联注重从百姓中挖掘培养有文艺专长的"草根"，形成了从普通百姓到文艺爱好者、文艺从业者、优秀文艺骨干的基层文艺人才链。注重调动群众文艺积极性，变"藏艺于民"为"献艺于民"，吸纳更多文艺人才参加文艺活动，许多基层文艺爱好者不计付出，不要报酬，甚至自费筹备演出道具服饰，表现出了极大的热情。基层文联已经建立起一支专（兼）职文联及协会工作者、文艺工作者和文艺爱好者相结合的庞大的基层文艺队伍，在涵养文艺生态、传承地方文脉、提供文艺人才中发挥着越来越重要的作用。

三、产（行）业文联的组织架构

产（行）业文联是全国文联系统和"全国文联工作一盘棋"的重要组成部分，是推动文艺工作和文联工作的一支重要力量。产（行）业文联是伴随我国工业企业发展和改革开放的历史进程发展起来的，是我国社会主义文艺事业日趋繁荣兴盛的一个重要标志。

产（行）业文联最初兴起于国有大型和特大型企业。20世纪50年代，为适应社会主义建设高潮的需要，一些有条件、有基础、有能力的大型和特大型国有企业开始建立了类似文联性质的文艺社团或机构，并配有专（兼）职干部。"文化大革命"期间，企业文联组织被迫停止工作。改革开放以来，为满足产（行）业广大职工日益增长的精神文化需求，产（行）业文联组织开始恢复或建立。截至 2021 年 11 月，中国文联共有 9 家产（行）业文联作为团体会员单位，它们分别是：中国石油文联、中国铁路文联、中国煤矿文联、中国电力文协、中国水利文协、中国石化文联、全国公安文联、中国人民银行文联、中国金融文联。

产（行）业文联的积极作用主要体现在：一是服务产（行）业的中心任务和改革发展稳定的大局，坚持正确政治方向和文化导向，唱响产业行业发展、经济社会进步和职工群众幸福的时代主旋律，为实现产（行）业的科学发展提供思想政治引领和精神文化动力；二是利用各种各样的文艺样式，注重心理疏导，提倡人文关怀，化解矛盾，舒缓情绪，滋润心灵，涵养培育企业文化、企业精神和企业核心价值观；三是团结和引导广大文艺工作者、文艺爱好者，紧密结合产（行）业的实际，创作反映时代精神、体现产（行）业特点、鼓舞人们奋勇前进、创造美好生活的优秀作品，培育和弘扬职业道德、职业精神，提高职工综合素质，营造良好的文化氛围，积极为建设社会主义文化强国作贡献。

第二节　文联组织的体制机制

科学有效的体制机制是一个组织高效运转、良性发展的重要保障。文联组织的性质决定了其决策体制和运行机制是在党的全面领导下围绕中心、服务大局，团结动员各方面力量投身文艺事业，发挥桥梁纽带型群团组织的功能作用。

一、领导决策体制

《中国文学艺术界联合会章程》规定，中国文联由全国性的文艺家协会，省、自治区、直辖市文联和全国性的产（行）业文联组成。中国文联实行团体会员制。全国文联组织系统实行分级分类管理，上级文联依法依章程指导下级文联的工作。文联组织归口党委统一领导、党委宣传部门主管，文联党组领导文联的全面工作。文联的决策机构有：文联党组、文联代表大会及全委会、文联主席团及书记处。各决策机构按照有关制度规定的决策权限、决策范围、决策程序等进行研究讨论、决定、决策。

从中国文联来看，中国文联的最高权力机构为全国代表大会和由它选举产生的全国委员会。全国委员会选举主席一人、副主席和主席团委员若干人，组成主席团。主席团下设书记处，主持中国文联日常会务工作，并设立必要的工作机构。各全国文艺家协会的权力机构与中国文联基本相同。

从地方文联来看，各地方文联最高权力机构为本级代表大会和由它选举产生的本级委员会。本级委员会选举主席一人、副主席和主席团委员若干人，组成主席团。本级委员会闭会期间，由主席团行使其权力。一般情况下，主席团下设书记处，主持文联日常会务工作。

（一）中国文联

中央有关文件明确指出，中国文联是由中央书记处领导，中央宣传部代管的正部级人民团体。中国文联党组是党中央在中国文联设立的领导机构，在中国文联发挥把方向、管大局、保落实的领导作用。

中国文联的领导机构有：中国文联党组、中国文联全国代表大会和全国委员会、中国文联主席团及书记处。

中国文联党组。中国文联党组实行集体领导制度。凡属党组职责范围内的事项，必须执行少数服从多数的原则，由党组成员集体讨论和决定，任何个人或者少数人无权擅自决定。根据《中国文联党组工作规则》有关规定，中国文联党组按照集体领导、民主集中、个别酝酿、会议决定的原则作出决策，实行科学决策、民主决策、依法决策。中国文联党组对有关重要问题作出决定时，应当根据需要充分征求中国文联机关和所属单位党组织以及党员群众的意见，重要情况应当及时进行通报。中国文联党组决策一般采用党组会议形式。中国文联党组会议有半数以上党组成员到会方可召开，讨论和决定干部任免、处分党员事项必须有三分之二以上党组成员到会。根据工作需要，召开党组会议可以请不是党组成员的中国文联书记处书记列席，邀请上级党组织安排有关人员列席。中国文联党组严格落实《中国共产党党组工作条例》《中国共产党重大事项请示报告条例》，中国文联党组每年至少向党中央作一次全面工作报告，遇有重大问题及时请示报告，对执行党中央某项重要指示和决定的情况进行专题报告。全面履行领导责任，加强对中国文联党的建设和业务工作的领导，推动党的主张和重大决策，特别是关于文艺工作的路线方针政策和重大决策转化为法律法规、政策决定和文艺界共识，确保党的理论和路线方针政策的贯彻落实，切实增强文联工作和文联组织的政治性、先进性、群众性。中国文联党组领导各全国文艺家协会分党组和中国文联机关各部门、各直属单位，对各省级文联、全国性产（行）业文联工作进行指导。中国文联党组加强对各全国文艺家协会分党组的领导，指导、监督各全国文艺家协会分党组全面推进党的政治建设、思想建设、组织建设、作风建设、纪律建设、制度建设。

中国文联全国代表大会和全国委员会。全国代表大会每五年召开一次，由全国委员会召集，必要时可提前或延期召开。全国代表大会代表由各团体会员推选和中国文联特邀产生。全国代表大会的职权是：听取和审查全国委员会的工作报告；讨论并决定中国文联的重大问题；修改中国文联章程；选举全国委员会。全国委员会全体会议原则上每年召开一次，由主席团召集。全国委员会的职权是：执行全国代表大会的决议；选举主席、副主席和主席团委员；听取和审查中国文学艺术界联合会年度工作报告；决定应由全国委员会决定的事项。中国文联全国委员会委员由各艺术门类知名艺术家、新文艺群体代表和中国文联及各团体会员主要负责人组成，在文艺界具有广泛代表性和影响力，是贯彻落实党的文艺方针、推动文艺事业发展、推进文联和协会工作的重要骨干力量。全国委员会委员候选人建议人选，由各团体会员和有关方面按商定名额分别提名，经代表大会主席团审议提出委员候选人，提交代表大会选举。全国委员会中的团体会员委员，在不担任该团体会员主要负责人职务后，该团体会员应推举新任主要负责人接任，并报主席团备案。

中国文联主席团及书记处。《中国文学艺术界联合会章程》规定，中国文联全国委员会选举主席一人，副主席和主席团委员若干人，组成主席团。主席主持主席团的工作，副主席协助主席工作。全国委员会闭会期间，由主席团行使其权力。主席团根据工作需要批准设立专门委员会，负责中国文联有关工作的指导协调。主席团下设书记处，书记处书记由主席团推举产生。书记处主持中国文联日常工作。根据工作需要，书记处可提议召开主席团会议。中国文联对违反国家法律、法规及《章程》或不称职的领导机构成员、荣誉职务人员，视其情节轻重，按相关程序可予以调整、撤换或罢免。

（二）全国文艺家协会

全国文艺家协会的决策机构有：全国文艺家协会分党组、全国文艺家协会会员代表大会、全国文艺家协会理事会、全国文艺家协会主席团、全国文艺家协会秘书长会议。全国文艺家协会分党组在中国文联党组的领导下开展工作。全国文艺家协会坚持和加强党的全面领导。各决策机构按照协会有关制度规定的决策权限、决策内容、决策程序等进行研究讨论决策。文艺家协会设主席团、理事会、秘书长、若干副秘书长。全国文艺家协会通常设有若干个专业委员会，是该协会领导下由本艺术专业工作者自愿结合的学术性专业组织，主要职能是团结本艺术专业工作者，积极开展学术研讨，研究本专业发展的新形势新问题，褒奖对本艺术专业做出突出成绩者，培养、推介本专业新人新作，加强海内外专业学术交流与合作。

（三）地方和基层文联

地方和基层文联按照行政区划、依托基层单位、根据专业特点建立组织、开展工作，实行地方党委统一领导、归口省区市党委宣传部门主管的领导体制。各级文联设立党组，在本级文联发挥把方向、管大局、保落实的领导作用。参照上级文联决策机制，结合自身实际，研究制定本级文联组织决策工作制度。实践证明，党委的统一领导是文联工作沿着正确方向前进的根本保证。各级党委从提高党的执政能力和领导水平的战略高度，把文联工作提到更加突出的地位，摆上重要议事日程，纳入全局统筹考虑，努力使文联工作与党委和政府其他各项工作一起规划部署、一起实施推进、一起检查落实。宣传部门在党委的统一领导下，认真贯彻落实中央关于文艺工作的一系列方针政策和决策措施，把文联工作纳入宣传思想文化工作全局，加强指导，发挥文联工作在繁荣发展社会主义文艺、建设社会主义文化强国中的重要作用。

二、工作运行机制

面对新形势新任务,中国文联直面问题,自我革新,顺势而为,勇于担当,通过深化改革,加快转型,创新发展,切实解决文联组织存在的突出问题,推动文联基本职能由联络、协调、服务拓展为团结引导、联络协调、服务管理、自律维权,使文联组织的联系范围和服务管理能力显著提升,对网络文艺和新文艺群体影响力显著扩大,行业建设主导作用和主渠道功能显著增强,政治性、先进性、群众性更加突出,吸引力、引导力、公信力不断提高。随着"两个一百年"奋斗目标持续推进,当前我国文化建设进入了一个新的历史阶段,中国文联立足新发展阶段,贯彻新发展理念,构建新发展格局,以高度的政治责任感和历史使命感,自觉坚持以社会主义核心价值观为引领,牢牢把握以推动高质量发展为主题,以满足人民日益增长的美好生活需要为根本目的,以改革创新为根本动力,统一思想、凝聚力量,围绕中心、服务大局,繁荣创作、服务人民,在推动改革发展过程中深入把握特点规律,逐步形成和完善了相关工作运行机制。

(一)思想政治引领工作机制

党的政治建设是党的根本性建设,旗帜鲜明讲政治是群团组织和群团工作的灵魂。习近平新时代中国特色社会主义思想是新时代党的思想精神旗帜,是国家政治生活和社会生活的根本指针,是当代中国马克思主义。中国文联坚持把党的政治建设要求体现到文联工作的全过程和各方面,坚定不移用习近平新时代中国特色社会主义思想为引领,持续加强文艺界思想政治建设和理论武装。

用党的创新理论教育和武装文艺工作者。通过持续有力的思想政治引领,使广大文艺工作者提高政治站位,增强政治自觉,提高政治能力，进一步增强对党的基本理论、基本路线、基本方略的政治认同、思想认同、情感认同，进一步坚定用马克思主义文艺观指导文艺实践的理论自觉和行动自觉，把广大文艺工作者紧紧团结在党的周围。尤其是通过引导广大文艺工作者深入学习贯彻习近平新时代中国特色社会主义思想和习近平总书记关于文艺工作的重要论述等，建立健全用党的创新理论武装文艺工作者的制度，推动学习宣传贯彻党的创新理论不断往深里走、往实里走、往心里走。

以教育培训作为加强文艺界思想政治引领的重要载体和有力抓手。通过落实全国文联系统文艺人才和管理干部培训规划，完善常态化培训机制，突出抓好思想政治理论培训，尤其是努力提升培训质量，进一步优化学员遴选机制，创新教学模式，打造培训品牌，不断提升教育培训的系统性、针对性和实效性。文联深化改革以来，一方面注重加大对基层创作一线尤其是新文艺群体及中青年文艺工作者的培训力度，增加班次、扩大规模；另一方面积极完善线上教育多样化途径，不断拓展培训覆盖面，增强培训有效性。

持续发挥先进典型的示范作用和榜样的引领作用。深入开展和创新"崇德尚艺，做有信仰、有情怀、有担当的新时代文艺工作者"等为主题的巡回宣讲。用艺术的语言讲政治，用故事的形式讲道理，持续推动习近平新时代中国特色社会主义思想入脑入心，努力营造文艺界爱国为民、崇德尚艺的浓厚氛围。

(二) 重大主题文艺实践工作机制

围绕中心、服务大局是文艺事业和文联工作的职责所系、价值所在。近年来，中国文联紧扣决胜全面小康、决战脱贫攻坚、新中国成立 70 周年、建党 100 周年等重要时间节点和重大主题，积极开展重大主题文艺实践活动。

逐步建立完善"深入生活、扎根人民"主题实践常态化工作机制。引导广大文艺工作者坚持以人民为中心的创作导向，组织文艺名家和广大文艺工作者聚焦现实题材，深入革命老区、边疆民族地区、重点项目建设工地等基层一线采风创作，推出一大批优秀文艺作品，唱响共产党好、社会主义好的时代主旋律。举办各类各形式展演、展映、展示、研讨活动，充分展现新时代的生动气象，凝聚起砥砺追梦的奋进力量。

建立完善主题文艺活动引导机制。运用中国文学艺术发展专项基金等手段，抓牢重大主题文艺创作，引导广大文艺工作者开展丰富多彩的主题文艺实践活动，强化精品意识，提高组织化程度和专业化水平，热情讴歌党、讴歌祖国、讴歌人民、讴歌英雄，唱响时代主旋律，书写新时代中华民族新史诗，更好构筑中国精神、中国价值、中国力量，传承中华优秀传统文化，大力弘扬以爱国主义为核心的伟大民族精神。

扎实开展增强"脚力、眼力、脑力、笔力"教育实践。坚持以提高政治能力为根本，以增强专业本领为关键，以锐意创新创造为紧要，以培养优良作风为基础，把教育和实践结合起来，把强队伍和强工作结合起来。大兴调查研究之风，鼓励文联系统广大干部职工迈开步子下基层、睁大眼睛看实情、深入思考新问题、联系实际出对策，加强知识学习和实践磨砺，不断锤炼勇于创新、狠抓落实的工作作风，切实增强"脚力、眼力、脑力、笔力"，真正锻造出适应新时代文联工作要求的高素质、真功夫。

树立互联网思维，建设网上文联。加强"互联网＋文艺"、"互联网＋文联"、"互联网＋协会"的科学规划，系统整合、深度融合，把握特点规律，拓宽渠道载体，不断探索文联工作发展新空间。尤其是近年来立足媒体融合新形势和新冠肺炎疫情防控常态化要求，探索抗疫期间文艺实践活动的经验做法，推动线上线下资源共享、各展所长、一体发展，努力把互联网这个"最大变量"转化为文联工作发展的"最大增量"。

(三) 文艺评奖理论评论工作机制

助力繁荣创作、推出更多高质量文艺作品是文联必须履行的重大职责。中国文联近年来逐步建立完善科学的文艺作品评价体系，改进文艺评奖评论机制，深入实施文艺评论工程，发挥文艺评论专项资金引导作用，建设好文艺评论工作品牌，加强网络文艺评论，充分发挥文艺评奖评论在引导创作、多出精品、提高审美、引领风尚等方面的重要作用。

夯实文艺基础理论研究。强化深化对习近平总书记文艺工作重要论述的学理性、系统性、整体性研究，助力广大文艺工作者围绕现实题材，提高创意策划能力，从基础环节扶持原创，把作品质量放在更加突出的地位，在主题提炼、内容表达、形式呈现上下功夫，抓好重大示范性创作项目的组织实施，不断推出富有感染力吸引力、既叫好又叫座的文艺精品。

坚持正确导向，严格评奖制度，完善监管措施，提升文艺评奖的公信度和影响力。进一步完善优秀作品扶持奖励机制，重点在前期策划、采风创作、评论引领、激励表彰等环节给予精准扶持。在各艺术门类的评奖工作中，建立健全评奖标准，强化评奖导向功能。加大对优秀获奖作品、优秀文艺人才的宣传推介力度，注重评奖与推出新人新作相结合。推进"互联网+文艺评奖"建设，促进传统媒体与现代传播方式的深度融合，强化权威发布，不断提升文艺评奖的引导力和影响力。

开展专业权威的文艺评论，发挥文艺评论引导创作、推出精品、提高审美、引领风尚的重要作用。健全文艺评论标准，把人民作为文艺审美的鉴赏家和评判者，把政治性、艺术性、社会反响、市场认可统一起来，把社会效益、社会价值放在首位。加强文艺评论阵地建设，注重发挥中国文艺评论传播联盟的作用，持续开展"啄木鸟杯"中国文艺评论年度推优活动，团结更多优秀评论人才，不断建立有定力、能战斗、影响大的文艺评论家队伍，对文艺思潮倾向、热点文艺现象、重点文艺作品开展客观、理性、公正、有效的评论。

（四）文艺志愿服务工作机制

志愿服务是现代社会文明进步的重要标志，在建设社会主义现代化国家新征程中具有独特作用。文艺志愿服务作为志愿服务事业的重要组成部分，是新时代党的宣传思想工作的重要载体，也是发展社会主义先进文化、培育和弘扬社会主义核心价值观、引领社会风尚的重要推进力量，在文化强国建设中发挥着不可替代的重要作用。党的十九届五中全会明确指出："提高社会文明程度要推动形成适应新时代要求的思想观念、精神风貌、文明风尚、行为规范，健全志愿服务体系，广泛开展志愿服务关爱行动。"

文艺志愿服务是弘扬志愿精神、倡导文明新风、引领社会风尚的有效途径。习近平总书记在致中国志愿服务联合会第二届会员代表大会的贺信中提出殷切希望，"希望广大志愿者、志愿服务组织、志愿服务工作者立足新时代、展现新作为，弘扬奉献、友爱、互助、进步的志愿精神，继续以实际行动书写新时代的雷锋故事"[①]。文明风尚需要倡导和引领，而文艺志愿服务是引领风尚的重要方式。近年来，

---

① 习近平：《致中国志愿服务联合会第二届会员代表大会召开的贺信》，《人民日报》2019年7月25日。

社会各领域文艺志愿者积极承担"举旗帜、聚民心、育新人、兴文化、展形象"的使命任务，强化了社会主义先进文化的正面引领作用，激发了全社会的文化创造力，形塑了新时代的文明风尚。

满足人民群众多方面、多层次、多样化的精神文化需求。党的十九届五中全会作出促进满足人民文化需求和增强人民精神力量相统一的科学论断和战略部署。多年来，中国文联紧紧围绕决胜全面小康、决战脱贫攻坚、以艺战"疫"、新时代文明实践中心建设等重大主题，紧紧抓住保障人民文化权益、增强人民群众文化获得感和精神力量等核心任务，组织开展丰富多彩的文艺志愿服务活动，生动展示了全国各族人民在党中央的坚强领导下昂扬向上、开拓进取的精神面貌和生动实践，激励全国各族人民朝气蓬勃迈向未来。

密切文艺与人民群众的血肉联系，引导文艺工作者深入生活、扎根人民，创作精品力作。文艺志愿服务创造条件、搭建舞台，组织引导广大文艺工作者下沉到基层，深入实际、深入生活、深入群众，在火热的生活中体验人间冷暖、人民真情，获取创作素材和艺术灵感，书写新时代人民群众的新创造，创作反映当代中国人民精神风貌和奋斗激情的精品佳作。

积极参与公共文化服务体系建设，助力新时代文明实践中心建设。创建"文艺进万家，健康你我他"新时代文明实践文艺志愿服务模式，坚持"送文化"、"种文化"、"传精神"相结合，在革命老区、边远地区、少数民族地区、巩固脱贫攻坚成果重点地区开展"送欢乐下基层"、"到人民中去"、"我们的中国梦——文化进万家"圆梦工程等品牌活动和惠民文化服务，进一步拓展受益群体，不断促进基层艺术教育发展。使文艺志愿服务逐步实现与新时代文明实践中心建设的全面对接，依托新时代文明实践中心"网格化"服务管理体系，通过国家、省、市、县、乡、村六级联动，整合社会各界资源，打造出覆盖线上线下、农村城市的文艺志愿服务项目体系。

全面加强文艺志愿者协会组织建设，完善"深入生活、扎根人民"采风创作长效机制。规范健全文艺志愿者注册管理、星级评定和激励嘉许制度，广泛吸纳优秀文艺人才入会。制定完善深入生活采风创作管理办法及实施细则，健全文艺志愿服务工作机制，组织动员、鼓励引导越来越多的文艺工作者走进社区、走进乡村、走进基层，始终坚持文化惠民、文化为民、文化乐民，不断满足人民群众对美好生活的向往和追求，增强人民群众的幸福感和精神力量。

（五）行风建设工作机制

行风是一个行业整体精神风貌和综合素质的客观标识，影响着行业的社会认知和整体形象，对一个行业的持续健康发展起着至关重要的作用。文艺界行风建设不仅体现文艺行业的整体精神风貌，直接关系文艺行业的健康发展，还直接影响文联组织的向心力、吸引力，影响着人民群众的信任感和满意度，甚至影响整个社会风气。

加强文艺界行风建设是文联系统的使命所系、职责所在。中国文联是党领导的文艺界人民团体，团结和培育具有优秀品格、德艺双馨的文艺工作者是我们的神圣职责。长期以来，在党中央的亲切关怀和中宣部的直接领导下，中国文联一直高度重视文艺行风建设，采取各项有力举措，引导文艺界树立良好新风正气。2012年，中国文联全委会制定颁布了"爱国、为民、崇德、尚艺"的文艺界核心价值观和《中国文艺工作者职业道德公约》。此后，中国文联坚持把推进文艺界行风建设作为重要工作任务紧紧抓在手上，大力推进中国文艺志愿者深入基层、服务人民的系列主题实践，引导文艺工作者与人民心连心、共命运；组织召开文艺名家带头践行社会主义核心价值观座谈会，向全国文艺界发出《文艺工作者践行社会主义核心价值观倡议书》，倡导广大文艺工作者讲正气、走正道、树正风；积极倡导"担当使命"、"扎根人民"、"创新求精"、"健康批评"、"崇德尚艺"等五大良好风气，突出加强文艺界职业道德建设；印发《中国文联关于加强对文艺工作者团结引导工作的意见》，推动各全国文艺家协会制定颁布从业人员的行为守则和自律公约；按照中宣部统一部署，对全国文艺家协会会员进行大培训，引导广大文艺工作者树立马克思主义文艺观、把握正确创作导向、提升职业道德和思想境界等等，取得了明显成效。

突出思想政治引领，持续深入抓好教育培训。中国文联全力推进文艺工作者教育培训工作，在行业内广泛开展不同层次的学习教育活动，推动建立常态化制度化培训教育机制。以马克思主义文艺观和习近平总书记文艺工作重要论述为主要培训内容，教育引导广大文艺工作者确立正确的历史观、民族观、国家观、文化观，坚守职业道德，坚持德艺双馨，弘扬和践行社会主义核心价值观和文艺界核心价值观。充分发挥先进典型的榜样引领作用和标杆示范作用，组织开展中青年德艺双馨文艺工作者评选表彰、中国文联终身成就艺术家荣誉称号推荐、老艺术家诞辰、从艺纪念和文艺工作者巡回宣讲、"艺坛大家""艺苑百花"等优秀文艺工作者宣传推介项目，开展新时代文明实践文艺志愿服务，引导文艺工作者积极践行文艺界核心价值观，自觉讲品位、讲格调、讲责任，塑造文艺界良好的社会形象，使其真正成为先进文化的践行者、社会风尚的引领者。有效发挥文艺传播媒体监督作用，对文艺界不良现象集体发声，形成激浊扬清的舆论态势，营造风清气正的行业环境。

积极推进文艺工作者职业道德建设。逐步完善行业自律和文艺从业人员道德监督工作机制，成立中国文联文艺工作者职业道德建设委员会和各全国文艺家协会行风建设委员会，探索建立并完善符合文艺界特点和文艺发展规律的行业管理机制和文艺工作者职业道德建设联席工作会议机制，引导广大文艺工作者积极践行《中国文艺工作者职业道德公约》，严格遵守各全国文艺家协会制定的行业自律公约和守则。

完善文联系统行风建设工作机制。文艺行风和职业道德建设是一项内容丰富、涉及面广、影响面宽的综合性工程，必须系统治理、持续发力。按照习近平总书记和党中央对文艺工作、文联工作的要求，面对日新月异的文艺事业和文化产业发展形势，必须把抓实行风和职业道德建设摆在更加突出的位置，持续强化教育引导、实践养成、制度保障，形成举报受理、问题核查、道德评议、教育矫正、行业惩戒的工作机制。完善上下贯通、部门联动的工作机制，以点带面、层层辐射，把行风和职业道德建设要求传导至整个文联系统，形成强大合力。聚焦"做人的工作"主责主业，在强化思想道德引领、营造崇德尚艺浓厚氛围、加强行风舆情监测引导、健全行业管理体制机制等方面持续用力，树立弘扬正风正气正能量的鲜明旗帜。

强化行业自律，推动形成良好行业风气。加强行业组织建设，广泛开展职业道德建设，创新行业管理自律机制，形成有效的文艺从业人员职业道德监督机制，引导从业人员树立规则意识、法治意识，依法依规自我管理、自我约束。强化科学、规范、权威的行业管理，建立文艺从业人员和从业机构分级分类、互联互通的诚信档案制度，严格行业准入与退出机制，形成完善的激励惩戒机制，对失德失范人员的作品展演展示和演艺活动的处置形成有约束力的刚性规定。建立健全协会会员退出机制，对于造成不良社会影响的，依法依规进行严肃处理。加强各类行业组织自身建设，做到规范运行、担当责任、发挥作用。加强对新艺术领域、新文艺形态、新传播渠道和新文艺群体的引导、管理和服务。

（六）文艺维权工作机制

维护团体会员、文学艺术家和文艺工作者的知识产权等合法权益，是中央赋予文联组织的一项重要职责和光荣使命。中国文联高度重视文艺维权工作，积极推进建立健全文艺维权工作机制，推动维权机构建设和队伍建设；积极建立立法协商机制、侵权纠纷调解机制、权益保护协调合作机制和诉求表达处理机制，积极构建社会化文艺维权新格局。

推进维权组织体系建设，筑牢文艺维权的工作基础。加强维权职能机构建设，积极推动各团体会员设置权益保护职能部门，有条件的地方文联成立维权中心和会员法律服务中心等，健全维权组织体系。加强维权专业人才队伍建设，提高维权专业化水平。

把文艺工作者最为关注的知识产权、人格权等基本权利作为维权工作的重点，依法维护文艺工作者合法权益。完善法律顾问制度，组织开展文联系统法律顾问工作推进会，壮大维权专业队伍，提高文联组织运用法律思维和法治方式开展工作的能力和本领，防范化解法律风险。加强文艺作品版权资源数据库建设，强化源头维权，促进建立文艺作品合法传播与使用的权利保护机制。

推进文艺界普法宣传长效机制。把法律知识和维权实务纳入各类研修培训课程，增强业界法律意识，配合做好国家相关文化立法工作，加大普法宣传力度，提升维权工作的话语权和传播力。运用典型案例，大力开展普法宣传教育，不断增强文艺工作者法律意识。加强对中国文联系统品牌活动的知识产权保护，持续推进法治文联建设。

健全完善文艺法律援助志愿服务机制。加强对文艺维权新情况新问题的研究，探索开展面向"文艺两新"的法律援助，关注普通文艺工作者权益保护，积极开展文艺法律援助志愿服务活动，加强文艺维权交流培训，不断提高维权专业化水平。拓展维权服务手段，建立网上维权服务平台。

(七) 对外和对港澳台地区文化交流工作机制

中国文联坚持"文化走出去",积极配合国家总体外交战略和对外工作大局,充分发挥文联组织在民间文化交流中的独特优势,着力拓展对外交流渠道,聚焦讲好中国故事,推动中华文艺走向世界。积极扩大与国际民间文艺团体及知名文艺家的交流合作,开展具有国际影响力的民间对外文艺交流活动。

服务国家外交外宣总体战略。发挥组织灵活特点,整合优势资源,办好各类国际展演展示、论坛赛事等活动,向世界推介更多代表中国水平、具有中国风格、体现中国精神、蕴含中国智慧的优秀作品和优秀人才,充分展示中华文化的无穷魅力。

积极参与具有国际影响力的民间对外文艺交流活动。拓宽交流领域,创新合作平台,大力推动中华文艺与世界各国文艺交流互鉴,不断增强中华文化的亲和力、感染力、竞争力。

努力扩大中华文艺的国际话语权。主动加入国际艺术组织并担任重要职务,承办国际艺术组织重要会议。与友好国家政府文化机构或文艺团体签署交流合作备忘录,探索创新合作交流平台和方式。

加强内地(大陆)与港澳台地区文艺交流。加强与香港特别行政区、澳门特别行政区和台湾地区文艺工作者的联系沟通,创新开展各类委员团组及其展演、展示、论坛、培训等交流活动,通过举办海峡两岸暨港澳地区艺术论坛等文艺交流和研讨活动,吸纳港澳台艺术家担任相关文艺家协会会员、理事、主席团成员,参加相关评奖评论、办展办节等活动,增加港澳台与内地(大陆)文艺工作者的相互了解,增强对中华文化的高度认知和自信,提升民族凝聚力、向心力,认同感和归属感。

(八)服务保障工作机制

繁荣和发展文艺事业,需要必要的物质保障。无论是开展面向基层、服务群众的文化惠民活动和对外民间文化艺术交流,还是组织文艺评奖办节和理论评论,或是建设文艺家活动场所,都需要物质支持和经费条件。从建设社会主义文化强国的战略目标出发,推动新时代文联工作创新发展,必须积极争取政策和资金等各项支持,推动出台支持文艺发展和文联工作的相关文件,努力创造各种有利条件,逐步形成对文联工作的投入保障机制。

加强制度建设,推动职能转变,把工作重点从组织活动转到健全机制、加强管理、形成常态上来。不断完善各项文艺扶持政策,用好各类专项资金和基金,把握方向,突出重点,加大对弘扬中国梦、弘扬社会主义核心价值观、弘扬中华优秀传统文化等方面文艺创作的扶持力度。

改进和完善中国文学艺术发展专项基金扶持机制。完善基金管理办法,注重发挥中国文学艺术发展专项基金的扶持引导作用,积极鼓励和引导社会力量参与文艺创作生产和公益性文化活动,逐步建立健全文艺创作生产基金资助体系。加强资金高效管理和合理使用,完善项目申报、专家评审、绩效评估及审计等制度,确保扶持资金用在实处。加大对主题文艺创作和青年文艺创作的扶持力度。加大对精品创作、文艺评论、宣传推介、展演出版和青年人才等的资金扶持,助力推出优秀作品和优秀人才。加强向基层文联、"文艺两新"群体、原创优质项目等的倾斜力度,加大对革命老区、民族地区、边疆地区文艺工作支持力度,努力为文艺创新发展营造良好的环境和条件。

第五章

文联工作的内容与载体

文联工作的内容和载体是由文联工作的性质职能决定的，在不同的历史时期有着不同的内涵。经过 70 多年发展，特别是党的十八大以来，文联职能发生了较大变化，文联工作的内容与载体也相应作出了调整，内容日益丰富，载体逐渐多样。

第一节　文联工作的内容

文联工作的内容，是指文联组织在坚持党对文联工作的统一领导、繁荣发展社会主义文艺事业、建设社会主义文化强国方面的具体行为活动和工作举措。文联工作的内容主要包括理论武装、主题活动、创作引导、人才培养、采风实践、志愿服务、成果推介、理论评论、行业建设、权益保护、出版管理、对外交流等。

一、理论武装

加强理论学习是履行文联职责的重要内容和方式。加强理论学习，就是坚持马克思主义的指导地位，用马克思主义中国化的最新理论成果武装广大文艺工作者，自觉指导文艺研究创作、生产、表演、传播、教育等方面的实践。面对新时代新要求，文联要始终坚持以政治建设为统领，切实加强文艺界理论学习和思想引领，不断提升文艺工作者的政治素养和思想境界。

组织文艺工作者深入学习马克思列宁主义、毛泽东思想、邓小平理论、"三个代表"重要思想、科学发展观和习近平新时代中国特色社会主义思想。习近平新时代中国特色社会主义思想是闪耀真理光辉、凝结时代精华的当代中国马克思主义，是统揽伟大斗争、伟大工程、伟大事业、伟大梦想，实现民族复兴伟业的思想旗帜和行动指南。中国文联组织全国文艺骨干大培训，把文艺工作座谈会、十次文代会重要讲话精神作为培训的主要内容。举办党的十九大以及十九届历次全会局处级干部培训班、习近平总书记文艺工作重要论述理论研讨会、习近平总书记"七一"重要讲话培训班等，并在各类教育培训研修中，始终坚持确保党的思想政治理论的课时和内容不少于30%。教育引导广大文艺工作者和文联广大干部职工深刻领会习近平新时代中国特色社会主义思想的重大政治意义、理论意义、实践意义，深刻把握科学内涵、核心要义，不断增强政治认同、思想认同、理论认同、情感认同，自觉用新思想指导文艺新实践。

组织文艺工作者重点学习社会主义核心价值观。核心价值观是一个民族赖以维系的精神纽带，是一个国家共同的思想道德基础。如果没有共同的核心价值观，一个民族、一个国家就会魂无定所、行无依归。文艺是铸造灵魂的工程，文艺工作者是灵魂的工程师。"凡作传世之文者，必先有可以传世之心。"[①] 文艺工作者要在创作上追求卓越，就必须在思想道德上追求卓越。文联组织主动履职尽责，团结引导广大文艺工作者大力弘扬和践行社会主义核心价值观。先后组织召开"崇德尚艺，做有信仰、有情怀、有担当的新时代文艺工作者"座谈会，组织知名艺术家宣讲团赴全国各地开展巡回宣讲，组织开展全国道德模范故事汇巡演，积极引导文艺工作者学习爱国主义，增强家国情怀；积极引导文艺工作者学习中华优秀传统文化，增强文化自觉和文化自信；积极引导文艺工作者追求真善美的道德境界，增强道德判断力和道德荣誉感；积极引导文艺工作者学习借鉴世界优秀文化成果，坚持古为今用、洋为中用，辩证取舍、推陈出新，推动中华文化创造性转化和创新性发展。

二、主题活动

举办主题活动是文联组织履行服从服务党和国家工作大局需求的基本内容和主要方式。文联组织只有把自身工作与党领导的伟大事业紧密联系在一起，紧紧围绕党和国家全局思考谋划，找准工作的结合点和着力点，才能把握好历史方位，充分发挥自身优势和独特作用，为社会发展提供强大的精神动力。多年来，文联组织围绕改革开放40周年、建军90周年、新中国成立70周年、全面建成小康社会、新冠肺炎疫情防控、建党100周年等重要时间节点、重大历史事件，组织开展"中国精神·中国梦"主题文艺创作工程、中国共产党成立100周年大型美术创作工程，举办书法美术摄影展、音乐舞蹈杂技各类演出、影视剧展映、学术研讨会等，全面立体展示各族人民在党中

[①] （清）李渔著，沈勇译注：《闲情偶寄》，中国社会出版社2005年版，第329页。

央的坚强领导下攻坚克难、筑梦圆梦的精神面貌和生动实践。经过实践探索,开展重大主题文艺活动已成为文联组织团结凝聚广大文艺工作者服务党和国家工作大局的重要内容,受到人民群众欢迎和社会舆论好评。

组织开展重大主题文艺活动,必须加强价值引领。坚持正确的政治方向、价值取向和舆论导向,加强对主题活动全过程、全链条的精准把握和科学调度。一方面注重发挥人才优势,集中邀请各艺术门类领军人物和文艺名家,组织策划重点示范活动。另一方面,充分发挥重点活动的示范引领作用和杠杆撬动效应,充分发挥党领导的文艺界群团组织的作用,强化传导联动,充分调动各团体会员的积极性,为文艺工作者搭建充分展示艺术才华和创作成果的平台,团结引导更多文艺工作者积极响应、踊跃参与重大主题文艺活动,唱响主旋律,传播正能量。

组织开展重大主题文艺活动,应及早谋划,精心筹备,集中发力。在项目谋划上注意一个"早"字。统筹各文艺家协会提前策划立项,提出详细可行的活动方案和预算,并积极争取财政等方面的大力支持。在筹备工作中落实一个"精"字。从项目策划开始,到整个筹备过程中,要始终把"精"字放在心头,注意及时了解、准确领会中央精神,精心准备、精益求精,最终力争通过精心打磨,推出精品。在时间节点上把握一个"准"字。根据中央的统一部署及时调整具体安排,从配合中央整体活动的预热,到中央重大活动后的持续展开,适时集中呈现,营造良好的舆论氛围、文化氛围和社会氛围。比如,2020年面对突如其来的新冠肺炎疫情,文联组织广泛动员全国文艺工作者以艺战"疫",创作推出一大批优秀抗疫主题文艺作品。据不完全统计,征集和创作音乐舞蹈类作品2000多件,曲艺杂技类作品2000件,开设网络直播课堂近6000场,剧目、朗诵、主题视频8000多部,美术、书法、摄影、民间文艺作品 20 多万幅。其中,音乐影视作品《坚信爱会赢》、歌曲《大爱苍生》等成为文艺界以艺战"疫"的标志性作品。组建抗疫摄影小分队逆行武汉,为全部援鄂医务人员拍摄肖像,出色完成中央交办的"为天使造像"艰巨任务;创办"方舱直播时间"活动,组织众多艺术家开展慰问"白衣战士"专场演出;创作故事片《没有一个春天不会来临》;等等,在非常时期起到了强信心、聚民心、暖人心、筑同心的独特作用。

组织开展重大主题文艺活动,应根据各艺术门类的特点,突出特色,团结合作,形成整体合力。通过举行文艺演出,举办主题展览、展映主题影视作品等多种方式,充分发挥戏剧、电影、音乐、美术、曲艺、舞蹈、民间文艺、摄影、书法、杂技、电视等各艺术门类针对不同群体的独特优势,给观众带来艺术上的享受和精神上的洗礼,增强活动的整体效果。

组织开展重大主题文艺活动,要注重面向深入基层、服务群众,实现服务人民和吸取营养的双丰收。既引导广大文艺工作者虚心向人民学习、向生活学习,激发灵感、积累素材,升华境界、潜心创作,又发挥文艺服务基层、服务群众、鼓舞人民的作用,把主题文艺活动与培养基层文艺人才、满足基层人民精神文化需求有机结合起来,使主题实践活动接地气、聚人气,能够深入持久地开展下去。

组织开展重大主题文艺活动,须统筹做好宣传报道。言而无"闻",行之不远。要事先拟定活动整体宣传方案,并对各单项活动制订详细的宣传计划,统筹文联及协会所属媒体对活动进行详尽报道,有关职能部门积极协调邀请中央和地方主流媒体对活动进行新闻报道,并为媒体提供活动相关新闻线索,协助记者进行深度采访和衍生报道,挖掘艺术作品的创作背景和幕后故事,扩大活动的影响力,取得良好的社会效益。

文联组织要认真贯彻中央精神和中国文联工作部署，紧紧围绕本地党委和政府中心工作，从人民群众普遍关心的问题中找准工作的切入点，紧密联系本地区本行业实际，深化改革创新，强化使命担当，积极主动作为，注重提高主题文艺活动的思想性、艺术性，有力促进文艺事业的繁荣发展，发挥文艺振奋精神、鼓舞人心的独特作用，用文艺的形式和力量更加积极主动地服务党和国家工作大局。

三、创作引导

习近平总书记在文艺工作座谈会上的重要讲话中强调："衡量一个时代的文艺成就最终要看作品。推动文艺繁荣发展，最根本的是要创作生产出无愧于我们这个伟大民族、伟大时代的优秀作品。"[①]在中国文联十大、中国作协九大开幕式上的重要讲话中提出殷切期望："广大文艺工作者要把创作生产优秀作品作为中心环节，不断推进文艺创新、提高文艺创作质量，努力为人民创造文化杰作、为人类贡献不朽作品。"[②]在党的十九大报告中指出："要繁荣文艺创作，坚持思想精深、艺术精湛、制作精良相统一，加强现实题材创作，不断推出讴歌党、讴歌祖国、讴歌人民、讴歌英雄的精品力作。"[③]

繁荣文艺创作、推出精品力作是我国文艺事业发展的重大战略任务。中国文联在全面推进深化改革中，始终坚持最大限度把广大文艺工作者团结凝聚在党的周围，听党话，跟党走，繁荣文艺创作，服务人民群众的总目标，加强组织领导，依托各全国文艺家协会和各省

---

① 习近平：《在文艺工作座谈会上的讲话》，人民出版社2015年版，第7页。
② 习近平：《在中国文联十大、中国作协九大开幕式上的讲话》，人民出版社2016年版，第15页。
③ 习近平：《决胜全面建成小康社会 夺取新时代中国特色社会主义伟大胜利——在中国共产党第十九次全国代表大会上的报告》，人民出版社2017年版，第43页。

(区)市文联、产（行）业文联等团体会员，坚持以人民为中心的创作导向，以思想精深、艺术精湛、制作精良为工作标准，围绕党和国家工作大局，紧扣重要时间节点，精心谋划，周密实施，有效引导，进一步加大组织化程度，大力推进文艺精品创作，影响带动全国文艺界文艺精品的创作传播。

强化文艺精品创作方向引导。统一创作主题，明确创作导向，进一步统筹整合重大主题文艺创作和主题实践活动、主题文艺创作工程、创作扶持计划项目，围绕重要时间节点，聚焦现实题材创作，生动记录经济和社会发展重大战略所取得的积极进展和各行各业各领域所取得的重大成就，生动反映人民群众在历史性变革中追求美好生活的奋斗历程和崭新风貌，生动展现中国式现代化发展新道路，人类文明新形态。比如，围绕主题主线、献礼建党百年，实施庆祝中国共产党成立100周年大型美术创作工程和中国共产党历史展览馆重大主题雕塑工程，推出大型原创交响合唱《百年放歌》、原创歌曲大型演唱会《各族儿女心向党》，主办"向党报告"庆祝中国共产党成立100周年优秀曲艺节目展演，举办庆祝建党100周年"百年百校百人"计划2021顶尖教师巡回课堂，举办"伟业——庆祝中国共产党成立100周年书法大展"等。文联组织抓精品创作，要注重遵循文艺创作规律，尊重各艺术门类艺术特性，加强组织化集约化程度，根据舞台艺术、造型艺术和综合艺术等不同类别艺术的不同特点确定支持重点，从文艺创作的源头抓起，注意抓原创、抓剧本、抓现实题材和重大革命历史题材，推进中国共产党人精神谱系的艺术呈现。

创新引导推动文艺精品创作机制。充分发挥扶持资助在引导文艺创作中的作用，制定管理办法，明确有关职责和程序，确保项目资助管理科学合理、公平公正，切实推动文艺精品创作。要充分调动文艺工作者的积极性、创造性，特别是基层、创作一线的文艺工作者的积极性，把文艺工作者的创作需求和基层文化需求有机结合起来，扩大参与度和覆盖面，增强吸引力和凝聚力。要把组织开展系列主题实践活动作为重要抓手和工作平台，充分发挥文联组织作为党领导的人民团体的政治优势、组织优势和专业人才优势，切实为引导推动文艺创作提供有力保障。在提供专项资金资助的同时，要帮助协调艺术家、专家在创作项目实施的关键阶段提供艺术指导，把引导帮扶工作做得更深、更细，确保项目的创作导向和艺术质量，并及时进行严格的绩效考核，实现项目全程动态管理、跟踪问效。对同类型或同一主题的重点项目进行适当整合，对于主题重大、创作团队实力较强、创作周期较长的好项目，通过不同主题实践活动和项目有机衔接起来，深耕细作，精心打磨，持续予以扶持指导和宣传推介，努力提高艺术质量，提高项目的代表性、广泛性、引导性和示范性。

把引导推动文艺精品创作与加强文艺人才队伍建设有机结合。充分尊重文艺工作者在创作中的主体地位，着眼长远建设，把工作视野向整个文艺界拓展，把大门向基层创作一线和新文艺群体广大文艺工作者敞开，把组织开展文艺创作实践活动和资助扶持文艺创作项目作为团结引导文艺工作者、推动文艺队伍建设的重要抓手，作为发现和培养各层级文艺创作人才成长成才的有效通道。在开展创作扶持的同时，持续关注基层和创作一线以及新文艺群体中的文艺骨干，加大对基层创作一线的文艺工作者、新文艺群体中文艺创作骨干的联络服务和教育培训力度，通过多种措施，提高扶持引导和培养培育的针对性实效性，对其创作、成长给予持续的关注和扶持。有效提升引导的组织化程度和引领水平，创作扶持资源向中青年文艺工作者特别是新文艺群体倾斜，着力实施"中国精神·中国梦"主题文艺创作工程和青年文艺创作扶持计划等举措，助推文艺精品的涌现和优秀人才的成长。通过对文艺工作者在创作上给予切切实实的帮助、坚定有力的引导，在推动文艺创作上汇聚力量、凝聚人心,打造多层次、多类型的文艺人才发掘培养、培育造就的常态化机制,为培育高水平文艺创作人才、造就德艺双馨的文艺名家大师打下坚实基础。

加大宣传推介力度,创造有利于繁荣创作的良好氛围。加强正面舆论引导,充分发挥正向效应和引领示范作用。积极借助媒体力量,聚焦重点作品,对优秀作品和人才,拟定个性化宣传推介方案,通过组织座谈、研讨和成果展演展示、录音录像、结集出版等多种方式推介优秀原创文艺作品和优秀创作人才,在提升文联所属媒体的传播力影响力的同时,加强与其他主流媒体和新型媒体的合作,推动文艺精品与新技术、新业态、新模式有机融合,扩大扶持项目的辐射面和影响力,实现引导创作成果的社会效益最大化,营造有利于推动文艺创作繁荣、有利于推出无愧于时代的精品力作的良好氛围。

四、人才培养

培养文艺人才,是切实抓好文艺界思想政治引领、推动多出精品佳作、加强文艺队伍建设、繁荣发展社会主义文艺事业的根本手段。习近平总书记在中国文联十大、中国作协九大开幕式上的讲话中指出:"人是事业发展最关键的因素。文艺界是思想活跃的地方,也是创造力充沛的地方,济济多士,英才辈出。我国文艺事业要实现繁荣发展,就必须培养人才、发现人才、珍惜人才、凝聚人才。"[①] 文联组织培养文艺人才要坚决贯彻落实习近平总书记的系列重要论述精神,充分把握"做人的工作"这一核心任务,通过不断完善体制机制,不断创新工作载体,采取多项举措强化人才培养、鼓励、扶持、团结和

---

① 习近平:《在中国文联十大、中国作协九大开幕式上的讲话》,人民出版社2016年版,第20页。

保障，广泛吸纳各领域各层次的文艺人才，凝聚起文艺战线的磅礴力量，推动文艺事业呈现出百花齐放的蓬勃景象。

围绕培养文艺人才持续用功用力。结合新时代文联工作和文艺工作实际，中国文联研究制定了《全国文联系统文艺人才和管理干部培训规划》，优化分类分级培训体系，面向文艺名家、骨干人才、新文艺群体、基层文艺工作者开展针对性的培训，为各类文艺人才的成长提供了理论支持与专业指导。同时，各级文联组织还通过多种活动载体，如评奖办节、展演展示、"深扎"采风、志愿服务等，为文艺人才成长提供了展示学习提高的有效平台。广大文艺工作者通过积极参与文联组织各项活动，开拓了专业视野，丰富了艺术体验。除此之外，文联组织统筹文艺人才队伍建设长远目标和近期任务，进一步做好文艺人才工作规划，拓展人才职称评审职能，完善人才工作制度，切实重视对文艺人才的扶持培养力度，帮助文艺人才在实践中得到锻炼，不断推动成果转化，实现了人才培养和文艺创作的双促进、双发展。

打造发现、推介高层次文艺人才的平台。人才是发展社会主义文艺事业的关键，文艺工作者作为人类灵魂的工程师，在引领时代风尚、传播时代精神过程中作用突出，其中高层次文艺人才发挥着重要的引导示范作用，是文化事业发展兴盛最可靠最有分量的重要一环。文联组织以"做人的工作"为核心任务，应把文艺工作者尤其是文艺人才团结凝聚起来，让他们能够更好地施展理想抱负、发挥创造智慧，成为时代风气的先行者、先倡者。首先要持续做强做优各类活动载体，更好营造高层次文艺人才队伍建设的积极氛围，着力探索研究新时期文艺人才成长发展规律，更好地发现人才、催生人才。随着时代发展，应不断完善活动举办的体制机制，创新手段方法，加强监管评估，使文艺人才能够真正通过评奖办节、展演展示等载体脱颖而出。其次应抓好文艺人才的宣传推介，让广大文艺人才真正成为事业发展的领跑者。注重发挥文联组织网络平台、传播平台优势，通过建设网上文艺社区、网上作品推介平台和网上交流互动平台，为广大文艺人才创作、展示、推介、评论优秀作品创新渠道，努力营造文艺工作者努力奋斗、引领风尚、勇攀创作高峰的行业氛围，推动各艺术领域薪火相传、人才辈出。

坚持把培养造就高素质、高层次的文艺人才队伍作为重中之重。文艺人才队伍的发展壮大，既关系社会主义文艺事业后继有人、兴旺发达，更是文联组织在新时代的强基固本、履职尽责的着眼点落脚点。因此，培养和造就一支热爱祖国、热爱人民、德艺双馨、开拓进取的文艺队伍，是繁荣发展社会主义文艺事业的根本保障，也是文联组织可持续发展、发挥作用的重要条件。首先，文联组织在培养造就文艺人才中要注重加强思想引领，坚持把学习贯彻习近平新时代中国特色社会主义思想作为主线，把马克思主义文艺观、社会主义核心价值观等思想政治教育贯彻始终，引导文艺人才打牢世界观、人生观、价值观的根底，牢记文化担当和社会责任，不断提高学养涵养修养，明确是非、善恶、美丑的界限，弘扬公德良序，树立新风正气，引导广大文艺工作者成为社会主义文艺方针政策的拥护者践行者。其次，要在文艺人才的专业素养、艺术能力提升上持续发力。结合艺术门类实际，推出面向中青年文艺骨干、文艺名家的培养规划，在创作生涯和职业发展关键阶段给予引导与支持，不断提高文艺人才的综合素质和业务能力。要格外关注"文艺两新"人才的培养造就，积极引导各类资源向新文艺群体人才倾斜，扩大工作覆盖面，延伸联系手臂，努力构建新文艺群体联络服务和教育培训体系，扎实做好团结引导服务，激活新文艺群体内人才的创新活力和创作动力。

做好文艺人才的服务保障和扶持。作为党领导下的"文艺家之家"，文艺人才始终是文联组织最重要的财富和优势。文联组织按照职能定位，履行服务管理职能，必须将服务放在显要位置，加大服务力度，拓宽服务渠道，改进服务方法，提升服务人才的质量和水平。一方面，谋划实施好文艺主题活动和人才资助项目，在文艺实践中锻炼人才，在项目资助中培养人才，通过各种方式助推文艺人才成长。利用好文艺发展专项基金，不断完善扶持机制，不断提升科学性、统筹性，重点扶持文化艺术领域杰出人才，深入实施好青年文艺人才创作扶持计划，围绕重要时间节点，注重组织开展系列主题文艺实践活动，宣传展示各类优秀作品和人才，扶持、引领和带动文艺人才成长。另一方面，积极举荐各类优秀专业技术人才申报国家级表彰奖励。认真组织全国中青年德艺双馨文艺工作者、文化名家暨"四个一批"人才、宣传思想文化青年英才、"万人计划"青年拔尖人才、享受国务院政府特殊津贴人才等各类优秀人才的推荐表彰，做好文化名家暨"四个一批"人才自主选题资助，办好"中国文联知名老艺术家艺术成就展"，真诚做好优秀文艺人才的服务保障，成为文艺人才发挥作用的增压站，通过多种手段，发挥他们的引领作用，努力造就一批适应新时代文艺事业发展需要、有影响的各领域文艺领军者。

五、采风实践

习近平总书记在文艺工作座谈会上的重要讲话指出："文艺创作方法有一百条、一千条，但最根本、最关键、最牢靠的办法是扎根人民、扎根生活。"[①]2014年11月，中宣部等五部门制定印发《关于在文艺界广泛开展"深入生活、扎根人民"主题实践活动的意见》，要求在全国文艺战线广泛开展"深入生活、扎根人民"主题实践活动，

---

① 习近平：《在文艺工作座谈会上的讲话》，人民出版社2015年版，第19页。

引导文艺工作者坚持以人民为中心的创作导向，走与时代相结合的文艺道路。"深入生活、扎根人民"主题实践活动开展以来，得到广大文艺工作者的积极响应和主动参与，到生活中去、到人民中去越来越成为艺术家的自觉行动和职业追求。

文联组织开展深入生活采风实践，应注重发挥文联及协会的组织资源优势，切实加强对文艺工作者创作方向、创作思想、创作道路和思想道德的引领。中国文联探索形成了中国文联和各全国文艺家协会示范带动、各地文联和各产（行）业文联同步行动、体制内和体制外协调互动的有效途径，协调各方力量形成集聚效应，努力增强和扩大活动的带动力和覆盖面。2017年11月29日，为贯彻落实习近平总书记重要指示精神，中国文联向各团体会员发出《关于开展"扎根生活沃土，服务基层群众"主题实践活动的通知》，在全国文联系统组织开展主题实践活动，团结引导广大文艺工作者深入改革开放第一线、社会生活最基层，深入厂矿车间、农村集镇、社区街道、军营学校等，深扎时代生活实践，走进普通百姓中间，大力弘扬乌兰牧骑的优良传统，以对党和人民的深情，对社会主义文艺事业的热爱，深入基层、深入群众，把党和政府的关怀、温暖送到基层，把丰富优质的精神食粮奉献给人民群众。

文联组织开展深入生活采风实践，必须以促进创作、推出精品为目标，把"深入生活、扎根人民"主题实践活动与重大创作项目紧密结合起来。注重结合自身优势和各艺术门类特点，精心策划活动选题，研究制定年度活动实施方案。根据不同艺术门类、不同创作层面的文艺工作者的不同特点和不同创作项目需求，制定个性化套餐式工作方案，通过创作规划、艺术指导、资金扶持等方式，在多方面为创作者提供服务和支持，鼓励带着选题蹲点采风，引导文艺工作者努力做到"身入"、"心入"、"情入"，在基层和生活中深得下去，坚持得住，扎得下根。通过主题实践活动创作推出更多优秀作品，以"深扎"活动促进创作，以创作成果检验"深扎"成效。其中，2017年至2019年，组织音乐舞蹈等方面的艺术家先后赴西藏、新疆、内蒙古等边疆少数民族地区开展主题实践和采风创作，推出一大批优秀原创音乐舞蹈作品。2015年至2020年，中国文联直接组织开展"深入生活、扎根人民"主题实践活动共71项，投入资金5000多万元。中国文联带动各级文联及协会广泛开展"深扎"采风创作活动，引导广大文艺工作者虚心向人民学习、向生活学习，在人民的伟大实践和丰富多彩的生活中激发灵感、积累素材，汲取营养、升华境界，努力写人民、演人民、为人民，在深入生活、扎根人民中进行无愧于时代的文艺创造，努力创作出更多接地气、传得开、留得下的优秀作品。

文联组织开展深入生活采风实践，应当积极运用分布在全国各地的"文艺之乡"和"文艺创作基地"，为组织开展深入生活采风实践搭建工作平台、拓宽联系渠道、提供便利条件和有力支持。同时，也为"文艺之乡"和"文艺创作基地"的发展提供指导和帮扶，注重保护传统文化基因、传承民族文化，助力乡村振兴。"文艺之乡"和"文艺创作基地"日益成为各级文联及协会开展"深入生活、扎根人民"主题实践活动的重要抓手，切实发挥了在推动文艺创作、服务基层群众方面的重要作用。

文联组织开展深入生活采风实践，应注重营造良好舆论环境，扩大活动的辐射面和影响力。文联及协会所属媒体把采风实践作为宣传报道的重点，及时反映活动进展情况，报道广大文艺工作者的采风体验和创作成果。协调更多媒体持续保持对采风实践的关注和宣传，通过多种途径宣传推介传播活动中涌现出的优秀作品和优秀人才，增强活动的导向示范作用。

文联组织开展深入生活采风实践，要把深入生活采风实践与文艺工作者队伍建设、文艺评奖和表彰有机结合起来，密切关注积极参与"深入生活、扎根人民"主题实践活动的文艺工作者的成长和文艺创作，把深入生活、扎根人民的实践经历作为文艺工作者的业绩考核、评奖选优、表彰奖励、晋升入会的重要依据，对参加实践活动创作生产的优秀文艺作品优先予以推介。适时对各级文联及协会在组织开展深入生活采风创作活动过程中的工作成效进行评估考核，表彰先进集体和个人，树立先进典型，激励广大文艺工作者和文联工作者积极投身到活动中来。

六、志愿服务

推动志愿服务是文联组织发挥群团组织优势，鼓励发动、引导规范广大文艺工作者、文艺组织，遵循自愿、平等、诚信、合法的原则，向社会或者他人提供文艺志愿服务的一项工作内容，是文联组织履行自身职能、培育和践行社会主义核心价值观、引领社会风尚、推进文艺参与社会治理的具体手段。文联组织推动志愿服务深入贯彻落实习近平新时代中国特色社会主义精神，坚持以人民为中心的导向，弘扬"奉献、友爱、互助、进步"的志愿精神，把满足人民群众精神文化需求作为根本出发点和落脚点，加强队伍建设，深入开展服务，努力实现文艺志愿服务规范化管理、社会化运作，团结凝聚和组织引导广大文艺工作者服务人民、奉献社会，更好地推动社会主义文艺大发展大繁荣。

文联组织开展的文艺志愿服务蓬勃发展。2013年2月，中国文联率先成立中国文联文艺志愿服务中心，依托中国文艺志愿者协会，负责规划和组织各类文艺志愿服务活动，同时在联络、协调中国文联各团体会员的文艺志愿服务机构和文艺志愿者，开展文艺志愿服务调研、交流、宣传和理论研究等方面发挥了重要作用。随后，各级文联组织纷纷建立健全文艺志愿服务体系架构，积极推进志愿服务工作，文艺志愿服务已成为文联组织积极推进文艺惠民、为民、乐民的重要抓手。为更好地推动文艺志愿服务科学化规范化制度化，依据国务院公布的《志愿服务条例》，中国文联于2018年10月印发《文艺志愿服务管理办法（试行）》，明确了文艺志愿者和文艺志愿服务组织的基本概念、权利义务、工作保障、时间记录等内容，为文联组织开展文艺志愿服务提供了重要依据，文艺志愿服务的感召力、影响力、凝聚力进一步增强，充分彰显了新时代文艺工作者的理想信念、奉献精神、责任担当。经过不懈努力，如今文艺志愿服务理念深入人心，志愿精神在文艺界广泛传播，"送欢乐下基层"、"圆梦工程"、"到人民中去"、"文化进万家"等各类品牌志愿活动形成了良好的社会效益。聚焦文联工作要求，文联组织在继续推动志愿服务中要抓好以下几个方面：

始终坚持弘扬和践行社会主义核心价值观，传递文艺志愿服务的正能量。文艺是铸造灵魂的工程，承担着以文化人、以文育人的职责，志愿服务是社会文明进步的重要标志，是广大志愿者奉献爱心的重要渠道。文艺与志愿服务相结合，以文艺作品为服务载体，发挥文艺工作者志愿精神，深入到基层和群众中开展文艺惠民、培训讲座、交流辅导等现场服务或展览展示、宣传推广等非现场服务，通过独到的思想启迪、润物无声的艺术熏陶启迪人的心灵，引领社会风尚。首先要把弘扬和践行社会主义核心价值观作为根本着力点，无论是新时代文艺工作者的创新创造、善行义举，还是文艺作品蕴含的崇高价值、美好情感，或是文艺志愿服务本身强调的友善互助、无私奉献，都是社会主义核心价值观文艺形式的具体承载，是时代需要，也是文艺志愿服务的本质定位，需要文联组织在文艺志愿服务中牢牢把握。其次，文艺志愿的根本是传递文艺的正能量，新时代的文艺工作以歌颂、追求真善美为基本目标，力求以鲜活的形式和群众喜闻乐见的内容，春风化雨、润物无声地陶冶广大群众情操，培养文化自觉，自觉向高尚的道德聚拢，为实现民族复兴提供精神力量。完成这一目标，文艺不仅要走进艺术殿堂还要融入市井、深入生活，通过文艺志愿服务形式，更加广泛地释放文艺正能量，发挥以文化人、以文育人的积极功用，让文艺的力量得到充分施展、不断传扬。

紧紧依靠文联优势，加强志愿服务队伍和体系建设。文联组织是党和政府联系文艺家的桥梁和纽带，是党领导下的群团组织，有着完整而系统的组织体系架构，依照职责团结凝聚、联系服务着广大文艺家和文艺工作者，具备鲜明的组织工作优势和人才优势。文联组织推动文艺志愿服务，要充分发挥自身优势，组建一支有经验、有热情、甘愿奉献的志愿服务队伍，并通过完善机制手段，形成优良的工作体系。首先，要积极挖掘和整合各艺术门类优秀人才资源，广泛调动文艺工作者参与志愿服务的积极性，依托各级文联组织，广泛发动知名文艺家、中青年文艺工作者和文艺爱好者成为开展文艺志愿服务的主体力量，号召各级文艺家协会会员加入文艺志愿者队伍，加快建立覆盖广泛、上下联动、规范有序的文艺志愿服务网络的步伐。其次，要努力构建科学完备高效的志愿服务体系，实现文艺志愿服务经常化储备、规范化管理、常态化服务、品牌化培育、项目化配置、信息化支撑、社会化运作，创造条件成立相应的文艺志愿服务管理组织，建立文艺志愿者信息服务平台，完善文艺志愿服务激励制度，为文艺志愿者奉献艺术才华、创作优秀作品、实现自身价值创造条件，使文艺志愿服务组织不断壮大、队伍结构不断优化、服务项目不断丰富、服务成果广泛共享。

积极参与新时代文明实践志愿服务机制建设并发挥引领示范效应。

中央提出建设新时代文明实践中心的具体指导意见，为文联组织进一步强化服务优质、运转高效的文艺志愿服务机制构建，提供了新机遇，需要文联组织持续整合资源，改进工作方式，创新服务模式，把握好项目建设这个有力抓手，打通以文艺形式宣传好、教育好、关心好、服务好群众的"最后一公里"。一是要继续做精做实文艺志愿服务品牌项目，坚持改革创新，不断优化各类品牌项目和机制，进一步推动扶贫济困、雪中送炭、社会救助，为更多文艺工作者参与文艺志愿服务提供舞台，为基层人民群众送温暖献爱心。二是要实现与新时代文明实践中心建设的全面对接，推动多方联动，各级文联组织应加强资源统筹，主动投身和参与到新时代文明实践志愿服务机制建设中，围绕党和政府的中心工作，聚焦群众对文艺的所思所想所盼，着眼乡村振兴战略，做好结合融入、协同推进。同时，及时运用各种宣传形式和手段，大力开展文艺志愿服务的宣传报道工作，为开展文艺志愿服务营造良好的舆论氛围，为推动新时代文明实践提供源源不断的文艺志愿服务力量。

七、成果推介

文艺展演展示活动，是文联工作的重要内容之一，也是文联服务人民群众的重要途径。各级文联成功举办了一系列文艺展演展示活动，从人民中来，到人民中去，把优质丰富的精神食粮奉献给人民，不断满足人民对美好生活的新期待新要求，扩大了文联的社会影响，为弘扬中国精神、传播中国价值、凝聚中国力量作出了积极贡献。

组织文艺展演展示活动，须注重突出示范性导向性。各级文联围绕建军90周年、改革开放40周年、新中国成立70周年、建党100周年等重大主题和重要时间节点，以社会主义核心价值观为引领，精心策划举办了"影像见证 40 年"摄影大展、"小康之歌"音乐会、"我和我的祖国"征文征集、"奋进新时代 礼赞奋斗者"大型音乐诗歌咏唱会、"为祖国放歌"戏剧晚会、庆祝新中国成立 70 周年优秀影片展映和经典电影音乐会、"盛世中国"大型书法展、"中国人家"摄影展、建党 100 周年电影研讨会等一系列具有较高社会价值、文化价值和艺术价值的文艺活动，完成了中央及各级党委和政府交办的重大任务，为行业发展树立了正确导向，凝聚起砥砺追梦的奋进力量。

组织文艺展演展示活动，要着力展现"深入生活、扎根人民"的丰厚创作成果。要把文艺活动打造成能够生动、立体展示、呈现优秀文艺创作成果的重要平台和推介优秀文艺人才的重要渠道。倡导新作佳作，重点推出具有时代气息、反映时代精神的优秀作品，邀请艺术家及相关专家从艺术内容、节目质量、传播推广的角度对每个节目认真审看把关，提出针对性意见建议，帮助打磨作品、提升创作表演水平，确保展演、展映、展览、展示活动体现出较高水准和质量，将创作成果汇报给广大人民群众。

组织文艺展演展示活动，应认真研究、周密安排、抓好落实。高度重视，加强领导，集中主要力量，组建工作团队，加强活动的策划、组织、监督与管理，在内容建设、提质增效上下功夫，在体现代表性广泛性上下功夫，保证活动组织有序，各项工作顺利推进，使活动的开展有声有色，取得实实在在的效果，赢得广大人民群众的欢迎和喜爱。

组织文艺展演展示活动，文联系统要上下贯通、同向发力。中国文联和各全国文艺家协会要在深入调研的基础上，协同各级文联及协会和专委会一道，推动形成文联及协会规律性规范性工作范式，加强顶层设计系统谋划和示范指导，强化传导联动，推动各省、自治区、直辖市文联与各市县基层文联和协会工作的统筹协调，探索适合区域工作实际，符合各行业门类规律特点、上下贯通的工作机制。上下同心，相向而行，提升文联系统工作的整体性、协同性，形成强大合力，把党的声音和关怀传递到基层群众中去，发挥文艺振奋精神、鼓舞人心的独特作用。

组织文艺展演、展映、展览、展示活动，应加大对优质传统文艺资源融入网络传播的转化和创新力度。不断拓展文艺的题材、内容、形式和手法，充分利用新技术新媒介，追求丰富多样的表达，传播正能量。目前，中国文联及各全国文艺家协会以中国文艺网为龙头的 28 个网站和 117 个新媒体的矩阵效应正在形成。要加强各艺术门类独具特色的专业传播平台建设。有效结合艺术门类特点和新技术新条件，促进专业艺术、传统媒体与现代传播方式的深度融合，建立线上剧场、线上音乐厅、线上舞台、线上展馆等，通过运用虚拟现实、H5 等技术，实现 PC 端、移动端同步访问，实现永不闭馆、永不落幕。要进一步强化与现代社会传播方式的深度融合合作，积极探索与抖音、快手等用户活跃度高的短视频平台合作，通过有品质深度、有热情温度又接地气的形式，更好地展现展示优秀作品和优秀人才，实现艺术魅力"云"传递，持续扩大优秀文艺宣传推介的覆盖面和影响力。

组织文艺展演展示活动，须拓宽平台和渠道。充分利用美术馆、展览馆、剧场影院等公共文化设施，展示各艺术门类最新优秀成果。不断拓宽国际性的政府、民间多层次交流渠道，建立畅通、平等、长效的对话机制，建立互惠、良性、多元的合作机制，开展国际性的文艺创作展演合作项目，推动优秀原创作品走出去。

组织文艺展演展示活动，要遵纪守规节俭办事。要严格按照中央八项规定要求，控制活动规模和开支，加强财务收支管理和审计监督，经费使用优化配置、专款专用，节俭务实办活动。严格执行国家有关政府采购管理的要求，凡应纳入政府采购范围的，均按规定履行政府采购程序。使用活动专项经费及相关赞助费用坚持厉行节约、注重实效的原则，属于定向赞助的，切实按指定用途使用，以提高活动质量、发挥活动作用、扩大活动影响。加强对相关活动的日常管理和监督检查，严禁擅自举办活动、挥霍浪费活动经费、滥发钱物等违规违纪行为，自觉接受有关业务主管部门、财政财务部门、纪检监察部门和审计机关的监督检查。

八、理论评论

理论评论是党领导文艺工作的重要方式和有效途径，也是文联组织发挥行业建设主导作用，更好地贯彻落实党的文艺路线方针政策的重要抓手。党中央历来高度重视文艺理论评论工作，习近平总书记在文艺工作座谈会和中国文联十大、中国作协九大开幕式上的重要讲话中都对文艺理论评论工作作出专门重要论述，又针对相关艺术门类评论存在的问题多次作出重要指示批示，为加强改进新时代文艺评论工作指明了方向，提供了根本遵循。他强调"文艺批评是文艺创作的一面镜子、一剂良药，是引导创作、多出精品、提高审美、引领风尚的重要力量"[①]。"要加强和改进文艺理论和评论工作，褒优贬劣，激浊扬清，更加有效地引导创作、推出精品、提高审美、引领风尚。"[②]为深入贯彻落实习近平总书记关于文艺理论评论工作重要论述和指示批示精神，适应新时代文艺发展新形势新要求，2021年7月9日，中央宣传部、文化和旅游部、国家广播电视总局、中国文联、中国作协等五部门联合印发了《关于加强新时代文艺评论工作的指导意见》。

---

① 习近平：《在文艺工作座谈会上的讲话》，人民出版社2015年版，第29页。
② 习近平：《在中国文联十大、中国作协九大开幕式上的讲话》，人民出版社2016年版，第21页。

《意见》明确了加强新时代文艺评论工作的总体要求，指出要把好文艺评论方向盘，要开展专业权威的文艺评论，要加强文艺评论阵地建设，要强化组织保障工作，为加强新时代文艺评论工作指明了工作方向，提供了行动指南。

文联组织是新时代文艺评论工作的重要组织者和承担者，开创新时代文联系统文艺评论工作新局面，是文联组织不可推卸的职责使命。文联组织通过加强学术研究、理论评论，全面揭示文艺发展、文联工作的客观规律和发展趋势，指导文艺创新创作、行业行风建设，更好引领文艺工作者健康成长，为文艺事业繁荣发展提供强有力的理论支撑。为落实中央要求，根据事业发展需求，进一步把好正确的文艺导向，加强和改进文艺理论评论工作，中国文联于2014年相继成立中国文艺评论家协会、中国文联文艺评论中心，负责加强与文艺评论工作者的联络协调和服务管理，组织实施重大文艺理论评论课题研究，分析文艺思潮问题，组织文艺评论家撰写评论文章，开展文艺批评、学术交流和理论研讨等工作。各级文联组织高度重视文艺评论工作，纷纷健全各地文联所属的评论家协会组织。截至2021年10月，中国文艺评论家协会共有28个团体会员，9个专业委员会，举办研究研讨学术活动百余场。2015年至2018年期间，中国文艺评论家协会先后与一些具有较强综合实力的高等院校和地方文联共建了首批22家中国文艺评论基地，各基地发挥各自优势，组织开展了一系列卓有成效的文艺理论评论活动。

2021年2月，中国文联专门制定下发了《加强新时代文艺评论工作实施方案》，明确了文联系统加强文艺评论的指导思想、工作原则、目标任务和工作保障，规划部署了十个方面重点举措，目的是打造一批有实效、有影响的文艺评论品牌项目，全面加强文艺评论的组织建设、理论建设、阵地建设和队伍建设，切实提升文艺评论的组织化程度和专业化水平，提升时代性、针对性和传播力、影响力。2021年4月12日，中国文联在京组织召开加强改进新时代文艺评论工作座谈会，引导全国文艺界深入贯彻落实习近平总书记关于文艺工作重要论述，团结引领广大文艺评论工作者深入贯彻习近平总书记关于文艺评论工作的重要论述和指示批示精神，中国文联党组主要领导出席会议并讲话，中国文联机关各部门、各直属单位、各全国文艺家协会负责人，各省区市文联有关负责人，中国文艺评论家协会主席团在京成员以及文艺评论家代表等90余人参加会议。会上就加强和改进新时代文艺评论工作的必要性、重要性以及思路举措形成广泛共识。2021年8月19日，为深入学习贯彻中央宣传部等五部门联合印发的《关于加强新时代文艺评论工作的指导意见》，中国文联理论研究室、中国文联文艺评论中心在京共同主办文艺评论工作推进会，对加强和改进文联系统新时代文艺评论工作的再动员、再部署，进一步统一思想、深化认识、整合资源、推动工作，建立常态化、规范化的文艺评论联络协调工作机制。

深入贯彻落实习近平总书记关于文艺理论评论工作重要讲话和指示批示精神，贯彻落实《关于加强新时代文艺评论工作的指导意见》工作部署和要求，结合新时代文艺实践发展需要，聚焦文联工作要求，文联组织在持续推进文艺理论评论建设中要把握好以下几个方面：

一是坚持正确的方向导向。面对当前文艺事业迅猛发展的新形势、文艺领域的新特点，准确把握文艺理论评论工作的正确方向和导向事关重大。要始终坚持马克思主义文艺理论在文艺理论评论工作中的指导地位，坚持把习近平总书记文艺工作重要论述作为根本遵循，紧密结合当代文艺实践发展，准确把握文艺发展脉络和规律，不断加强马克思主义文艺理论与评论建设，注重文艺评论的社会效果，弘扬真善美、批驳假恶丑，不为低俗庸俗媚俗作品和文艺的泛娱乐化倾向等推波助澜。要始终坚持发扬艺术民主、学术民主，尊重艺术规律，尊重审美差异，建设性地开展文艺评论，鼓励通过学术争鸣推动形成创作共识、评价共识、审美共识。要积极推动构建中国特色评论话语体系，继承创新中国古代文艺批评理论优秀遗产，批判借鉴现代西方文艺理论，建设具有中国特色的文艺理论与评论学科体系、学术体系和话语体系，不套用西方理论剪裁中国人的审美，改进评论文风，多出文质兼美的文艺评论。

二是开展专业权威的文艺评论。要不断健全文艺评论标准，把人民作为文艺审美的鉴赏家和评判者，把政治性、艺术性、社会反映、市场认可统一起来，把社会效益、社会价值放在首位，不唯流量是从，不能用简单的商业标准取代艺术标准。围绕重要时间节点、重大创作主题、重点文艺作品和热点文艺现象，及时组织研讨交流，把更多有筋骨、有道德、有温度的优秀作品及时发掘出来并推介给读者观众。要弘扬批评精神，打磨好批评这把"利器"，严肃客观评价作品，坚持从作品出发，提高文艺评论的专业性和说服力，做到褒优贬劣、激浊扬清，抵制阿谀奉承、庸俗吹捧的评论，对各种不良文艺作品、现象、思潮敢于表明态度，在大是大非问题上敢于表明立场，努力营造良好的文艺创作环境和社会舆论氛围。

三是加强文艺理论评论队伍建设。团结培养一支热爱理论评论事业、德才兼备，有抱负、有担当、有影响的文艺理论评论工作者队伍，是文艺理论评论繁荣发展的根本保障。各级文联组织要把对理论评论队伍的引领、管理和服务有机结合起来，加强对广大文艺理论评论工作者的联系、服务和培训。注重全面服务与重点培养相结合，依托报刊、新媒体、研讨会、学术论坛等，打造品牌服务平台。持续举办好各级各类文艺理论评论研讨班、培训班，把更多青年文艺评论家、新文艺群体、基层文艺评论组织纳入教育培训的整体规划，为他们成长成才创造机会。推动建设全国文艺评论骨干人才库，完善组织机制和配套措施，加大培养、服务和推介力度。文联组织特别是各级评协组织在日常工作中要多关注和发现"文艺两新"中的理论评论人才，拓宽沟通渠道，创新工作方式，了解其话语特色、工作特点及发展需求，提高团结引领实效。加强文艺理论评论人才梯队建设，重视网络文艺评论队伍建设，培养新时代文艺理论评论新力量，为文艺理论评论事业注入更多新鲜活力。

四是加强文艺理论评论阵地建设。积极拓展文艺理论评论阵地，有利于整合优势资源，凝聚各方面理论评论力量，推动文艺理论评论行风建设，努力传播优质的理论评论信息，构筑良好的理论评论环境。要继续巩固传统文艺评论阵地，做深做实理论评论品牌阵地建设，进一步打造以"西湖论坛"、"长安论坛"、"民族文艺论坛"等为代表的全国性文艺理论评论活动品牌，广泛发动文艺理论评论工作者，发出文艺界强有力的正面和声。精心组织编撰年度《中国艺术发展报告》，并指导和支持各地文联编撰推出本地区艺术发展报告，及时总结经验，分析趋势规律，为迅速发展的新时代文艺实践提供参考。继续办好中国文联、各全国文艺家协会以及各地文联所属报刊等传统媒体，有力发挥《中国艺术报》《中国文艺评论》等平台的引领示范作用，充分发挥中国文艺评论传播联盟的作用，不断扩大影响力号召力。组织好"啄木鸟杯"中国文艺评论年度推优以及各地文联所属文艺理论评论类奖项和推优活动，积极争取设立"中国文艺评论奖"，为人才不断涌现提供展示平台，营造更加健康向上的文艺评论事业发展氛围。加强文艺评论新媒体矩阵建设，用好网络新媒体评论平台，加大原创力度，弘扬批评精神，形成导向鲜明、信息丰富、影响广泛的新媒体矩阵，推出更多文艺微评、短评、快评和全媒体评论产品，推动专业评论和大众评论有效互动。加速文艺理论评论传统媒体与新媒体的融合传播，提高综合传播效能，扩大媒体传播的交流与合作，形成主流媒体与相关网络媒体的合作联动机制，实现理论评论作品和信息的互通共享，推动形成强大的传播合力。紧密跟踪网上文艺热点话题，开展多角度评论、深层次分析，突出正面引导和说理，唱响网上文艺理论评论主旋律。

此外，还要切实加强组织领导，把文艺理论评论工作纳入繁荣文艺的总体规划，建立健全协调工作机制，加强评论选题策划，推进重点评论工作。做好支持保障，健全激励措施，改进学术评价导向，推动把具有较大影响力的重要文艺评论成果纳入相关科研评价体系和专业技术人才职称评审制度。

九、行业建设

发挥行业建设主导作用是履行文联工作职责的必然要求，也是文联深化改革的重要任务。随着改革开放的推进和社会主义市场经济的发展，文艺界正在从相对独立的各艺术门类发展形成跨界融合的文艺创作生产行业，文艺创作生产者和从业者日益多元多样，行业建设的任务显得繁重而紧迫。文联组织要贯彻落实深化改革要求，积极适应文艺发展新形势和职能新定位，紧紧围绕"做人的工作"这一核心任务，充分发挥优势，不断强化行业服务、行业管理、行业自律，积极探索发挥行业建设主导作用的有效形式，努力增强组织活力、向心力、吸引力和行业影响力，将文联组织建成覆盖广泛、凝聚力强、温馨和谐的文艺工作者之家。

紧紧依靠广大文艺工作者，着力推进行业服务。习近平总书记指出,"哪里有文艺工作者,文联、作协的工作就要做到哪里"①,要"成为文艺工作者事业上的好伙伴、生活中的真朋友"②。紧紧依靠文艺工作者,真心实意地为文艺工作者服务,是我们在新形势下"做人的工作"必须理清摆正、解决好的重要问题。要努力克服机关化、脱离文艺工作者的倾向,把学会与文艺家和文艺工作者打交道、交朋友,作为文联工作的基本要求和职业素养。要准确把握新形势下文联工作思路的转换,新的形势任务需要文联着眼整个文艺界、文艺行业履行新职能,发挥行业建设主导作用,这就要求文联及协会必须打开工作视野,转换工作思路,改变那种主要靠机关干部职工开展联络服务知名艺术家的老办法。要切实树立文艺工作者的主体地位,把文艺工作者特别是基层一线的文艺工作者作为服务对象,围绕他们来谋划展开工作,广泛开展团结联络服务,为更广大的文艺工作者热情服务。要充分信任、紧紧依靠广大文艺工作者,让文艺工作者当主角,而不是当配角、当观众。要通过激发积极性、主动性、创造性,让广大文艺工作者自觉地把思想、行动和创作统一到党的大政方针和决策部署上来,形成富有个性的艺术追求、艺术创造和艺术表达。

加强顶层设计和整体谋划,着力推进行业管理。《中共中央关于加强和改进党的群团工作的意见》明确指出,"支持群团组织依法参与社会事务管理,把适合群团组织承担的一些社会管理服务职能按照法定程序转由群团组织行使"③。文联作为文艺领域枢纽型社会组织,在参与文艺界行业管理中担负着重要职责。要在政府简政放权和职能转变进程中,立足自身职能定位,有序承接政府转移职能,加强文艺

---

① 习近平:《在中国文联十大、中国作协九大开幕式上的讲话》,人民出版社2016年版,第20页。
② 同上,第21页。
③ 《中共中央关于加强和改进党的群团工作的意见》,《人民日报》2015年7月10日。

类社会组织准入监管、从业人员执业资格认定、专业技术职称评审、文艺考级管理等行业管理职能。要主动开展行业调研，逐步建立健全文艺行业标准和行业规范，完善行业准入和退出机制，推动文艺界形成内部管理和外部监督相结合、自律与他律相结合的行业管理规范和工作机制。要主动开展文艺类社会组织党建工作，在符合条件的文艺类社会组织中设立党组织。要从社会治理的高度进行顶层设计，主动与相关行业管理部门进行沟通，探索形成文艺行业管理联动机制，推动建立起党政主管部门、行业组织、企事业单位、媒体舆论职责权限明确、各负其责、齐抓共管的综合管理体系，共同维护风清气正的行业发展生态。

加强文艺界职业道德和行风建设，着力推进行业自律。文艺界公众人物多，一言一行备受社会关注，行风建设关系到文艺界社会形象，对整个社会风尚也有影响，加强文艺行业自律主要通过约束和规范行业成员的行为，实现行业的自我管理、自我约束、自我发展。文联职业道德建设委员会和行风建设委员会的成立，旨在引导督促文艺工作者遵守法律法规，恪守职业道德，承担社会责任，树立良好社会形象，维护健康的行业发展生态和氛围，在文艺界树起弘扬正风正气正能量的鲜明旗帜。开展文艺界职业道德和行风建设，要把弘扬和践行社会主义核心价值观作为重要内容，把思想政治引领、道德引领、价值引领和行风建设紧密结合起来，让崇德尚艺、精益求精的艺术人生观深深植根于广大文艺工作者的初心使命。要努力加强行业引导，持续发出遵守文艺界职业道德和行业规范，讲品位讲格调讲责任，抵制低俗庸俗媚俗，用明德引领风尚等行风倡议。2021年8月24日，中国文联在京组织召开"修身守正　立心铸魂——中国文联文艺工作者职业道德和行风建设工作座谈会"。会议针对"饭圈"文化、"唯流量论"等不良现象和文艺界及娱乐行业接连出现的一些违法失德现象进行座谈，表达了对坚决处置违法失德问题、治理不良粉丝文化乱象等涉及行风建设、行业引领等方面工作的共识和态度。座谈会上，与会艺术家代表向全国文艺工作者发出《修身守正　立心铸魂——致广大文艺工作者倡议书》，倡导广大文艺工作者严于自律，常怀敬畏之心；勤于学习，提高认知水平；悉心创作，坚守艺术理想；秉持初心，践行德艺兼修。此次座谈会之后，中国文联所属各全国文艺家协会陆续召开本艺术门类行风建设座谈会，对违法违规、失德失范事件进行评议，旗帜鲜明地亮明态度，向文艺界发出倡议，抵制违法失德人员，呼吁文艺从业人员遵守法律法规，恪守职业道德，履行社会责任，形成教育引导的强大声势。要通过制定标准、受理举报、行为认定、道德评议、情况通报、教育矫正等措施，不断健全完善行业自律制度和机制。要建立完善文艺从业人员道德监督机制，畅通信息交流和问题反映渠道，通过聘请行风监督员，发布行风监督电子邮箱、来信来访地址等联系方式，充分发挥社会监督、媒体监督作用。要积极探索推进文艺界行风建设新措施、新办法，提升全行业的职业道德水平，更好地承担起举旗帜、聚民心、育新人、兴文化、展形象的使命任务。

十、权益保护

维护合法权益是文联工作的重要内容之一，既是文联的基本职能，也是文联服务广大文艺工作者的有效手段。文联组织维护合法权益，发挥自律功能，有计划有步骤有章法地对团体会员单位及个人会员做好行为导引、规则约束、权益维护，是新时代文联组织深入发挥文艺界桥梁和纽带作用的职责担当，也是文联组织促进文艺事业健康发展、协助推进国家治理能力和治理体系现代化的重要保障，对于完善文联组织工作整体格局、实现创新发展具有十分重要的意义。

中国文联于2012年5月成立权益保护部，负责参与国家文学艺术相关法律法规和政策草案拟定，指导团体会员建立权益保护机构并建立完善维权服务机制，开展文艺法律志愿服务、侵权纠纷调解、诉求表达处理等维权服务。权益保护部的成立，标志着中国文联面向文艺家维权工作全面展开，随后各级文联组织的权益保护部门也相继成立。经过广泛的调研，中国文联于2014年正式印发《中国文联关于进一步加强文艺维权工作的意见》，明确了"保基本、促发展、育人才"的总体工作思路，2021年又对该意见进行了修订完善。几年中，文联组织权益保护部门围绕繁荣文艺创作，切实保护著作权，促进了文艺作品创作、生产、使用和传播；围绕尊重艺术、尊重创造、尊重人才，切实保护名誉权，维护广大文艺工作者人格尊严；围绕团结培育文艺人才，推动解决文艺工作者基本社会保障问题，形成了文艺界共同关注维护合法权益的有利发展态势。聚焦文联工作要求，文联组织在致力维护合法权益中要把握好以下几个方面。

一是加强工作顶层设计，突出法治力量和作用。切实维护好每一个文艺工作者的合法权益，不仅可以体现文艺界知法、学法、守法、用法的行业发展态势，也是文联组织履行群团组织职能、推动全面依法治国方略在行业内落地落实的充分体现。这就要求文联组织切实加强对文艺维权工作的整体规划布局，让法治观念真正融入到文联组织的工作思路、发展理念中，全面做好顶层设计，统筹各方力量，保证维权工作成效。首先，文联组织要深化对宪法和法律的认识，依照《中国文学艺术界联合会章程》等组织原则规定，依法履行职能、发挥作用，主动参与国家、地方有关立法、修法工作，为维护广大文艺工作者的合法权益提供法律源头保障，有效发挥行业建设的主导作用。在根据文联组织章程、结合本地区的特点开展相应维权工作时，主动与本地行政、司法机关建立合作机制，坚持个案维权与普遍性维权相结合，把维权工作的推进与维权宣传和普法教育相结合，努力提高文艺界乃至全社会的维权意识和法治理念。其次，文联组织要积极开拓思路，将法治理念融入到文艺文联工作的各方面和全过程，建立完善法律顾问制度，围绕文艺维权这个基本职能，有效发挥好文联组织优势，根据新时代文艺发展要求和文艺工作者的维权新需要，及时调整完善文艺维权工作的途径、手段，对文艺维权工作制定科学合理的整体规划设计，进一步明确新时代文艺维权的总体要求、指导原则、目标任务、工作举措等，推动全国文联文艺维权工作实现"一盘棋"。

二是完善文联组织权益保护体系，创新维权方式手段。在《中国文联深化改革方案》中，明确提出要创新文艺维权体制机制。随着我国文艺事业、文艺业态的不断发展，维护合法权益不仅要通过具体案例、维权行动来推进，更重要的是凝聚文艺界共识，打造系统科学的权益保护体系，利用适应当前需要的方式手段，形成共同维护合法权益的良性态势。首先，要持续推动文联组织权益保护机构建设完善，对于没有设立维权机构的，通过多种渠道设立维权机构、配齐维权干部，积极带动共同开展维权。各级文联组织特别是权益保护部门要加强沟通协作，发挥组织优势，建立跨地域、跨艺术门类的维权工作协同机制，努力形成上下贯通、横向联动的维权工作格局。其次，文联组织作为广大文艺工作者的利益代表，应主动帮助文艺家和文艺工作者解决他们需要解决而单凭个人又难以解决的问题。通过组建法律志愿服务团，奔赴文艺创作一线，为文艺工作者提供法律服务，实现维权服务零距离，为民服务解难题。善于与社会权益保护组织和互联网新媒体等建立合作机制，加强与兄弟人民团体、文化企事业单位和国内外权益保护组织的合作，互相借鉴、相互支持，借助社会力量为文艺工作者搭建更多作品推广交易、版权使用保护的服务平台。

三是持续不断做好文艺维权，加大法治宣传力度。文艺维权活动作为维护文艺工作者合法权益的重要方式，它的实际效果也是衡量文联组织是否有效团结引导、联络协调、服务管理广大文艺工作者的重要标准。新时代文联组织要有针对性地组织抓好文艺维权服务，通过服务成效形成示范效应，持续加强法治宣传。首先，文联组织要认真修炼内功，切实提高依法维权的真本领硬功夫，开展好文艺维权活动。自成立权益保护部以来，文联组织有效开展了多项维权活动，制止了侵权行为，保护了商标权、著作权等文联组织、文艺工作者的合法权益。面对新的发展需要，特别是结合《民法典》等一系列新的法律出台，文联组织要认真研究分析其与文艺界维权的契合点，确保持续实现合法依法维权，更好地保护权益、引领发展。同时要进一步提升文联组织自身的法律意识，规范各项规章制度、操作规范。其次，要利用好各种宣传日、普法周等工作节点，开展有主题、有侧重的普法宣传和培训。努力通过各种途径和手段，提高广大维权工作者法律素养，持续提高文艺创作者权利意识和自我保护意识，营造尊重知识产权和保护艺术创新的良好氛围，凝聚广大文艺工作者和文艺组织的守法用法共识。积极利用各种网络资源建立立体化、多元化的普法宣传平台，打造传统媒体和新媒体融合的权益保护宣传平台群，形成"互联网＋文艺维权"、"新媒体＋文艺维权"传播格局，不断拓展文艺维权守法用法宣传的广度深度。

十一、出版管理

出版管理工作是文联工作的重要组成部分，是文联组织履行团结引导职能、发挥桥梁和纽带作用的重要手段和途径，也是文联工作重要的舆论阵地和窗口。中国文联共有4家图书出版单位、3家报纸出版单位、27家期刊出版单位，涉及戏剧、电影、电视、音乐、舞蹈、美术、摄影、书法、曲艺、杂技、民间文艺、文艺评论等多个艺术门类，有着丰富的艺术资源优势。出版作为文化事业和文化产业的重要组成部分，在新时代迎来了新的发展机遇，也被赋予了新的文化使命和历史责任。出版工作承载的是价值取向，影响的是思想灵魂。做好新时代文联出版工作，必须坚持以习近平新时代中国特色社会主义思想为指导，以担负文化使命、服务时代发展为己任和价值追求。

提高政治站位，加强出版监督管理。要始终坚持正确的政治方向和出版导向，认真学习贯彻全国宣传思想工作会议精神，贯彻落实《中国共产党宣传工作条例》《出版管理条例》《中华人民共和国著作权法》等相关法律法规，持续强化出版意识形态管理，建立健全出版管理制度，切实抓好《中国文联关于贯彻落实〈关于加强和改进出版工作的意见〉的实施方案》的落实。严格出版内容导向和编校质量审核把关，定期开展质量管理专项年活动和"三审三校"制度执行情况专项检查，督促和指导出版及其主办单位加强审读阅评，不断提高出版质量。坚持把社会效益评价考核作为加强出版管理的重要抓手，将中国文联所属34家图书、报纸、期刊出版单位全部纳入年度社会效益评价考核范围，实现出版单位社会效益评价考核全覆盖。

落实中央决策部署，稳慎推动改革。督促和指导中国文联所属中央文化企业在完成公司制改制的基础上，建立具有文化特色的现代企业制度和科学规范的管理模式，加快转型升级，实现提质增效；按照中央要求，积极稳妥推进非时政类报刊单位转企改制；按照国有企业改革领导小组办公室和中国文联党组的要求，全面启动中国文联所属全民所有制企业公司制改革工作，稳慎推进、分类指导，大力推动全民所有制企业公司制改革，为进一步深化国有企业改革和促进企业发展夯实基础。

坚持社会效益为首，鼓励主题出版。要始终坚持把社会效益放在首位，实现社会效益和经济效益相统一。坚持正面引领，不断加强主题出版和品牌建设，鼓励中国文联所属出版单位出精品、创品牌。要突出对图书和报刊出版单位等思想文化阵地的政治引导，积极弘扬主旋律、激发正能量，增强精品意识、质量意识和管理意识，自觉承担起举旗帜、聚民心、育新人、兴文化、展形象的使命任务，推出更多思想精深、艺术精湛、制作精良的优秀出版物。

开展专题培训，实现出版高质量发展。坚持出版培训常态化，坚持每年举办出版管理专题培训班，加强对主办单位和出版单位的教育培训，做到中国文联系统编辑人员培训全覆盖。结合疫情防控需要，不断更新丰富培训方式，积极利用互联网平台，开展网络专题培训；实现分级培训，提升培训的针对性。通过培训，提高出版单位的政治站位和整体出版水平，增强意识形态责任意识，进一步坚定做好出版工作的信心决心。

十二、对外交流

文化交流是文明交流互鉴的重要形式，是推动人类文明进步和世界和平发展的重要动力。开展文化交流有利于世界各国人民深化理解、增进友谊，有利于促进文艺繁荣发展，有利于传播中华文化，有利于推动构建人类命运共同体。《中国文学艺术界联合会章程》规定，中国文学艺术界联合会积极开展民间国际文化交流活动，扩大友好往来，推动中华文化走向世界，维护国家利益和文化安全，努力对人类文明的进步作出贡献。因此，配合、服务党和国家外交工作大局，发挥文联组织在民间文化交流中的独特优势和重要作用，积极开展民间国际文化交流与合作，是文联工作的重要内容，也是弘扬中华文化的重要途径。

坚定文化自信，更好推动中华文化走出去，提升中华文化影响力，增强国家文化软实力。充分发挥文联组织特点和优势，加强统筹谋划、优势互补，整合各艺术门类资源，广泛开展形式多样、丰富多彩的对外文化交流活动。持续组织举办今日中国艺术周、中国—欧盟文化艺术节、中韩日戏剧节、全国美展国际巡展、中华曲艺海外行、国际摄影大展、汉字之美书法展、中国—东盟青少年舞蹈交流展演等品牌活动，充分展示中华优秀传统文化的魅力和社会主义先进文化的风采，生动展现中国改革开放和现代化建设取得的伟大成就，不断加深世界各国人民对新时代中国经济社会发展的了解，激发他们对中华文化的兴趣与热爱。积极推进国际传播体系建设，采用贴近不同区域、不同国家、不同群体受众的精准传播方式，推进中国故事和中国声音的全球化表达、区域化表达、分众化表达、艺术化表达，增强中华文化国际传播的亲和力和实效性。加强文化心理和审美需求研究，加快构建中国话语和中国叙事体系，大力实施文化精品战略，努力打造并积极向世界阐释推介更多具有中国特色、体现中国精神、蕴藏中国智慧的文艺精品。积极宣传我国高举和平、发展、合作的旗帜，倡导构建持久和平、共同繁荣的人类命运共同体的主张，艺术地刻画中国作为世界和平建设者、全球发展贡献者、国际秩序维护者形象。

坚持开放包容，积极推动"走出去"与"请进来"相结合，促进中外文艺交流互鉴。着眼构建人类命运共同体和"一带一路"倡议，在积极实施"走出去"项目的同时，加强与外国政府和民间文化组织的合作，建立成熟的定期互访和交流机制，邀请世界各国的艺术家代表团来华访问，开展团体互访和学术交流等活动，组织举办中国国际民间艺术节、金鸡百花国际影展、"一带一路"国际音乐季、中国新年音乐舞会、国际美术双年展、国际说唱幽默艺术节、国际摄影研讨会、国际书法交流大展、国际马戏论坛等各类艺术节、艺术周、展览、演出、博览会，不断增进文联组织与国外文艺组织的了解，促进中外艺术家之间和人民的情感交流，近距离宣传推广中国优秀文化。加强与国际艺术组织的沟通交流，推动与多个国家签署民间文艺务实合作备忘录，举办各类国际艺术组织论坛会议、年会等，不断扩大中华文艺的国际话语权。

坚持铸牢中华民族共同体意识，持续加强与港澳台文艺家、文艺从业者的联络沟通，加强海峡两岸暨港澳地区在文艺人才、作品、学术等方面的交流合作。围绕粤港澳大湾区建设等国家战略，发挥文联组织特点和优势，深入挖掘展示海峡两岸暨港澳地区人文资源，积极组织举办文艺展演、艺术论坛、文化节、展览展示等多种文艺活动，大力弘扬中华民族优秀传统文化，增强港澳台同胞特别是青少年和普通民众对中华民族和中华文化的认同、情感联系和精神归属，提升中华文化向心力凝聚力，推动海内外全体中华儿女心往一处想、劲往一处使，汇聚起实现中华民族伟大复兴的磅礴力量。

第二节 文联工作的载体

文联工作的载体，是指文联组织体现性质地位、履行职能作用、完成目标任务的方法手段途径。文联工作的载体主要包括教育培训、评奖办节、文艺品牌、社会艺术考级、专业职称评审、宣传舆论阵地等。

一、教育培训

教育培训是建设高素质文艺人才队伍的战略性、基础性、先导性工程，在繁荣发展社会主义文艺事业中具有不可替代的重要地位和作用。

开展教育培训是建设高素质文艺人才队伍、培养造就优秀文艺人才的重要途径。推动社会主义文艺事业繁荣发展,必须发现人才、培养人才、珍惜人才、凝聚人才。习近平总书记在十九大报告中明确指出,要"加强文艺队伍建设,造就一大批德艺双馨名家大师,培育一大批高水平创作人才"[1]。习近平总书记在文艺工作座谈会上的讲话中强调指出,"要把文艺队伍建设摆在更加突出的重要位置,努力造就一批有影响的各领域文艺领军人物,建设一支宏大的文艺人才队伍"[2]。在中国文联十大、中国作协九大开幕式讲话中,习近平总书记对广大文艺工作者提出了四点希望,即:希望广大文艺工作者坚定文化自信、坚持服务人民、勇于创新创造、坚守艺术理想[3]。深刻理解、准确把握习近平总书记关于文艺人才队伍建设的一系列重要思想,培养造就高素质文艺人才队伍,一方面离不开文艺工作者的自身努力,同时也要求各级文联组织为文艺人才的成长成才创造条件、搭建平台、提供帮助。开展教育培训则是强素质、出人才,推动文艺人才队伍建设的重要环节,是加强文艺工作者思想积累、知识储备、文化修养、艺术训练的基本手段和有效举措。

开展教育培训是推进文联深化改革、加快文联职能转型的必然要求。深化改革是党中央交给文联的重大政治任务,也是推进文联组织自身转型发展的内在要求和重大历史机遇。《中共中央关于加强和改进党的群团工作的意见》提出,群团组织要为党和国家大局服务,

---

[1] 习近平:《决胜全面建成小康社会 夺取新时代中国特色社会主义伟大胜利——在中国共产党第十九次全国代表大会上的报告》,人民出版社2017年版,第43页。

[2] 习近平:《在文艺工作座谈会上的讲话》,人民出版社2015年版,第11页。

[3] 习近平:《在中国文联十大、中国作协九大开幕式上的讲话》,人民出版社2016年版,第5-6、10、15、17页。

明确职责定位、展现自身价值，最广泛地把群众组织起来、动员起来、团结起来，奋力推进中国特色社会主义伟大事业。《中共中央关于深化党和国家机构改革的决定》提出，要"增强群团组织团结教育、维护权益、服务群众功能，更好发挥群团组织作为党和政府联系人民群众的桥梁和纽带作用"[①]。为党和国家工作大局服务，始终是群团工作的价值所在。文联组织要展现自身的价值，就要服从和服务于党和国家的工作大局，深化群团改革并在改革中牢牢把握以人民为中心的工作总方向。要做好"人"的工作，必须把教育培训抓在手上，抓住不放，既要把教育培训作为文联深化改革的重要内容，充分发挥教育培训的重要作用；又要把教育培训作为推进文联系统深化改革的内生动力，加大教育培训力度，通过广泛开展教育培训，强化理论武装，统一思想认识，凝聚智慧力量，推动文联改革，促进文艺事业繁荣发展。

在中国特色社会主义进入新时代的大背景下，文联组织面临着新的使命、新的任务、新的要求。要以强素质、出人才、出精品为目标，切实把教育培训作为加强文艺队伍建设、履行团结引导职能、推进文联深化改革的重要载体和有力抓手，不断增强教育培训的时代性、针对性、有效性。

开展教育培训必须坚持政治引领，服务大局。要高举中国特色社会主义伟大旗帜，以习近平新时代中国特色社会主义思想为指导，紧紧围绕举旗帜、聚民心、育新人、兴文化、展形象的使命任务，围绕文联组织团结引导、联络协调、服务管理、自律维权的职能要求，紧扣党和国家事业发展大局和新时代文联工作重心开展教育培训。加强马克思主义文艺观学习教育，特别是习近平新时代中国特色社会主义思想和文艺工作重要论述学习教育，深刻把握这一重要思想的重大意

---

① 《中共中央关于深化党和国家机构改革的决定》，《人民日报》2018年3月5日。

义、事实内涵和实践要求，深刻把握"八个明确"、"十四个坚持"的科学体系和丰富内涵，深刻把握贯穿其中的马克思主义立场观点方法，在学懂弄通上下功夫、在凝心聚力上下功夫、在务求实效上下功夫。坚持理论联系实际，教育引导广大文艺工作者和文艺管理干部对照新思想检视思想言行，自觉用新思想指导文艺新实践，真正提高理论素养、提升品行作风、增强履职本领，自觉在思想上政治上行动上同以习近平同志为核心的党中央保持高度一致，引导广大文艺工作者走同时代、同人民相结合的广阔道路，打造政治过硬、本领高强、求实创新的高素质专业化文艺管理干部队伍。

开展教育培训必须坚持按需施教，精准培训。深入研究并遵循文艺人才成长规律和教育培训规律，根据不同培训对象的不同特点和诉求，"需要什么就给什么"、"缺什么就补什么"，准确性把握定位、差异化制定方案、精准化设计内容，因材施教，提高培训的针对性、实效性。比如，近年来中国文联先后精心组织中青年文艺人才高级研修班、新文艺群体拔尖人才研修班、文艺评论骨干专题研讨班、全国市县级文联负责人研修班、全国少数民族地区文艺骨干研修班等各类培训班，取得良好效果。完善具有先进培训理念、科学内容体系、健全组织架构、高效运营机制的新时代文联系统教育培训体系，增强教育培训工作聚焦主责主业、服务文联工作和文艺事业发展的功能，加大围绕文联新职能新任务新使命开展教育培训的力度，彰显以教育培训促改革、以教育培训促发展的成效。创新培训形式，引导文艺工作者在现场体验中汲取营养，在互动交流中激发灵感，在调研分析中升华思想，不断丰富符合文艺人才特点、具有文联特色的文艺人才培训方式。积极组织开展文联深化改革、创新发展所必需的专业能力培训，引导和帮助广大文艺管理干部不断丰富专业知识、提升专业能力、培育专业精神，增强适应新时代文艺和文联发展要求的能力，深入开展增强"脚力、眼力、脑力、笔力"教育实践工作。

开展教育培训必须坚持思想政治培训与专业能力培训相结合。教育培训是加强文艺界思想政治引领的重要载体和有力抓手，要把思想政治培训贯穿教育培训全过程，把政治理论培训和业务培训、品行修为涵养有机结合起来，突出抓好思想品德和职业道德教育，同时抓好专业能力培训。不断深化思想政治与专业能力相结合的教育培训，使文艺管理干部培训更加有效，文联系统干部理想信念、党性观念和宗旨意识进一步强化，思想觉悟、理论素养和品行作风进一步提高，适应新时代文联发展要求的专业化能力和专业精神全面增强，履职的知识体系和结构不断完善，综合素养进一步提高。不断深化思想政治与专业能力相结合的教育培训，使广大文艺工作者用新思想指导文艺实践的意识不断增强，政治认同、思想认同、理论认同和情感认同更加自觉，推出精品力作的文艺实践更加生动，艺术素养和专业水平持续提升，建设一支有信仰有情怀有担当的新时代文艺工作者队伍，为繁荣发展社会主义文艺事业提供人才支撑。

二、评奖办节

文艺评奖是推动多出精品、多出人才，促进社会主义文艺繁荣发展的重要手段，在繁荣文艺创作生产、丰富社会文化生活、弘扬社会主义核心价值观等方面，发挥着重要作用。文联组织依规开展文艺评奖活动，是深化文联组织团结引导职能的重要方式，根本目的是通过设立相应奖项，并组织对文艺作品、文艺工作者的评比表彰，团结引导广大文艺工作者，努力创作更多思想精深、艺术精湛、制作精良的优秀文艺作品，成为文艺界传播中国精神、弘扬主旋律正能量的风向标、压舱石，为推动党和国家工作、实现民族复兴中国梦提供精神支持。

在各级党委和政府的重视支持下，各级文联组织设立不同奖项品牌。中国文联和所属各全国文艺家协会根据中央批准，开展常设全国性文艺奖12个，包括"中国戏剧奖"、"中国电影金鸡奖"、"大众电影百花奖"、"中国音乐金钟奖"、"中国美术奖"、"中国曲艺牡丹奖"、"中国舞蹈荷花奖"、"中国民间文艺山花奖"、"中国摄影金像奖"、"中国书法兰亭奖"、"中国杂技金菊奖"、"中国电视金鹰奖"，其中"中国电影金鸡奖"为一年一届，"中国书法兰亭奖"、"中国杂技金菊奖"为三年一届，"中国美术奖"为五年一届，其他均为两年一届，都是各门类国家级最高艺术专业奖。省级文联组织按照各级党委和政府要求，负责组织评选省级常设文艺大奖，例如黑龙江文联的"黑龙江省文学艺术英华奖"、江苏文联的"江苏省文艺大奖"、广东文联的"鲁迅文学艺术奖"、四川文联的"巴蜀文艺奖"、内蒙古文联的"萨日纳奖"等。

根据中央关于文艺评奖制度改革的意见和文联深化改革方案要求，文联组织积极推动文艺评奖改革工作，持续提升文艺评奖的专业性、权威性和公信力、示范引导力、影响力。2015年以来，中国文联不断加强制度建设，先后制定出台《中国文联全国性文艺评奖管理办法》《中国文联全国性文艺评奖评委库建立实施规范》等一系列评奖制度，持续梳理评奖工作中的制度漏洞和风险点，修订完善各奖项章程细则，针对评委、工作人员可能存在利益输送、权力寻租、跑风漏气等问题，完善了规范承诺机制和违规处理步骤。中国文联高度重视评奖工作规范化科学化水平的提升，探索建立既符合艺术创作规律、具有中华审美精神，又科学明晰、操作性强的评价标准体系，并通过对各奖项特点归纳总结，提出中国文联全国性文艺评奖工作标准化流程"一表一图"（即流程表和流程图），明确关键节点和政策依据，坚决执行"逢评必督",充分发挥纪委、职能部门的监管作用。中国文联努力做精做细所属文艺奖项的传播推介,切实加大权威发布的力度,加强艺术理论、理论评论、文艺批评在解读评奖标准、作品内涵和引导精品创作方面的独特作用,并扎实推进"互联网＋文艺评奖"建设,加快互联网融合,优化创新评奖体制机制,着力扩大奖项知名度美誉度。参考中国文联文艺评奖工作要求,各级文联组织主动对接各类全国性文艺奖项评奖标准、评审规则、活动周期等,逐步完善所属奖项的制度规范、机制体系,努力提升各类文艺奖项的权威性和影响力,为当地文艺事业发展、服务地方经济社会建设起到了积极推动作用。

文联组织开展文艺评奖工作,应着力做好以下几个方面工作:

一是始终牢牢把握正确的工作导向。习近平总书记在文艺工作座谈会上指出,文艺最能代表一个时代的风貌,最能引领一个时代的风气,深刻揭示了文艺的重要社会功能。对各级文联组织来说,文艺评奖不能仅被看作是艺术活动、业务工作,而是要放在党的宣传思想工作、意识形态领域工作的大局下来思考。首先,要把作品的政治性、思想性作为第一标准、第一考量,增强"四个意识"、坚定"四个自信"、做到"两个维护",把导向关作为衡量评奖工作优劣的根本标准,在导向明确的前提下注重发扬艺术民主、学术民主,评选出符合新时代要求和艺术规律的好作品、好人才,让文艺评奖能够展示文艺事业发展的丰硕成果,引领风气之先、传扬时代精神。其次,还要清醒地认识到,通过开展文艺评奖工作,还应利用好优秀作品、文艺人才的社会认同感、影响力、感召力,积极打造优秀作品和人才的宣介机制,弘扬主旋律、传播正能量,使文艺评奖成为培育和践行社会主义核心价值观、崇尚真善美、贬斥假恶丑、扶正驱邪、引领风尚的重要阵地和手段。

二是通过机制管理的规范化科学化不断提升权威性公信力。文艺评奖通过评选产生结果，获奖作品及个人除了依据评奖规则，获得物质和精神奖掖，同时还能获得更多的社会认可、行业认同，因此文艺评奖历来备受整个社会关注。多年来，文联组织通过开展文艺评奖已积累了丰富的经验，尤其是在各级党委和政府的正确领导下，形成了日趋完备的制度机制，但随着时代的进步和事业的发展，仍需要不断完善机制管理，持续强化奖项的规范性和科学性。首先，文艺评奖要建立科学的标准评价体系，在深入系统的理论研究基础上，抽绎本艺术门类文艺作品评价标准的核心要素及其量化评价标准体系，及时纳入评奖工作全过程，讲清楚什么是好、什么是符合新时代要求、什么是受广大人民群众喜爱的这些关键问题，使文艺评奖能够真正经得起历史和人民的考验。其次，还要不断推动工作程序的标准化和规范化，通过梳理评奖制度、操作流程，规范具体组织程序，改进工作方式方法，推动各奖项的评选工作标准更加有序高效，明确对申报审批、评委遴选、社会公示等关键节点的具体要求，并广泛引入社会监督、舆论监督等机制手段，做好重要关口督促检查，使参评者、评审专家、工作人员能够公正履职，确保奖项的权威性公信力。

三是通过加强评奖成果传播推介有效发挥引领示范效应。文联组织作为党领导下的人民团体、群团组织，要始终坚持把"做人的工作"作为核心任务，最广泛地团结凝聚文艺工作者，努力在行业建设中发挥主导作用，通过履行新职能，引导文艺工作者听党话，跟党走，繁荣文艺创作。通过文艺评奖，一批优秀作品、人才得以涌现，但多年来在获奖成果的传播推广方面，由于项目、资金、平台的局限，还需要继续丰富形式手段，让获奖成果能够继续接受人民群众检验，更好满足人民群众对美好生活的精神期待。首先，要通过展映、展播、展演、展示等方式，持续扩大获奖作品的受众面和传播影响，更好地引导示范文艺创作，推动文艺由高原向高峰迈进。真正抓好获奖人才的思想引领、艺术深造、项目扶持，让他们紧密团结在党的文艺思想下，听党话、跟党走，努力成长为繁荣文艺事业的高水平文艺人才。其次，要切实利用"互联网"思维激活文艺评奖工作。"互联网＋文艺"、"互联网＋文联"的蓬勃发展，已经为包括评奖过程公众参与、成果传播推广等创造了更加便利的条件，文联组织应充分利用好这个有利契机，切实推进"互联网＋文艺评奖"的深度融合，通过打造资讯、工作、数据、传播平台高度融通的评奖新模式，为成果传播推广提供重要技术支持，积极创新工作思路和载体，利用媒体融合优势，真正将评奖成果为广大人民群众共享，为汇聚繁荣发展社会主义事业的精神力量提供有力支持。

举办文艺节庆活动是推介优秀文艺作品、满足人民文化需求、增强人民精神力量的重要方式，对于丰富人民群众精神文化生活、弘扬社会主义核心价值观、推动文化强国建设具有重要作用。文联组织举办节庆活动，多数与文艺评奖活动相结合，比如中国戏剧节、中国金鸡百花电影节、中国曲艺节、中国舞蹈节、中国民间艺术节、中国摄影艺术节等等，均是在文艺评奖的过程中同时举办文艺节，将文艺评奖这一文艺界内部的专业评奖，扩展为人民群众共享的文艺节日，从而实现文艺惠民乐民的目的，也同时有效地推介了优秀的文艺作品。需要强调的是，文联组织举办节庆活动，应当遵守国家相关法律法规和政策，符合章程规定的宗旨和业务范围，坚持以人民为中心的工作导向，以培育和践行社会主义核心价值观为根本任务，以推出反映中国精神的文艺精品力作、发现和扶持优秀文艺人才、促进文艺繁荣和文化建设为目的，坚持为民、务实、清廉，反对奢华铺张。

经全国清理和规范庆典研讨会论坛活动工作领导小组批准的中国文联参与主办节庆活动的保留项目共有 11 项：中国国际民间艺术节、中国职工艺术节、中国农民艺术节、中国戏剧节、中国金鸡百花电影节、中国曲艺节、中国舞蹈节、中国民间艺术节、中国摄影艺术节、中国杂技艺术节、中国大学生电视节。

举办节庆活动，应当建立健全管理制度，严格落实审批监管程序。中国文联认真贯彻中央有关要求，结合工作实际，研究制定了《中国文联关于举办节庆、论坛、展会活动的管理办法（试行）》，对活动的主题导向、主要内容、参与人员、主承办单位、活动组织、资金运作等各个方面从严把握，严格执行有关工作程序，履行报批备案手续。

举办节庆活动，应当把好导向关。要坚持正确政治方向、舆论导向、价值取向，坚持"二为"方向和"双百"方针，自觉把保持和增强文联组织政治性、先进性、群众性的要求贯穿于举办节庆活动的全过程，努力把节庆活动打造成为引领健康向上的文艺创作方向、推出文艺精品力作和优秀文艺人才、促进相关领域艺术交流和事业发展的广阔平台。

举办节庆活动，应当坚持服务群众。要把节庆活动与文艺人才培训、文艺惠民、文艺志愿服务等紧密结合，打造综合性文艺公益平台。拉近文艺工作者和人民群众的距离和感情，激发文艺工作者为人民服务的热情和责任，为广大文艺爱好者提供学习提高的机会，努力满足基层人民群众文化生活需要，广泛调动人民群众参与文化生活的积极性，让人民群众在享受文艺作品、参与文艺活动、满足文化需要的同时，激发文化创造的内在活力，让节庆真正走入公众融入生活，产生更加积极广泛的社会影响。

举办节庆活动，应当全程监管问效。严格落实"谁主办谁负责"的要求，加强组织领导，精心组织实施，成立由主承办单位有关负责人员共同组成的活动组委会，在活动举办过程中认真履行职责，加强对活动的政治导向、内容设计、经费使用、新闻宣传等的指导和把关。文联及协会安排专人对活动进行全程监督管理，跟踪问效。严禁未经批准擅自"造节"、"办节",严禁互相攀比、大操大办、铺张浪费,严禁违规邀请领导干部出席以及领导干部违规出席活动。对活动组织中的违规情况及时发现、及时上报、及时处置,做到对主办活动的后续监管到位,防止只挂名、不参与、不监管。

三、文艺品牌

文艺品牌是文联工作多年实践的经验成果,是文艺事业繁荣发展的亮丽名片和有力见证。运用好文艺品牌这一重要载体,能充分发挥文艺的培根铸魂、凝神聚气作用,对进一步提升文艺工作和文联工作水平,具有重要推动作用。多年来,各级文联组织积极发挥自身优势,把文化资源优势转化成为品牌建设的原动力,在理念思路上创新,在内容形式上求活,在活动实践上求实,在服务质量上求真,精心打造了一系列特色文艺品牌,搭建了文艺创作、传播、服务、交流的平台,优秀文艺作品迭出,文艺活动精彩纷呈,生动践行了党的文艺方针政策,带动了文艺水平的整体不断提升,开拓了服务群众的有效途径,产生了良好的社会反响。中国文联的"百花迎春——中国文学艺术界新春大联欢"、"中国艺术周"、"送欢乐下基层"等传统品牌,中国文联及各全国文艺家协会的重要节庆展会活动品牌,在文艺界具有极高的权威性和专业性,具有极大的公信力和影响力,业内重视,社会关注。

中国文联按照中央的总体要求,对照广大文艺工作者和人民群众的需求期盼,根据艺术创作和现代融媒体传播的特点规律,精准确定品牌定位,不断提升品牌价值。在持续做精做优老品牌的基础上,创建了"深入生活、扎根人民"主题实践活动、"中国精神·中国梦"主题文艺创作工程、青年文艺创作扶持计划、"讴歌新时代,共筑中国梦"主题实践活动、"扎根生活沃土,服务基层群众"主题实践活动、

"崇德尚艺、潜心耕耘，做有信仰、有情怀、有担当的新时代文艺工作者"巡回宣讲活动等一批新品牌，集中展示文艺成果，有力发挥文艺价值作用，使老品牌焕发新活力，新品牌展现新魅力，塑造文艺品牌工作再上新台阶。

推进文艺品牌建设，需要科学制定规划。文艺品牌建设是一个长期积累的过程，要久久为功。既要有长期谋划的战略，又要明确每一阶段的目标任务，要加强组织领导，有计划、有步骤地进行。还需要适应互联网发展新趋势和受众群体新变化，不断拓宽文艺传播渠道、创新文艺传播手段，让文艺品牌在人民群众生活中触手可及，使人们在艺术和美的享受中提升思想认识、文化修养、审美水准、道德水平，永葆积极向上的乐观心态和进取精神。同时还要确立底线意识、责任意识和担当意识，决不让粗制滥造、格调低下甚至导向错误的文艺作品流向社会。

推进文艺品牌建设，需要强化工作协同。文艺品牌建设重在落实，突出重点，集中人力、物力、财力，要凝聚共识，强化文联及协会上下贯通、协同协作的常态化工作机制，充分调动文艺界的积极性、主动性、创造性，协调各方力量共同努力，贯通联动，营造全社会共同推动文艺品牌建设的良好氛围。

推进文艺品牌建设，需要抓住重点。要发挥文联组织文艺门类齐全、文艺资源丰富和文艺人才荟萃的优势，善于总结成功做法和有益经验，引导广大文艺工作者增强"脚力、眼力、脑力、笔力"，创作出更多体现中华文化精髓、反映中国人审美追求、传播当代中国价值观念、符合世界进步潮流的优秀作品，努力使重点工作领域有新变化，重点工作环节有新突破，打造新的亮点。

推进文艺品牌建设，需要凸显整体效应。注重在服务大局中创造文艺品牌，在实施文艺精品工程中形成文艺品牌，在促进文艺繁荣中扩大文艺品牌的社会效应。要坚持与时代同步伐，承担记录新时代、书写新时代、讴歌新时代的使命，勇于回答时代课题，不断把为崇高理想奋斗的生动实践推向前进。要把深化宣传推介作为文艺品牌建设的必要工作内容，不断提高文化品牌的知名度和传播力，提高全社会对文艺作品、文艺活动、文艺人才的关注度，增加社会公众的参与度，真正打响品牌。

推进文艺品牌建设，需要不断走进人民。文艺只有不断走进人民，才能真正发挥凝聚群众、引导群众，以文化人、成风化俗的作用。我们应更好地发挥文艺品牌在引领时代主流和社会新风尚等方面的导向作用，坚持以人民为中心的创作导向，大力弘扬乌兰牧骑精神，眼睛向下、重心下移，进一步完善"深入生活、扎根人民"主题实践常态化机制，开展"到人民中去"、"送欢乐下基层"等文艺志愿服务品牌活动，推动文艺实践向基层一线扎根，向边疆、民族地区拓展。积极参与"新时代文明实践中心"建设，为人民群众提供丰富精神食粮。

文联组织应充分认识到，促进文艺繁荣发展是文艺品牌建设的整体方向，改革创新是文艺品牌建设的发展思路，服务人民是文艺品牌建设的思想政治基础。建设文艺品牌对于整合资源、挖掘潜力、突出特色、凝聚人才、吸引资金，获得政策支持，具有重要意义。

在以往经验基础上，站在新起点再出发，文联组织必须从弘扬主旋律、推进文艺事业健康发展的高度出发，用足用好地域文艺资源，善于运用自身的组织优势、人才优势、信息优势、平台优势和行业优势来推动文艺特色品牌的发展。加强对建设品牌的宣传，多方面争取资金支持和智力支持，争取多种形式整合资源凝聚人才，加强对品牌建设的理论研究。在重在建设、持之以恒上作出更多的努力。通过把各类文艺品牌建设得导向鲜明、主题突出、专业权威，更富有思想含量、精神价值、文化品位，更接地气、聚人气、有生气，在引导推动创作、加强文艺界行业建设等方面发挥更加重要的作用。

四、社会艺术考级

社会艺术考级是文联组织根据人民群众对美育教育、艺术教育的新期待新需要，结合我国社会艺术考级事业健康有序发展的现实需求和良好态势，所开展的艺术水平评测指导工作，既是文联组织团结引导广大文艺工作者、爱好者，延伸服务手臂，推进文艺繁荣的有效工作载体，同时也是文联组织承担社会职能、参与社会主义精神文明建设的具体形式。文联组织开展艺术考级，坚持社会效益为先，坚持公开、公正、公平和自愿应试原则，具体方式是在依法依规取得社会艺术考级资格的前提下，通过考试对学习艺术人员的艺术水平进行测评和给予指导，根本目的在于普及美育教育、艺术教育，提升国民综合素质和文化艺术修养，推动社会艺术教育事业的健康发展。

文联组织着力提升艺术考级的规范化科学化水平，持续打造优质考级品牌与普及美育教育的双向效应，取得了积极的社会反响，也成为文联组织在新时代发挥特点优势的集中体现。从 20 世纪 90 年代至今，中国文联所属全国文艺家协会共有四项艺术考级，中国音乐家协会艺术考级创办时间最早，涉及音乐考级门类品种最全，在全国音乐专业考级中占比近半，在 2019 年由文化行政主管部门开展的艺术考级检查评估中，中国音乐家协会音乐考级得到好评；中国舞蹈家协会组织开展中国舞考级，规模占全国舞蹈考级市场的一半，每年参与考级人数众多；中国书法家协会、中国电视艺术家协会分别开展书法艺术、播音主持艺术考级，在行业内已具备一定影响力。除此之外，不少地方文联组织在其行政辖区也开展艺术考级项目，例如江苏省音乐家协会音乐考级，上海市书法家协会书法篆刻考级，山东省曲艺家协会相声、山东快书考级，等等。总体来看，文联组织开展艺术考级，大多依托所属团体会员单位具体承办，凸显了文联组织的体系优势，促进了上下联通；团结凝聚了一大批包括"文艺两新"在内的文艺专业人才，同时也为许多参训参试的青少年从小养成良好的艺术习惯、提高艺术素养和艺术标准起到积极引导作用，成为发挥行业引领作用的一项重要的基础性、战略性工作。

文联组织艺术考级，应着力做好以下几个方面工作：

坚持公益属性，始终把社会效益放在显要位置。文联组织作为党领导下的人民团体，是党和政府联系文艺工作者的桥梁和纽带，在繁荣发展社会主义文艺事业方面肩负重要职责。按照职能定位，文联组织依法开展艺术考级活动，与高等院校学府、商业艺术机构、其他社会组织相比，应更加突出文联组织基本属性和履职要求，让考级活动成为文联组织服务群众的一项积极举措。首先，应该坚持正确的活动导向，把考级活动是否以完善的机制手段对参试者客观有效地评价和指导，是否切实推动了社会艺术教育水平提升，是否为弘扬中华美育精神发挥实际作用等作为考级活动的根本评价标准，突出考级活动的实绩实效，让文联组织的艺术考级成为把握艺术导向，特别是甄别艺术水平的重要标尺。其次，应该坚持社会效益为先，自觉摒弃逐利思想，将考级活动作为履行职责的工作载体，而不是实现经济效益的活动手段，不以任何方式与经济获益挂钩，不向参试者收取超出工作成本的额外费用，不以艺术考级为名开展带有商业性质的活动，始终坚持公益原则，坚决按照艺术考级管理部门要求，把社会效益也就是推动艺术教育普及发展作为评判的根本标准。

依法依规举办，切实加强规范化管理。文化行政部门负责艺术考级活动的规划协调和监督管理，出台有《社会艺术水平考级管理办法》《文化和旅游部办公厅关于做好社会艺术水平考级管理工作的通知》等一系列制度性文件。文联组织须严格执行有关规定，完善组织机构和监督管理，确保艺术考级合法合规，真正使艺术考级成为推动社会艺术教育水平、推动美育事业发展的有力抓手。首先，应该认真对照有关规定以及考级机构评估标准，使审批环节、专家队伍、活动组织、绩效评估等各方面符合规定，特别是委托承办考级活动的文联组织，应该更加突出规范意识，完善诚信标准，强化社会责任感，坚决抵制逐利思想，真正发挥考评在推动艺术普及中的有效作用。其次，应该发挥好文联组织优势，加强监督管理，不仅应该配合好文化行政部门对考级事中事后的监管，同时还可以依托从国家、省、市、县、乡等逐级完善的文联组织，委托或共同开展考级活动监督，设立考级的文联组织要切实加强内部管理，严防工作人员违规违纪问题发生，完善机制，防微杜渐，还应向上级组织及时总结上报活动情况，上级组织负责对活动组织、考级收入等做定期检查抽查，共同推动文联组织考级活动规范化实施，切实促进文联组织艺术考级的规范化运行。

立足行业建设，发挥团结引导作用。作为党的群团组织，新时代文联组织须牢牢把握"强三性"、"去四化"，通过创新举措方法，广泛团结引导包括"文艺两新"在内的文艺工作者，努力做时代风气的先觉者、先行者、先倡者，切实发挥文联组织行业建设主导作用。伴随我国艺术考级事业的蓬勃发展，一大批"文艺两新"人才参与了艺术考级及其教材编写、培训辅导等工作，为推动美育教育、艺术教育作出实际贡献，不少参试者通过考级还将继续学习或从事文艺工作，这些都是文艺事业发展不容忽视的有生力量。首先，通过艺术考级，应该把"文艺两新"人才、参评者纳入工作视野、列为服务对象，通过依法依规组织考级活动，促进良好的艺术教育风气形成，推动考级行业建设日臻完善，并适当将参与考级工作的"文艺两新"文艺人才和技艺突出的参评者提前纳入工作范畴，更好地发挥团结引导作用，使他们成为繁荣文艺事业的有生力量。其次，应该依托艺术考级，延伸团结引导的手臂和方法，积极联络协调文艺从业者、爱好者，借助文联组织的工作抓手、活动品牌，吸引他们参与其中，为他们成长成才创造条件、提供指导，鼓励他们为文联组织的发展进步、弘扬传播文艺界核心价值观发挥应有作用。

五、专业职称评审

专业职称评审是文联组织加强文艺界行业建设的重要途径，是最大限度地把广大文艺工作者团结凝聚在党的周围，听党话、跟党走的有效手段。在中央批准的《中国文联深化改革方案》中，明确提出文联组织要积极承接政府转移职能，发挥专业优势和人才优势，开展新文艺群体中文艺人才专业技术职称评审等工作。文联组织举办职称评审，旨在通过对文艺人才专业技术水平和能力进行公平公正的等级称号认定，激励广大文艺工作者特别是"文艺两新"人员不断成长成才，为繁荣文艺事业作出更大贡献，同时更好地发挥新时期文联组织的政治性先进性群众性，通过承接新职能，拓宽新渠道，夯实新抓手，持续推动文联组织全面发展，成为党和国家提高治理能力和实现治理水平现代化的参谋助手。

文联组织按照中央关于深化职称制度改革的有关精神和中国文联深化改革方案的具体要求，稳步推进职称评审的调研论证、政策规划、机制探索。部分省市文联已率先组织开展包括新文艺群体在内的职称评审工作，如辽宁文联、内蒙古文联、上海新文艺工作者联合会（原上海演艺工作者联合会）以及江苏扬州、湖北宜昌文联等都陆续开展了部分艺术专业职称评审。同时，中国文联自 2017 年 4 月起，围绕新文艺群体人才职称评审开展广泛调研，深入了解新文艺群体职称评审的现状以及对参加职称评审的诉求，并撰写了专题调研报告，提出面向新文艺群体人才开展职称评审的工作建议。2020 年 9 月，人力资源和社会保障部、文化和旅游部印发《关于深化艺术专业人员职称制度改革的指导意见》，全面部署艺术专业人员职称制度改革工作，在健全职称层级设置、完善评价标准、推行代表作制度、畅通新文艺群体职称评审渠道、建立职称评审绿色通道等方面提出了一系列有针对性的改革举措。各级文联组织应充分认识这个文件的重大意义，切实加强组织领导，狠抓工作落实，加强宣传引导，搞好政策解读，充分调动各类艺术专业人员的积极性，依据各地区各领域实际，制定可操作的针对措施，确保各项工作落到实处。

文联组织实质性推进职称评审工作，应着力做好以下几个方面工作：

一是做好调研分析和顶层设计。由文联组织进行新文艺群体中文艺人才的职称评审，是中央深化职称制度改革和文联深化改革工作的具体要求，也是文联组织在新时代发挥更大作用的新起点。在各级党和政府的关心支持下，文联组织通过长期发展壮大，积累了独特的体系优势、人才优势、行业优势，但职称评审是一项全新的探索和尝试，需要在吃透政策依据的基础上，注重通过调研分析，做好顶层设计，从而使职称评审工作真正满足文艺工作者的发展需求，推动文艺事业迈出新的步伐。首先，要持续围绕新文艺群体人才职称评审的重要事宜开展更为广泛深入的调研分析，准确了解新文艺群体职称评审状况以及对参加职称评审的诉求，包括已开展评定工作的有益经验或不足之处。应该说，尽管政策层面已基本放开对新文艺群体参加职称评审的限制，但在实操过程中，新文艺群体人才参加职称评审还存在申报渠道不畅通、参评信息不对称、评价体系不够完备等现象，成为文联组织做好职称评审的"中梗阻"，解决这些顽疾，需要持续做好充分调研论证。其次，真正使职称评审成为重要的抓手，关键在于文联组织要做好顶层设计。在统筹协调、稳步推进的前提下，文联组织应进一步对接各级人事机构及其他职称评审相关管理职能机构，获得政策支持、经验分享，全面系统地制定文联组织职称评审的路线图、任务书，并持续协调开展部分地区、门类的差别化试点工作，不断完善基础性经验积累，更好地完成整体工作布局。

二是建立健全科学规范的评价体系和评审标准。职称评审的对象是文艺工作者，目的是推动文艺事业发展，而关乎职称评审效果的关键在于评价体系和评定标准，是否能够满足新时期的发展需要，既符合客观，又具实操性。在部分省市文联率先开展的职称评审工作中，文联组织依据职称评审的规律，结合艺术工作的特点，探索优化评审程序、创新评审标准、改进评审方式、细化政策激励，受到广大文艺工作者的认可欢迎，为文联组织全面系统开展职称评审积累了丰富经验。首先，要研究构建一整套科学规范的职称评审体系。文联组织开展职称评审特别是新文艺群体人才的职称评审，得益于组织优势、人才优势、专家优势形成的独特群众基础、专业基础，这些是文联组织开展职称评审的有利条件。因此，各级文联组织应有效做好优势资源的整合融合，拓宽人才评定参与范畴和专业方向，打破户籍、地域、身份、体制、人事关系等制约，打通参评渠道，完善职称层级和专业分类，广泛吸引文艺工作者尤其是新文艺群体人才参与评定，并及时将新兴专业门类纳入评定范畴，动态调整专业设置，完善贯通体制内外"聚天下英才而用之"的人才评定体系。其次，要研究构建一整套科学规范的评定标准。文联组织开展职称评审，不仅是履行新职能的重要手段，也是抓好意识形态工作的具体载体，文联组织在职称评审中应突出抓好政治导向，坚持德才兼备、以德为先，用思想作风、业务水平、贡献成就、工作表现等岗位要求来评价人才，破除唯学历、唯资历、唯论文、唯奖项倾向，丰富评价方式，对专业突出、德艺双馨的紧缺人才、青年拔尖人才和具有特殊技艺技能的人才，要不拘一格，通过推行代表作制度，建立评定绿色通道，实行国家标准、地区标准和单位标准相结合，努力营造能够让人才脱颖而出的良好氛围。

三是做好服务管理和人才培养。20世纪80年代，国家建立了艺术系列专业技术人员职称制度，在调动文艺工作者的积极性创造力、加强队伍建设行业建设、促进文艺事业繁荣发展方面发挥了积极作用。面对新时代对文艺工作提出的新要求，文联组织承接职称评审，不仅是要标准化科学化规范化地推动评定工作有序开展，更应关注系统服务管理和持续深入培养。首先，要更加全面系统地做好管理服务，强化监督管理手段，依据公共服务方式推动职称评审职能的有效履行，力求申报、审核、评定等各环节畅通高效，加强项目评审、人才评价和机构评估等相关业务统筹，实行材料一次报送、一表多用，减轻艺术专业人员评审负担。同时，应建立职称评审公开制度，实行政策公开、标准公开、程序公开、结果公开，确保客观公正，使职称评审真正成为团结引导、联络协调、服务管理的有力抓手。其次，要围绕用好用活人才，深入开展文艺工作者的继续教育和再培养，促进人才评价与培养使用相结合，促使艺术专业人员职称制度与选人用人制度相衔接，特别是确保新文艺群体人才与国有文化艺术企事业单位艺术专业人员在职称评审上享有同等待遇，打破体制界限，满足各类用人单位选才用才的需要。注意依托文联组织工作优势，加大持续沟通联络、服务管理的投入，通过深度培养、专业培训、志愿服务等方式，更好地团结引导文艺工作者，帮助他们成长成才，成为繁荣社会主义文艺事业的重要力量。

六、宣传舆论阵地

文联组织所属的各级各类媒体，是党的新闻宣传舆论阵地的组成部分，是文联组织宣传马克思主义文艺观、宣传党的文艺政策方针的重要阵地，是反映广大文艺工作者呼声、展示文联重点工作和重大活动的重要载体，主要包括文联组织所属报纸、杂志、出版社等传统媒体和网站、微博、微信公众号、微视频和客户端等新媒体。近年来，文联组织的宣传舆论阵地积极宣传习近平新时代中国特色社会主义思想和党的文艺路线方针政策，认真阐释党中央重大决策和工作部署，广泛推介优秀文艺作品、文艺人才，以艺术的方式反映人民伟大实践和精神风貌，唱响了主旋律，传播了正能量，为文艺事业发展和文联工作营造了良好舆论氛围。

面对文艺工作、文联工作面临的新形势、新任务，面对媒体格局、舆论生态的深刻变化，文联组织所属宣传舆论阵地适应步伐还不够快，一些传播平台受众规模缩小、影响力日渐下降。面对新媒体带来的深刻变化，传播平台工作理念、方式、手段还没有跟上，管好用好新媒体传播平台能力还不够强，做好未来工作，不断增强传播平台传播力、引导力、影响力、公信力，任重而道远。

在新的时代条件下，文联组织所属宣传舆论阵地作为党的新闻舆论工作的重要组成部分，要全面贯彻落实宣传舆论阵地的职责和使命，即"高举旗帜、引领导向，围绕中心、服务大局，团结人民、鼓舞士气，成风化人、凝心聚力，澄清谬误、明辨是非，联接中外、沟通世界"。要承担起这个职责和使命，牢牢坚持党性原则，牢牢坚持马克思主义新闻观，牢牢坚持正确舆论导向，牢牢坚持正面宣传为主。认真贯彻落实习近平总书记关于宣传思想工作、新闻舆论工作和文艺工作重要论述，贯彻落实《中国共产党宣传工作条例》，主动担当作为，强化工作创新，积极为文艺工作和文联工作营造良好舆论氛围。

坚持党管宣传。党性原则是党的新闻舆论工作的根本原则。党管宣传、党管意识形态、党管媒体是坚持党的领导的重要方面。文联所属宣传舆论阵地坚持党性原则，最根本的是坚持党对宣传舆论阵地的领导。无论时代如何发展、媒体格局如何变化，党管媒体的原则和制度不能变。坚持党性和人民性相统一，牢固树立政治意识、大局意识、核心意识、看齐意识，坚定自觉地向党中央看齐、向党的理论和路线方针政策看齐、向党中央决策部署看齐，在思想上政治上行动上同党中央保持高度一致。文联组织所有从事新闻信息服务、具有媒体属性与舆论动员功能的宣传舆论阵地和相关业务人员都纳入管理范围，把各级各类媒体都置于党的领导之下。新闻舆论工作的各个环节、各个岗位都要健全马克思主义新闻观教育机制，完善业务和人员管理机制，保证文联组织所属传播平台决不发表同党中央不一致的声音，决不为错误思想言论提供传播渠道，所有工作都要自觉做到爱党、为党、护党。

坚持正确导向。舆论导向正确，就能凝聚人心、汇聚力量，推动事业发展；舆论导向错误，就会动摇人心、瓦解斗志，危害党和人民事业。文联所属宣传舆论阵地必须把讲导向的要求落实到新闻采写编发各个环节、采编审签所有人员，涵盖所有传播平台。巩固壮大积极向上的主流思想舆论。坚持团结稳定鼓劲、正面宣传为主，认真组织开展学习宣传贯彻习近平新时代中国特色社会主义思想特别是习近平总书记关于群团工作和文艺文联工作重要论述，做好党的文艺路线方针政策的宣传阐释，组织开展好重大节庆及重要时间节点等重大活动的宣传报道，努力在全社会形成积极健康、昂扬向上的主流思想舆论。同时，要做好文艺界踊跃参与这些活动时所涌现出来的先进典型的宣传。正确处理正面宣传与舆论监督、团结稳定鼓劲与敢于激浊扬清的关系，直面文艺领域歪理邪说和恶意攻击言论，敢于交锋、敢于亮剑，充分发挥"澄清谬误、明辨是非"的作用，最大限度地凝聚思想共识、弘扬社会正气、汇聚文艺发展力量。

坚持改革创新。面对媒体格局、舆论生态、受众对象、传播技术的深刻变化，文联组织所属宣传舆论阵地必须遵循传播规律、创新方法手段，不断提高新闻舆论工作的能力和水平。坚持问题导向，创新理念、内容、体裁、形式、方法、手段、业态、体制、机制，适应分众化、差异化传播趋势，加快构建全方位、多层次、多声部的传播矩阵。顺应互联网发展大势，打造融合发展新格局。推动传统媒体优势向互联网、移动互联网延伸，着力建好建强新型主流媒体。

坚持时度效相统一。文联组织所属宣传舆论阵地需要从时度效着力、体现时度效要求。对于需要"早"和"快"的情况，力争第一时间介入、第一时间发布，及时回应社会关切，赢得工作主动。要把握力度分寸，做到恰如其分、恰到好处。

坚持建强队伍。媒体竞争关键是人才竞争，媒体优势核心是人才优势。当前，做好党的新闻舆论工作，必须抓好人才队伍这个关键，加快培养造就一支政治坚定、业务精湛、作风优良、党和人民放心的新闻舆论工作队伍。增强政治敏锐性和政治鉴别力，确保宣传舆论阵地体现党的意志、反映党的主张、维护党中央的权威，决不允许出现"舆论飞地"。坚持马克思主义新闻观，牢记社会责任，以更高标准、更严要求践行社会主义核心价值观，弘扬文艺界核心价值观，带头弘扬文明风尚。媒体传播平台工作人员要结合党史学习教育，深入学习党的历史，深入学习习近平新时代中国特色社会主义思想，把握核心要义，为提高业务能力打牢基础。要强化"脚力、眼力、脑力、笔力"，把自己历练成为本职工作的行家里手，努力成为全媒型、专家型人才。

第六章

文艺家协会工作

　　文艺家协会是文联组织的重要组成部分，在文联组织中处于基础地位。文艺家协会工作是文联工作的重要组成部分。加强和改进文艺家协会的工作，不断增强协会生机和活力，努力提升工作质量和效能，充分发挥文艺家协会的专业优势和积极作用，有利于增强文联组织的吸引力与凝聚力，有利于推动文联组织健康发展和文联工作提质增效，对于推动社会主义文艺事业繁荣发展，推动社会主义文化强国建设具有重要意义。

　　文艺家协会是由本艺术门类专业团体和文艺家构成的群众组织，是党和政府联系广大文艺家、文艺工作者的桥梁和纽带，具有十分鲜明的意识形态属性，肩负着团结引导文艺家、文艺工作者和推动本艺术门类发展繁荣的重要使命。经过长期发展，各文艺家协会都形成了一套比较成熟稳定、合理健全的组织体系和运行机制。

第一节　文艺家协会的主要任务

文艺家协会是文联组织的重要有机组成部分，在坚持和加强党的领导，宣传贯彻落实党对文艺工作的方针政策和决策部署，对个人及团体会员履行团结引导、联络协调、服务管理、自律维权基本职能，繁荣发展社会主义文艺事业、建设社会主义文化强国中肩负着极为重要的使命任务。

一、坚持和加强党的全面领导

坚持和加强党在该艺术门类的全面领导、团结引导各艺术门类广大文艺工作者听党话跟党走，不仅是党赋予文艺家协会的重要使命，也是做好文艺家协会工作的根本保证和重要遵循。这就要求文艺家协会始终不渝地坚持党对文艺家协会的全面领导，坚持习近平新时代中国特色社会主义思想的指导地位，始终把政治建设放在首位，强化政治机关意识，切实把党的文艺路线方针政策贯彻落实到协会工作的全过程和各方面。

坚持和加强党的全面领导，文艺家协会必须坚持以政治建设为统领。始终坚定"四个意识"，增强"四个自信"，做到"两个维护"，始终在政治上思想上行动上同以习近平同志为核心的党中央保持高度一致。文艺家协会尤其是领导班子和领导干部要严格落实全面从严治党主体责任，不断增强政治领悟力、政治判断力、政治执行力，打造坚强有力的协会领导班子，充分发挥把方向、管大局、保落实的重要作用，确保党始终成为协会工作的坚强领导核心。

坚持和加强党的全面领导，文艺家协会必须立足新发展阶段，贯彻新发展理念，构建新发展格局，牢牢把握社会主义先进文化前进方向，坚定不移走中国特色社会主义文化发展道路。要深刻学习领会、全面贯彻落实习近平总书记关于文艺文联工作重要论述，不断深化对社会主义文化强国建设远景目标的理解和把握，要努力把中央关于文艺文联工作的重大决策部署扎扎实实落实到协会工作的全过程和各方面，以改革创新精神推动文艺家协会各项工作高质量发展。坚持以人为本，一方面积极引导文艺工作者尊重人民群众的主体地位，深入人民、扎根生活，讴歌时代，表现人民，以优秀的文艺作品满足人民群众的精神文化需求；另一方面紧紧围绕建设温馨和谐的文艺家之家，大力培养和扶持优秀文艺人才，积极推动本艺术门类的繁荣和发展。

坚持和加强党的全面领导，文艺家协会必须坚持以人民为中心的工作导向。始终坚持"二为"方向、"双百"方针，坚持创造性转化、创新性发展，团结引导、积极组织广大文艺工作者深入生活、扎根人民，扎实开展采风实践，广泛组织开展文艺志愿服务活动，重点组织创作更多高质量的文艺作品，促进满足人民精神文化需求与增强人民精神力量相统一。要高扬社会主义核心价值观旗帜，抓好各种展览、展演、展映、展示活动，弘扬正能量，唱响主旋律，打好主动仗，努力为新时代社会主义建设营造良好文化氛围。要积极开展科学、健康、公正的文艺理论评论，用习近平总书记关于文艺工作重要论述特别是关于理论评论工作的重要论述加强文艺批评、引导文艺创作。

二、聚焦"做人的工作"

文艺家协会拥有一批团体会员和数量众多的个人会员，这是文艺家协会的优势所在，也决定了文艺家协会必须围绕团体会员和个人会员开展工作。因此，聚焦"做人的工作"，团结和凝聚最广大的文艺家和文艺工作者，包括"文艺两新"，千方百计为他们做好服务，同时加强与广大团体会员的联络沟通、行业服务和业务指导，是文艺家协会工作的重要职责。

（一）建设温馨和谐之家

建设温馨和谐之家，文艺家协会通过召开会员代表大会、理事会、经验交流会等有效途径，认真听取广大会员的意见和建议，反映和表达广大会员特别是知名艺术家和基层会员的愿望和诉求。加强对本专业艺术领域新情况新问题调查研究，深入研究协会工作规律，把握协会工作特点，及时了解和掌握广大会员的思想状况和创作状态，努力在深入生活、扶持创作、加强培训、评奖激励、宣传推介等方面为会员创造条件。要坚持用民主协商、平等讨论的办法解决艺术学术上的问题，积极营造宽松和谐、有利创新的文化环境，让协会广大会员的才华有展示舞台、创造有实现空间、贡献得到社会尊重。面对市场经济和文艺行业发展的新情况新变化，面对互联网等新技术迅猛发展带来的影响和挑战，建立健全权益保障机构，依法维护广大会员的合法权益，保护会员的劳动成果。努力创造条件，加强基础设施建设，不断增强文艺家协会的整体实力和可持续发展能力。

（二）做好会员服务工作

会员是文艺家协会的立会之本和牢固根基，会员队伍健康壮大，会员创新创造能力强，协会的发展和影响力才会越来越强。文艺家协会必须重视加强对会员的服务管理和业务指导，创新方式，拓展渠道，努力为会员提供更多更好的优质高效服务。同时，各团体会员和广大个人会员也要积极配合、支持文艺家协会的工作，形成加强文艺家协会建设的整体合力。做好会员服务，文艺家协会必须注重加强团结，促进协作，各展所长，优势互补，合作共赢。定期或不定期召开工作经验交流会、研讨会等，沟通信息，总结经验，表彰先进，努力在本艺术领域形成相互尊重、相互学习、共同发展的良好风气。要及时了解掌握本艺术门类行业发展现状，专题研究制定团结引领新文艺组织和体制外文艺工作者的具体措施，修订完善了《个人会员入会条件细则》，拓宽吸纳视野，调整入会门槛，积极吸纳新的文艺群体、年轻会员和自由职业者，明确会员的准入、退出和奖惩机制。积极争取各级党委和政府及有关职能部门的重视和支持，大力加强与社会各界的联系，争取政策、资金、场地等方面的支持和帮助。进一步扩大联络协调和联系服务的范围，拓展工作领域和服务渠道，提高服务层次和水平，推动本艺术门类的工作取得更大发展。

三、推动文艺创作和人才培养

文艺的繁荣发展最重要的是作品，源源不断推动创作生产思想精深、艺术精湛、制作精良的优秀作品，是文联工作的重点，也是文艺家协会工作的根本任务。而创作的主体，要靠一支宏大的德艺双馨的文艺工作者队伍。因此，推动精品创作和人才培养，既是繁荣发展社会主义文艺事业、建设社会主义文化强国的题中应有之义，也是文艺家协会的重要职责。

（一）持续开展教育培训，为推出精品和培养人才奠定坚实基础

加强对文艺人才的教育和培训，是文艺家协会的重要工作内容，也是多出优秀作品和人才的必由之路。没有优秀人才，优秀作品也就无从谈起，因此，培养文艺人才既是一项基础性的工作，也是一项长期性的工作。文艺家协会应根据实际情况，立足当前，着眼长远，制定人才培训规划，建立健全人才培养工作机制，努力在提高文艺队伍

整体素质、培育文艺从业人员职业精神职业道德、树立文艺工作者良好社会形象等方面取得新的成效。通过举办各种层次各种类别的培训班、专题研讨班、专业进修班,以及各类学习班、读书班等,全面提升文艺工作者的政治素质、道德修养、文化素养和艺术学养。重点加强本专业艺术领域中青年文艺骨干、"文艺两新"的学习培训和教育培养,使之成为建设社会主义文化强国的有生力量。要注重发挥文艺家协会专业教育委员会、文艺培训研修机构的作用,深入研究专业教育规律,加强专业教育管理,同时加强与高等院校、社科研究机构等单位的交流与合作,为培养优秀文艺人才创造条件。

(二)积极开展采风创作和评奖表彰,为推出精品和培养人才打造良好平台

积极开展采风创作、评奖表彰等活动,是多出优秀作品和人才的重要推动力量,也为优秀作品和人才的涌现提供了良好平台。文艺家协会既可组织开展一系列采风创作活动,积极引导广大文艺工作者深入基层、深入群众,到改革开放和现代化建设第一线,也可在基层建立开展文艺活动的示范点、创作基地,建立健全深入生活、扎根人民的长效工作机制,让他们从生活实践中获取鲜活的创作素材和深刻的人生感悟,创作出更多具有真情实感、群众喜闻乐见的优秀文艺作品。认真贯彻落实中共中央办公厅、国务院办公厅印发的《关于全国性文艺评奖制度改革的意见》精神,精心组织开展本地区本艺术领域的评奖表彰活动,评选出思想精深、艺术精湛、制作精良、深受群众喜爱的优秀作品,推出群众认可、艺术成就较高的优秀人才。开展评奖表彰活动,还可以和举办艺术节结合起来。通过评奖办节活动,大力宣传、推介优秀文艺作品和文艺人才,充分发挥示范导向作用。同时,文艺家协会结合自身情况,积极开展德艺双馨文艺工作者评选表彰活

动，努力推出政治立场坚定、艺术造诣深厚、社会影响广泛的先进典型，引导更多文艺工作者崇德尚艺、见贤思齐。

（三）大力推进文艺理论研究和评论，为推出精品和培养人才提供重要支撑

文艺理论评论是文艺事业的重要组成部分，对文艺事业的整体发展起着导向引领作用。文艺创作的繁荣，优秀文艺人才的涌现，都离不开文艺理论评论的有效引导。加强文艺家协会建设，必须结合实际，一步一个脚印地推进文艺理论评论工作，用健康的、科学的、有中国特色的文艺评价体系引导和促进文艺创作生产。充分发挥中国文艺评论家协会以及各文艺家协会学术委员会、理论评论工作委员会等专业机构的作用，通过理论研讨、学术交流、专题调研等途径，深入开展习近平文艺工作重要论述的学习宣传和研究阐释工作，大力推进马克思主义文艺理论研究，广泛开展客观公正的文艺评论活动，辨析创作思想，探索创作规律，甄别真善美和假恶丑，给文艺以正确的引导。积极开展理论评论文章评奖和优秀理论评论人才评选，奖励、褒扬优秀理论评论成果，不断壮大文艺理论评论人才队伍。积极在新闻媒体开辟文艺理论评论专栏、频道、节目，资助出版优秀文艺理论评论著作，努力为优秀作品脱颖而出、优秀人才不断涌现搭建平台。

（四）积极实施精品工程战略，为推出精品和培养人才开辟广阔前景

实施精品工程和人才战略，打造知名品牌，推出优秀人才，是推动文艺高质量发展的必由之路。实施精品工程和人才战略，必须坚持打基础、利长远，抓住重点，突出特色，努力在本艺术领域打造一批文艺精品。

持续提升创作的组织化程度，继续组织实施"中国精神·中国梦"等主题文艺创作工程。加大统筹规划、聚集人才、质量把关、基金扶持的力度，结合实际加大资金和政策支持，设立文艺精品创作基金和文艺优秀人才奖励基金，努力在创作扶持、教育培训、展演展示、评论评奖、服务维权等方面为广大协会会员创造条件、提供方便。认真组织青年创作扶持计划，重点扶持现实题材文艺创作，为青年文艺创作创造条件、搭建平台，努力造就一批政治坚定、业务精湛、品德优良、成就突出的文艺领军人物。实施青少年文艺人才培养计划，采取有针对性、可操作性的措施，加强对后备文艺人才的教育，努力造就一批梯次分明、结构合理、后继有人的文艺工作者队伍。实施新农村少儿舞蹈美育工程、新农村曲艺人才工程等，发现和培养优秀文艺人才，为乡村振兴战略注入动力和活力。大力奖掖德艺双馨文艺工作者，促进更多优秀作品和人才不断涌现。

第二节　文艺家协会工作的基本要求和重点

文艺家协会工作的基本要求和重点是由文艺家协会的性质地位、目标任务和主要职责所决定的。

一、文艺家协会工作的基本要求

立足当前，面向未来，加强文艺家协会建设，必须坚持以习近平新时代中国特色社会主义思想为指导，深入贯彻落实习近平总书记关于文艺工作文联工作重要论述，坚持以人民为中心的工作导向，以履行职能、发挥作用为主线，聚焦"举旗帜、聚民心、育新人、兴文化、展形象"的使命任务，认真贯彻落实党的文艺方针政策，不断提升推动协会建设和文联工作高质量发展的能力与水平。

（一）努力把文艺家协会建设成为学习型协会

习近平总书记强调指出，中国共产党人依靠学习走到今天，也必然要依靠学习走向未来。[①]他语重心长地谈道，"我们的干部要上进，我们的党要上进，我们的国家要上进，我们的民族要上进，就必须大兴学习之风，坚持学习、学习、再学习"[②]。牢固树立学习理念，创建"学习型协会"，是文艺家协会建设的一项重要而紧迫的工作任务。

建设学习型协会，需要科学把握学习的内容、方式、载体和目标。在学习内容上，有计划地有系统地学习习近平新时代中国特色社会主义思想，学习马克思主义理论、党的路线方针政策、国家法律法规以及经济、政治、文化、社会和国际等各方面知识。其中，要重点学习习近平总书记关于文艺文联工作的重要论述。在学习方式上，注重个人深钻细研与集体研究讨论相互促进，通过提高协会工作人员综合素质和业务本领，逐步提高协会整体工作水平。在学习载体上，建立健全学习制度，综合运用网、报、刊、微、端、屏等多种新媒体资源，采取灵活有效的学习方式，创造良好的学习条件，营造浓厚的学习氛围。在学习目标上，弘扬理论联系实际的学风，努力做到学以致用、用以促学、学用相长。要增强运用科学理论解决协会实际问题的能力和水平，增强工作的原则性、系统性、预见性和创造性。

---

① 习近平：《依靠学习走向未来》，《习近平谈治国理政》，外文出版社2014年版，第407页。
② 同上。

(二)努力把文艺家协会建设成为创新型协会

创新,是一个民族进步的灵魂,是一个国家兴旺发达的不竭源泉,也是中华民族最深沉的民族禀赋。当前,包括文艺工作在内的我国文化建设赖以生存的经济基础、体制环境、社会条件都在发生深刻变化,文艺工作和文艺家协会工作面临的历史机遇十分难得,同时面临的挑战也十分严峻。建设创新型协会,是文艺家协会把握机遇、应对挑战,始终保持蓬勃生机与旺盛活力的必然选择。

建设创新型协会,是一个复杂的系统工程和一项长期的战略任务。一是创新工作内容。深入把握新形势下文艺事业和文艺家协会建设的特点和规律,从理念、观念、思路入手,努力做到在推进工作上有新思路、在破解难题上有新举措、在拓展工作领域有新成效。二是创新体制机制。努力探索适应新时代中国特色社会主义建设需要、符合文化强国建设远景目标和人民团体特点的管理体制、运行机制、组织形式、活动方式,努力探索行业服务、行业管理、行业自律的实现方式和途径。三是创新方法手段。改进工作方式和管理手段,形成鼓励创新的制度保障、政策体系、激励机制,调动广大协会工作者的积极性和责任感,激发他们的创造潜能,积极营造激励创新的环境氛围。

(三)努力把文艺家协会建设成为专业型协会

文艺家协会的专业性是其赖以生存和发展的根本所在。建设专业型协会,是文艺家协会性质和职能所决定的一项重要任务,必须坚持不懈,贯彻始终,抓出成效。

建设专业型协会,应在四个方面下功夫:一是在围绕中心、服务大局上展现专业性。围绕党和国家重大活动和重要时间节点,组织开展各艺术门类主题文艺展演展示活动,用艺术的形式,生动形象地记录时代前进的脚步,展现人民奋斗的风采,汇聚起建设社会主义现代化强国、实现中华民族伟大复兴中国梦的磅礴力量。二是在开展主题实践中体现专业性。组织会员深入生活、扎根人民开展采风创作,组织观摩学习、培训进修,开展学术研讨,办好专业刊物,加强本艺术门类历史和理论研究,支持和开展群众性艺术活动,推动本门艺术的普及与提高,注重对传统艺术遗产的挖掘、抢救、搜集、整理。三是在会员队伍建设上体现专业性。积极主动地与本艺术领域包括新文艺组织、新文艺群体在内的各类文艺组织和群体加强联系,努力把他们吸收到协会中来。特别是主动团结吸纳那些具备一定专业水平、做出一定成绩、在本艺术领域内有一定影响的专业人才成为协会会员,大力开展行业教育、行业自律、行业服务和行业管理。四是在协会干部队伍建设上体现专业性。要注重把那些政治坚定、学有专长,具有开拓创新精神、吃苦奉献精神的干部充实到协会中去。加强对协会干部职工的思想引领,强化政治机关意识教育和理想信念教育,教育引导广大协会干部职工坚定"四个自信",增强"四个意识",做到"两个维护",增强为协会发展、艺术繁荣不懈奋斗的积极性、主动性和自觉性,成为在专业上和业务上齐头并进的行家里手。

(四)努力把文艺家协会建设成为服务型协会

大力团结引导服务各艺术门类、各年龄层次、各种体制的文艺工作者,为广大会员、文艺家和文艺工作者提供优质高效的服务,努力建设服务型协会,既是文艺家协会的重要职能,也是文艺家协会工作的基本内容,同时也是文艺家协会不断增强凝聚力影响力、建设温馨和谐的文艺家之家的关键所在。

建设服务型协会,必须牢固树立以人为本、服务至上、服务无止境的理念和思路。随着社会主义市场经济体制不断完善和改革开放的不断深入扩大,加之高新技术的迅猛发展,特别是互联网技术的普及,人工智能、大数据、云计算等技术的广泛运用，文艺创作、生产、传播、消费方式，包括相关理念日趋多样化，文艺队伍构成和组织方式发生了深刻变化。"文艺两新"逐渐成为新形势下文艺队伍中一支不容忽视的有生力量，在促进文艺繁荣发展和社会团结和谐方面发挥了重要作用，影响越来越大。文艺家协会必须根据形势、任务和职能定位的变化，努力在扩大服务范围、拓宽服务渠道、改进服务方式、增强服务本领、提高服务质量上狠下功夫。要在尊重的前提下，真心实意地理解和关心艺术家，甘当他们的贴心人和服务员。积极为文艺家和文艺工作者面向社会、深入生活、服务群众搭建平台、提供帮助。及时了解关注并把握新的艺术形式、样式、业态的发展，努力熟悉和掌握科技发展给文艺创作生产和经营传播带来的新手段新方法，进一步提高服务文艺家和文艺工作者的及时性和有效性。要不断改进工作作风，深入到广大会员、文艺家和文艺工作者中去，了解他们的心愿，倾听他们的呼声，反映他们的诉求，有针对性地帮助他们解决实际困难，维护他们的切身利益，用火一样的热情和周到细致的服务把他们紧紧地团结在协会周围，激励他们把更多的心思和精力投入到繁荣文艺事业上来。

二、文艺家协会工作的重点

文艺家协会必须依据自身职责，按照协会建设的基本要求，在工作中找准重点、抓住重点、突出重点，才能收到事半功倍的效果，从而带动全局工作的发展。

（一）理论武装与导向引领

思想建党、理论强党是我们党的突出优势和成功经验。文艺家协会工作首要的就是要毫不动摇地以党的政治建设为统领，强化协会的政治功能政治属性，进而加强其他各方面建设，引导广大干部职工增强"四个意识"、坚定"四个自信"、做到"两个维护"，不断提升政治判断力、政治领悟力、政治执行力，自觉在思想上政治上行动上同以习近平同志为核心的党中央保持高度一致。要持续强化思想教育和理论武装，巩固拓展不忘初心、牢记使命主题教育和党史学习教育成果，建立完善不忘初心、牢记使命常态化工作制度和长效机制，推动理想信念教育经常化制度化科学化。

团结引导协会会员和本艺术门类的文艺工作者用党的创新理论武装头脑、指导实践，是协会工作的首要政治任务。做好新时代文艺家协会工作，必须坚决贯彻党的路线方针政策，引导广大文艺工作者坚定不移走中国特色社会主义文艺发展道路。突出抓好思想政治理论培训，持续开展会员大培训，加强对马克思主义文艺观、社会主义核心价值观和文艺工作者职业道德观的学习教育，加大对会员特别是新文艺群体及中青年、基层一线文艺工作者的培训力度，扩大培训覆盖面，提升培训的针对性和有效性，切实增强理论自觉和文化自信。重视发挥榜样的引领示范作用，深入挖掘宣介先进典型，使德艺双馨的价值追求在各文艺家协会蔚然成风。

（二）实践活动与艺术交流

组织和开展活动是文艺家协会工作的主要载体和基本方式。根据党和政府的工作大局以及自身职责任务，文艺家协会开展的活动主要集中在主题文艺活动、公益性文化惠民活动和对外民间文化交流活动等几个方面。

精心组织大型主题文艺活动。围绕党委和政府的中心工作，服务服从于改革发展稳定大局，精心组织专题性文艺展演、展映、展览、展示活动，大力弘扬民族精神，积极唱响时代主旋律。围绕重大节庆日、重要纪念日、重大喜庆事件，充分发挥本门类艺术特点和优势，广泛开展纪念、庆祝和宣传活动，鼓舞士气、凝聚力量。在国际、国内发生特大突发事件、遭受重大自然灾害等紧要关头，积极组织各种各样的文艺慰问、赈灾、义演、义卖等活动，激励和引导广大干部群众同心同德、开拓前进。

深入开展公益性文化惠民活动。围绕建设社会主义文化强国的远景目标，广泛扎实地开展"送欢乐下基层"、"文化进万家"、送电影下乡、送戏下乡、文艺进社区、送欢笑、送春联等形式多样的文艺活动；充分利用艺术学校、培训中心、展览馆、电影院、俱乐部、读书屋等文化基础设施开展群众乐于参与、便于参与的文化活动；坚持从实际情况出发，创新适合基层特点、适应基层群众需要的多种文化服务方式，积极指导和推动群众性文艺活动，不断满足人民群众日益增长的精神文化需求。

广泛开展民间文化交流活动。配合国家总体外交外宣战略，充分发挥自身优势，积极开展和参与民间文化交流与合作。积极开展人员互访、交流活动，努力加入国际文化艺术机构，增强与世界各国人民的了解和友谊。举办各类艺术节、艺术周、展览、演出、论坛和博览会等活动，精心打造具有中国特色、中国风格、中国气派的对外文化交流品牌，讲好中国故事，传播中国声音，塑造好新时代的中国形象。进一步加强与港澳台地区的文化交流与合作，提升中华民族的认同感和凝聚力。

（三）评论引导与创作扶持

文艺评奖办节和文艺理论评论工作，在弘扬先进文化、推出优秀人才、促进文艺精品创作生产方面具有十分重要的导向作用。必须牢牢牢把握思想精深、艺术精湛、制作精良的标准，高扬社会主义核心价值观旗帜，把作品的艺术感染力、道德感召力、市场影响力统一起来，用独到深刻的思想、润物无声的艺术熏陶启迪人的心灵，引领和提升消费审美水平和需求，让人们在美的享受中受到鼓舞、得到陶冶、获得启迪。

认真开展文艺评奖办节工作。严格落实中央关于文艺评奖改革的政策措施，改革评奖制度，调整奖项设置，进一步规范评奖程序，严格评奖标准，完善监督机制，突出对文艺作品的导向要求、质量要求和对文艺人才的素质要求，凸显各类艺术评奖的公信力影响力。遵循公开、公平、公正的原则，严格按照评奖章程办事，注重把握导向性、规范性、科学性、权威性。要注意扩大各行各业群众参与范围，把群众评价、专家评价、市场检验三者有机结合起来，把社会评价作为重要依据。努力把评奖与办节结合起来，在加强品牌建设的同时，满足人民群众的精神文化需求。

切实加强和改进文艺理论评论工作。深入贯彻落实习近平总书记关于文艺评论工作的重要论述和重要指示批示精神，大力实施新时代文艺评论工程，着力提升文艺评论工作的组织化专业化科学化水平。推动文艺评论家协会组织体系建设，推进文艺评论基地建设，充分发挥文艺评论家协会和文艺家协会理论评论专业委员会的作用，办好各艺术门类论坛、研讨会、座谈会。举办各类评论人才研修班，积极培育文艺评论骨干力量，建立签约文艺评论家或特约文艺评论家制度，团结凝聚更多优秀文艺评论人才，组建一支高水平专家和青年新锐评论家相结合的文艺评论队伍。办好各协会所属报刊、网站和新媒体文艺理论评论栏目，针对重大文艺现象和重点文艺作品，及时开展专业性、权威性、引导性强的文艺评论，推动文艺评论与创作双轮驱动、相互支持，共同促进文艺事业向高峰攀登。

（四）行业服务与行风建设

加强对广大文艺工作者的服务和管理，是文艺家协会的职责所在，也是发挥文联和协会在行业建设中的主导作用的重要手段。要坚持把"做人的工作"作为中心工作，积极探索联系服务包括会员在内的本艺术门类文艺工作者的途径和办法，努力扩大服务范围、拓宽服务渠道、改进服务方式、增强服务本领，最大限度地为他们提供更多优质服务。

文艺家协会履行服务管理职能，必须创造有利条件，帮助艺术家汲取营养，获取创作灵感，催生更多优秀作品。了解文艺工作者的思想、生活与创作状况，健全领导干部联系基层、联系文艺工作者制度，关心文艺工作者特别是知名老艺术家的工作与生活，继续做好各协会终身成就艺术家、德艺双馨文艺工作者、最美文艺志愿者等评选表彰，持续加大对优秀文艺工作者的宣传推介力度，组织好文艺名人从艺、诞辰纪念活动，努力为他们办好事办实事。

文艺家协会要把加强行风建设和职业道德建设作为重中之重。必须把教育、服务、管理、自律、维权等各个方面贯通起来，持之以恒推进文艺行风建设取得实质性成效。进一步完善行业自律制度，发挥各协会职业道德建设委员会和各艺术门类行风建设委员会的基本职能和积极作用，建立完善各艺术门类行业标准、行业规范、行为守则和自律公约。大力倡导修身守正、立心铸魂，讲正气、树正风、走正道。针对各艺术门类从业人员的违法失德现象和行为勇于发声、正确引导，对造成不良社会影响的依法依规依章程严肃处理。广泛开展文艺维权服务，大力开展普法宣传教育和培训，为广大协会会员和从业人员特别是"文艺两新"提供公益法律服务。

（五）规范管理与队伍建设

加强管理、建章立制，加强干部队伍建设，不断提高人员素质和工作水平，是增强协会生机与活力、开创新时代文艺家协会工作新局面的重要前提和保障。结合中国文联全面深化群团组织改革，采取切实有效措施，依法依章程治会，是推进文艺家协会自身建设的迫切需要。

推进领导班子民主集中制建设，实现决策的民主化、科学化。制定和完善文艺家协会分党组、秘书长、中心组会议制度、议事规则、办事程序等工作制度，建立健全一套完整的完善的工作机制和操作细则，克服执行制度刚性不强、弹性有余的问题。认真坚持集体领导和个人分工负责相结合的制度，搞好班子团结，保证民主集中制有效落实。坚持民主基础上的集中和集中指导下的民主相结合，切实坚持重大事项决策、重要干部任免、重要项目安排和大额资金使用集体讨论，做到事事有人管、人人有专责。加大监督力度和制约措施，在实践中进一步健全民主集中制的监督机制，实现民主决策、程序决策、科学决策。

加强和改进干部队伍工作作风建设，树立良好的精神风貌。严格贯彻落实中央八项规定及其实施细则精神，建立完善文艺评奖办节、公务接待、出国出境、公车改革、选人用人等管理制度，建立健全干部岗位责任制考核制度。结合巡视整改，全面深入查找并认真整改协会管理中存在的突出矛盾和问题，制定有针对性的措施和办法，切实加以解决。全面落实党风廉政建设责任制，把纪律挺在前面，把党章党规的各项要求落到实处。严肃查处和纠正违纪违规问题，深化标本兼治，一体推进不敢腐、不能腐、不想腐。力戒形式主义、官僚主义，大力弘扬求真务实、踏实肯干、勤奋敬业的工作作风，努力打造讲政治、守纪律、负责任、有效率的协会干部队伍。

三、专委会（艺委会）建设

文联所属各文艺家协会专业委员会（艺委会）是各协会根据艺术发展需要逐步建立起来的专业性、学术性、研究性、非营利组织，是文艺家协会拓展自身职能的工作载体，是发挥艺术家示范带头作用、发挥专业特长和优势的有效手段，是各协会团结凝聚广大文艺工作者的重要工作平台。加强和改进专业委员会（艺委会）工作是协会在新形势下加强自身建设、依法依章程开展工作的需要，更是推进文联深化改革、推动行业建设的一项重要举措。

2017年9月，中国文联印发《中国文联关于加强和改进各全国文艺家协会专业委员会（艺委会）工作的意见》，要求各全国文艺家协会深入贯彻落实中央关于文联深化改革的要求，进一步认识加强和改进专业委员会（艺委会）工作的重要性，根据各协会章程和艺术门类实际，抓紧研究制定专业委员会（艺委会）工作规则，明确职能部门，建立长效工作机制，推动专业委员会（艺委会）规范化、常态化开展工作。各全国文艺家协会结合工作实际，在开展深入调研、征求业界意见基础上，研究制定了《协会专业委员会（艺委会）工作条例》，严格申报设立程序，规范举办文艺活动审批程序，明确提出专委会主任、副主任和秘书长、副秘书长的主要职责，明确由专门处室负责专委会服务管理事宜。2020年，各全国文艺家协会进一步完善制度建设，研究制定了各协会《专业委员会（艺委会）考核办法》，按年度对专委会工作情况进行登记统计和综合考评，向中国文联报送年度工作报告。文联深化改革以来，专业委员会（艺委会）工作作为协会基础性工作的重要性愈益凸显，通过组织各种艺术学术交流活动，发现培养、团结凝聚业内人才，开展专业咨询、艺术指导，关注行业发展情况和行业诉求，参与制定行业标准、行业规范，配合完成协会的工作任务，发挥了不可或缺的重要作用，有力推动了行业建设。

新时代条件下，加强和改进专业委员会（艺委会）的工作，需要从以下几个方面着力：

加强和改进专业委员会（艺委会）的工作，必须遵循艺术发展规律，对协会专业委员会（艺委会）的设立进行整体谋划和合理布局，避免交叉重复。成立专业委员会（艺委会）必须定位准确、职能明晰；建立健全专业委员会（艺委会）内部管理的制度规范和相应的组织机构，明确方向定位、职能职责、组织形式、工作程序、活动方式和经费来源等，使其工作有章可循。

加强和改进专业委员会（艺委会）的工作，要加强统筹协调，把专业委员会（艺委会）工作纳入协会整体工作盘子，统一计划安排，明确目标任务和工作要求。建立工作台账，进行精细化管理，不断拓展新的工作领域、工作载体和工作形式，并对工作推进和落实情况加强督促检查。要根据各艺术门类特点和协会工作实际逐步理顺专业委员会（艺委会）工作机制，统筹整合协会、专业委员会（艺委会）、团体会员等不同层面的力量，加强各方之间的协调配合，逐步建立起按条块区划分工负责、协调配合、有效监管的行业服务管理体制机制。

加强和改进专业委员会（艺委会）的工作，必须对专业委员会（艺委会）组成人员进行严格筛选把关。注重控制数量、把握质量，切实把德艺双馨、具有学术权威性和业界公信力、能够发挥引领示范作用、富有奉献精神的艺术家专家选聘到合适的位置上，在推选过程中综合考虑其专业水平、界内影响、社会责任和组织能力等多方面因素，鼓励吸纳新文艺群体中的优秀文艺人才加入相应专业委员会（艺委会）。

加强和改进专业委员会（艺委会）的工作，必须全面加强专业委员会（艺委会）自身建设。要把思想政治引领纳入专业委员会（艺委会）工作范畴，定期组织开展面对委员的专题培训、专项研讨，切实提高履职尽责的能力和水平。适时组织召开不同范围、不同规模的工作会议，传达中央文件精神，牢牢把握意识形态导向。

专业委员会（艺委会）要进一步加强经费管理。经费由相关全国文艺家协会财务统一归口管理、单独立账。专业委员会（艺委会）要健全财务管理制度，开展各项工作时应认真做好经费预算，活动经费专款专用，活动结束后及时做好财务结算。经费使用应符合国家财政管理规定和文联有关财务规定要求，接受国家财政、审计、税务的监督和检查。

加强和改进专业委员会（艺委会）的工作，应当充分发挥其专业优势，将其作为推进文艺行业行风建设和协会专业性建设的重要力量。紧紧围绕发挥行业建设主导作用这个主线，通过推动行业标准、行业规范的制定，把服务管理自律的要求具体化、标准化、规范化，增强可操作性和实效性；邀请调动相关专业委员会（艺委会）参与文联及协会主题创作、展览展演、理论研讨等方面工作，及时从专业角度给出意见建议，提供支持，预判和发现风险点，提高重点活动的学术性、权威性、导向性。

文联及协会应统筹指导相关专业委员会（艺委会），通过各类活动发现、培养、吸纳优秀文艺人才，特别是注意团结青年文艺人才和新文艺群体、新文艺组织中的优秀人才，加强对青年文艺人才和"两新"人才的培养吸纳，不断增强文联及协会的吸引力号召力。

第七章

地方文联工作与产（行）业文联工作

地方文联和产（行）业文联是全国文联组织网络和工作体系的重要支撑，是发展地方和产（行）业文艺事业的重要基础，是服务广大文艺工作者的最前沿和第一线的重要力量。重视和加强地方和产（行）业文联工作是推动全国文联工作创新发展，实现文艺事业繁荣兴盛，建设社会主义文化强国的必然要求。

第一节　地方文联的工作重点

地方文联履行团结引导、联络协调、服务管理、自律维权的基本职能，坚持党的统一领导，坚持服务广大文艺工作者的生命线，是地方党委和政府联系文艺界的桥梁和纽带，是做好文艺界党的群众工作的重要组织和力量。

一、服务地方党委和政府中心任务

地方文联应在各地党委和政府的领导和宣传部门的指导下，认真贯彻党的文艺方针政策，服务大局、服务基层、服务群众，把握正确导向，积极履行职能，为巩固和发展文艺界大团结大繁荣、和谐发展的良好局面发挥不可替代的积极作用。

（一）服务地方经济社会发展

当前，各级党委和政府全面贯彻落实党中央决策部署，正在推进经济社会进入新发展阶段，迈向全面建设社会主义现代化国家的新征程。新时代中国特色社会主义伟大实践为地方文联发挥作用打开了更为广阔的天地。"小文联"心中要有"大舞台"，才能做出"大文章"。地方文联认真贯彻新发展理念，坚持观大局、看大势、抓大事，从党政所需、业界所盼、自己所能的领域找准工作着力点，发挥文艺优势，助力"一带一路"、"产业发展"、"乡村振兴"等中心工作，努力构建基层文艺工作的新发展格局，积极为地方发展改革凝聚精神力量。地方文联将开展主题文艺实践活动作为履行职能、发挥作用、扩大影响的重要抓手。各地文联组织主动作为，积极争取地方党委和政府的重视和支持，围绕服务地方经济社会发展宏观目标和实施战略，及早谋划、潜心规划、创新形式，通过开展采风创作、展览展示、志愿服务等主题文艺实践活动，传播正能量，弘扬主旋律，鼓舞各行各业人民群众积极投身促改革谋发展的事业中，凝聚起强大精神力量。地方文联立足自身职能职责，深入推进有特色的、有特点的文化品牌建设，精心打造"一会一品、一县（市区）一品、一乡一品"，形成了一大批叫得响、传得开、立得住、留得下的特色品牌。如，湖北省潜江市文联成功打造了曹禺文化、全国剧本创作交易会等品牌；浙江省象山县文联打造了东陈"剪纸"、茅洋"农民画"、西周"竹雕"艺术村品牌；广东省广州市文联与南方报业传媒集团共同打造"广州文艺市民空间"，有"大师下午茶"、"艺为媒"等；四川省达州市文联打造了"巴山作家群"、"巴山画家群"、"巴山摄影人"、"巴山书家"、"巴山诗歌城"、"巴山音乐人"、"巴山戏剧人"等"巴山"系列文艺品牌等，这些品牌活动不仅涵养了地方文化，也提高了地方知名度、美誉度和文化产业文化市场对经济发展的贡献率，为当地经济社会发展发挥积极助推作用。

(二) 推进基层社会治理、维护地方和谐稳定

党的十八大以来，以习近平同志为核心的党中央深入研究社会治理面临的新形势新任务新特点，着力推进社会管理理念创新、实践创新、制度创新，明确提出"社会治理"这一重大命题。现代化治理既是政府向社会提供公共服务并依法对有关社会事务进行规范和调节的过程，也是社会自我服务并依据法律和道德进行自我规范和调节的过程，这就要求不断提高政府的社会管理能力和成效，同时不断增强社会自我管理能力，通过完善党委领导、政府负责、社会协同、公众参与、法治保障的社会治理体制，全力打造共建共治共享的社会治理格局。文联作为党领导的文艺界人民团体，是文艺领域社会治理的枢纽组织，在推进行业服务、行业管理、行业教育、行业自律中肩负着重要职责。社会治理的重心在基层，地方文联作为基层社会治理的重要参与者、基层文艺领域社会治理的组织者，应发挥自身优势，充分履行职能，扩大工作覆盖面，为有效提升基层社会治理效能作出应有贡献。

(三) 参与基层公共文化建设和服务

文化建设在人的全面发展和经济社会发展中发挥着积极的推动作

用。地方公共文化建设是社会主义先进文化建设的重要组成部分，目标是满足基层群众的精神文化需求，引领基层文化发展，惠及人民群众。地方文联组织实行分级分类管理，在同级党委和政府领导下有效参与公共文化建设。实践证明，基层文化建设不仅能为满足人民群众和社会发展的文化需求作贡献，还能够进一步推动大众文化、社会文化的发展。地方文联作为一支重要队伍，在引领基层文化建设、培育文艺人才、开展文艺创作、引导良好的社会风气等方面履行着文化建设的重要职能。

（四）服务基层、服务群众

地方文联牢固树立以人民为中心的工作导向，把满足基层群众对精神文化生活新期待作为工作目标，开展经常性、普惠性群众文艺活动，努力增强基层群众渴求文化的获得感和感知美好生活的幸福感。许多地方文联抓住传统节日、民俗活动、重要庆典、艺术演出季等时间节点，深入基层百姓，走进社区街道，开展风格各异、形式多样、具有鲜明民族和地方特色的惠民文艺演出，让更多群众享受发展带来的美好精神文化生活。一些地方的县乡镇级文联，积极调动人民群众的艺术创作积极性，利用城乡文化馆（站）、文化活动中心为群众文艺搭建平台，组织文艺家提供艺术指导、帮助创排节目，鼓励群众自己演、演给自己看，不断提高群众文艺水平，丰富群众文艺活动。目前，地方文联正对接新时代文明实践中心建设需求，组建各艺术门类文艺志愿服务队，开展文艺支教、文艺培训、文艺服务、文化传承、文艺惠民演出等志愿服务活动，成为地方精神文明建设的重要力量。地方文联在为民服务中以有为求有位，树立了良好社会形象。

二、促进地方文艺事业繁荣兴盛

各地文艺事业高质量发展是最终实现社会主义文艺事业繁荣兴盛的前提和基础。地方文联在中国文联指导下，在地方党委和政府领导下，始终坚持社会主义先进文化前进方向，坚持文艺为人民服务、为社会主义服务的方向和百花齐放、百家争鸣的方针，坚定文化自信，继承弘扬中华优秀传统文化，坚持创造性转化、创新性发展，谋划推进地方文艺发展，引导文艺评论和文艺理论研究，推动优秀文艺作品创作生产，为新时代中国特色社会主义文艺事业繁荣发展作出了积极而重要的贡献。

（一）坚持党对文艺工作的全面领导

地方文联直接面对基层广大文艺工作者、文艺爱好者和最广大人民群众，走好党在文艺界的群众路线，是地方文联的工作重点。各地文联组织应坚持党对文艺工作、文联工作的全面领导，深入学习贯彻习近平新时代中国特色社会主义思想，认真学习贯彻习近平总书记关于文化文艺工作、群团工作的重要论述，认真贯彻落实党的文艺方针政策，紧紧依靠广大文艺工作者，牢牢把握文艺发展正确方向，尊重和遵循文艺规律，团结引领广大文艺工作者增强"四个意识"、提高"四个自信"，做到"两个维护"。充分调动文艺工作者的积极性和创造性，发扬学术民主和艺术民主，适应形势发展，抓好网络文艺创作生产，加强正面引导力度，培育积极健康、向上向善的网络文化。高度重视、切实加强文艺评论，发挥文艺评论引导创作、多出精品、提高审美、引领风尚的作用。加强对新文艺组织、新文艺群体的团结引导，强化行业服务、行业管理、行业自律，在行业建设中发挥主导作用。

（二）坚持以人民为中心

地方文联团结联系的文艺工作者大多来自农村乡镇、街道社区、工矿企业、学校部队等基层一线，还有很多是自由职业者、新文艺工作者，他们的创作往往取材于最鲜活的社会实践、最朴素的情感共鸣、最天然的心理诉求。这就需要地方文联组织自觉承担起举旗帜、聚民心、育新人、兴文化、展形象的使命任务，引领基层文艺工作者坚持以人民为中心的创作导向，把满足人民精神文化需求作为文艺和文联工作的出发点和落脚点，把人民作为文艺表现的主体，把人民作为文艺审美的鉴赏家和评判者，把为人民服务作为文艺工作者的天职，观照人民生活，表达人民心声，用心用情用功抒写人民、描绘人民、歌唱人民。地方文联组织坚持文化惠民、文化乐民、文化为民，组织广大文艺工作者把党的理论路线方针政策用文艺作品的形式呈现给基层，把党和政府的关怀以文艺演出的形式奉献给群众，在服务群众中传播科学理论，满足审美需求。围绕中心、服务大局，聚焦党和国家的重要时间节点，广泛开展"送欢乐下基层"等文艺志愿服务活动，唱响主旋律、传播正能量，促进当地文艺事业发展的同时，凝聚起共谋发展的强大力量。

（三）坚持以精品奉献人民

创作生产优秀作品是文艺工作的中心环节。各地方文联结合实际，深挖用好地方特色文化资源，积极采取措施，创造条件，鼓励和帮助广大文艺工作者深入现实生活，汲取艺术营养，创作出更多思想性艺术性观赏性俱佳、人民群众喜闻乐见的优秀作品，努力提高人们的审美情趣，陶冶人们的道德情操，塑造人们的美好心灵。推动文艺创新创造，提升文艺原创力，在观念和手段结合上、内容和形式融合上进行深度创新，提高作品的精神高度、文化内涵、艺术价值。

（四）坚决贯彻落实中央关于意识形态工作的决策部署

文艺工作具有很强的意识形态属性。基层是意识形态工作的前沿阵地。地方文联开展的活动多、受众广，面对的文艺舆情也相对复杂、隐蔽且集中，地方文联在加强文艺舆情监测管理、掌握文艺领域思潮动态、积极有效加以处置应对方面起着极为重要的作用。地方文联应高度重视意识形态工作，坚决贯彻落实中央关于意识形态工作的决策部署，落实意识形态工作责任制，切实强化文艺活动的导向管理，在惠民演出、论坛讲座、评奖办节、展览展示、志愿服务等文艺活动的主题设置、宣传口径和内容上把好关，做到守土有责、守土负责、守土尽责。近年来，地方文联在意识形态工作方面的责任意识不断增强，坚持正能量是总要求、管得住是硬道理、用得好是真本事，切实维护好文艺领域网络意识形态"防护网"。主动适应互联网新媒体环境，在办好传统文艺刊物的基础上，创新形式内容，拓展传播渠道，做大做强网上正面文艺思想舆论，提高网上文艺话题设置能力和舆论引导水平，加强对地方文联所属网站、微博、微信等新媒体的导向管理，对相关媒体从业人员实行准入管理，严格审核发布内容，规范信息发布程序，严密防范网上意识形态渗透，旗帜鲜明开展网上舆论斗争，确保意识形态方面不出问题。

三、加强基层文艺队伍建设

推动文艺事业实现高质量发展，根本在队伍、关键在人才。聚焦"做人的工作"核心职能，团结凝聚广大文艺工作者，培养扎根基层、与人民群众心心相印、勇于创新和乐于奉献的文艺工作者队伍，是地方文联的重要职责和任务。

（一）清醒认识基层文艺队伍现状

随着经济社会发展、人民生活水平的提高，广大人民群众对于精神文化生活需求越来越强烈，这为基层文联组织和基层文艺队伍发展壮大提供了良好的机遇和条件。据统计，截至2021年7月，全国省级文艺家协会会员人数达到672764人，其中最多的是河南文联，省级会员达到了51974人。省级会员中新文艺群体数135546人，占比20.15%，新文艺群体会员人数最多的为安徽文联，14011人。从地市级来看，全国地市一级文艺家协会会员总数为1455401人，最多的为广东省，地市级文艺家协会会员数129720人。地市级会员中新文艺群体总数为146734人，占比10.08%，人数最多的为湖南省，地市级新文艺群体会员数17849人。从县级会员来看，全国县级文艺家协会会员总数为2011449人，最多的为山东省，县级文艺家协会会员有169978人。县级会员中新文艺群体总数166502人，占比8.28%，最多的为湖南省，县级新文艺群体会员有28271人。从这些数据可以看出，我们拥有了一支人数十分可观的基层文艺队伍，这是文联组织服务广大人民群众的可以依靠的重要力量。

同时，我们也要看到，一些长期存在的基础问题尚未得到根本解决。比如，文联系统工作机制上下贯通不够、基层组织薄弱，上级文联组织指导下级文联组织没有形成有效的常态化工作机制，缺乏统一规范的制度安排；有的地方对文联工作特点和规律缺乏深入研究，对基层文联工作不够重视，缺乏有力指导和支持；有的市、县还没有建立基层文联组织，有的地方基层文联组织缺办公场所、缺人手、缺经费现象十分突出；有的地方基层文联对文艺工作者的有效覆盖不足；有的基层文联组织缺乏活力，或者活动方式单一，吸引力、向心力不够；有的文艺工作者进取意识和创新精神不强，文艺创作水平有待加强；基层文艺队伍缺乏专业、系统的培训，基层文艺队伍的稳定性不足，缺乏必要的经费政策、支持指导等。这些问题的存在，使得基层文联组织以及基层文艺队伍的发展仍然存在一定的困难和阻碍。

（二）提升基层文艺队伍职业道德和行风建设水平

文艺工作者职业道德建设和文艺界行风建设是新时代文艺工作和文联工作的重要任务，是事关文艺行业健康发展的重大课题。大力推进文艺工作者职业道德建设和文艺界行风建设，是各级文联组织和文艺家协会推进深化改革、推动文艺高质量发展的重要举措，是文艺引领社会风尚、培育和践行社会主义核心价值观的必然选择，是建设社会主义文化强国、推进社会治理体系和治理能力现代化的内在要求。

各地文联通过完善常态化教育培训机制，组织各类培训班、高研班、论坛讲座等多种形式，已经把教育培训作为推进职业道德建设和行风建设的重要载体和有力抓手。教育引导文艺工作者用习近平新时代中国特色社会主义思想武装头脑、指导实践，不断增强政治认同、思想认同、情感认同。在各类教育培训研修中，将马克思主义文艺观、社会主义核心价值观、以人民为中心的创作观和崇德尚艺的人生观作为重点内容，同步安排正面引导教育和反面典型警示教育，有效确保党的思想政治理论的课时和内容不少于30%。

目前，中国文联文艺工作者职业道德委员会、12个门类全国文艺家协会职业道德和行风建设委员会已全部建立，各省文联陆续成立职业道德建设委员会，一些具备条件的地市文联也已成立职业道德建设委员会，各层级职业道德建设委员会积极主动，有针对性、有探索性、有成效地开展各类活动，文艺界职业道德建设和行风建设不断得到加强，艺品兼修、崇德尚艺成为广大文艺工作者的价值追求。地方各级文联组织所属职业道德建设和行风建设委员会积极探索行业自律有效途径，通过制定标准、受理举报、问题核查、行为认定、道德评议、情况通报、教育矫正、申诉处理等措施，持续发出遵守职业道德和行业规范、讲品位讲格调讲责任、抵制低俗庸俗媚俗，用明德引领风尚等行风倡议，引导督促广大基层文艺工作者遵守党纪国法，恪守职业道德，承担社会责任。地方文联在同级党委宣传部门指导下，会同文旅、广电、电影等管理部门，打通行业治理壁垒，加强从业人员规范管理，推动建立互联互通、分级分类的文艺从业人员诚信档案，联合惩戒文艺领域违法失德从业人员。地方文联深入挖掘文艺界先进典型，组织做好各类评选表彰活动，通过建立文艺名家和德艺双馨文艺工作者数据库，大力宣传德高望重的老艺术家、活跃在创作一线的中青年领军人物、长期扎根基层的文艺工作者和新文艺群体的先进代表，充分发挥了典型引领示范和辐射带动作用，培育造就了更多扎根基层、创作精品的文艺界先进典型，让社会看到文艺界的主流，树立文艺界的良好社会形象，积极引领时代风气和社会风尚。如，基层舞蹈工作者金淑梅在酒泉农村地区精神扶贫上作出了突出贡献，先后荣获中宣部第四批全国岗位学雷锋标兵、入选中央文明办中国好人榜，三次被中国舞蹈家协会授予优秀志愿者，荣获甘肃省德艺双馨中青年文艺工作者等荣誉称号，成为业界的优秀典型，为基层新文艺组织、新文艺群体和文艺志愿者树立了标杆。

（三）提高基层文艺队伍整体水平

1. 高度聚焦"做人的工作"核心职能

基层文联把"做人的工作"牢牢抓在手上，发挥"蓄水池"、"储备库"功能，努力壮大基层文艺人才队伍。不少基层文联组织注重发展会员和扩大会员规模，一批有成就的中青年文艺人才、有热情的文艺骨干和新文艺群体人士被吸纳进来，不少艺术创作成绩突出的会员还相继加入了市级、省级和国家级文艺家协会。注重从百姓中挖掘培养有文艺专长的"草根"，形成从普通百姓到文艺爱好者、文艺从业者、优秀文艺骨干的基层文艺人才链。注重调动群众参加文艺工作的积极性，变"藏艺于民"为"献艺于民"，吸纳更多文艺人才陆续加入文艺活动组织。基层文联着力开展"四力"教育实践，加大对优秀文艺人才的发现培养力度，加强政治引领、教育引导和联系服务，建设适应新时代要求的高素质文艺工作者队伍。

2. 开展文艺人才专业培训

建立常态化培训机制，开展对基层文艺工作者和基层文艺人才的思想政治、职业道德、艺术创作和业务管理方面的培训。建立基层文艺工作者成长成才培养扶持机制，结合开展"深入生活、扎根人民"主题实践活动，省级以上文艺家协会结合基层文联实际，创建各类艺术培训基地，提供专家和项目经费支持，造就基层文艺骨干留得住、不想走的队伍；积极推荐基层文艺人才参加全国及全省各类文艺评奖、表彰奖励以及艺术基金资助活动。

3. 推介基层先进典型

建立基层文联工作宣传推介机制，组织所属媒体、文艺网站，加大对基层文联先进经验、基层文艺工作者和文联工作者先进典型的宣传推介力度。积极探索开辟途径，将力量配备和服务资源向基层倾斜，通过交办、申办和承办等形式，鼓励基层文联参与全国或全省重点文艺活动，为基层文艺人才提供展示和成长平台。探索对基层文艺从业人员的素质培训和业务指导的有效方式，运用资金扶助、提供平台、表彰宣传等各种手段和途径，为他们脱颖而出、健康成长创造条件。

4. 繁荣基层文艺创作

基层文联是繁荣发展社会主义文艺事业的重要力量。不断创作生产优秀文艺作品，满足人民群众精神文化生活新期待，是基层文联坚持以人民为中心的工作导向的集中反映，也是党对文艺战线提出的一项基本要求。要高度重视优秀文艺作品创作，加强示范引领，引导广大文艺工作者坚持正确的创作导向，深入生活、扎根人民，增强"脚力、眼力、脑力、笔力"，观照基层百姓的生活、命运、情感，自觉承担记录新时代、书写新时代、讴歌新时代的使命，用心用情用功创作讴歌党、讴歌祖国、讴歌人民、讴歌英雄的精品力作。要加大创作的组织扶持力度，加强与国家和省级文联合作，用好文艺扶持基金，结合地方文艺资源特色，有计划有组织地开展主题创作，克服文艺创作形式单一、创作主体散兵游勇、单打独斗的不足，打好文艺创作组合拳。

5. 团结引导"文艺两新"

基层文联应切实重视加强对区域内"文艺两新"的团结引导，有针对性地加强调查研究，摸清区域内"文艺两新"底数，了解新文艺群体的生存状况、从业情况和专业诉求，尽最大可能帮助他们强信心筑同心，积极开展贴心服务，在创作和生活环境上予以支持关心，积极吸纳优秀的新文艺群体和新文艺组织成员加入相应文艺家协会。努力为他们做好事、办实事、解难事，改善他们的工作条件和生活待遇。如湖北省宜昌市文联以畅通新文艺群体职业发展通道为目的，配合宜昌市人社局出台《宜昌市新文艺群体职称专项评审暂行办法》，首次将新文艺群体对象纳入职称评审范围；广东省深圳市文联以问题为导向，采取系列措施解决"文艺两新"实际困难，深圳市美术家协会推荐符合资质的艺术家申请大芬村艺术家周转房，深圳市文联一直坚持宣传推广中青年艺术家工程等。

6. 发挥地方协会会员和文艺院团积极性

以充实基层文艺力量为着力点，发挥当地协会会员和文艺院团积极性，有计划地组织开展多艺术门类的培训指导，通过菜单式定制服务内容，针对性选派专业文艺志愿者，点对点指导，举办群众迫切需要的公益培训，把常年活跃在田间地头的乡土文化人才，培养成基层文化活动领头人。注重把分散的文艺爱好者聚零为整，在基层成立各种文艺团队，积极传承民间文艺，开展健康有益的文化活动，鼓励群众自办文化活动，以身边事、周围人为题材，创作出一批富有时代气息，积极宣传党的惠民政策、法律法规、文明礼仪等内容的文艺作品，让文化的种子在群众中生根、发芽、开花、结果，实现由"送文化到基层"向"让文化在基层"的转变，让人民群众始终浸润在文化滋养和熏陶之中。注重发挥专业文艺工作者的示范作用，努力培养基层文艺骨干，大力扶持民间艺人、文艺能人、文艺经纪人，帮助地方建设一支结构合理、人才荟萃、特色鲜明、影响广泛、群众欢迎的基层文艺队伍。

四、积极开展公共文化服务

实现好、维护好、发展好人民文化权益，是社会主义文化建设的根本目的。党的十八大以来，党中央始终把发展公共文化服务摆在重要位置，习近平总书记反复强调"加快构建现代公共文化服务体系，促进基本公共文化服务标准化、均等化"。新时代新发展阶段，人民改善生活品质的愿望更加强烈，享有更丰富、高品位文化生活的期盼日益高涨。地方文联应立足新时代新阶段新要求，坚持以让人民享有更加充实、更为丰富、更高质量的精神文化生活为目标，积极主动投入到这一事关人民群众基本权益的重要事业中去，力争在政府主办、社会参与、功能互补、运转协调的公共文化服务体系建设中占有一定位置并努力发挥自身的应有作用。

（一）积极参与公共文化服务内容方式的创新

基层文联特别是县、乡文联应充分利用传统的节庆文化、广场文化、公园文化等载体，创新使用数字图书馆、数字文化馆、数字博物馆、数字文化长廊、数字艺术展示厅等平台，组织文艺工作者网上网下、线上线下同向发力，高质量开展好群众性的歌咏、舞蹈、书画、朗诵、讲故事等文化活动，丰富人民群众的文化生活，满足人民群众的精神需求。抓住政府文化部门转变职能、国家大力推进公共文化服务体系建设、各级党政部门重视发展公益性文化事业和支持发展经营性文化产业的机遇，主动争取当地党委和政府的领导和支持，创新文化服务方式，使基层文联在公共文化服务体系建设中发挥更大作用。

（二）积极参与重大文化建设项目和重要文化工程的实施

基层文联特别是县、乡文联应动员组织广大文艺工作者积极参与"乡村振兴战略"、"新型城镇化战略"、"公共文化数字化建设"、"县级融媒体中心建设"、"新时代文明实践中心建设"等，在改善基层公共文化基础设施和条件、提高服务水平方面发挥作用。为优化城乡文化资源配置，增加农村公共文化服务总量供给，促进城乡文化协调发展作出贡献。通过广大基层文艺工作者的出色劳动，影响和带动基层群众投身文化建设的积极性主动性，引导基层群众在文化创造上各尽其能，在文化享有上各得其所，充分发挥基层文艺工作者和基层文联的作用。

（三）积极参与公共文化服务体系工作机制的建设

基层文联特别是县、乡文联应主动加强与当地政府文化主管部门、街道、社区、企事业单位的合作，共同推动基层文化建设和文艺繁荣。采取多种有效形式，鼓励支持文艺工作者深入基层、服务群众，使基层文艺工作者真正成为县区文化场所、城乡综合文化站、社区文化活动中心的骨干力量和生力军。重视推动公共文化数字化，坚持建设和管理并重，促进公共文化服务模式不断创新，努力形成线上线下融合互动、立体覆盖的文化服务供给体系。打通各层级公共文化数字平台，打造公共文化数字资源库群，构建互联互通、资源共享的服务网络。统筹推进公共文化数字化重点工程建设，把服务城乡基层特别是农村作为着力点，不断缩小城乡之间的数字鸿沟，让人们更有效、更公平地共享公共文化服务。

五、提高区域精神文明程度

党的十九届五中全会提出，必须把提高社会文明程度作为建设文化强国的重大任务，坚持重在建设、以立为本，坚持久久为功、持之以恒，努力推动形成适应新时代要求的思想观念、精神风貌、文明风尚、行为规范。各地方文联要以高度的责任感和使命感，团结引导广大文艺工作者自觉培育和践行"爱国、为民、崇德、尚艺"的文艺界核心价值观，自觉履行《中国文艺工作者职业道德公约》，强化社会主义核心价值观引领，引领时代风气和社会风尚，不断满足人民群众多样化、多层次、多方面的精神文化需求，增强地区人民群众精神力量，促进人民精神生活共同富裕。

（一）深入开展习近平新时代中国特色社会主义思想宣传教育工作

地方文联组织应充分发挥文艺界基层党组织战斗堡垒作用，坚持不懈用习近平新时代中国特色社会主义思想武装头脑、教育人民，大力推进马克思主义文艺理论研究和建设工程，学懂弄通做实习近平总书记关于文化文艺工作、群团工作的重要论述，正确引导基层文艺工作者和文艺爱好者坚定主心骨，听党话、跟党走，进一步创新教育宣传方式，通过主题文艺创作、文艺志愿服务等方式，讲人民群众听得懂、听得进的话语，让党的创新理论"飞入寻常百姓家"。

（二）加强社会主义精神文明建设

各地方文联要加强思想道德建设，深入推进公民道德建设工程，加强和改进思想政治工作，不断提升人民思想觉悟、道德水平、文明素养和全社会文明程度。推动理想信念教育常态化制度化，加强党史、新中国史、改革开放史、社会主义发展史教育，加强爱国主义、集体主义、社会主义教育，促进全体人民在思想上精神上紧紧团结在一起。培育和践行社会主义核心价值观，继承和弘扬中华优秀传统文化，传承红色基因、弘扬英雄精神，培养担当民族复兴大任的时代新人。坚持以文育人、以文化人，深入挖掘、继承、创新本土优秀传统文化资源、自然遗产资源、非物质文化遗产资源、红色革命文化资源、民族文化资源等，弘扬新风正气，推进移风易俗，培育文明乡风、良好家风、淳朴民风，焕发文明新气象。地方文联要把精神文明建设渗透到精神文化产品创作、生产、传播各环节，通过影视节目、新闻报道、专题节目等多种途径，用戏剧、影视、音乐、美术、曲艺、舞蹈、民间文艺、摄影、书法、杂技等多种艺术表现形式，潜移默化地增进人们对社会主义精神文明的认同。

六、推动文化资源保护和利用

党中央、国务院高度重视文化资源的保护和利用，文化资源保护立法步伐加快。地方陆续出台地方性法规，保护民族民间传统文化。如云南、贵州、福建、广西、江苏、浙江、宁夏等省区和一些市、县出台了一批民族民间传统文化保护的地方性法规。通过设立"文化遗产日"，举办宣传推广活动，全方位、多角度地展示文化遗产保护利用工作的极端重要性，提高了全民保护利用文化资源的认识。地方文联应抓住这个难得的机遇，动员多方力量，积极主动地协助地方政府及其主管部门有效保护、积极开发和合理利用民间文化艺术资源，为地方文化资源的综合保护和利用作出贡献。

地方文联可加强与博物馆、美术馆、群艺馆等特色文化场馆的沟通和协调，注重与特色文化场馆联系，通过举办形式多样的文艺活动的方式，对当地特色文化资源加以保护和利用，丰富创作内涵。地方文联充分利用网络信息资源，在推动地方文化资源保护方面做出了有益探索和积极尝试，以开展相关文艺活动等形式，推广本土特色文化资源，增强区域内人民群众对于文化资源保护的意识。充分运用互联网技术和信息化手段开展工作，深入实际、深入生活、深入群众，精心举办各类文艺节庆和丰富多彩的展览、展演、展映、展示活动，通过网络信息化平台，扩大活动宣传覆盖面，活跃城乡基层文化生活，有效履行自身的职责，发挥应有作用，不断凝聚起人民的文化资源保护意识，切实增强文化资源的保护力度。创新工作方式方法，在活动中融入当地特色人文元素，突出特点和特色，同时也可以与生态旅游相结合，发挥文艺作用。结合各文艺家协会特点，积极联络组织文艺家到乡村建立文艺工作室和建立文艺家协会创作基地。地方文联可进一步加强文艺资源的发掘利用，将中华优秀传统文化的深刻内涵融入文艺作品中，发挥寓教于乐的作用。地方文联应积极探索红色文化、绿色生态产业发展新路径。通过挖掘本地的优秀红色文化资源，将其融入文艺宣传教育和文创旅游等各方面，注重用文艺的方式讲述更具感召力的主旋律故事，不断提升红色文化吸引力。地方文联应注重开展惠民文艺活动，走进基层，走到百姓身边开展活动，用文艺的力量宣传特色文化，增强人民的文化自信。地方文联应积极开展特色文化资源和非遗进校园、进乡村等活动，结合青少年的身心特点和认知规律，结合农村农民教育实际，采取寓教于乐的方式，让"非遗"切实走进校园、走进乡村，以文艺演出、文艺小分队、非遗体验活动等形式，推动中华优秀传统文化在学校和乡村的传承。

七、助力文化产业健康发展

文化产业是文化建设的重要方面，是大有前途的朝阳产业。加快发展文化产业，健全现代文化产业体系，不仅对推动社会主义文化繁荣发展、更好满足人民精神文化生活需求具有重大意义，而且对推动经济高质量发展、推进文化强国建设也至关重要。2009年，国务院颁发了《文化产业振兴规划》。党的十八大明确文化产业要成为国民经济支柱性产业。党的十九大提出，要健全现代文化产业体系和市场体系，创新生产经营机制，完善文化经济政策，培育新型文化业态。《中华人民共和国国民经济和社会发展第十四个五年规划和2035年远景目标纲要》强调，坚持把社会效益放在首位、社会效益和经济效益相统一，健全现代文化产业体系和市场体系。

党的十八大以来，随着我国整体经济实力迅速增强，国际影响力明显提升，我国文化产业迎来了加快发展的黄金期。我国文化产业总量规模稳步增长，产业结构逐步优化升级，市场主体持续发展壮大，文化产品和服务更加优质丰富，人民群众文化消费日趋活跃，重点文化产业门类均呈现良好发展势头，文化产业对国民经济增长的贡献率不断上升，已经成为经济增长的新动能和新引擎，在促进国民经济转型升级和提质增效、服务党和国家工作大局、满足人民精神文化生活新期待、巩固和坚定文化自信、提高中华文化影响力和国家文化软实力等方面发挥了重要作用。文化产业已经成为调整优化产业结构、推动新旧动能转换的一支重要力量。习近平总书记就发展文化产业作出一系列重要论述，强调要推动文化产业高质量发展，健全现代文化产业体系和市场体系，推动各类文化市场主体发展壮大，培育新型文化业态和文化消费模式，以高质量文化供给增强人们的文化获得感、幸福感。积极探索和发展文化产业是地方文联面临的一项重要而又紧迫的现实课题。地方文联应从国家战略层面深刻认识发展文化产业的重大意义，积极探索、勇于创新，主动为文化产业发展贡献文艺力量。

（一）地方文联在深化文化体制改革，完善文化产业规划和政策，不断扩大优质文化产品服务供给方面优势明显

近年来，随着各地高度重视文化产业发展，民营文化工作室、民营文化经纪机构、网络文艺社群等新的文艺组织大量涌现，网络作家、签约作家、自由撰稿人、独立制片人、独立演员歌手、自由美术工作者等新的文艺群体十分活跃，他们中有很大一部分生存在基层，在本地特色文化产业和文化市场中摸爬滚打，有着十分强劲的创作潜力和实力。地方文联坚持工作重心下沉，牢固树立人才意识，充分发挥文艺人才的作用，鼓励文艺创作、文艺创新，在推动当地文化产业发展方面做出了积极而富有成效的努力。同时，各地文联以有为求有位，争取党委和政府的重视和支持，抓住政府文化部门转变职能、国家大力推进公共文化服务体系建设、各级党政部门重视发展公益性文化事

业和支持发展经营性文化产业的机遇,创新文化服务方式,使基层文联在公共文化服务体系建设中发挥更大作用,主动承接政府让渡或剥离的职能,把工作先干起来,凭借出色成绩,赢得了地方党委和政府的肯定和人民群众的支持。

(二)地方文联在围绕国家重大区域发展战略,把握文化产业发展特点规律和资源要素条件,促进形成文化产业发展新格局方面作用突出

发展文化产业是社会主义市场经济条件下满足人民群众精神文化需求的必然选择,也是加快经济发展方式转变的重要抓手。很多地方文联在积极探索和发展文化产业方面成绩突出、表现优秀。山东省青州市文联推动农民画发展,逐步形成了政府搭台、文联主管、协会发动、企业推进四个层面高效、稳步前行的青州农民画"四轮齐动"产业发展模式,不仅增加了农民收入,丰富了农村文化生活,也推动了当地经济、社会持续发展。青州农民画艺术历史悠久,自2014年开始产业化发展,以市场为导向,积极探索农民画走向市场的路子,形成了"农民画+画院画廊、合作社、公司、旅游、电商、衍生品、陶艺"等发展模式。甘肃省甘州区文联,针对地方企业发展"公司文化"、"厂矿文化"有资金缺人才,文联举办文艺活动有人才缺资金的问题,与企业合作举办各种文艺活动,既促进了文企双方的高度融合,又推动了文艺事业的发展繁荣,实现了"双赢"。

(三)地方文联坚持以文塑旅、以旅彰文,推动文化和旅游融合发展能力彰显

地方文联创新方式方法,充分发掘优秀的民间文化和地域特色文化,积极发挥当地文艺人才资源优势,探索打造"文艺+特色产业"

等新的品牌，在提高地方知名度、美誉度和文化软实力，助推当地经济社会发展上发挥了积极作用。如，广西壮族自治区南宁市基层文联组织把文艺村创建与古镇游、乡村游、生态游、农业观光游、民俗游、农家乐等特色文化有机结合起来，形成了独特的"一地一节"活动，使文化、旅游以及相关产业协调配合，共同促进地方经济发展；武鸣区每年举办"壮族三月三"歌圩暨骆越文化旅游节，邕宁区举办壮族八音文化旅游节，良庆区举办"嘹啰山歌"民俗文化旅游节，青秀区举办"春满青秀·壮情三月三"文艺精品大展演等。基层文联发挥自身优势，创作、组织的特色文化节目，为拉动地方内需，推动经济发展发挥了积极作用。

第二节 产（行）业文联的工作重点

产（行）业文联是全国文联系统不可或缺的重要组成部分，是在社会主义现代化建设特别是在改革开放的伟大进程中逐步发展起来的，是推动党的文艺工作不断发展壮大的重要力量，是我国社会主义文艺事业日趋繁荣兴旺的重要成果和标志。

一、助推产（行）业发展

产（行）业文联最初兴起于国有大型和特大型企业，一般挂靠在企业工会，以一个内设部门的形式存在，开展文化活动和文艺工作，为企业文化建设和群众文化工作发挥了不可忽视的作用。20世纪50年代，为适应社会主义建设高潮的需要，一些有条件、有基础的大型和特大型国有企业开始建立了类似文联性质的文艺社团或机构，并配有专（兼）职干部。1958年6月，武汉钢铁公司成立了职工业余文学创作研究会。4年之后，武汉钢铁公司文联正式诞生，这是目前有史可考的建制大体完整的第一家企业文联。"文化大革命"期间，企业文联组织瘫痪，工作停止。改革开放以后，为满足产（行）业广大职工日益增长的精神文化需求，产（行）业文联开始恢复或建立。1982年，中国煤矿文化宣传基金会成立。1993年，中国煤矿企业文联正式诞生。这是我国首家规范的全国性行业文联组织。之后，中国石油文联、中国铁路文联、中国石化文联、中国化工文联、中国电力文协、中国水利文协、全国公安文联相继成立，并成为中国文联的团体会员单位。企业文联更如雨后春笋，遍布祖国的大江南北。

据不完全统计，截至2021年11月，全国产（行）业文联联系着30余万名文艺工作者，属于各级文艺家协会会员的共13余万名，其中国家级文艺家协会会员3000余名，省级文艺家协会会员14000余名，可谓是我国产（行）业系统生机勃勃的文艺大军，是推动社会主义文艺事业繁荣发展的一支重要力量。

产（行）业文联的出现和发展，具有历史的必然性。产（行）业文联的地位作用，从根本上说，是由我国工人阶级在社会主义现代化建设中的地位作用决定的。工人阶级不仅是建设社会主义物质文明的主力军，也是建设社会主义精神文明的主力军；不仅是先进生产力的代表，也是先进文化的代表；不仅是推动和促进经济社会发展的重要力量，也是促进我国社会主义先进文化发展的重要力量。实践证明，高度重视和进一步加强产（行）业文联工作，对于进一步满足广大职工日益增长的精神文化需求，不断提高职工队伍的综合素质，培育和弘扬社会主义核心价值观，推动社会主义现代化国家建设都具有重大的现实意义和深远的历史意义。

中国文联十分重视产（行）业文联的发展，专门成立了产（行）

业文联工作委员会及其办事机构，并于 2006 年 8 月在内蒙古召开了全国产（行）业文联工作经验交流会，2013 年 11 月、2017 年 3 月分别在北京召开了全国产（行）业文联工作座谈会，把产（行）业文联的联络、协调、服务和指导、帮助、扶持工作摆到了重要位置。

二、培育产（行）业价值理念

产（行）业价值理念，作为产（行）业文化的核心，既是产（行）业个性特征的群体意识的集中体现，也是产（行）业现代发展趋势的管理精神的核心。培植和开发产（行）业价值理念，对于激发广大员工对产（行）业的认同感、归属感和使命感，推动产（行）业发展具有十分重要的意义。

一般来说，产（行）业价值理念包括核心价值观、产（行）业精神、产（行）业伦理、产（行）业作风四大要素，既是产（行）业文化软实力，也是产（行）业文化的具体体现。党的十八大对社会主义核心价值观从国家、社会、个人三个层面作了深刻阐述，为产（行）业建立和培育价值理念确定了行为指南，明确了价值尺度。习近平总书记高度重视国有企业改革工作，多次作出重要指示批示，特别是在全国国有企业党的建设工作会议上发表重要讲话，深刻阐明了关于国有企业改革发展和党的建设的一系列重大理论和实践问题，为新发展阶段产（行）业文联工作指明了方向、提供了根本遵循。产（行）业文联要深入学习贯彻习近平新时代中国特色社会主义思想和党的十九大精神，承担起举旗帜、聚民心、育新人、兴文化、展形象的使命任务，聚焦改革发展中心任务，增强工作主动性，把培育和践行核心价值理念，作为凝心聚力和强基固本的基础工程，为产（行）业持续健康发展提供思想保证和精神动力。长期以来，各产（行）业文联结合自身产业行业特点，发挥各自优势，组织举办了一系列独具特色、影响广泛、深受职工欢迎的主题文艺活动。比如，石油文联的中国石油职工艺术节，铁路文联的"中国高铁走向辉煌——2015全国铁路摄影美术书法展"，煤矿文联的"寻找感动中国的矿工活动"，电力文协的"中国电力主题日"活动，水利文协的"水利情·中国梦"文学征文活动，石化文联的"大美石化"职工美术书法摄影展，全国公安文联的"公安文化与文化强警"理论研讨活动，人民银行文联的"红五月"职工文化系列活动，金融文联的"金融职工文化月"活动，等等，为丰富广大职工精神文化生活，繁荣发展产（行）业文化事业作出了重要贡献。

培育产（行）业价值理念，产（行）业文联大有可为。培育产（行）业价值理念，是增强产（行）业凝聚力的思想基础。产（行）业文化是产（行）业的灵魂，主要包括愿景、目标、精神、价值观等，其中价值观是核心，是产（行）业和职工必须坚持的价值理念与行为准则。培育产（行）业价值理念，是提高队伍战斗力的重要举措。随着市场经济体制深刻变革、社会结构深刻变动、利益格局深刻调整，产（行）业职工群众在思想认识上的独立性、选择性、多变性、差异性日益增强。在这种情况下，迫切需要各级产（行）业文联组织主动发声，加大核心价值理念的正面宣传力度，在培育核心价值理念的过程中，引领职工群众正确认识当前面临的各种问题，更好地把奉献产（行）业的精气神提起来，把干事创业的劲头鼓起来。培育产（行）业价值理念，是实现可持续发展的内在要求。产（行）业核心价值理念关乎产（行）业凝聚力、队伍战斗力，更关乎事业的成败。坚持一切从实际出发，办老实事、说老实话、做老实人，坚决反对虚浮的工作作风。切实提高发展质量和效益，以敬业的精神、精益的思维和专业的态度，高质量地完成好本职工作任务。

三、提升产（行）业人文素养

人文素养是指人所具有的人文知识和由这些知识内化成的人文精神，具体表现为人的文化品位、审美情趣、心理素质、人生态度、道德修养等丰富的精神世界。人文素养是一个人外在精神面貌和内在精神气质的综合表现，也是一个现代人文明程度的综合体现。产（行）业文联通过组织举办各类文艺活动、文艺研修培训等，激发广大职工对文艺的兴趣，提高职工的文艺审美能力，提升整个产（行）业的人文素养，从而推动产（行）业的持续健康发展。

提升产（行）业人文素养是以人为本的发展战略的必然要求。提升人文素养区别于经验管理和制度管理，是在大众化参与、人性化管理、亲情化服务上下功夫，致力于以文化人、以文育人，通过营造浓厚的文化氛围构建良好的企业文化环境，使产（行）业职工群众在享受精神文化产品的同时产生干事创业的热情。产（行）业文联应充分发挥职工群众文化创造的积极性，努力挖掘本产（行）业的人文资源，多提供广大职工喜闻乐见的文艺作品，多搭建便于企业职工参与的文化平台，多建设方便职工使用的文化设施，最大程度地满足广大企业职工多样化的文化需求，使每个职工充分感受到文化的滋养和激励，焕发出昂扬的工作激情和动力。

提升产（行）业人文素养能够催生团队的强大凝聚力，产生正向的激励效应。人文素养像一块具有强大吸引力的磁石，以共同的目标、愿景和理想及共同的价值评判标准将广大职工凝聚起来，使组织与团队之中的关系更紧密，合作更和谐。产（行）业人文素养提升还能从多方面满足员工的心理需求，为员工提供发挥个人才能、自我实现的平台，使个人对团体和企业组织产生高度的认同感、荣誉感，增强组织的向心力和凝聚力。产（行）业员工拥有了共同的价值理念及行为准则，就会产生强烈的使命感和持久的驱动力，这将引导着每一个员工自觉地遵循规章制度，自发地为完成产（行）业的目标任务而努力奋斗。

提升产（行）业文化素养能够带动员工规范自身行为。产（行）业整体的高水平文化素养不仅可以引领产（行）业的发展方向，还可以潜移默化地影响员工的人生观和价值观，以强大的导向力使员工自觉地规范自己的行为，最终达到产（行）业所期望的标准，为员工创造积极进取、团结和谐的良好氛围，培养员工越挫越勇、迎难而上的坚强意志和强烈的责任意识。在这样的良好环境中，员工能够树立崇高理想、提升道德水准、锻炼意志品格，满怀积极的人生态度，主动发挥自身才干，全面提高综合素质，为产（行）业发展贡献智慧和力量。

四、满足产（行）业文化需求

文化需求是指人们为了满足各种精神生活需要而形成的对文化产品和服务的要求。这既是社会经济发展的必然产物，也是人自身发展的必然要求。其需求量的大小及品位的高低，已成为衡量一定文化区域现代化程度高低的明显标志。社会文化的存在是与物质基础发展并存的，不仅具有引导作用，也约束和规范了人们的意识和行为，从而凝聚了社会力量，推进了经济的发展。随着社会经济的迅速发展，人们的物质生活水平也相应提高，从而带动了人们的精神文化需求的增长，并呈现出新的特点和变化。

近年来，国有企业虽然在很多行业和领域已经形成世界级规模的大企业大集团，但"大而不强、大而不优"的问题依然存在，科技创新能力不强、关键核心技术"卡脖子"问题仍较为突出。实施国企改革三年行动是党中央面向新发展阶段作出的重大决策部署，产（行）业扭住新发展理念不放松，以改革激发活力动力，全力破除影响和制约企业高质量发展的顽瘴痼疾，坚持创新驱动发展，大力推进关键核心技术攻关，激发人才创新活力，完善创新体制机制，提升产业链供应链现代化水平，推动国有经济实现质量更高、效益更好、结构更优、更可持续、更为安全的发展。文化是经济发展的强大"助推器"，它赋予经济发展以深厚的人文价值、极高的组织效能和更强的竞争力。产（行）业文联是产（行）业文化建设的主力军，在满足产（行）业文化需求上起着至关重要的作用。坚持和落实以人民为中心的思想，始终把人民利益放在最高位置，坚持文化建设、文化发展为了人民、依靠人民、成果由人民共享。在产（行）业深入开展落实文化精神方面的惠民生工程，满足广大产（行）业职工群众对美好精神文化的需求。

真正把精神文化当作产（行）业发展的灵魂来塑造。坚决摒弃部分人把产（行）业精神文化当作一种文体活动来看待的错误认识，明确产（行）业精神文化应是产（行）业的内核、精神支撑和灵魂，是其科学发展的核心竞争力之所在。用先进的产（行）业文化占领职工的精神阵地，去塑造产（行）业员工的信仰和精神，引导员工认识到自身所肩负的光荣使命和历史责任，培养员工良好的职业素养和高尚的道德情操，从而全面提高产（行）业的思想道德水平和文化素质。

妥善处理物质需求与精神文化协调发展的关系。物质基础越好，精神生活就越能够得到发展。在产（行）业文化建设中，应注意避免肯定一切或否定一切，强调这一方面又忽视另一方面的现象。没有物质文化为基础，精神文化将成为空谈。在强调人的精神力量时，不能忽视物质基础的作用，出现"精神万能"的偏向。在强调物质利益的重要性时，不能放松对员工的思想教育，偏到"金钱万能"的路上去。在强调正面教育、耐心说服时，不能放松严格要求和严格管理。

不断探索满足产（行）业精神文化需求的方式和手段。加强对精神文化活动的领导，为产（行）业精神文化需求提供组织保障。充分发挥产（行）业文联、文艺工作者等在职工精神文化生活中的积极作用，不断提高产（行）业文联工作质量和工作能力，确保各项精神文化活动健康有序开展。从精神文化活动的形式入手，创新工作思路，丰富活动内容，增强精神文化的感染力和吸引力。

产（行）业精神文化建设必须与思想政治工作相互融合。注重思想政治工作是党的优良传统、鲜明特色和突出政治优势，是实现党的领导的重要途径和精神文化建设的重要内容，也是搞好经济工作和其他一切工作的有力保证。产（行）业的思想政治工作必须紧紧围绕产（行）业的中心工作，努力做到哪里有党组织、哪里就有思想政治工作，哪里有困难、哪里就有思想政治工作，充分发挥其统一思想、凝聚共识、鼓舞斗志的重要作用。产（行）业精神文化建设与思想政治工作目标一致、对象相同，在工作内容和工作方式方法上可以相互补充、相互促进、相得益彰。二者都要坚持以习近平新时代中国特色社会主义思想为指导，坚持以人民为中心，践行党的群众路线，坚持服务产（行）业发展大局，因地、因人、因事、因时制宜开展工作，真正起到凝心筑魂的重要作用，为中心工作提供有力政治思想保障和强大精神文化支撑。

第八章

新文艺组织与新文艺群体

我国"文艺两新"在改革开放与建设社会主义市场经济进程中产生，并随着经济社会发展日益壮大。进入新时代以来，民营文化工作室、民营文化经纪机构、网络文艺社群等新的文艺组织大量涌现，网络作家、签约作家、自由撰稿人、独立制片人、独立演员歌手、自由美术工作者等新的文艺群体十分活跃，成为推动我国文化艺术繁荣兴盛的一支有生力量。

第一节 "文艺两新"的基本构成和主要特点

一、基本构成

(一) 发展由来

"文艺两新"是随着改革开放和社会主义市场经济发展，特别是文化政策的调整和文艺事业的发展而逐步产生壮大起来的。他们是我国民营文化经济的一抹亮色，是我国文艺事业繁荣的增量，也是推进文化供给侧改革、满足人民群众对美好精神文化新需求的有生力量。相较于传统的文艺组织和文艺群体，"文艺两新"具有不依附于体制内机构的"独立性"特点，从出现伊始就经受市场的洗礼和社会的历练，在摸索中不断发展和成长。

互联网技术和新媒体发展改变了文艺形态，催生了一大批新的文艺类型，也带来了文艺观念和文艺实践的深刻变化。"文艺两新"注重运用网络数字化技术，及时捕捉文艺发展的信息，便利获取网络文化资源，采用多种形式进行文艺创作，以敏捷的适应能力调整文艺创作方式，以灵活的创新机制进入文化市场，以灵活的个性化服务扩大传播受众范围，积极助推文艺事业与文化产业的融合发展，满足群众多样性、丰富性的精神文化需求。他们当中涌现出了一大批优秀的艺术家，凭借优秀的作品和良好的品格，深受人民喜爱，成为艺术生力军和文化市场中的重要力量。

习近平总书记以高度的文化自觉、坚定的文化自信、敏锐的战略眼光，深切关注"文艺两新"。习近平总书记在文艺工作座谈会上的重要讲话中明确提出，要用全新的眼光看待他们，用全新的政策和方法团结、吸引他们，引导他们成为繁荣社会主义文艺的有生力量。在中国文联第十次全国代表大会、中国作协第九次全国代表大会开幕式讲话中，习近平总书记再次对文联、作协工作提出要求，强调要加强联络，延伸工作手臂，加强对新文艺组织、新文艺群体的团结引导，把千千万万文艺从业者、爱好者凝聚起来，不断增强组织吸引力。习近平总书记的重要讲话和重要论述，为做好新时代"文艺两新"工作提供了根本遵循。

(二) 基本概念

1. 新文艺组织

新文艺组织是指改革开放以来伴随文化体制机制改革深入推进和社会主义市场经济不断发展而产生的、没有行政事业编制的、自发组织的各类民间性的文艺社会组织。

从范围上看，新文艺组织涵盖在民政或市场监督管理部门注册或未注册自发成立的、以民办非营利文化社团、民营文化企业、民营文化工作室、民营文化经纪机构、网络文艺社群等形式从事文化艺术研究、创作、生产、表演、传播等的机构或组织，业务内容涉及创作、生产、交流、推广、销售服务等各环节各方面。

2. 新文艺群体

新文艺群体是指不隶属于体制内各类文化机构组织、拥有专业知识和技术能力开展文艺实践活动的、为社会提供合法文化文艺产品服务并获取正当劳动报酬的自由职业人群。

主要为网络作家、签约文艺家、自由撰稿人、独立制片人、音乐制作人、独立演员、文创艺术设计者、非遗传承人、自由策展人、自由美术工作者等。他们通过线上线下举办文艺沙龙、读书会、国学班、传习所、茶艺社、琴画苑、书院、画院、民间文艺院团、社会艺术教育培训机构等形式聚集起来，创作门类覆盖文学、戏剧、电影、电视、美术、摄影、书法、音乐、舞蹈、曲艺、杂技、民间文艺、群众文化、文艺评论等，几乎涵盖了文艺全领域。

(三) 边界外延

1. 划分边界

"文艺两新"与传统文艺组织和群体的边界在于与体制之间的关系,"端不端体制饭碗"是划分二者区别所在,即在社会主义市场经济条件下,不依赖财政拨款,不占用行政和事业编制,活跃在广阔的社会空间中,以自身的艺术创作和文化服务,丰富着人民群众的精神文化生活。[①] "文艺两新"的"新",主要表现在以下五个方面:

文艺类型新。借助新的媒介呈现出新的类型,从微博、微信到抖音、快手,从文字到音频,从音频到视频,甚至VR(虚拟现实)、AI(人工智能)技术都催生新的文艺类型。通过有机融合传统文艺与网络新载体,形成了一种线上线下融合形式的新的文艺类型。

从业身份新。随着文化体制改革的深化,许多文艺事业单位的"铁饭碗"被打破,部分体制内文艺工作者选择自主创业成为自由职业者;艺术院校毕业生逐年涌向社会,国有文艺单位工作岗位有限,更多人把择业目光转向民营私企或自主创业;一些非公有制文艺团体、艺术机构吸纳了文艺自由职业者。

创作机制新。一些独立制片人、独立制作人、独立策展人等,在艺术创作和制作机制上,不再拘泥于行政性、计划性、集体性较强的传统创作流程和规制,而采取更加灵活、更有效率、更能体现个人艺术追求的创作生产方式。

艺术思维新。"文艺两新"从业者大多接受过艺术专业方面的教育培训,在艺术思维上相对活跃,更关注国际艺术思潮和理论前沿,能接收更多新的艺术动态、艺术形态和艺术观念,更愿意创新内容和

[①] 郑晓幸:《从顶层设计推动新文艺组织和新文艺群体发展》,《中国艺术报》2018年4月4日。

表达形式。

受众层面新。新的文艺从业者是伴随着互联网成长起来的，与互联网有着天然的联系，草根性和文娱性更强，对于青少年的文娱消费偏好深度了解，吸引了很多年轻受众，尤其是在互联网环境中长大的"网络原生代"。

2. 空间外延

"文艺两新"在外延上呈现出"文艺+互联网"、"文艺+传媒"、"文艺+旅游"、"文艺+体育"、"文艺+非遗"等跨界新业态，在空间上表现为具有集聚性、交融性、园区性、产业性的从事文化艺术创作生产及活动的新文艺组织集聚区和新文艺群体集聚区（可称为新文艺聚落），发挥着一定的人才蓄水池作用。

区别于传统文艺家以个体为主独立进行文艺创作，新文艺聚落并不是一个个文艺"孤岛"，而是将有相似艺术语言、相同艺术类别的新文艺群体汇聚在一起进行创作、生产、交流、推广，用作品展示文艺实力，吸引大批爱好者关注，以组团形式扩大影响力，形成风格各异的艺术聚落和文创园区新格局，成为新阶段我国社会主义文艺事业发展的重要力量。

近年来，新文艺聚落层出不穷，让"文艺两新"有了归属感，支持培育了我国文艺界的新生力量。他们强调人文关怀、重视生命体验，关注国人生存现实和存在境遇，并融合全球化资讯，整合多种创新因素，开拓具有鲜明时代特征的艺术发展之路。他们兼收并蓄、努力可持续发展，传承宽厚博爱、尊老携新的美德，使得新的文艺从业者队伍不断壮大。

二、主要特点

"文艺两新"以创作作品之丰富、开展活动之多样、传播形式之新颖、服务群众效果之显著,彰显了其存在的价值和鲜明特点。

(一)数量规模大

新时代物质文明的丰裕和精神文明的进步,激发了社会广泛的文化活力和文艺创造力。"文艺两新"以人民群众多样化、个性化的文化需求为着力点,以美好生活感知体验为切入点,借助高新科技和市场资本,结合兴趣爱好和艺术专长,扬长避短、各显神通,数量规模日益扩大。据不完全统计,截至2021年10月,广东省新文艺组织达10万个之多;陕西省西安市、汉中市等共有"文艺两新"从业人员51万余人;上海新文艺工作者数量约在50万人以上,是中国网络文艺的发祥地,目前网络作家的人数已超14万人;湖北省"文艺两新"从业人员5万余人。

(二)类型分布广

"文艺两新"涵盖所有艺术类型,尤其在音乐、美术、摄影、曲艺、舞蹈、书法等艺术类型中人员众多,呈现出显著的聚集性,形成了多个新文艺聚落。北京、四川、浙江、江苏、江西等文化产业发展较快的地区,吸引了许多新文艺群体前来创新创业。据统计,截至2021年10月,北京朝阳区拥有798艺术区、751广场、吉里艺术区等12个新文艺群体聚集区,从业者达80万人;四川新文艺组织8.39万个,新文艺群体约251万人;常年"漂"在浙江横店的演员有6000多人;江苏苏州吴中区各文艺门类从业人员约4万人,90%以上都是新文艺群体;流动在江西景德镇与陶瓷工艺相关的自由职业者每年超过3万人次。深圳大芬村是中国最大的商品油画生产和交易基地之一,也是全球最重要的油画交易集散地之一。据统计,大芬油画村现有画廊和工作室1000余家,8000多名画工、画家和画商云集于此,每年创造着数十亿元人民币的销售额,被誉为"中国油画第一村"。

"文艺两新"整合跨地区、跨行业、跨类型、跨层次的文化艺术资源,借助于社会生活中的吃穿住用行等各类载体,采用教育培训、展示演播等多种形式,把文艺活动延伸至乡村、街道、社区、楼宇等各个具体空间,催生了大量新的业态。他们在组织构架、资金来源、投入机制、运营方式上呈现出多样化特征,有独立自办型、合伙联办型、企业附属型、扶持资助型、资源整合型、平台推广型、对外交流型等多种类型。[①] 应运而生的新兴文化业态催生大量新型青年文艺社群和无边界、随机性、可转移、松散型的青年文艺组织以及散打独斗的新文艺自由职业者,他们有的在民政、市场监管部门进行了登记注册,还有很多小规模、草根型、灵活性、"隐身状态"类等主体尚未在民政、市场监管部门登记注册,因客源和业务的不稳定,始终面临着没有固定收入的风险挑战,需要引导支持其稳步健康发展。

(三) 就业机制活

"文艺两新"催生了新的文艺生产和消费方式,可以创造新的就业机会。在移动互联网蓬勃发展、5G技术加速革命、传播媒介多元交互、商业形态跨领域生长的态势下,数字经济与文化经济交融发展迈入新阶段,加速催生了许多时间碎片化、连接平台化、价值多元化、标准个性化的全新就业形态,成为增加社会就业的新渠道。例如,以

---

① 郑晓幸、李明泉:《用全新的眼光看待新文艺群体》,《光明日报》2018年5月19日。

各种O2O平台作为基点，通过粉丝经济、偶像崇拜催生了大量新型青年社群，"草根"转眼跃升为"网红"，既带动了越来越多的年轻人创业，又带动了妇女手工艺、乡村再就业等，扩大了人才势能，激发了人才活力。

"文艺两新"善于发挥各自的专业特长和优势特色，对艺术的高追求与对收入的高期待形成"共生性并强"。他们中既有市场认可度高的名家大师，也有崭露头角的行业新秀，还有不少是处于创业起步阶段的新人，职业发展和收入水平存在较大差异。一般来说，名家大师业界影响力大，市场前景好，收入水平比较高。包括艺术院校刚毕业大学生在内的刚刚入行的年轻人，面临就业压力较大，市场认可相对较差，收入水平也比较低。同时，"文艺两新"成员缺乏职业发展激励和职业中长期规划，面临有职业无事业、有工作无保障的尴尬境地。如何购买社保、积分落户等问题，以及家人朋友对文艺自由职业的不支持与观望态度，折射出较快的产业发展与还未跟上的社会保障事业的结构性错位，亟须补齐社会保障这一短板。

（四）创作观念新

"文艺两新"是当下富有原创力和创新性的一支新生力量，他们重视运用互联网、新媒体、数字技术、人工智能等现代科技手段，跨界融合趋势明显，在网络文艺、艺术设计、动漫游戏等新的艺术样式中占据重要地位。大量风格各异的、新的文艺从业主体在文艺产品的上下游积极拓展价值链条，各种文艺新业态相继涌现，尤其在文艺跨业态、跨门类、跨地区深度融合发展方面展示出全新的文化生产力，书写了当代中国文艺发展的新版图。在新文艺聚落中，"文艺两新"依靠各自的文艺特色打起"组合拳"，提供丰富多彩的精神文化产品和服务。定期举行交流活动，有组织地进行文艺创作展览展示展演展销，善于洞察青年气息，构建"由兴趣聚合的文艺社群"，培养一批"黏性高"的特定受众，反过来用自己的作品引领新的艺术消费，建立起兴趣粉丝圈层，展现出很强的自主性。

相比传统文艺组织和群体，"文艺两新"更青睐文艺媒介的科技化，在文艺的创意实践中更注重发挥新科技、互联网的传播功能，运用移动互联网、新媒体等现代科技打造网络传播新平台。不同媒介之间的渠道被打通，互联网与文化融合程度的不断加深，减小了文化传播"涟漪效应"[1]中的阻力，使得推广渠道呈现开放性等特点，彰显出传播先锋的姿态，以"网生代"引领城市文艺潮流和走向，激发文化新消费新需求，既回应着个体孤独感，又激发着自我意识觉醒[2]。

（五）艺术活力强

特色化和专业化是"文艺两新"争取竞争优势的重要路径。他们以弘扬中华优秀传统文化为己任，充分挖掘地方文化资源宝藏，提炼独具一格的文化符号，积极参与打造具有区域特色的文化名片，很多有特色的新文艺聚落即是成功范例。

"文艺两新"融入社会程度较深。他们能够把文艺活动、文艺服务、文化惠民延伸至学校、社区、街道乡村等基层，特别是在民族地区、革命老区，"文艺两新"群体更是成了乡村文化建设的生力军，助力强化全面文化小康的乡村弱项。他们注重消费对象的分众化、小众化、个性化，除了直接创作生产和销售文化产品之外，还有作品展演、方案设计、活动代理、文艺培训、创作辅导等多种服务内容。由于他们

---

[1] 涟漪效应：指信息、经验和新观念等在扩散传播过程中其能量不断消耗、速度逐渐降低、影响逐渐减小，如同池塘中水波扩散类现象。

[2] 廉思、周媛：《文化新阶层的群体特征、社会功能与发展趋势研究——基于北京、上海、成都三地的实证调研》，《中国青年研究》2019年第1期。

贴近市场和社会，接地气、懂市场、有活力，创作的生活化、服务的温度感、活动的有效性非常明显，这也成为文联组织加强联络服务的支点所在。

第二节 "文艺两新"的主要作用

改革开放以来，我国"文艺两新"快速发展，为思想共筑、文艺繁荣、经济发展、文明提升、社会进步等方面作出了积极贡献，汇聚着实现民族复兴的文化力量。特别是随着中国特色社会主义进入新时代，我国文化建设的一个新亮点就是"文艺两新"正成为推动文化繁荣兴盛的有生力量。立足新发展阶段，贯彻新发展理念，构建新发展格局，必须高度重视和充分发挥"文艺两新"的作用，不断促进满足人民文化需求和增强人民精神力量相统一，建设社会主义文化强国。

一、繁荣发展文艺事业

"文艺两新"带来了新的文艺观念和审美体验，是社会主义文化市场主体的新生力量、公共文化服务的有生力量、传承中华优秀传统文化的社会力量、对外文化交流与文化贸易的补充力量。"文艺两新"以自身的作为和创新的方式阐释着中国文艺实践、中国审美经验，努力推动文艺理论范式和文艺批评模式的加速转换，在交流互鉴中强化文明共识、价值共享和审美共赏。

"文艺两新"有力推动了文化事业和文化产业互动融合发展。伴随社会开放程度高、准入门槛相对较低、服务面广，"文艺两新"既有促进文化产业发展的市场营运功能，又具有明显的助推社会文化发展的公益功能。即便是以营利为主要目的的从业者大多也具备自觉的文化传承情怀和社会责任担当，非营利性质的则更具有鲜明的公益性质，文化事业进步和文化产业经营之间的融合发展、互促互进，充分体现着文化建设转型升级的新理念新实践。

二、丰富群众文化生活

"文艺两新"天然与社会主义市场经济联系紧密，为满足人民日益增长的精神文化需求提供了大量文化产品及其服务。他们深接地气，在切实感受广大人民群众酸甜苦辣、悲欢离合的基础上，把创新要求贯穿文艺创作全过程，大胆探索，锐意进取，创作出很多具有鲜明时代特色、多层次多方面多样化的文艺作品，不仅在内容上生动反映中国特色社会主义砥砺前行的历程，还在拓展题材、内容、形式、手法上下足够的功夫。他们的创作饱含土地芬芳、生活味道、抒发人民情怀，并以广大群众喜闻乐见的形式，以各种节庆、展演活动、网络直播等为平台，传播到经济社会生活的空间角落，取得了显著成绩，产生了广泛影响，也丰富了人民群众的精神文化生活。据不完全统计，截至2021年10月，上海市1500余家演出经纪机构中绝大部分为民营演出公司，年演出场次超过1万场，演出场次和营业收入的市场份额超过60%；浙江省7万多名"横漂"业已成为我国影视艺术发展的重要力量。

三、培育新兴文艺业态

"文艺两新"突破了传统文艺组织和文艺类型壁垒，融汇组合了民间工艺、时尚文艺与主流文艺、精英文艺等各种表现形式，培育和产生了新的文艺业态。过去，一些比较边缘、名不见经传的文艺表现形式迅速发展起来，逐步得到文艺界和社会认可。特别是各类文艺创作的内容和形式融入制造、旅游、农业、教育、科技、文创、体育等，将特定的艺术形式创意化、活态化、产业化，催生和带动了新文化业态的发展，切实将各类艺术的魅力转化为现实的文化生产力。

同时，"文艺两新"整合跨地区、跨行业、跨类型、跨层次的文化艺术资源，具有灵活的资源配置优势，特别是在民营文化企业快速发展的情况下，已成为我国文化经济发展的新动能。在影视制作、动漫游戏、印刷复制、出版发行等文化领域中，民营文化企业已经成为文化产业发展的生力军，成就了我国文化产业发展的半壁江山，与国有文化企业的主力军相互补充，共同推动我国文化产业守正创新发展。由"文艺两新"带来的民营文化企业是发展社会主义市场经济的重要力量，是推进经济供给侧结构性改革、推动国民经济健康发展、促进文化建设高质量发展的重要主体。

四、促进社会和谐发展

"文艺两新"扎根祖国大地，贴近人民大众的文艺新需求，在接地气中尊重人民的市场选择、在通人气中保障个人文化权益的自主表达、在扬正气中传播人民的心声，发挥文艺以文化人、以美育人的作用，增强了文艺和人民的血肉联系，有利于增强人民的文化自信，巩固全体人民团结奋斗的共同思想基础，推动社会安定和谐有序发展。

众多"文艺两新"热心公益，积极关注社会变迁、关爱弱势群体、关心人际冷暖，主动参加新时代文明实践文艺志愿服务活动。"文艺两新"创作生产提升公民文明素养、促进社会文明和谐的话剧、小品、歌舞及书画等文艺作品，调和、缓解家庭、邻里、社区、城乡的人民内部矛盾与冲突，成为化解社会矛盾、抚慰心灵的一把利器。在基层社区及乡村组织的文艺活动中，"文艺两新"通过多种文艺形式，促进居民、村民在欢乐笑声中记得住"乡愁"、守望着"记忆"、消解着"分歧"，促进群众和谐相处、社会和谐发展和社会文明程度持续提高。

同时，我们也要看到，"文艺两新"在对经济社会发展具有积极作用的同时，存在受商业利益驱使以致社会效益和经济效益难以兼顾、政治引领亟须加强、组织化程度较低等问题。这是他们在快速发展中遇到的问题，也是文艺工作和文联工作需要重点关注和引导的方面。

第三节　开展"文艺两新"工作的主要方式

在新的历史起点上，必须始终坚持巩固和加强文艺界大团结大联合，密切与各领域各方面特别是新文艺组织、新文艺群体、文艺工作者联系沟通，广泛凝聚共识，广聚天下英才，努力寻求最大公约数，画出最大同心圆，为建成社会主义文化强国凝聚磅礴力量。文联工作应跟上节拍，必须在顶层设计、资源配置、活动组织、项目实施等方面扩大工作覆盖面，重点做好价值引领、政策倾斜、组织吸纳、创作扶持、传播推介等工作，更好地团结引领服务"文艺两新"。

一、思想引领

人心是最大的政治，共识是奋进的动力。文联组织团结引领"文艺两新"首先是思想政治引领。新时代我们正在进行具有许多新的历史特点的伟大斗争，面临的挑战和困难前所未有，必须坚持巩固壮大主流思想舆论，弘扬主旋律，传播正能量，激发全社会团结奋进的强大力量。在事关大是大非和政治原则问题上，必须增强主动性、掌握主动权、打好主动仗，引导"文艺两新"划清是非界限、澄清模糊认识。

（一）健全党建工作机制

建立健全用党的创新理论教育引导"文艺两新"的工作机制。进一步加强宏观指导，重视加强党的组织建设，支持鼓励有条件的地方文联设立新文艺群体工作部，建立健全党建工作机制，及时对新文艺组织中的党建工作进行督导，实现党的领导对"文艺两新"全覆盖。及时把"文艺两新"的意识形态管理纳入文联领导干部工作绩效考核范畴，提升考核权重，强化意识形态领导责任，增强意识形态工作能力。有计划、分期分批组织新文艺组织基层党组织负责人进行专题培训，通过召开党建形势分析会、短期培训、以会代训、集中讨论、难题会诊等不同形式和途径，研究进一步抓好"文艺两新"党建工作的措施和办法，促使"文艺两新"党建负责人熟悉和掌握新形势下做好党务工作的方式手段，把他们最广泛地凝聚在党的周围。

（二）坚持以人民为中心

文联组织应引导"文艺两新"深入群众、深入生活，解决好"为了谁、依靠谁、我是谁"问题，不仅要"身入"，更要"心入"、"情入"。把人民对美好生活的向往、团结凝聚服务人民、增强人民精神力量作为"文艺两新"工作的出发点。鼓励"文艺两新"制订创作和演出计划，让人民群众成为文艺作品的"剧作者"、"剧中人"、"评判者"。支持建立能够反映人民需求的综合质量评价体系，把价值取向、艺术水准、审美情趣、群众口碑等作为评价作品的主要标准，把群众评价和专家评议与上座率、收视率、收听率、点击率、发行量等有机统一起来，推动产生一大批"叫好又叫座"的文艺精品。引导网络文艺用适合互联网的话语体系讲好人民群众身边故事，传播正能量，支持形成写人民、人民写、人民参与、人民共享的网络文艺创作新常态。

（三）践行社会主义核心价值观

巩固马克思主义在"文艺两新"领域的指导地位，抓实基层一线新文艺从业者的思想政治教育，积极引导"文艺两新"提高文化自觉、增强文化自信，通过精彩的故事、鲜活的语言、生动的形象大力弘扬社会主义核心价值观。支持"文艺两新"以社会主义核心价值观为灵魂，选择适合的题材体裁，加强现实主义题材创作生产，推动把国家建设事业导入到"富强、民主、文明、和谐"中，把社会发展美好愿景导入到"自由、平等、公正、法治"中，把个体行为道德准则导入到"爱国、敬业、诚信、友善"中，努力培育创作一批文质兼备的文艺精品。鼓励"文艺两新"主动参与社会主义核心价值观教育活动进机关、进企业、进社区、进乡村、进学校、进网络空间的工作。

（四）加强创作评价和引导

强化文艺创作的评价，引导"文艺两新"勇做时代风气的先觉者、先行者、先倡者，通过创作生产更多有筋骨、有道德、有温度的文艺作品，书写和记录人民的伟大实践、时代的进步要求，弘扬中国精神、凝聚中国力量，鼓舞全国各族人民朝气蓬勃迈向未来。大力引导"文艺两新"从现实社会生活、当代典型人物中挖掘素材，讴歌真善美，贬斥假恶丑，彰显信仰之美、崇高之美，引领人民向往和追求讲道德、尊道德、守道德的生活。强化支持"文艺两新"以不同文艺样式，唱响共产党好、社会主义好、改革开放好、伟大祖国好、各族人民好的时代主旋律，真情讴歌党、讴歌祖国、讴歌人民、讴歌英雄。引导"文艺两新"自觉遏制和抵制低俗、庸俗、媚俗，加强符合新时代要求、深受人民群众欢迎的文艺行风建设，培育积极健康、向上向善的网络文化，为广大网民特别是青少年营造风清气正的绿色文明网络空间。

（五）团结共筑伟大复兴中国梦

引导"文艺两新"以自身的智慧、才情和力量，团结共筑中国梦。作为新生力量有生力量，必须为促进中国特色社会主义事业发展服务，为实现中华民族伟大复兴服务，不断为发展社会主义先进文化、提升国家文化软实力、建成文化强国作出新努力新贡献。坚持实践是检验真理的唯一标准，真正把"文艺两新"的价值引领成效放在实践发展中去评估，深化改革、加强引导、补齐短板、提升品质。鼓励和引导"文艺两新"以高度的道路自信、理论自信、制度自信、文化自信，保持文化包容，坚定创新发展。坚持马克思主义基本原理与中国具体实践相结合，同中华优秀传统文化相结合。努力把习近平新时代中国特色社会主义思想融入到新时代丰富多彩的文艺实践中，大力支持和倡导"文艺两新"践行"幸福都是奋斗出来的"理念，弘扬艰苦奋斗的优良作风，脚踏实地、虚心学习，共创社会主义文艺事业新辉煌。

二、政策倾斜

根据新的实践不断推出新的政策举措，加强对"文艺两新"的引领服务联络管理创新，切实解决他们在发展中面临的实际问题。

（一）优化制度安排

新阶段文艺工作的对象、方式、手段、机制面临许多新情况新问题，文艺创作生产的格局、文艺作品的传播方式、人民群众的审美要求发生了很大变化。"文艺两新"所从事的工作，既有意识形态属性又有市场商品属性，但意识形态属性是本质属性，我们一定要牢牢把握正确导向，坚持守正创新，引领他们持续健康发展。

从顶层设计上优化制度安排，协调完善新文艺群体联络服务管理的相关职业发展政策和保障政策。中国文联于2017年初在国内联络部增设新文艺群体联络办公室，统筹开展团结引领"文艺两新"业务工作。各全国文艺家协会面对"文艺两新"，也陆续建立了不同形式的专门委员会和工作平台。做好"文艺两新"工作，既要发挥文联及所属各文艺家协会行业组织的重要作用，也要发挥与组织宣传、文化旅游、广播、电影、电视、新闻出版、市场监管、民政、税务等党政职能部门的协同联动，努力形成整体工作合力，促进出台符合"文艺两新"实际需要的政策措施。发挥文联组织及所属文艺家协会优势，推进文艺行业标准和行业规范建设。开展"文艺两新"的行业评价体系研究，进一步探索文联发挥行业建设主导作用的实现途径和方式。

配合推进政府部门"放管服"深化改革，根据"文艺两新"的现状、特点及存在的瓶颈问题，努力出实招、办实事、做好事，共同营造公平公开公正的市场环境，规范和引导"文艺两新"健康发展。强化对"专、精、特、新"中小微文化企业的发展服务，引导完善文化市场准入和退出机制，建立和健全统一开放、竞争有序、诚信守法、监管有力的现代文化市场体系。鼓励发展基于互联网的新型文艺业态，促进支持社会组织、机构、个人捐赠和兴办公益性文化艺术事业的相关政策落实。

（二）纳入培训范围

新文艺群体特别是处于基层的新文艺业态的从业者，在专业文艺技能提升、运营管理等方面，有着强烈的现实培训需求。因规模相对较小，经济实力受限，信息不对称，他们多数不能独自组织学习教育活动，亟须党委和政府、文联等相关部门组织开展专业指导及教育培训。各级文联应把加强对新文艺从业者的培训纳入年度培训规划，切实抓好工作落实。在强化政治引领上下功夫，探索建立长效管用机制，鼓励开展全员思想政治和业务能力培训，加强创作道路引领和道德品行引领，增强对"文艺两新"的凝聚力、感召力。2018年以来，中国文联及所属各全国文艺家协会举办直接面向"文艺两新"的人才培训班67期，培训学员6650人次。以各全国文艺家协会会员和文艺骨干为重点的常态化教育培训也注重向"文艺两新"延伸，"文艺两新"学员占比约35%。

加大对"文艺两新"优秀人才的培训力度，既要举办全国新文艺群体拔尖人才高级研修班，也要加大对从事新文艺群体联络协调服务管理工作的专职人员的研修培训。有重点、有计划地推选新文艺群体中优秀人才和骨干分子参与"文艺名师"带动培训、"协会会员"普遍培训。要建立和完善培训体制，加强与专业艺术院校合作，拓宽新文艺群体培训渠道，实现新文艺群体优秀人才和骨干培训的全覆盖。鼓励专门为新文艺群体艺术人才举办剧本写作培训班、影视剧本创意大赛，孵化优秀文本。支持举办文本交易推介会、文化艺术品展示会，探索加强网上文本超市建设。

（三）探索开展职称评定

"文艺两新"是改革开放不断深化和经济社会不断发展的产物，其出现具有历史的必然性。多年来，评定专业技术职称问题成为摆在他们面前的"拦路虎"。上海、江苏等地解放思想，敢于打破陈规，积极探索开展新文艺群体的初级、中级专业技术职称的评审工作，广受从业者欢迎和肯定。

2017年1月，中共中央办公厅、国务院办公厅印发了《关于深化职称制度改革的意见》，对团结凝聚专业技术人才、激励专业技术人才职业发展、加强专业技术人才队伍建设指明了方向和思路，提供了依据和指导。这一重要文件的颁布实施，也为探索开展"文艺两新"的职称评审带来了希望。为进一步贯彻落实该《意见》，2020年9月，人力资源和社会保障部、文化和旅游部印发《关于深化艺术专业人员职称制度改革的指导意见》，真切地为开展"文艺两新"职称评审提供了可靠的政策依据和评价标准，使希望变成了现实。该《指导意见》明确指出，根据艺术领域特点，设置艺术表演、艺术创作、艺术管理、技术保障等4个专业类别。初级职称只设助理级，高级职称分设副高级和正高级，未设置正高级职称的专业均设置到正高级，形成初级、中级、高级层次清晰、互相衔接、体系完整的职称评价体系。更为重要的是，该《指导意见》鲜明提出：延伸联系手臂，拓展评审范围，打破户籍、身份、档案等制约，畅通民营文化工作室、民营文化经纪机构、网络文艺社群等新的文艺组织从业人员和网络作家、签约作家、自由撰稿人、独立制片人、独立演员歌手、自由美术工作者等新的文艺群体从业人员职称评审渠道，确保其与国有文化艺术企事业单位艺术专业人员在职称评审上享有同等待遇。最为可贵的是，该《指导意见》明确要求，充分发挥文联、作协在联系新文艺群体人才方面的优势和作用，坚持文联、作协作为新文艺群体职称评审主渠道，积极支持其按程序组建艺术序列职称评审委员会，面向"文艺两新"开展职称评审工作。关键在于各级文联应切实行动起来，想方设法真抓实干，根据需要和可能，积极稳妥地探索开展"文艺两新"职称评审工作，使之成为团结引领服务"文艺两新"重要的新抓手。

（四）协调文化场馆使用

"文艺两新"具有分散性、类别多、无业务主管部门的特点，除少数知名文艺大家外，多数从业者创作出来的作品，找不到合适的展览展示展演平台。随着全国公共文化服务体系的进一步改革和完善，各级各类公共文化设施和场馆的运营与管理将鼓励和欢迎"文艺两新"的积极参与。应协调创新文化场馆的使用机制。以文化发展需求为导向，引导建立区域性文化场馆运营联盟，统筹地方政府、主管机构、文化企业、商业品牌等方面资源和力量，努力打造资源整合、供应商管理、场馆运营等方面的集群平台。鼓励创新国有文化场馆闲置时段的使用细则，以公开租赁、购买或公益展出方式，支持承接"文艺两新"作品的展览展演活动，丰富文艺作品展览展演的空间载体，扩大文艺作品的社会影响。

（五）畅通购买服务渠道

畅通政府购买社会力量提供公共文化服务的渠道和途径，克服所有制歧视，破除"玻璃门"，完善政府向社会力量购买公共文艺产品和服务的工作机制和流程。引导制定代表"文艺两新"参与公共事务、反映意愿和利益诉求的具体管理和实施办法。加快促进文化节会会展活动向文化产业转型发展，实现从政府主办到市场运作的转变，助力形成"政府引导、企业承办、市场运作"的节会会展运营模式。立足人民群众基本文化需求，引导对体制内文艺单位和体制外新文艺组织给予同等社会竞标购买待遇，加强采购信息公开，实行公开、公平、择优采购，努力确保各类文艺组织机会均等，平等参与竞争，拓宽公共文艺产品和服务供给渠道，不断提高服务质量。

（六）深化资金融通支持

新文艺组织特别是民营文化企业，多数是中小文化企业，与国有及大型文化集团相比，既没有雄厚的资金实力，也没有强大的财政支持。对"文艺两新"来说，虽然多数具有想象力丰富的创意团队，或是拥有已经成形的优秀作品版权，一些地方配套了相应的信贷产品，但融资成本高和融资难度大，亟须加大资金撬动力度，引进社会资本，帮扶他们实现可持续发展。

设立"文艺两新"创新发展的专项资金，鼓励社会力量投资，共同推进其良性发展。鼓励设立信贷贴息资金，充分利用好现有的版权贷、文创贷、科创贷等金融产品，促进解决新文艺组织发展资金短缺问题。倡导设立创作引导专门资金，建立公开透明的评价评估标准，加强项目的全周期监管，使资金支持的力度、有效性与安全性更加科学合理。通过行业协会、商会等，引导帮助新文艺组织完善内部治理结构和管理方式，积极利用产业基金、孵化资金、风投资金、天使资金等，鼓励以投资、参股、并购、重组、项目合作等多种方式，盘活资源，增强市场竞争能力，壮大综合实力。

三、组织吸纳

实现中华民族伟大复兴的中国梦，需要广泛汇聚团结奋进的强大正能量。开启新征程，奋进新时代，为建成社会主义文化强国凝聚磅礴力量，必须增进大团结，调动一切可以调动的积极因素，主动吸纳"文艺两新"加入文联大家庭中来。

（一）扩大组织工作覆盖

扩大文联组织覆盖和工作覆盖，夯实基层文联的组织工作基础，努力实现市县级文联的全覆盖。有条件的地方文联应设立新文艺联络服务办事机构，密切与新文艺组织优秀人才、新文艺群体代表人士和新文艺聚落领导人员的工作联系，培养新文艺骨干力量。据初步统计，在各地方文联及协会中，省市县三级文联成立的新文艺群体协会或由各级文联作为业务主管单位的新文艺群体社会组织达到1158个，覆盖会员约17.4万人。应加强对新文艺群体代表人士的发现、挖掘和培养，不断充实新文艺群体代表人士信息库建设。试点推行文联及协会领导联系"文艺两新"代表人士制度，探索建立与文艺社团、文化经纪机构经常性联系制度，规范健全制度机制。依据地方文联的职能作用，支持在重点新文艺聚落建立工作站和实践基地等，打通联络服务新文艺群体的"最后一公里"。

鼓励、支持和引导各文艺家协会把发展个人会员作为团结凝聚"文艺两新"的重要途径。修订完善个人会员入会细则，调整个人入会门槛，动员和吸收"文艺两新"中的优秀人才入会。加快建设会员资料数据库，加强会员身份管理。增加文联代表大会代表、全委会委员、主席团成员中基层和创作一线新文艺工作者的比例，调整优化各文艺家协会代表大会、理事会、主席团的构成比例。中国文联第十次全国代表大会代表总计1550人中，新文艺群体代表为134人，占比9%。中国文联所属各全国文艺家协会在换届时，"文艺两新"代表普遍占到会议代表的15%左右，理事、全委一般占比5%至7%，条件成熟的协会已经超过10%。在文联及协会举办的重大工作或活动中，主动邀请"文艺两新"的代表参加。积极向当地党委建议在研究确定人大代表、政协委员名额中给予"文艺两新"一定的比例，为他们提供更多机会和平台，使他们在主流渠道中能发出自己的声音。按照有关规定和程序，鼓励国有文化企业选聘具有高层次文化经营管理、文化科技等方面素质的新文艺群体人才。

（二）搭建联系服务平台

支持建立与"文艺两新"的经常性联系平台。有序开放文联及各文艺家协会的相关平台，提供更多平等参与的机会，在深入生活、采风创作、教育培训、展演展示、宣传推介、文艺志愿服务等方面创造条件，引导新文艺群体中的专业人士成为德艺双馨的优秀文艺人才。推荐"文艺两新"创作的优秀成果参加国家、省、市、县等不同层级的奖项评选，推荐和支持新文艺群体代表人士参加国际和全国性学术会议、艺术节、图书展、博览会等各类文化活动。

支持各文艺家协会成立新文艺群体（组织）专业或工作委员会，完善青年文艺家之友平台，发挥各文艺家协会主席团成员、理事、知名文艺家联络帮助新文艺工作者的优势。推进各文艺家协会会员网络工作平台和新媒体建设，完善文艺志愿服务工作机制，促进把新文艺群体参加文艺志愿服务活动、培训、交流等情况作为其评价、评定、评选的重要依据，推动团结引领工作网上网下同向发力。支持新文艺群体代表人士到文化部门、企事业单位、群团组织进行挂职锻炼或业务交流。鼓励新文艺群体设立工作室，推动企校合作，倡导到职业艺术院校兼职任教。积极推进将新文艺群体纳入组织人事部门和工会、共青团、妇联等群团组织开展的评选表彰活动。对于经常深入改革开放第一线、经济建设最前沿、社会生活最基层开展采风创作、直接服务基层和一线群众的新文艺群体优秀代表，加大宣传表彰和传播推介。

（三）建立艺术门类联盟

鼓励各种行业门类的"文艺两新"，坚持以文艺发展需求为导向，依托各方面资源和力量，建立新文艺群体的各类联盟，扎实推进网络文学联盟、数字动漫联盟、书画联盟、舞台艺术联盟、视觉艺术联盟、造型艺术联盟、非遗传习所联盟、民间传统工艺研发生产联盟等社会组织和自组织建设，支持各相关联盟成立新文艺人才工作坊。

引导新文艺联盟发挥横向合作、协同创新的优势。关心和帮助

"文艺两新"解决创作与生活中的实际问题,围绕文化、艺术、金融和法律等方面开展多层面多角度合作交流,进一步挖掘联盟成员的潜力活力,努力实现优势互补、共同发展。积极为联盟成员提供文化艺术政策解读、项目可行性分析、产业合作和市场信息等服务,拓展我国文化事业产业融合发展的空间。协同文艺界群众团体、行业组织、专业维权机构,为其提供法律咨询和援助,保护"文艺两新"的知识产权等合法权益。鼓励联盟根据职业特点和行业特性,协助完善社会保障关系转移接续办法,健全文化领域多层次社会保障体系,为人才跨地区、跨行业、跨体制流动提供便利服务。引导整合联盟资源,建立统一的数据整合、发布、共享、交换平台,建立健全新文艺群体代表人士大数据信息库。

四、创作扶持

文联及各协会要团结引导广大"文艺两新",不断增强"脚力、眼力、脑力、笔力",观照新时代社会的全面进步和人的全面发展,在火热的生活中积累鲜活生动的素材,努力创作出一批讴歌党、讴歌祖国、讴歌人民、讴歌英雄的精品力作。

(一)支持深入生活

坚持"清泉永远比淤泥更值得拥有,光明永远比黑暗更值得歌颂"的理念,引导"文艺两新"走近社会生活,走进人民心里,善于在幽微处发现美善、在阴影中看到光明。切实把深入生活、扎根人民的实际情况作为"文艺两新"业绩考核、评奖选优、表彰奖励、晋升入会的重要依据,纳入文联文艺创作目标管理和领导班子年度考评。鼓励文艺采风常态化,支持设立创作实践基地,形成新文艺群体常下基层、常在基层的长效工作机制。推行艺术家工作室制、客座制、签约制和招聘制等方式，深入开展主题采风、创作教育活动，吸引"文艺两新"广泛参与。统筹规划各种文艺基地，为新文艺群体深入基层蹲点采风创作、交流培训、展览展示搭建有效平台。支持宣传"文艺两新"在深入生活、扎根人民中涌现出来的优秀文艺工作者典型事迹，发挥新文艺群体中知名作家、艺术家的示范带头作用。

（二）扶持现实主义题材创作

引导"文艺两新"积极参与社会文明促进工程，积极参与文艺作品质量提升工程，围绕中国梦、社会主义核心价值观和重大主题活动，聚焦现实主义题材、爱国主义题材、重大革命和历史题材等，推出更多有筋骨、有道德、有温度的文艺作品。采取务实举措，扶持提高作品质量和水平，把握好时、度、效，增强吸引力和感染力，让群众爱听爱看、产生共鸣，充分发挥鼓舞人、激励人的作用。加大对新文艺群体主题性特别是现实主义题材创作的扶持力度，鼓励其加大对革命、建设、改革主题文艺创作项目的投入。支持"文艺两新"在守正创新上实现新作为，正确处理社会效益和经济效益的关系，坚持把社会效益放在第一位。

（三）弘扬中华优秀传统文化

"文艺两新"在继承和发展中华优秀传统文化方面具有自身优势。鼓励阐释优秀传统文化基因，大力弘扬讲仁爱、重民本、守诚信、崇正义、尚和合、求大同等思想理念，弘扬自强不息、敬业乐群、扶危济困、见义勇为、孝老爱亲等中华传统美德，推动中华优秀传统文化创造性转化、创新性发展。引导他们从中华优秀传统文化中提取有价值的素材，将优秀特质融入到创作生产实践中，转化形成纪录片、影视剧、图书或其他形式的作品和服务，扩大文化消费，丰富群众的精神文化生活，增强中华民族向心力凝聚力。积极扶持"文艺两新"推进中华优秀传统文化走进生活，把中华优秀传统文化的理念、符号、元素纳入新型城镇化建设和城市规划设计，延续中华文化薪火相传的脉络。倡导"文艺两新"深入挖掘春节、元宵、清明、端午、七夕、中秋、重阳等传统节日文化内涵，加强对传统历法、节气、生肖、饮食、医药等的研究阐释、活态利用，使其有益的文化价值深度嵌入百姓生活，助力把一批文化特色浓、品牌信誉高、有市场竞争力的中华老字号做精做优做强。支持"文艺两新"积极参与文化旅游融合发展，积极参与中华传统工艺振兴和戏剧曲艺传承发展，引导广大群众在文化旅游中感知中华优秀传统文化的魅力。

（四）实施优秀人才成长计划

加大对"文艺两新"优秀人才的培养扶持力度，实施文艺优秀人才成长计划。打破学历、年龄、身份等限制性束缚，组织开展领军人才、青年英才选拔，量身定制个性化培养教育计划。千方百计为"文艺两新"搭建创作平台、展示平台、播出平台，让优秀作家、导演、制片人、演员等有用武之地，用高质量的作品和精湛的表演以及优质的服务赢得口碑和市场。2016年至2020年，中国文联共扶持青年文艺创作项目291个，投入金额5058万元，其中扶持新文艺群体项目130个，占比由18%提高到近60%。鼓励"文艺两新"内引外联，整合优势资源，着力推动跨体制、跨行业、跨区域合作，改变传统单一的文艺形态，赋予传统文艺创作新的活力和新的动能。重视对网络文艺优秀人才的培养扶持，鼓励积极运用网络创作、传播优秀作品，支持网络文学、网络音乐、网络说唱、网络剧、微电影、网络动漫等新兴文艺类型健康繁荣有序发展，促进传统文艺与网络文艺创新融合，展现中华文明独特的价值与魅力。鼓励有条件的地区评选本级新文艺群体领军人物、代表人物,培养一批德艺双馨的新文艺人才。

五、传播推介

文联及协会要加强传播推介,促进传统媒体与新兴媒体交融互进,努力为"文艺两新"的优秀人才和优秀作品提供更好服务。

(一)健全推广体系

积极组织宣传阵地加强对"文艺两新"优秀文艺人才作品的宣传推介,创新表达方式,增强在报纸、期刊、电台、电视台、网络媒体、图书音像电子出版物等渠道的推介,加强在主流媒体重要时段和重要版面的推介。对承担"文艺两新"优秀文艺作品刊载播发的媒体版面、栏目、节目、频道等,应给予表扬和奖励。协调用好剧场、影院、博物馆、图书馆、文化馆(站)、群众艺术馆、美术馆、工人文化宫、文化广场、基层综合性文化服务中心等各类文艺阵地,因地因时制宜举办群众喜闻乐见的展映、展播、展演、展览活动,让优秀文艺人才作品走进基层、走进群众。

重视和运用在微信、微博、抖音、快手、电商直播、粉丝社群等各类互联网平台上传播推广"文艺两新"优秀人才作品。支持运用云计算、移动直播、虚拟现实等技术创新手段,努力推出一批优秀的现象级新媒体产品。鼓励"文艺两新"整合人力、平台、内容等资源,努力参与到兼顾精品化、深度化、移动化、视频化新型媒体矩阵创建之中,助力实现报、刊、台、网、端、微、屏融合传播。

切实加强对新的文艺业态的学术理论研究和评论工作,积极整合文艺评论家协会、文化艺术研究机构、媒体理论评论部门和高校文艺理论教研室等文艺评论资源,关注现实,深化研究,用科学的艺术理论评论指导丰富"文艺两新"的艺术实践。充分发挥中国文艺评论家协会新文艺群体专委会的职能作用。鼓励文艺评论家协会签约一批来自"文艺两新"的文艺评论家,运用历史的、人民的、艺术的、美学的标准辨析文艺现象、评鉴文艺作品,展现当代中国审美风范,提高艺术审美水平。

(二)拓展文化市场

"文艺两新"反映市场需求灵敏,在这方面应给予宣传推广,助他们一臂之力。引导"文艺两新"培育文化经济新增量,推进形成一批"文艺+旅游"、"文艺+人工智能"、"文艺+金融孵化"等新经济空间,"文艺+订制"、"文艺+IP授权"、"文艺+智能创作"等新经济模式,"文艺+社交"、"文艺+电商"、"文艺+大数据"等新经济平台,强化新动能挖掘,拓宽消费领域。鼓励他们积极参与和推进具有重大示范效应和产业拉动作用的区域性文化项目,努力打造一批在全国有影响力的文化品牌,提升文化品牌知名度和影响力。

支持和鼓励"文艺两新"适应文化市场的多样化、分众化、个性化特点,加强市场调研,建立健全反映文化消费需求的有效评估反馈机制,发展绿色消费、审美消费,控制和警惕"过度娱乐化"消费,扩大文化消费市场规模。鼓励"文艺两新"把握文化市场的变革走向,对接年轻化、时尚化等文化消费新需求,加大文化产品的精准发力生产和供给。促进新文艺聚落以产业公共平台搭建为引擎,为他们提供信息咨询、推介推广、电子商务、财税支持、金融服务、统计分析、产权交易等集成服务。

注重提升"文艺两新"的创新能力和整合能力,不断加强科技创新应用,加快以互联网、大数据、人工智能为先导的现代科技推广应用，拓展新的文艺形态发展空间。支持城市新型文艺业态培育，以文艺与旅游、文艺与培训、文艺与商贸、文艺与创意、文艺与制造业、文艺与体育等相关融合为切入点，为商贸旅游、工业设计、体育康养、城乡建设、教育培训等领域注入文化艺术的内涵，使当代城市更富有人文精神和品质。鼓励"文艺两新"积极投身乡村振兴，用足、用好、用活国家支持乡村振兴的各项优惠政策，注重在乡村文脉传承、文化活力激发、文化乡愁守护、非遗活态传承中发挥应有作用，推进文艺与"三农"融合发展。

(三) 扩大交流合作

鼓励"文艺两新"主动参与到长三角、珠三角、京津冀、成渝地区双城经济圈、粤港澳大湾区等地区的文化艺术发展布局中，促进交流互鉴、开放包容，组织联合摄制、合作排演、采风写生等文艺活动。鼓励"文艺两新"与港澳台地区开展中华优秀文化传承创新项目交流与合作。

积极推荐"文艺两新"的优秀人才及作品参加对外文化交流、国际演出等活动。支持宣传推介中国戏曲、曲艺、杂技、民乐、书法、国画等优秀传统艺术，引导运用海外中国文化中心、文化节展、博览会、电影节、体育活动、旅游推介和各类品牌活动，推动中华优秀传统文化代表性项目走出去，让国外民众在审美过程中获得愉悦、感受中国艺术之魅力。进一步发挥民间文化交流、合作、沟通的独特作用，利用自身的资源聚合优势，引导搭建国际文化交流合作平台，联办主题性专题性的艺术巡回展演展示，邀请国外文博、美术、音乐、歌舞、非遗等团队和专家来国内进行交流合作。

推动新文艺群体优秀人才和中外优秀人才智库合作，扶持海外出版机构翻译出版新文艺群体代表性著作，鼓励通过华侨华人社团、文化艺术名人等，依托我国驻外机构、中资企业、友好合作机构等，讲好中国故事、传播好中国声音、展示好中国形象。吸收借鉴国外优秀文明成果，充分利用国际自由贸易政策规则，鼓励"文艺两新"加强与"一带一路"沿线国家地区的文化交流合作，努力开拓国际艺术市场，助力培育中国国际知名文化品牌，让更多体现中华文化特色、具有较强竞争力的文化产品走向国际市场。引导"文艺两新"参与世界文化的对话交流，推动中外文化交流互鉴，助力构建人类命运共同体，推进人类文明进步发展。

第九章

网络文艺与网上文艺之家

网络文艺作为新兴文艺形态伴随着互联网的兴起应运而生、日渐壮大，已成为文艺事业繁荣发展的重要构成，网络文艺工作者已经成为当代中国文艺领域中一支朝气蓬勃的生力军。重视发展网络文艺，是文联组织贯彻落实习近平总书记关于网络强国重要思想和关于文艺工作、群团工作重要论述的实际行动，也是文联组织适应新时代发展和现实需求、不断推动深化改革的必然要求。

第一节　重视发展网络文艺

信息技术、数字技术、互联网等高新科技的迅猛发展催生出了一个新的文艺形态——网络文艺，而且其发展的广度深度速度超乎人们的想象。我们对网络文艺的已知远远不如未知。因此，必须进一步加深对网络文艺的认识和了解，大力培养网络文艺方面的优秀人才。

一、网络文艺的重要作用

一个时代有一个时代之精神，一个时代有一个时代之文艺。2014年，习近平总书记在文艺工作座谈会上的讲话中指出了网络文艺的重要性，并对其繁荣发展提出明确意见。2015年，《中共中央关于繁荣发展社会主义文艺的意见》列出专节阐述网络文艺。2020年，《中共中央关于制定国民经济和社会发展第十四个五年规划和二〇三五年远景目标的建议》中明确指出，"加强网络文明建设，发展积极健康的网络文化"。2021年9月，中共中央办公厅、国务院办公厅印发了《关于加强网络文明建设的意见》，对加强网络空间的思想引领、文化培育、道德建设、行为规范、生态治理和文明创建提出明确要求。网络文艺在丰富实践中逐渐发展为当代中国文艺百花园中令人瞩目的新生力量，具有越来越重要的地位，也发挥着越来越重要的作用和影响力。

网络文艺是中国特色社会主义文化建设的重要组成部分。近年来，网络文艺顺应时代发展、社会进步的历史潮流，创作理念丰富完善，表现形式不断创新，作品数量持续走高，作品质量整体提升，深刻影响和带动着当代中国文艺的发展面貌和整体转型。尤其在活力、规模、经验、潜能、前景等方面，具有示范、辐射乃至引领作用，已经成为中国特色社会主义文化建设中不可或缺、不容忽视的艺术形态。特别是网络艺术创作呈现的精品化趋向，不仅进一步彰显了其极大的社会影响力，还以丰厚的创作能力和实绩，跻身当代中国文艺的主流行列。

网络文艺勇于承担社会责任，表现时代精神，传递积极向上的价值观。影响越大，责任也越大。随着网络文艺影响力的日趋扩大，其社会责任也愈发凸显。它肩负着以文艺精品引领时代风气、以优秀作品传递正能量的使命任务。网络文艺已经成为展现新时代社会风貌、传承和弘扬中华优秀传统文化的重要载体，成为反映生活风尚、表达人们思想情感和审美文化的重要文艺样式，在弘扬社会主义核心价值观、培养担当民族复兴大任时代新人、营造风清气正网络空间等方面作出了积极贡献。

网络文艺给文艺创作生产传播带来深刻变革，重塑当代中国文艺生态。网络文艺加速文艺作品生产频率，扩大文艺从业范围，改变文艺资源传播利用消费机制，推动文化产业、文艺样态极大发展和丰富，实现更广范围、更深程度、更强力度上的思想文化信息共享，推动规范互联网领域和文艺领域等政策法规相继出台完善。其所带来的革命性影响已经渗透到艺术创作、生产、传播的各个环节和层面，带动着文艺观念和文艺实践的历史性变化，成为文艺事业发展的最大增量。

网络文艺努力满足人民群众日益多样化多层次的文化需求。"网络空间是亿万民众共同的精神家园。"[①] 网络文艺丰富了大众的文化娱乐生活，拓展了受众的文化消费时空，刷新了受众的文化消费体验。网络文学、网络剧、网络综艺、网络动漫、网络游戏等领域，因创作生产出不少现象级爆款作品而备受青睐，引发全社会广泛关注。同时，在用户规模和使用频率上，网络文艺受众总量已接近我国网民总数，庞大数量具有引发质变的足够动能。网络文艺日益成为满足人们艺术审美、文化娱乐的重要载体和生长极、增长点。

网络文艺积极发挥思想引领、舆论引导、精神鼓励和文化支撑的作用。当前，互联网成为意识形态主阵地，网络文艺更是处在意识形态斗争的主战场、最前沿。网络文艺凭借传播时效性强、参与度高、受众广泛、产业融合和技术优势显著的特点，不断为加强文艺阵地建

---

① 习近平：《在网络安全和信息化工作座谈会上的讲话》，《论党的宣传思想工作》，中央文献出版社 2020 年版，第 196 页。

设、实现良好舆论氛围添砖加瓦。同时，网络文艺开辟海外传播中国文化的新领域，成为提升我国文化软实力的新载体新方式，在讲好中国故事、推动中华文化"走出去"的进程中，有着极为重要的作用。

网络文艺的蓬勃发展及其重要作用，给文艺工作改革创新带来了广阔前景，也为探索文联工作新模式提供了重要启示。作为党和政府联系文艺界的桥梁和纽带，作为繁荣发展社会主义先进文化、推动文化强国战略实施的重要力量，文联组织开展网络文艺工作，不是传播途径、呈现载体的简单改变，而是思想的更新迭代和新技术应用下的服务模式、工作方式的深刻转变，是文联工作理念和工作机制的一场历史转变。必须主动学习和积极运用互联网思维，充分利用互联网技术和优势，改变许多传统的思想观念、理念思路，创新更多的工作体制机制和方式方法，让文联深化改革插上现代科技的翅膀，走出一条文联深化改革和现代科技应用深度融合的新路子。通过互联网延伸工作手臂、拓展服务方式，让各项工作和活动焕发出新的动力活力魅力，开创新时代文联工作新局面。

二、网络文艺的类型构成

网络文艺形态多样、实践丰富。依据网络文艺实践的实际情形，并在与传统文艺的对比架构中，一般将其分为网络文学、网络剧、网络综艺、网络电影、网络音乐、网络动漫、网络游戏等若干主要的、典型的形态和类型。

网络文学相比网络文艺其他表现形态，由于装备轻、投入少、门槛低，加上历史文化传统、创作生产积淀、作者队伍庞大等原因，在网络空间迅速成长，并于丰富多样的实践中形成了诸多与传统文学不同的鲜明特性。自1998年起，经过20多年的发展积累，网络文学已成为改革开放以来文化艺术领域的一个重要方面。网络剧相对于电视剧来说具有题材类型丰富、观看时间更加灵活、"网感"和用户体验强等特点。居于网络剧产业核心的是视频网站，它们往往既是播出方又是出品方、制作方，产业的上下游都在其中。网络综艺是各种综艺节目形态与互联网联姻后产生的重要网络文艺表现形态，当前正在迎来爆发性增长，在满足大众文化消费需求的同时，也极大地影响着当代审美文化的风貌。网络电影一般是指依托互联网而生产、传播和接受的类电影叙事艺术形式，与大银幕电影相比，具有成本小、周期短、差异化、面向中等收入受众等特点，更符合互联网用户的个性化需求。网络音乐既包括借助互联网进行制作、传播和消费的电子化音乐，也包括经由电信网、移动互联网进行传播和消费的数字化音乐作品，数字化制作、传播和消费是其显著特点。网络动漫基于数字媒体特性及网络用户需求形态多样，包括网络大动画、漫画表情、动态漫画、漫动画、虚拟偶像及其他基于互联网信息技术传播的动漫新品种。网络游戏与传统电子游戏及其发展演变之路不同，不仅因为游戏终端设备的区别带来了差异化的新体验，还因为游戏的制作方式、传输方式、传播载体等变革不断走向深化、成熟。

网络文艺还可以广泛地涵盖其他的与互联网有关的文艺形态，比如短视频、网络直播、网络音频，以及在线展馆、VR（虚拟现实）/AR（增强现实）/MR（混合现实）、AI（人工智能）等等。这些借助互联网力量而蓬勃发展的形式、产品，含有文艺因子又非"典型"网络文艺，或具有丰富潜能却处于发展的初级阶段。随着网络用户日益增长、网络内容生产越来越丰富，这些表现形态的网民参与度越来越高、市场规模持续扩大、影响力不断提升。伴随着技术的不断革新、表达形式的不断探索，未来更多的网络文艺表现形态将不断出现，带来全新的审美体验。拓展网络文艺边界，使网络文艺的内涵更加丰富、生态更加多元，这是网络文艺的发展趋势。

从更广泛的意义上来说，各个传统文艺门类"触网"后，或多或少都会带来对原有艺术特征、传播方式、消费模式、社会功用等方面的一些改变，有些改变甚至是超乎想象的。戏剧、音乐、舞蹈、曲艺、杂技等表演艺术普遍开始尝试的"云展演"，绝不止于将节目演出音视频放到网上播出那么简单，5G和4K/8K超高清技术应用，"云导赏"、"云解说"的引入，观众多终端沉浸式体验、多视角零距离观看并与演员、专家、观众、网友等实现多维实时交互，大大丰富了观演业态。美术、书法、摄影等造型艺术，已经开始探索和实践数字版权保护技术模式，并将其运用在在线作品推介、作品交易等方面。越来越多的网络直播，让各地的非物质文化遗产更加直观生动地走进了大众视线，一些产品还搭上了"直播带货"，从而在脱贫攻坚战中发挥出了民间文艺的独特作用。诸如这样的改变，不但在发展传统文艺，而且在丰富网络文艺，的确值得持续关注。

三、培养优秀网络文艺人才

网络文艺创作活动的主体，尤其是网上活跃着的大量新文艺组织、新文艺群体，既是网络文艺的主要创作者，也是传统文艺与网络文艺融合的主要推动者，已经成为新时代文艺工作者的重要组成部分。"哪里有文艺工作者，文联、作协的工作就要做到哪里，发挥好文艺界人民团体作用。"[1] 持续培育涵盖各艺术门类的网络文艺领域的优秀人才，为网络文艺发展提供人才支撑，对于提升文联工作的吸引力、凝聚力和影响力，切实有效地团结引领广大文艺工作者听党话、跟党

---

[1] 习近平：《在中国文联十大、中国作协九大开幕式上的讲话》，人民出版社2016年版，第20页。

走,助推繁荣发展社会主义文艺,具有重大意义。

文联组织针对文艺工作对象、方式、手段、机制等方面出现的许多新情况、新特点,通过深化改革、加强引领、增进沟通、拓展服务等方式方法,有力推动了网络文艺人才队伍建设。"扩大工作覆盖面,延伸联系手臂,用全新的眼光看待他们,用全新的政策和方法团结、吸引他们,引导他们成为繁荣社会主义文艺的有生力量"[①],成为文联组织培育优秀网络文艺人才的工作目标。广泛团结网络文艺人才队伍,让网络文艺人才健康成长和良好发展,既要做好扶持服务,又要加强管理引导,既要建立奖励激励机制,又要督促其加强自律,才能更好发挥他们在促进文艺事业繁荣发展中的作用。

一是强化思想政治引领。引导网络文艺人才紧紧围绕社会主义核心价值观开展网络文艺创作生产,自觉传承先进文化、把握时代精神,歌颂真善美、弘扬主旋律、传播正能量。各级文联组织通过全国中青年网络文艺人才培训工程等措施,将网络文艺人才特别是拔尖人才纳入相关培训、研讨、交流,广泛开展思想政治教育,提升其思想政治素质。推进网络文艺作品价值评价体系建设,坚持引导网络文艺领域以价值取向、艺术水准、审美情趣、群众口碑作为评价作品的主要标准,把群众感受、专家评价和点击率有机统一起来,推动产生一批既叫好又叫座的网络文艺精品。

二是创新联络服务方式。文联及所属协会应扩大服务管理范围,探索建立网络文艺联络服务的有效机制,不断吸收符合条件的优秀网络文艺人才入会。完善"互联网+文联"、"互联网+协会"、"互联网+文艺"等工作模式,依托网上工作平台,延伸工作手臂,为优秀网络文艺人才提供创作、展示、推介、评优等服务。建立网络文艺人才

---

① 习近平:《在文艺工作座谈会上的讲话》,人民出版社2015年版,第12-13页。

数据资料库，动态掌握人员构成和流向等综合信息，为提供有针对性的优质高效便捷服务创造条件。加快对网络文艺维权工作的研究，依托文联组织、行业组织、专业维权机构，切实保护知识产权，为网络文艺人才提供法律咨询和援助。

三是加大政策资金扶持。畅通网络文艺人才职称申报渠道，探索设立符合网络文艺特点的职称评价标准。加大资金支持力度，做到信息公开透明、宣传及时到位，打通优秀网络文艺人才申请政府和文联组织各类文化艺术基金的"最后一公里"，将其纳入资助和扶持范围，在创作、展览、场地、租金方面给予补贴等政策规定的优惠。

四是搭建展示推介平台。组织优秀网络文艺作品展示会、推介会，拓宽服务渠道，提供对接平台。引导网络文艺人才重视和培育文化品牌建设，鼓励并打造一批在全国有影响力的网络文艺品牌，不断提升知名度和影响力。鼓励和引导优秀网络文艺人才参与各级文联组织的重大主题文艺创作，开发文化创意产品，扩大中高端文化供给。在文联组织举办的大型文艺展览展演活动中，适度增加优秀网络文艺人才的参与比例，充分激活他们的创新创造活力。

五是完善奖励激励机制。研究出台相关奖励办法，调动网络文艺人才的创作积极性，助推文艺精品创作生产。创造条件，把网络文艺人才纳入文联组织开展的评选表彰活动，推荐和支持他们参加展览展演、文艺赛事、采风创作、座谈交流、文艺研修、志愿服务等活动，推荐优秀成果参加国家级奖项评选。

第二节 加强网络文艺创作、评论与传播

网络文艺走过了由弱到强、由小到大、由隐到显的发展之路，

同时也伴随着文艺创作生产格局、人民群众审美要求和欣赏习惯以及文艺产品评论、传播方式的深度转变。加强网络内容的创作生产和评论与传播，是关系到文联组织能否在网络文艺领域切实发挥行业引领作用的重大问题。

一、创作网络文艺精品

习近平总书记指出，"衡量一个时代的文艺成就最终要看作品"，"我们必须把创作生产优秀作品作为文艺工作的中心环节"[①]。网络文艺领域亦当如此。近年来，网络文艺逐渐摆脱"野蛮生长"、"良莠不齐"的印象，精品化发展渐成主流，作品质量持续提高，现实题材创作日益自觉，主题性创作丰富多彩，积极反映新时代社会面貌，努力满足人民群众多样化审美需求。

文联组织在鼓励推出优秀网络原创作品，促进传统文艺与网络文艺创新性融合，促进优秀作品多渠道传输、多平台展示、多终端推送等方面做了积极探索和不懈努力。特别是在主动开展重大主题网络文艺内容研创方面，积累了经验。深入探索网络文艺生产传播规律，组织开展重大主题网络文艺创作，在重大宣传任务中、重要时间节点上不缺位、有作为。文联组织以多种方式与各类机构平台开展内容合作，推出一批体现文联特点的标杆性、现象级的网络文艺作品。通过积极参与、加强引导，在更大领域的网络文艺发展中发挥文联组织不可替代的作用。比如，面对突如其来的新冠肺炎疫情带来的新挑战和疫情防控常态化提出的新要求，文联组织征集和创作推出一大批优秀抗"疫"主题文艺作品在网上展播，中国文联及相关文艺家协会组织

---

① 习近平：《在文艺工作座谈会上的讲话》，人民出版社2015年版，第7页。

知名艺术家创作的音乐影视作品《坚信爱会赢》，传播面广、感染力强，成为文艺界以艺战"疫"、同心抗疫的代表性标志性歌曲之一，抖音播放总量达到45亿次，在非常时期起到了强信心、聚民心、暖人心、筑同心的独特作用。

促进网络文艺的健康良性发展，必须要坚持重在建设和发展、管理、引导并重的方针。对于文联组织来说，特别需要在引导方面发挥自身优势，关键在于引导网络文艺坚持正确导向方向。坚持中国特色社会主义文艺的发展方向是网络文艺创作生产的重要思想引领，社会主义核心价值观是网络文艺创作生产的重要价值取向。在网络文艺创作中，必须引导广大网络文艺工作者坚持以人民为中心的创作导向，服务党和国家工作大局，创作无愧于时代，满足人民多样化精神文化需求的优秀作品，大力倡导讲品位、讲格调、讲责任，坚决抵制低俗、庸俗、媚俗，让中国精神成为网络文艺的灵魂，让正能量引领网络文艺发展。

一是引导网络文艺不断开拓创新。习近平总书记强调："要把创新精神贯穿文艺创作全过程，大胆探索，锐意进取，在提高原创力上下功夫，在拓展题材、内容、形式、手法上下功夫，推动观念和手段相结合、内容和形式相融合、各种艺术要素和技术要素相辉映，让作品更加精彩纷呈、引人入胜。"[1] 在遵循网络文艺创作生产特定的艺术规律和传播规律的基础上，鼓励广大网络文艺工作者在网络文艺的内容、形式上持续深入探索，不断创新网络文艺的创作题材、叙事范式和艺术技巧等；充分发挥新兴媒介优势，并在技术、传播、产业等相关领域进行开拓；以新颖的艺术表现形式、手法和渠道，对优秀传统文化资源进行创造性转化、创新性发展；高度关注青年群体，根据

---

[1] 习近平：《在中国文联十大、中国作协九大开幕式上的讲话》，人民出版社2016年版，第16页。

网络受众的年轻化、族群化特征推进艺术水平的提升。

二是引导网络文艺提升质量。"精品化"是网络文艺发展和转型升级的必由之路。通过加大扶持力度、做好指导服务等措施，引导网络文学、网络剧、网络综艺、网络电影、网络音乐、网络动漫、网络游戏等网络文艺典型形态，不断推出一批又一批优秀文艺作品。在内容价值上，将真善美作为作品的内核，反映社会生活、彰显时代精神，融合传统文化、提倡精耕细作；在综合效益上，打造差异化、特色鲜明的优质内容，进行精准传播，找到作品受众，满足受众接受需求，以品牌创作引领全行业网络文艺精品化发展。

三是引导网络文艺规范有序管理。网络空间的清朗化也是网络文艺创作健康发展的必然要求和大势所趋。针对网络文艺领域中色情、暴力、侵权等诸多乱象和问题，一方面出台相应政策不断进行监管治理，另一方面大力开展职业道德建设和行风建设，促进网络文艺健康发展。探索设立优秀原创网络文艺产品扶持发展基金，推动网络文艺产业繁荣有序发展，强化网络文艺作品的海外传播。

二、推动传统文艺与网络文艺融合发展

传统文艺正在加速与互联网的碰撞融合，网络文艺与相应传统文艺形式相互渗透影响进一步加深，两者越来越呈现出紧密关联互促的趋向。一方面，传统文艺形式对新兴网络文艺的发生发展具有滋养、促进等作用。另一方面，网络文艺在丰富的实践中逐渐形成了自身的鲜明特征，其活力、规模、发展潜力和前景等对传统文艺形式具有反哺、辐射乃至引领作用。在具体创作实践中，网络文艺作品与传统文艺作品的区别和界限也日渐模糊，特别是在网络视听领域，优秀的网络剧、网络综艺、网络电影作品已难以和电视剧、电视综艺、院线电

影严格区分开来。"网台同步"甚至"先网后台"的播放模式、"由网入台"或"由台入网"的节目渗透和阵地转移、网络电影获颁"龙标"而在影院放映等，进一步弥合了两者的区别和界限。传统文艺与网络文艺有机融合发展，共同生成和繁荣着当代中国文艺的景象。

利用"云"端开展文艺工作成为新常态。文联拥有丰厚的传统文艺资源，在网络时代难免有"曲高和寡"之势、有"酒香也怕巷子深"之忧。这就迫切需要加大传统文艺与网络文艺的融合力度，在主题表达、内容呈现、叙述话语、传播方式等各方面有所作为、有所发展。近年来，各级文联组织已经利用网络直播、云展演等新方式、新手段，开展对优秀文艺人才、作品、重大文艺活动的网络推介服务。目前，中国文联及各全国文艺家协会重大奖节活动开展网络直播已成为常态，线上线下一体化的展览、展演、展播、展映渐成趋势，有力推动各类优秀文艺资源实现全时空传播，并带动更多精品力作的创作生产。一些优秀文艺人才、作品、重大文艺品牌还通过网络远播海外，有效助力对外文化交流。

推进传统文艺与网络文艺融合发展，实现网络文艺与传统文艺更深入更紧密的结合，须在深入探索网络文艺创作生产传播规律，不断推动优质文艺内容融合创新上下功夫。一是要注重发挥传统文艺领域的显著优势。与传统文艺所达到的高度相比，网络文艺中能经受历史检验的精品仍然不多。强调传统文艺讲求的艺术性、审美性，追求内容和价值层面的社会效益，是文联组织的巨大优势。引领创作更多与传统文艺的精神相契合，聚焦社会热点话题，反映现实生活，引发大众广泛关注及共鸣的网络文艺作品，必将给网络文艺发展注入巨大活力。二是要强化新技术应用，推动文艺内容融合创新。广泛运用网络直播、线上展演、短视频、小程序、虚拟现实、人工智能等新技术、新手段、新方式，推动传统文艺和网络文艺优势互补、融合创新，努力营造适应互联网时代需求的文艺创作新生态新环境。

三、加强网络文艺评论

提升网络文艺创作水平，离不开网络文艺评论工作的不断增强。网络文艺评论是引导网络文艺创作，推出精品、提高审美、引领风尚的重要力量。近年来，中国文联认真落实中央关于加强网络文艺评论的精神和要求，指导中国文艺评论家协会、中国文联文艺评论中心、中国文联网络文艺传播中心联合组织举办多届网络文艺评论优选汇，凝聚新型文艺评论人才队伍，把握正确方向，倡导批评精神，不断巩固网络文艺评论阵地，推动构建良好网络文艺生态。

2021年7月，中共中央宣传部、文化和旅游部、国家广播电视总局、中国文联、中国作协联合印发《关于加强新时代文艺评论工作的指导意见》，就增强网络文艺评论的战斗力、说服力和影响力提出要求，其中特别指出要"用好网络新媒体评论平台"。文联组织加强网络文艺评论工作，须在以下方面发力。

一是坚持正确的价值导向和刚健有为的评论立场。把好网络文艺评论的方向盘，营造清明净朗的网络文艺评论氛围，用正确的思想、价值和舆论导向，褒优贬劣，激浊扬清。遵循和把握网络文艺创作规律和特点，掌握不同类型作品的生产方式和功能形态，为评价对象作出切中肯綮的评判，推动创作与评论有效互动。加强对网络文艺作品的跟踪研判和评论引导，推动形成创作共识、评价共识、审美共识，加快建立基于大数据评价方式和网络算法研究应用，让新技术成为解读网络文艺价值的一把钥匙，促进网络文艺评论标准和评价体系建构。

二是壮大充实网络文艺评论的阵地建设和学术力量。拓展网络文艺评论平台，积极开设网络文艺评论专栏、专版、专区、专刊、频道，打造一批网络文艺理论评论品牌栏目和活动,稳步建设专业权威的网络文艺理论评论阵地。适应互联网和新媒体传播规律,推出更多文艺微评、短评、快评和全媒体评论产品,形成有效引领主流文艺舆论的网上评论力量。发挥专业评论的引导作用,组织文艺评论家参与网络文艺作品的话题讨论、评论发声,针对重点作品、热点现象、焦点问题等开展评论。加强对网络文艺领域基础理论研究,增强网络文艺评论的"网感",理解"网生代"的情感体验、思考方式和表达方式,说到位、点到位、引到位,促进提高网络文艺作品的精神高度、文化内涵和艺术价值。进一步发挥各级文联网络文艺组织和网络文艺评论组织的职能作用,持续加强人才培训、队伍建设,探索实施网络文艺评论家签约机制。

四、发挥全媒体传播优势

互联网的诞生、应用及发展,极大改变了媒体生态。"全媒体不断发展,出现了全程媒体、全息媒体、全员媒体、全效媒体,信息无处不在、无所不及、无人不用,导致舆论生态、媒体格局、传播方式发生深刻变化,新闻舆论工作面临新的挑战。"[①] 作为党中央推动实施的一项战略部署,2014年出台《关于推动传统媒体和新兴媒体融合发展的指导意见》,2020年出台《关于加快推进媒体深度融合发展的意见》,稳步指导媒体融合从相加到相融再到走向纵深。加快推动媒体融合发展,构建全媒体传播格局,已成为网络信息化时代不可阻挡的历史潮流。

---

① 《推动媒体融合向纵深发展 巩固全党全国人民共同思想基础》,《人民日报》2019年1月26日。

当前，全国文联系统各级各类媒体普遍面临融合发展的时代课题。推动文联系统媒体融合向纵深发展，实现文联媒体工作线上线下相互衔接、一体化发展、不断走向壮大，从根本上提高文联系统全媒体传播能力，对于文联组织在文艺界乃至全社会树立形象、扩大影响具有极为重要而特殊的意义。

全国文联系统拥有种类丰富的文艺类报纸、期刊、出版社，以及众多的网站和新媒体平台，初步形成以中国文艺网为龙头，涵盖各团体会员专业性和行业性网站集群、移动新媒体集群，导向正确、信息丰富、影响广泛的全媒体传播矩阵。它们既是贯彻党的文艺路线方针政策的重要载体，也是全方位服务文联系统和文艺界、培养文艺人才、扶持文艺精品，为人民群众提供多彩精神食粮的重要窗口。

作为中国文联官方网站的中国文艺网于2017年改版升级后，由新闻资讯型网站转型为综合应用服务型网络平台，同时拥有微信公众号、微博号、"学习强国"平台强国号、央视频号、头条号、抖音号、网易号、企鹅号、百度知道机构号，以及中国文联APP、"文艺云"APP、"艺起唱"APP等新媒体平台。中国文联机关报《中国艺术报》近年来通过微博、微信公众号、抖音号、新华号、头条号等新平台，在中国文联及各全国文艺家协会重大活动的宣传报道中持续取得较好传播效果。中国文艺评论家协会等单位的新媒体打造"一网多号"或组成小型新媒体矩阵，注重制度建设，严格编审流程。中国曲艺家协会的会刊《曲艺》杂志社等传统媒体开发建设融媒体客户端，集成并提供新闻宣传、活动展示、会员服务等多种功能。中国摄影家协会等单位积极打造融媒体，实现"报、网、端、微、屏"各种资源多层次多形式立体传播。上海市文联等整合用活既有资源，筹建媒体中心，既负责官方网站、微信公众号、微博号等网络媒体运营，也负责文艺、学术期刊出版和丛书编纂，同时面向文艺家提供各类文艺信息交流和服务，面向普通公众和文艺爱好者策划组织各类公益艺术普及教育活动，取得良好成效。这些都为文联组织发挥全媒体传播优势提供了经验借鉴。

步入中国特色社会主义新时代，应加快促进全媒体传播体系建设，在网上传播文联声音、做好文艺宣传，提升文联组织在网络空间的传播力引导力影响力公信力。一是扎实推动文联系统媒体融合向纵深发展。中国文联及各团体会员统筹处理好报刊等传统媒体和网站以及移动端新媒体的关系，探索建立资源集约、协同高效的全媒体生产传播机制。大胆创新，重塑工作流程，盘活充实人员队伍，推动文艺传媒主力军进入网络主战场、占领网络主阵地，激发全国文联系统传统文艺传媒的创造活力，守好意识形态阵地。二是强化"移动优先"思维。积极运用新技术新应用创新媒体传播方式，聚焦移动端新媒体内容生产传播。探索将人工智能运用到文艺信息的采集、生产、分发、接收、反馈中，逐步推动媒体智能化在全国文联系统的应用，用主流价值导向驾驭"算法"，逐步占领文艺信息传播制高点。三是形成全国文联系统新媒体发展合力。以中国文艺网为龙头，加强全国文联系统新媒体阵地的沟通联络协调，探索成立全国文联系统新媒体矩阵联盟，实现对中国文联团体会员主要新媒体阵地的全覆盖，并进一步向副省级城市、重点城市、省会城市、市县级等基层文联组织延伸。立足全国文联工作大局，加大新媒体内容研创、运营管理、品牌建设等方面的合作力度，集中资源和智慧增强文联系统新媒体传播效应。四是强化网络外宣，讲好中国故事。充分动员文联系统外联力量，推动对外传播内容建设。支持各艺术门类优秀作品在海外网络平台展示、展演、展播、展映，提升中华文化国际影响力。探索开展对外传播效果的分析与评价，以研究成果指导实际工作。五是加强新技术在全媒体领域的研究和应用。用好5G、大数据、云计算、物联网、区块链、人工智能等信息技术革命成果,通过个性化制作、可视化呈现、互动化传播,推出更多的现象级新媒体产品,争取覆盖更广泛的文艺工作者和文艺爱好者。

第三节　建设网上文艺之家

互联网发展给文艺事业带来新变化,也给文联工作带来难得的重大机遇和挑战。建设"网上文艺之家",是深刻把握网络时代文艺生态发生巨大变化中的全新特征,紧密结合中国文联持续深化改革实际,有效推动互联网与文联工作深度融合,使其成为文联工作创新发展重要驱动力和关键要素的战略选择,对于充分运用互联网助力新时代文艺事业繁荣,实现高质量发展,具有重要意义。

一、搭建多元平台

网络平台是文联开展网络信息化工作的基石。"互联网＋平台"是建设"网上文艺之家"实践的第一步,是新时代文联网络信息化工作的基本功、基础课。其核心在于立足文联基本职能,运用互联网技术为传统文联工作模式做"升级优化",创新工作方式,拓展服务领域,提升工作水平,推进文联各项工作线上线下一体化运行。

按照文联基本职能和工作需要,结合近年来文联系统网络信息化工作实践,"互联网＋平台"主要内容包括九个方面的"网上文联"工作平台建设应用。一是网上会员管理系统。以全国文联组联工作服务平台为基础,各级文联组织普遍利用网络技术手段建成网上会员管理系统,不断提高会员信息数据更新率、准确率,逐步实现会员入会申报、会费缴纳、会员通知、会员信息查询等网上会员管理服务。各级文联组织的网上会员管理系统适时接入全国文联组联工作服务平台会员管理系统，通过数据交换实现会员信息同步更新，切实加强对各级文联组织会员的网上联络服务。践行"网络＋网格"的理念和实践，将网上联络服务工作不断向基层文艺工作者、"文艺两新"延伸拓展。二是网上文艺评奖系统。充分利用互联网推动文艺评奖模式创新发展，实现在线申报、在线投票、在线评审、在线结果公示，加大对文艺评奖工作及成果的宣传推广，借助网络直播、云展演等数字化手段建立起常态化文艺评奖成果转化机制，推动文艺评奖各环节线上线下融合开展，提升文联系统文艺评奖的权威性、公信力和影响力。三是文艺创作扶持项目管理平台。对文联系统各类文艺创作扶持项目，特别是重大主题文艺创作扶持项目，实现推荐、申报、评选、立项、跟踪指导、验收结项的全过程管理。打通各级文联组织上下联动的报送反馈机制，提升项目申报管理效率。四是文艺工作者网络互动交流平台。创新联络手段，吸引各类文艺组织、文艺工作者充分运用文联组织的网上平台进行交流互动，开展文艺创作、研讨等活动，实现文联、协会与文艺工作者、文艺爱好者之间的网络互动交流常态化。五是文艺志愿服务工作平台。实现文艺志愿者网上招募管理、文艺志愿服务活动网上组织管理和相关数据统计等在线服务功能，提高文艺志愿服务活动网络化组织管理水平和文艺志愿服务工作网上辐射力。六是文艺工作者权益保护工作平台。在线开展普法宣传、维权咨询服务，对文艺工作者被侵权现象进行发声处理等工作，提高文联组织帮助文艺工作者维权能力，增强文艺作品版权网络交易和保护能力。七是文艺人才研修培训平台。实现覆盖文艺家协会会员培训、文艺人才研修、新文艺群体人才培养、文联干部培训等各类研修培训的网络化运行体系，有效服务文艺人才发展需求。八是文联组织领导机构成员履职管理平台。加强各级文联组织领导机构成员，如主席团成员、全委会委员、理事会理事、专委会委员的履职情况记录、评价、管理、服务工作，切实发挥他们在所属文艺领域行业建设中的示范引领带动作用。九是数字化办公服务平台。优化升级已有数字化办公系统，不断引入已经发展成熟的网络视频会议等信息化手段，持续提升文联组织办公的规范化程度和服务效率。

截至 2020 年 12 月，在中国文联层面，上述"网上文联"工作平台绝大部分已基本建成、投入使用并初见成效。必须抓住时机，稳妥推行"网上文联"系列工作平台建设应用，有效提升文联履职水平；加快推进"网上文联"系列工作平台在全国文联系统的普及应用，推动各级文联重点业务工作普遍上网，实现服务模式更加多元、服务平台更加联动；广泛激活网上服务体系的终端用户，显著增加平台用户规模，释放平台服务效能。

深入实施"网络 + 网格"双网工程。结合网格化社会治理新理念新模式，建立常态化的"网络 + 网格"工作机制。积极适应文联工作对象变化，持续优化和努力拓展全国文联组联工作服务平台。各级文联应协力共建文联工作网格，以地理区位为基础，以行业、协会组织为依托，努力做到覆盖城乡、条块结合。聚力推动组联工作服务平台建设应用，力争实现市级文联以上会员名录信息可查、服务多级联动，具备条件的可以向县级延伸，推动会员工作提质增效。通过互联网把广大文艺工作者特别是基层文艺工作者、"文艺两新"有效联系和团结起来，积极推动新文艺群体信息入库，不断增强平台黏性、扩大用户规模。

大力促进文联在线履职模式常态化。坚持迭代升级并持续强化应用在线文艺评奖、在线项目管理、在线会议培训等成熟的网上工作平台，在全国文联系统广泛倡导和支持在线工作模式创新发展。积极尝试推进文艺评奖、项目管理、会议培训等履职内容网络化，逐步让网络平台成为履行职能的有效平台、有力抓手。通过"互联网+"不断发力，丰富工作内容，扩大工作覆盖，增强工作效果，广泛推动线上履职成为文联工作新常态。

优化文联在线管理服务能力。大力推动文艺志愿服务、权益保护和出版管理、文艺人才培养、文艺理论评论、干部履职、党建工作等网络平台应用，促进各部门各单位在线管理服务能力持续提升，实现管理服务便捷高效运行。根据不断发展变化的实际，适度开拓新领域新类型网络工作平台，不断增强文联在线管理服务工作的成熟度。

健全完善文联数字化办公服务体系。逐步健全文联及各文艺家协会数字化办公条件，结合实际需求运用技术手段持续推进数字化办公系统迭代优化和深入应用，加快打造移动端办公平台，积极推动文联工作人员强化数字化办公意识，培养数字化办公服务习惯，提升数字化办公服务能力，实现文联数字化办公服务基本普及。

二、注重内容建设

文联组织深化网上工作平台应用的过程，也是实现各类文艺资源数据生发汇聚的过程，在这一过程中，必须坚持内容为王。网上会员管理系统的应用，带来文艺家协会会员数据陆续上网入库，文艺人才资源数据因而得到不断丰富；网上文艺评奖系统的应用，带来各艺术门类奖项参评作品的数字化加工处理和网络化展示传播，文艺作品资源数据因而得到不断充实；文艺人才研修培训平台的应用，可以开发积累涵盖师资、学员、课件案例等各类资源的数据库，实现全国文联组织资源共享；文艺工作者网络互动交流平台的应用，为文艺资源数据建设提供了更多采集加工渠道。各级文联组织在广泛运用网上工作平台开展文艺创作项目扶持、文艺志愿服务、文艺维权、履职管理等工作中，也在不断实践聚集各类业务数据和文艺资源数据。同时，依托文学、戏剧、电影、音乐、美术、曲艺、舞蹈、民间文艺、摄影、书法、杂技、电视等艺术门类，各全国文艺家协会、地方文联及产（行）业文联组织，报纸、期刊、出版社、网站和新媒体平台等文联传媒矩阵，以及活跃其中的十多万国家级会员、百万省级会员、千万文艺工作者，使文联组织汇聚起天然的组织优势、人才优势和专业优势。因此，积极开展优质文艺资源的数字化转化和网络化应用，不断提升资源共享和数据服务能力，成为文联网络信息化内容建设的一大重点。

运用成熟的数据库建设技术体系，整理和利用各类优质文艺资源，构建起各级各类文艺资源数据库。中国文联建设的中华文艺资源数据库已搭建起各艺术门类文艺人才、文艺作品、期刊典籍、重大奖节活动等文艺资源数据库框架，通过集约化采集和自助性采集相结合的方式，持续对中国文联及各全国文艺家协会线下存储的文艺资源进行数字化加工处理。该数据库中已存储近15万名文艺人才信息，更新完善艺术家数字艺术馆近千个，存储期刊学术数据1亿余篇、图片近27万张、视频近4000条、图书资源5000余本、电影史料资源20TB等各类文艺信息资源，初步具备开展综合化内容传播服务的基础和条件。

利用大数据和人工智能等技术，开发升级舆情信息工作系统。文联组织应当积极开展网上涉文艺文联舆情信息的监测收集、分析研判、应对处置工作。基于互联网大数据的"互联网＋文艺"智能融媒应用与管理系统，可提供定期舆情分析研判服务，准确掌握文艺界舆情动向，及时发现文艺领域重大事件、重要情况、重要社情民意中的倾向性苗头性问题，对重要时间节点、重大节庆活动、重点文艺活动等风险点进行前瞻性预判和制定合理化预案，有效发挥网上文艺信息收集整合和舆情监测预警作用，确保网络意识形态工作安全。

展望未来，网上文联内容建设将有更大作为。在文艺资源数据转化方面，将持续推进全国文联系统文艺资源数据库建设，引导各级文联组织主动作为、积极发力，继续加大建设力度，扩大地方、行业文艺资源数据库规模，凸显各自特色；加快提升文艺大数据平台开放应用能力，提高文联系统优质文艺资源数据转化程度和使用频率，促使资源数据切实释放要素活力，实现数据资源从"存储"为主到"应用"为主的阶段性转变，从而稳步增强优质文艺资源数字化转化和网络化应用能力。一是扩大数据资源储备。深入实施中华文艺资源数据库工程，持续对中国文联及各全国文艺家协会线下存储的文艺资源进行数字化加工处理；特别注重加强对老旧珍贵资料的数字化转化和规范性保存，在此基础上探索开发再利用；对接并整合文联已建成的多个系统的相关文艺数据资源，不断扩大数据库资源储备的规模和容量。倡导各级文联组织积极创造条件，进一步建立、扩大、完善具有一定规模、符合自身特点的文艺资源数据库，主动与中华文艺资源数据库实现更大范围、更深层次的数据互通。二是深耕优质文艺资源数据。以中华文艺资源数据库及各团体会员资源数据库集群为依托，深耕文联系统会员、评奖等关键文艺资源，全面深化关键资源从数字化到数据化的转化程度，加快提升大数据开放应用能力。鼓励引导会员、用户积极开展资源利用，开展跨行业、跨领域资源合作，将数据资源转化为文艺生产传播的要素。三是探索建立行业大数据中心。以中国文联网信建设为基础，带动各团体会员，广泛开展与文联系统以外的各类互联网机构、文艺机构的数据资源合作，努力拓展文艺资源数据来源，扩大数据占有规模，探索建立文艺行业大数据中心，在文艺资源数据领域凸显文联组织的职能作用，同时，有计划有重点地开展大数据积累、管理、分析与应用。四是探索资源数据市场化运营。加强文艺资源数字版权保护技术模式研究探索，注意信息保护和资源安全，积极发挥文艺资源数据在文艺作品交易、在线作品推介、在线艺术教育等方面的作用，尝试产业化合作，让数据资源要素自主有序流动，真正释放要素活力。加强试点和引导，力争推出若干文艺资源数据产业化示范成果。

开展网上文艺大数据信息多种应用，持续进行基于大数据应用、舆情研判的中长期课题研究，提高文联组织行业建设的数字化、信息化和科学化水平。一是开展大数据舆情搜集研判和应用服务。以中国文联本级为主体，利用大数据和人工智能等技术，开发并迭代升级舆情工作系统。带动各团体会员积极开展常态化的网络舆情监测、收集、研判、应对工作，在重要会议、重大活动期间实现全程式舆情监测，不断提高文联系统舆情应对的预见性、主动性和科学性。二是提高网上文艺舆情引导能力和质量。中国文联组织引导，各全国文艺家协会、各地文联主动参与，探索建立各方参与、协同联动的快速反应、处置机制，针对文艺界热点舆情、焦点敏感事件，特别是对低俗庸俗媚俗、失德失范失序等不良风气现象进行及时发声、有效引导。有条件的可逐步构建和丰富智库专家体系，开展线上与线下相结合的研讨指导模式。三是深化大数据舆情基础性、中长期理论课题研究。中国文联加强宏观统筹和指导协调，各级文联组织积极与有关学术机构、专家学者团队合作，探索构建重大舆情事件案例库，以大数据应用、舆情研判为基础，加强网络内容特别是网络文艺方面的基础性理论、中长期重大课题攻关研究，努力形成一批有影响的学术成果并逐步品牌化，为行业发展提供有关参考和有效服务。四是推进职业道德大数据应用。中国文联指导各全国文艺家协会、鼓励各级文联组织积极应用大数据技术，对文艺界人才参与活动的公共媒体表现、正负面信息、行为轨迹等进行追踪记录，探索建立相应登记、查询、评价、分析体系，开展综合性的考察评估，为人员管理服务、项目扶持、奖惩决策等提供依据。

三、实现互联互通

在"互联网＋平台"建设、"互联网＋资源"建设基础上，努力实现全国文联共建共享、互联互通，齐心协力建设"网上文艺之家"。重视和加强网信建设，是全国文联系统在新时代开创工作新局面的重要抓手，有利于形成全国文联工作一盘棋、全国文联组织一张网的理念和格局。通过网上工作平台、文艺资源数据、内容信息传播、网络软硬件支撑和安全保障等方面的共建共享、互联互通，让文联组织各级各类的一张张小网有机连成一张大网，实现机制联动、资源联动、业务联动，从而在更广阔的时空中发挥文联网信工作和"网上文艺之家"的效能。

在机制联动方面，下级文联应积极与上级文联网信部门进行业务对接。开启"互联网＋"的协同共建模式，充分利用已有平台和技术力量，避免重复建设，尽量节省成本，提高工作效率。按照全国文联网信建设规划，逐步实现全国文联系统乃至文艺行业的信息、资源、数据互联互通，建立文艺资源数据共享应用和各级文联网络工作平台、新媒体平台、应用系统协同联动的体系，有效延伸工作手臂和触角，向基层一线和"文艺两新"下沉。通过加强对基层文联和广大文艺工作者的联络服务，把"网上文联"真正建成具有强大凝聚力、向心力、吸引力、影响力的"网上文艺之家"，真正成为覆盖全行业、全文联系统、全体会员和广大文艺工作者的"网上文艺之家"。

在资源联动方面，以中华文艺资源数据库工程建设为基础，健全各全国文艺家协会的资源数据管理协同机制，形成中国文联优质文艺资源集中存储管理与分类应用相结合的集群化分布格局。各级各类文联组织建设的各地方、各产（行）业文艺资源数据库，逐步纳入大数据平台服务体系，激活资源网格，实现平台互联、资源互通的共建共享模式。

在业务联动方面，全国文艺家协会牵头建立会员管理网络平台，包括国家、省、市、县等各级会员，并将平台服务功能向基层开放。各级地方文联、产（行）业文联所属文艺家协会运用会员管理网络平台，积极开展网上会员管理服务或将已有系统接入平台，形成系统互联、数据共享的业务联动格局，实现基层文艺工作者从基层协会会员逐步成长为全国文艺家协会会员的全周期会员数字化、网络化管理服务。

实现互联互通，各级文联组织须树立整体观、大局观。建设"网上文艺之家"是总目标，形成全国文联一张网是总要求，提高工作信息化水平是总趋势，这就是整体和大局。我们必须着眼整体，在大局下思考、在大局下行动。积极主动融入，工作有所作为，破解难点、激活资源点、连接传动点，使新时代网络和信息化建设成为文联工作在变局中开新局的亮点、爆发点、增长点。

实现互联互通，各级文联组织须重视基础运行环境支撑。既要关注"软实力"，也要关注"硬支撑"。良好的基础运行环境是事关网络平台正常稳定运行的必要条件。基础设施是网络平台运行的基本保障。各级文联组织加强基础设施建设，重在统筹规划，深入评估建设维护资金是否充分、管理技能是否匹配、场地条件是否具备，科学选择"自主建设"或"服务租赁"模式进行构建，提倡租用行业云、政务云、可信公有云等云服务，从而为网络平台建设运行提供高效运行的环境保障。加强对区块链、人工智能、虚拟现实等前沿互联网技术的学习研究，积极进行吸收转化，加速将其融入文联业务工作，打造若干创新应用示范案例，以新技术新应用为文联工作履行职责发挥作用提供更大可能。

实现互联互通，各级文联组织须同步抓好网络安全建设。树牢正确的网络安全观，切实履行好网络安全主体责任。在具体工作中，将网络安全工作职责进行层层分解，落实到具体部门、岗位和人员。强化网络内容安全建设，建立完善网络信息平台内容的采集、编辑、审核、发布机制。进一步完善网络安全管理机制，严格落实网络安全等级保护制度，提高网络安全防护和应急处置能力，加快推进关键设备的国产化和安全高效应用，协同构建人防、技防、物防相贯通的网络安全防御体系，确保文联组织信息化设施安全稳定运行。

第十章

加强党对文联工作的全面领导

中华民族近代以来180多年的历史、中国共产党成立以来100年的历史、中华人民共和国成立以来70多年的历史都充分证明，没有中国共产党，就没有新中国，就没有中华民族伟大复兴。历史和人民选择了中国共产党。中国共产党领导是中国特色社会主义最本质的特征，是中国特色社会主义制度的最大优势，是党和国家的根本所在、命脉所在，是全国各族人民的利益所系、命运所系。党政军民学，东西南北中，党是领导一切的。历史和实践表明，加强党对文联全面领导是做好新时代文艺工作和文联工作的根本保证。

第一节 深入学习贯彻习近平新时代中国特色 社会主义思想

党的十八大以来，以习近平同志为核心的党中央团结带领全国各族人民毫不动摇坚持和发展中国特色社会主义，形成一系列治国理政新理念新思想新战略，创立了习近平新时代中国特色社会主义思想，推动党和国家事业取得历史性成就、发生历史性变革。我们必须深入贯彻习近平新时代中国特色社会主义思想，科学把握其指导地位，深刻领会其核心要义，切实抓好贯彻落实。

一、科学把握指导地位

中国共产党第十九次全国代表大会通过了关于《中国共产党章程（修正案）》的决议，明确把习近平新时代中国特色社会主义思想写入党章。党章明确指出："习近平新时代中国特色社会主义思想是对马克思列宁主义、毛泽东思想、邓小平理论、'三个代表'重要思想、科学发展观的继承和发展，是马克思主义中国化最新成果，是党和人民实践经验和集体智慧的结晶，是中国特色社会主义理论体系的重要组成部分，是全党全国人民为实现中华民族伟大复兴而奋斗的行动指南，必须长期坚持并不断发展。"十三届全国人大一次会议通过了《中华人民共和国宪法修正案》，明确把习近平新时代中国特色社会主义思想载入宪法，把党的指导思想转化为国家指导思想，以国家根本大法的形式确立习近平新时代中国特色社会主义思想在国家政治和社会生活中的指导地位，充分反映了全党全国各族人民的共同意愿，体现了党的主张和人民意志的高度统一。

中国共产党为什么能，中国特色社会主义为什么好，归根到底是马克思主义行！习近平新时代中国特色社会主义思想是当代中国马克思主义、21世纪马克思主义，内容博大精深，体系科学完备，是我们做好各项工作的根本遵循。文联工作是党和国家工作中不可分割的重要组成部分，在团结引领文艺工作者、繁荣发展社会主义文艺事业、建设文化强国方面发挥重要作用。党的十八大以来，文联组织以习近平新时代中国特色社会主义思想为指导，自觉增强"四个意识"、坚定"四个自信"、做到"两个维护",坚持不懈强化理论武装,不断增强学习贯彻习近平新时代中国特色社会主义思想的政治自觉、思想自觉和行动自觉,不断巩固习近平新时代中国特色社会主义思想在文联工作中的指导地位。

在新的赶考之路上,文联组织要进一步在学懂弄通做实习近平新时代中国特色社会主义思想上狠下功夫,深刻领会习近平总书记关于文艺事业和文联工作的重要指示,深刻把握新时代提出的工作目标、工作理念、工作原则、工作思路和科学方法,做到常学常新,学深悟透,融会贯通。自觉运用党的创新理论武装头脑,指导实践,坚持围绕中心、服务大局,面向基层、服务群众,持续深化群团改革,不断增强政治性、先进性、群众性,更好地担负起党中央赋予文联组织的职责使命,履行好团结引领广大文艺工作者听党话、跟党走的政治任务。

二、深刻领会核心要义

习近平新时代中国特色社会主义思想是我们的思想之旗、精神之旗,从理论和实践结合上系统回答了新时代坚持和发展什么样的中国特色社会主义、怎样坚持和发展中国特色社会主义这个重大时代课题,为我们坚持和发展中国特色社会主义提供了理论指导和行动指南。"八个明确"和"十四个坚持"概括了习近平新时代中国特色社会主义思想的精神实质、丰富内涵和实践要求,是党团结带领人民为决胜全面建成小康社会、开启全面建设社会主义现代化国家新征程、实现"两个一百年"奋斗目标的行动纲领。"八个明确"构成了理论内核,"十四个坚持"构成了基本方略,二者有机融合、相互统一,凝结着我们党坚持和发展中国特色社会主义的经验总结,凝结着以习近平同志为核心的党中央对中国特色社会主义规律性认识的深化、拓展、升华，体现了习近平新时代中国特色社会主义思想世界观与方法论相统一、理论与实践相结合、战略与战术相一致的鲜明理论特色。

学习领会习近平新时代中国特色社会主义思想，应深刻认识其重大理论意义、实践意义和世界意义，深刻理解讲话的时代背景、鲜明主题、科学体系，准确把握蕴含其中的治国理政新理念新思想新战略，领会掌握贯穿其中的马克思主义立场观点方法。习近平新时代中国特色社会主义思想，是以习近平同志为主要代表的中国共产党人所进行的重大理论创新，始终是在坚持马克思主义方向引领下的创新。这一思想与马克思列宁主义、毛泽东思想、邓小平理论、"三个代表"重要思想、科学发展观是一脉相承而又与时俱进。这一思想深刻认识和准确把握新时代中国社会主要矛盾的转化，科学制定了新时代中国特色社会主义发展的战略安排，有力推进了马克思主义的时代化。这一思想立足我国实际，以我们正在做的事情为中心，聆听人民心声，回应现实需要，深入总结中国特色社会主义实践，更好实现马克思主义基本原理同当代中国具体实际相结合，同中华优秀传统文化相结合，有力推进了马克思主义中国化。这一思想在坚持马克思主义基本原理和准确把握中国实际的同时，对中国的文化传统和民族心理、民族特点有深刻的体悟和独到的理解，使马克思主义在当代中国再一次获得了中国气派，形成了鲜明的民族风格，有力推进了马克思主义的大众化。这一思想从世界社会主义500年的大视野，从当今世界"和平、发展、合作、共赢"的时代潮流来把握中国发展，既深刻把握历史的脉络和走向，又注意吸收人类文明有益成果，具有宏阔的世界眼光。人民性是习近平新时代中国特色社会主义思想最鲜明最本质的特征。习近平总书记始终坚持人民的主体地位，一切为了人民、依靠人民，尊重人民首创精神，始终为人民代言、为人民立言，体现了我将无我、不负人民的真挚情怀。

三、切实体现到工作全过程和各方面

学习贯彻习近平新时代中国特色社会主义思想，最关键在于抓好结合、融入、贯穿等方面的工作落实。最根本的是形成务实管用的制度机制，确保习近平新时代中国特色社会主义思想特别是习近平总书记关于文艺文联工作的重要指示批示和党中央重大决策部署在文联系统落地生根、取得实效。

党的十八大以来，习近平总书记对文艺工作、群团工作、文联工作、党建工作、意识形态工作等发表重要讲话，作出重要指示批示，充分体现了以习近平同志为核心的党中央对新时代社会主义文艺的地位作用、发展道路、目标任务、方针原则的科学把握，对新时代文联组织的职责使命的深刻认识。这是对新时代党的文艺路线方针政策的高度概括和突出强调，是我们做好新时代文艺工作、文联工作的根本指针，对我们做好新时代文艺工作和文联工作具有重要指导意义。

做好新时代文联工作，必须进一步落实习近平新时代中国特色社会主义思想对政治机关党的建设提出的新标准。强化文联组织的政治机关意识，将政治建设和业务工作同步谋划，统筹安排。坚持以政治建设为统领，不断增强党组织的政治功能，发挥好把方向、管大局、保落实的重要作用。认真贯彻新时代党的组织路线，坚持好干部标准，发挥党员先锋模范作用和党支部战斗堡垒作用，提升基层党组织的组织力。严明党的政治纪律和政治规矩，在党员政治方向、政治立场、政治言论、政治行为方面严格要求、严格管理、严格监督。坚持反腐败无禁区、全覆盖、零容忍，坚持重遏制、强高压、长震慑，运用监督执纪"四种形态"，严肃查处违反中央八项规定精神的问题，持续推进党风廉政建设和反腐败斗争，建设让党放心、让人民群众满意的模范机关。

做好新时代文联工作，必须进一步落实习近平新时代中国特色社会主义思想对繁荣发展社会主义文艺提出的新要求。增强文化自觉，坚定文化自信，深刻认识新时代文联组织的性质、作用、职责和使命任务，认真履行团结引导、联络协调、服务管理、自律维权的职能，发挥桥梁和纽带作用，切实把团结引领文艺工作者听党话跟党走的责任扛在肩上。坚持以人民为中心的工作导向，把满足人民日益增长的多层次多方面多样化精神文化需求和对美好生活的向往作为一切工作的出发点和落脚点。引导文艺界坚持走深入生活、扎根人民的创作道路，坚持增强"脚力、眼力、脑力、笔力"的成长目标和队伍建设的方法路径。继续广泛深入持久开展"送欢乐下基层"、"中国精神·中国梦"等服务基层群众的文化惠民活动。以社会主义核心价值观为引领，培育民族精神和时代精神，自觉承担起举旗帜、聚民心、育新人、兴文化、展形象的使命任务，真正把团结带领广大文艺工作者记录新时代、书写新时代、讴歌新时代作为当下最现实、最重要、最紧迫的工作。

做好新时代文联工作，必须进一步落实习近平新时代中国特色社会主义思想对意识形态工作提出的安排和要求，严格落实意识形态责任制，牢牢把握党对意识形态工作的主动权领导权。深入开展调查研究，正确分析研判意识形态动态，及时化解意识形态风险，进一步增强意识形态工作本领。深化对意识形态工作规律特点的认识，特别是加快提升网络舆情收集研判应对能力，增强工作的原则性、系统性、预见性、创造性。加强对意识形态阵地的日常管理，坚持党管媒体的原则不动摇，大力开展从业人员思想政治教育和职业能力培养，按照政治强、业务精、纪律严、作风正的要求，努力打造一支思想理论好、综合素质高、具有丰富经验的意识形态工作干部队伍。

第二节　全面推进文联深化改革

党的十八大以来，以习近平同志为核心的党中央高度重视新时代文艺文联工作，发表了一系列重要论述，作出了一系列重大决策部署，为文联深化改革提供了可靠的政治保证。中共中央发布了《关于繁荣发展社会主义文艺的意见》《关于加强和改进党的群团工作的意见》，为文艺事业和文联工作创新发展指明了方向。特别是着眼于党和国家工作全局，落实党中央全面深化改革的总体部署，2016年12月，中央办公厅印发《中国文联深化改革方案》，标志着中国文联深化改革工作正式全面启动。推动深化文联改革，这既是全国文联系统面临的重大课题，也是推进文联组织自身发展的内在需求和重要契机，在全国文艺界和文联系统引起强烈反响。

长期以来，文联组织团结引领广大文艺工作者，为繁荣发展社会主义文艺事业作出了积极贡献。面对新形势新任务，文联组织必须直面问题，自我革新，顺势而为，勇于担当，通过全面深化改革，加快转型，创新发展。通过深化改革，切实解决同文艺工作者联系不紧密、服务不够、机关化和脱离群众的问题；解决对新文艺群体有效覆盖不广、广泛性和代表性不强的问题；解决行业服务、行业管理、行业自律能力不强，运行机制不适应，基层基础薄弱的问题。通过深化改革，切实解决文联组织存在的突出问题，推动文联基本职能由"联络、协调、服务"拓展为"团结引导、联络协调、服务管理、自律维权"，使文联组织的联系范围和服务管理能力显著提升，对网络文艺和新文艺群体影响力显著扩大，行业建设主导作用显著增强，政治性、先进性、群众性更加突出，吸引力、引导力、公信力不断提高，把文联组织真正建设成为覆盖面大、凝聚力强、温馨和谐的文艺工作者之家。

《中国文联深化改革方案》印发以后，中国文联把推进深化改革工作作为一项重要的政治任务，认真组织学习传达贯彻中央决策部署和指示精神，深入研究部署深化改革工作，通过召开会议动员部署、设立机构明确职责、制定方案明确分工、顶层设计完善制度、督促考核强化落实、认真落实督查整改、搭建平台推动交流等措施，结合文艺工作和文联工作实际，把改革方案中的43项改革任务，细化分解为67项具体的改革措施，逐一确定了责任分工、牵头部门、参与部门以及完成时限，并要求各全国文艺家协会、文联机关各部室、各直属单位，结合工作实际，及时研究制订改革方案和工作计划，细化落实推进改革任务的时间表、线路图、任务书，做到责任到位、人员到位、落实到位，扎实推进深化改革各项任务，如期圆满完成了深化改革任务，取得了实质性成效。

一、强化党的领导

文联是党领导的文艺界人民团体，是党和政府联系文艺工作者的桥梁和纽带，是繁荣发展社会主义文艺事业和文化强国建设的重要力量。在推进深化改革过程中，全国文联系统始终高举中国特色社会主义伟大旗帜，深入贯彻习近平新时代中国特色社会主义思想，紧紧围绕"五位一体"总体布局和"四个全面"战略布局明确改革方向和重点，始终坚持中国特色社会主义文艺发展道路，准确把握文艺工作的时代主题和历史使命，牢牢把握中国特色社会主义群团发展道路的"六个坚持"基本要求和"三统一"基本特征，坚定文化自信，增强文化自觉，保持和增强政治性、先进性、群众性，着力优化职能，密切联系文艺工作者，最广泛地团结引领广大文艺工作者为繁荣发展社会主义文艺事业，为实现"两个一百年"奋斗目标和中华民族伟大复兴中国梦贡献力量。

在推进深化改革过程中,全国文联系统始终坚持党的集中统一领导,认真按照党中央明确要求的坚持问题导向、强化思想政治引领、注重优化职能、密切联系文艺工作者、遵循文艺人才成长规律等基本工作原则,积极稳妥推进各项改革事项。

二、优化基本职能

一是着力强化团结引导职能。建立思想政治引领长效机制,实施常态化的全国文艺家协会会员培训工程,原则上每5年进行一轮系统培训,引导广大文艺工作者深入学习习近平新时代中国特色社会主义思想特别是关于文艺工作的重要论述,持续开展马克思主义文艺观、社会主义核心价值观和文艺工作者职业道德观教育,自觉把弘扬中国精神、传播中国价值、凝聚中国力量作为神圣职责和崇高使命。建立完善深入生活、扎根人民长效机制,引导广大文艺工作者坚持以人民为中心的创作导向,把深入生活、扎根人民的实践经历作为文艺工作者业绩考核、评选表彰的重要依据。建立完善主题文艺活动引导机制,引导广大文艺工作者开展丰富多彩的主题文艺实践活动,始终站稳党和人民的立场,唱响时代主旋律。改革文艺评奖机制,建立完善科学的文艺作品评价体系,坚持正确评奖导向,突出思想艺术水平和德艺双馨要求。改进文艺评论机制,深入实施文艺评论工程,发挥各级文艺评论家协会的主体作用和文艺评论专项资金引导作用,建设好文艺评论工作品牌,加强网络文艺评论,充分发挥文艺评论在引导创作、多出精品、提高审美、引领风尚等方面的重要作用,不断增强文艺评论的专业性、权威性和引领力。

二是着力强化联络协调职能。密切联系基层和创作一线文艺工作者,增强文联及所属文艺家协会领导机构的代表性和广泛性,增加中国文联全国代表大会代表、全委会委员、主席团中基层和创作一线文艺工作者比例，减少机关干部的比例，调整优化全国文艺家协会代表大会、理事会、主席团构成比例，建立文艺家协会兼职主席团成员、理事会成员年度履职登记制度，在全国文艺家协会设立专家指导委员会。构建新文艺群体联络体系，建立行业服务与分级分层服务相结合的工作模式，加强文艺家协会专业委员会建设，推动各全国文艺家协会改革个人会员入会标准、条件和审批程序，提升他们在协会会员中的比例。在各全国文艺家协会建立"青年艺术家之友"工作平台，更多地关注、关心、关爱普通文艺工作者，实现文联组织从联络著名文艺家向联络文艺界新生力量延伸、从联络会员向联络青年文艺从业人员延伸的工作目标。

三是着力强化服务管理职能。创新直接服务文艺工作者机制，制定中国文联机关和协会干部下基层服务实施办法。建立服务基层评价反馈机制，把深入基层服务文艺工作者作为干部考核的重要内容和依据，推动机关干部下基层常态化制度化。改进文艺人才培养举荐机制，完善文艺培训资源配置，推动优质培训资源向基层延伸倾斜。改进优秀作品扶持机制，加大对主题文艺创作和青年文艺创作的扶持力度，发挥好中国文联及所属各全国文艺家协会工作品牌优势，积极与基层文联及所属各文艺家协会开展具有广泛影响力的品牌共建活动。改进会员管理制度，实现服务与管理并重，突出对会员政治立场、道德品行和行为规范的要求，加强对会员的纪律约束。有序承接政府转移职能，发挥文联组织专业优势和人才优势，承担一些适合文联组织承担的社会治理服务职能，参与相关领域立法、政府规划、公共政策制定等事务。与相关部门协调配合，开展新文艺群体中文艺人才专业技术职称评定等工作。

四是着力强化自律维权职能。改进创新行业自律机制，广泛开展职业道德建设，大力宣传文艺界先进典型，积极引领时代风气和社会风尚。建立健全文艺从业人员道德监督机制，成立各级文联和各文艺家协会职业道德建设委员会，加强文艺界行业自律和行风建设，建立会员退出机制，积极参与文娱领域综合整治，推动建立文艺工作者违法失德行为监督和联合惩戒机制。创新文艺维权体制机制，建立立法协商、侵权纠纷调解、权益保护协调合作和诉求表达处理机制，建立健全维权职能机构，壮大维权专业队伍，强化源头维权，建立促进文艺作品合法传播与使用的保护机制。建立文艺法律志愿服务机制，提高维权专业化水平。

三、完善机构设置

一是调整中国文联本级编制，充实到直接服务文艺工作者的各全国文艺家协会。优化调整中国文联机关职能部门和内设机构，中国文联所属各全国文艺家协会内设机构根据职能转变作出相应调整，设置专门的职能部门和人员编制，不断提升对新文艺组织、新文艺群体的联络服务管理能力。

二是改革文联及所属各文艺家协会机关干部选拔任用方式和管理制度。建设专职、挂职、兼职相结合的机关干部队伍，改进机关干部选任交流工作，增强文联工作人员流动性，鼓励各行各业优秀文艺人才到文联交流，建立中国文联机关干部与地方文联以及其他文艺组织干部双向挂职机制和与各全国文艺家协会、直属单位干部双向交流机制。分类推进文联所属企事业单位改革，深化文化事业单位内部人事、收入分配、社会保障、经费保障等制度改革，不断增强发展活力。

三是着眼文联组织职能转型要求，根据中国文联所属各全国文艺家协会工作特点和队伍建设实际，结合新时代文艺工作者的身份、结构、诉求的新情况新变化，调整内设机构和人员，积极推进"青年艺术家之友"工作平台的建设。做实会员服务的拓展与延伸工作，为协会会员之外文艺从业者，搭建起广泛联系本地区、本艺术门类体制内外文艺工作者的补充性、灵活性、更接地气的平台，进一步增强文联组织的凝聚力、向心力和号召力。切实加强各专业委员会建设，找准工作定位，对各专委会（艺委会）、学会等开展清理、整顿、人员调整充实和管理规范工作，让专委会（艺委会）、学会等成为团结服务引领业内外广大文艺工作者的重要平台和工作抓手，发挥其积极作用。

四是针对基层文联组织基础薄弱、机构不健全、人员较少、经费不足等情况，倡导创新基层文联组织工作理念，解放思想、实事求是、积极作为，制定出台加强新形势下文联工作的政策、措施和办法。加强对文联组织建设的调研指导，支持基层文联组织全面加强自身建设和管理，努力把广大基层文艺工作者、爱好者吸纳进来、联系起来，实现有效广泛的覆盖，构建文联系统互通互联的组织和工作网络体系。

四、创新运行机制

创新管理体制、运行机制和活动方式是文联深化改革的应有之义和必然要求。

一是强化党组织的统一领导责任，落实党领导群团工作的基本制度。坚持和加强党对文艺工作的全面领导，加强文联党的各方面建设及各级领导班子思想政治建设，持续开展理论武装和理想信念教育，深入推进党风廉政建设和反腐败斗争，做到以党建带群建、带业务、带队伍。制定中国文联党组工作规则和各全国文艺家协会分党组工作规则，切实履行全面从严治党主体责任。加强对文艺活动、文艺阵地、文艺评论评奖及文联所属媒体的管理。加强文联机关和所属企事业单位基层党组织建设。建立健全基层党建工作机制，配齐配强各级党组织负责人，实现党建工作全覆盖。积极推进文联主管的社会组织设立党组织，发挥政治核心作用。

二是完善相关制度和工作规范。抓住中国文联及各全国文艺家协会换届之机，修订完善《中国文学艺术界联合会章程》和各全国文艺家协会章程，明确中国文联依法依规依章程指导下级文联的工作，上级文艺家协会指导下级文艺家协会的工作。研究制定具体制度规范。切实强化各级党委对文联组织的领导责任。完善分层分级工作机制，在团体会员制基础上，进一步明确不同层级文联及所属文艺家协会的基本定位和工作规则，增强文联工作规范化、透明度和公信力。

三是创新文艺志愿服务机制。精心打造"送欢乐下基层"、"到人民中去"等文艺志愿服务品牌项目，创新开展"文艺助力乡村振兴"等各种形式的为民惠民服务活动。完善文艺志愿者激励表彰机制，配合有关部门，共同开展"最美文艺志愿者"和中国文联"时代风尚"最美志愿者等先进典型宣传活动。完善文艺志愿者注册制度，健全文艺志愿服务组织体系，不断壮大文艺志愿服务队伍。

四是创新完善民间对外和对港澳台文艺交流机制。积极构建民间对外和对港澳台文艺交流新格局。服务国家"一带一路"建设等对外工作大局，扩大与国际民间文艺团体及知名文艺家的交流合作，积极开展具有国际影响力的民间对外文艺交流活动，大力推动中华优秀文艺走出去。创新与港澳台文艺界团体的交流方式，不断增进港澳台与内地（大陆）文艺工作者的相互了解，不断增强港澳台青年文艺工作者对中华文化的高度认知和高度自信。

五是建设网上文艺工作者之家。探索"互联网＋文联"、"互联网＋协会"的工作模式，推进网上文联、网上文艺家协会建设。建设网上文艺社区等网上服务阵地，开通文艺工作者网上信箱，鼓励文联机关、文艺家协会干部通过运用微信、QQ、微博等载体，与文艺工作者保持线上线下交流互动，建立稳定有效的联系服务渠道。建设网上推介平台，大力发展网络文艺。促进传统文艺与网络文艺融合发展，促进优秀文艺作品多渠道传播、多终端推送。深入实施中华文艺信息数据库建设工程。采集整理文艺家从艺成长资料，建设一流文艺家专业网站。完善文联及所属各文艺家协会官方网站，在网络空间唱响主旋律、传播正能量。

总体来说，在这一次文联深化改革过程中，中国文联率领全国文联系统认真贯彻落实中央关于文联深化改革方案的部署要求，扎实有序推进各项改革任务，取得了显著成效和有益经验，主要体现在以下几个方面：

一是坚持问题导向，加强顶层设计。2017年初深化文联改革以来，中国文联领导紧紧围绕推进文联深化改革和提高履职能力、基层文联组织建设、青年文艺人才成长规律和培养机制、新文艺群体联系服务、团结引领工作模式创新、文联所属出版报刊深化改革的措施和成效、文艺评论机制与传播体系建设、中华优秀传统文化传承发展工程重点项目推进机制等课题，分赴全国各个省区市，深入开展改革专项调研，研究提出进一步推进改革的思路和具体举措，推动文联机关部室和直属单位落实改革任务，指导地方和基层文联出台改革方案，先后研究出台了中国文联《关于加强和改进各全国文艺家协会会员队伍建设工作的意见》《关于加强各全国文艺家协会主席团成员理事会理事履职工作的意见》《关于加强和改进各全国文艺家协会专业委员会（艺委会）工作的意见》《关于制定各艺术门类行业标准和行业规范的工作方案》《关于以中国文联及各全国文艺家协会名义举办各类文艺活动的管理办法实施细则》等一系列指导性文件，对各全国文艺家协会的深化改革工作提出明确的指导意见，将中国文联改革的"四梁八柱"基层树好。

二是抓好督促指导，确保落实落地。各全国文艺家协会按照中国文联批复的《中国文联深化改革方案》，认真制定了任务分工方案，并积极推进落实，总体进展顺利。与此同时，中国文联通过召开全国文联系统改革经验交流会、基层文联工作座谈会和"文艺两新"工作座谈会，积极指导推动地方各级文联组织推进改革。随着深化改革工作的不断推进，截至2020年10月，地市级文联已经有333家制定出台了深化改革方案，占比达到81.4%。据统计，浙江、福建、重庆三省市已经实现了县级文联全覆盖，北京、河北、浙江、河南、湖北、湖南、重庆、陕西等省市部分地区已经实现街道、乡镇文联全覆盖，并在部分村庄建立文联协会分会或工作室。随着基层文联组织覆盖不断扩大和深化改革的有力推进，文联工作条件逐步得到改善，全国范围地市级文联的工作人员配置、办公经费、办公场所、活动场所基本得到保障，县级文联的工作人员配置、办公经费、办公场所、活动场所正在充实改观。总的来说，经过深化改革的推进，全国基层文联组织建设得到了进一步加强，呈现出良好的发展态势。

三是调整机构设置，突出行业建设。行业建设是文联改革的基础工程，是文联深化改革的硬骨头。中国文联围绕加强行业建设、行业管理集中开展调研，研究制定了《关于制定各艺术门类行业标准和行业规范的工作方案》，指导各全国文艺家协会分类分批制定各艺术门类行业标准和行业规范，把社会公德和公序良俗与文艺从业者思想职业道德、职业行为要求制度化规范化，为文联及协会加强行业管理、行业服务、行业自律、发挥行业建设主导作用提供依据和有效抓手。文联党组还研究出台了《关于加强和改进各全国文艺家协会专业委员会（艺委会）工作的意见》，充分发挥各协会专业委员会（艺委会）行业引领作用和行业影响力，打造团结凝聚广大文艺工作者的重要工作平台。中国文联将积极推动开展新文艺群体职称评定等工作，着力解决行业建设中的重点难点问题。为确保文联改革工作顺利开展，中国文联进一步调整优化机构设置和人员配备，重新研究制定了各全国文艺家协会及所属艺术中心的"三定"方案，要求各协会进一步加强会员管理，设立会员管理处；加强文艺维权，强化文艺自律维权职能；加强对新文艺组织、新文艺群体的联络服务管理，加强行风建设，在有关处室体现相应职能。把调整优化机构设置作为更好履行新职能、推进文联深化改革的一项重要机制保障。

改革只有进行时，没有完成时，文联深化改革工作永远在路上。对照中央部署要求和广大文艺工作者的期待，文联深化改革工作还存在不少薄弱环节和亟待解决的问题。比如，一些地方文联对改革的重大意义、目标任务还不明确，对深化改革的思想准备还不够充分，统一思想认识、凝聚改革共识、形成改革合力的任务还比较重；对新文艺群体联络服务工作还缺乏有效措施，组织覆盖和工作覆盖还不够，团结引领不够有力；行业建设和行风建设还没有建立形成有效的管理体制和工作机制，缺少推动工作的有力抓手和平台，亟须研究制定长远性整体性规划，制定具体的实施推进方案，并建立起推动工作的有效统筹协调机制；网上文联、网上协会建设还不能适应新形势下团结引导、联络服务广大文艺工作者的要求；文联基层组织建设还比较薄弱，发展不平衡，开展工作、发挥作用制约因素较多，文联组织存在上下贯通不够、上级文联对下级文联缺乏有效指导的问题；等等，这些问题都还需要在今后的工作中加以认真研究，通过深化改革，逐步加以解决。

第三节　加强党的建设和意识形态工作

中国特色社会主义最本质的特征是中国共产党领导，中国特色社会主义制度的最大优势是中国共产党领导。习近平总书记指出，"只有坚持和加强党的全面领导，坚持党要管党、全面从严治党，以党的政治建设为统领，才能永葆中央和国家机关作为政治机关的鲜明本色"[①]。文联是中国共产党领导下的文艺界人民团体，是党和政府联系文艺界和广大文艺工作者的桥梁和纽带，坚持不懈地加强党的建设和意识形态工作，持续提升党的建设质量和意识形态工作水平，对于做好新时代文联工作至关重要。

一、坚持以政治建设为统领

在党的建设总体布局中，党的政治建设是党的根本性建设，是党的建设的"灵魂"和"根基"，决定党的建设方向和效果。党的政治建设旨在通过正确的政治纲领、政治路线、政治立场、政治目标，以及严明的政治纪律，保证全体党员具有高度的政治觉悟，坚持正确政治方向，维护党的团结统一，实现党肩负的政治使命。党的十八大以来，以习近平同志为核心的党中央高度重视党的政治建设，强调用政治建设统领党的各项建设，抓住了党的建设的根本，极大提高了党的建设质量。党的十九大把政治建设纳入党的建设总体布局并摆在首位，充分体现了新时代加强党的政治建设的极端重要性。

文联各级党组织是以政治建设为统领的党建核心力量，负主体责任。以中国文联为例，组织存在的形式主要有党组、机关党委、党总

---

① 《在中央和国家机关党的建设工作会议上的讲话》，《求是》2019年第21期。

支、党支部，其中机关党委、党总支、党支部属于党的基层组织。截至 2021 年 10 月，中国文联有 11 个文艺家协会分党组、5 个机关党委、13 个党总支、96 个党支部。中国文联严格落实习近平总书记和中央关于社会组织党建工作的要求，32 个业务主管社会组织全部建立党支部，并成立文联社会组织党总支，实现了党的组织和党的工作全覆盖。

坚持以政治建设为统领的根基是坚定理想信念。文联组织首先是政治组织，文联机关首先是政治机关。旗帜鲜明讲政治是马克思主义政党的根本要求，也是我们党的优良传统和作风。文联各单位必须把党的政治建设摆在首位，注重增强各级党组织的政治功能；文联各级领导干部必须把对马克思主义的信仰作为毕生追求，坚持用习近平新时代中国特色社会主义思想武装头脑，自觉做马克思主义的坚定信仰者和忠实实践者，不断提高政治判断力、政治领悟力、政治执行力。

坚持以政治建设为统领的首要任务是做到"两个维护"。文联在新中国的成立和发展过程中，发挥了重要的作用。文联各级党组织在新时代更需要紧跟时代步伐，顺应发展要求，坚决贯彻习近平总书记关于文艺工作和文联工作重要指示批示精神，全面落实党中央关于文联深化改革的决策部署，一体推进巡视整改、主题教育和以案促改工作。在党员干部的日常言行上，树立并强化"四个意识"，坚定"四个自信"，做到"两个维护"。通过学习研讨、辅导讲座、专题培训等方式，认真贯彻落实《中共中央关于加强党的政治建设的意见》，切实把思想和行动统一到以习近平同志为核心的党中央确定的大政方针和决策部署上来，做到思想上认同、政治上看齐、行动上紧跟，积极创建让党中央放心、让人民群众满意的模范机关。

坚持以政治建设为统领的基本途径是尊崇党章，严格执行新形势下党内政治生活若干准则，增强党内政治生活的政治性、时代性、原则性、战斗性。文联各级党组织要把党章党规党纪作为理论学习中心组、党总支、党支部、党小组、青年理论学习小组学习的重要内容。严格落实《中央和国家机关党员工作时间之外政治言行若干规定（试行）》，引导党员干部严格遵守政治纪律和政治规矩。切实把贯彻执行党的路线方针政策、落实习近平总书记重要指示批示精神和党中央决策部署情况列为日常监督和专项检查的重要内容，扎实开展督导督查，坚决杜绝打折扣、搞变通等现象。

坚持以政治建设为统领的基础工程是加强党内政治文化建设。习近平总书记强调："严肃党内政治生活是全面从严治党的基础。党要管党，首先要从党内政治生活管起；从严治党，首先要从党内政治生活严起。"[1] 文联各级党组织要严格落实"三会一课"、民主生活会、组织生活会、领导干部双重组织生活会等一系列制度，积极利用红色资源、模范人物、身边榜样深化对党忠诚教育，建设积极健康的党内政治文化，不断提高党内政治生活质量，营造风清气正的良好政治生态。

坚持以政治建设为统领的重要内容是加强党性锻炼，提高党员干部的政治觉悟和政治能力。在中华民族伟大复兴的战略全局、世界百年未有之大变局的"两个大局"背景之下，加强广大党员干部的思想淬炼、政治历练、实践锻炼、专业训练，是提高政治能力、防范化解风险的必修课。要找准党建工作与中心工作的契合点，促进党建与业务的深度融合，防止党建工作与业务工作"两张皮"。坚守党的政治立场，坚持党性原则，强化思想教育和理论武装，增强党的意识，在党言党、在党忧党、在党爱党、在党护党，努力把加强文联党的政治建设的各项具体措施落到实处。

以党的政治建设为统领既是历史经验的深刻总结，也是新时代党

---

[1] 习近平：《在庆祝中国共产党成立95周年大会上的讲话》，人民出版社2016年版，第23页。

的建设的迫切需要。在坚持以政治建设为统领的同时，文联还要坚定不移地全面推进党的思想建设、组织建设、作风建设、纪律建设，把制度建设贯穿其中，深入推进反腐败斗争，努力推动文联党的建设高质量发展。文联各级党组织要领导、指导和帮助所属工会和共青团等群众组织开展工作，充分运用"互联网＋党建"、"智慧平台"、大数据等手段，丰富服务内容，畅通群众表达意愿的渠道，解决实际问题，充分调动广大职工群众的积极性、主动性、创造性，力争使文联党建工作有所突破、有所创新、有所发展，为完成各项工作任务提供强有力的思想政治保证。

二、履行全面从严治党主体责任

勇于自我革命是中国共产党区别于其他政党的显著标志。全面从严治党是统筹推进"五位一体"总体布局，协调推进"四个全面"战略布局，推进党和国家事业发展的根本保证。文联各级党组织必须把责任扛在肩上，履行全面从严治党的主体责任。习近平总书记指出，"不明确责任，不落实责任，不追究责任，从严治党是做不到的"[1]。各级党组织和党组织书记都应抓住党建工作责任制这个"牛鼻子"，传导责任压力，推进基层党建重点任务落实，为开创文联事业新局面提供重要保证。

一是科学谋划责任。明确肩负的责任，把全面从严治党要求贯彻到文联各级党组织，落实到深化文联改革、统筹推进文联各项事业发展上来；坚持党建工作和中心工作一起谋划、一起部署、一起考核。各级党组织主要负责人既要做部署工作的领导者，又要做直接主抓的

---

[1] 习近平：《在党的群众路线教育实践活动总结大会上的讲话》，《人民日报》2014年10月9日。

推动者、全面落实的执行者,重要工作亲自部署、重大问题亲自过问、重点环节亲自协调、重要问题线索亲自督办,对本部门本单位党的建设负全面责任。党组织领导班子其他同志也要执行"一岗双责"制度,分工协作,齐心协力,以严的态度、严的标准和严的作风落实管党治党的政治责任。

二是层层压实责任。文联各级党组织主要负责人认真落实"第一责任人"的责任,增强主责主业意识,从严抓班子带队伍,一级带一级,建立健全教育、监督、管理、服务党员的长效机制;结合实际制订工作计划,明确目标要求、具体措施和责任分解,层层传导压力。文联各级党组织要建立一整套全面从严治党有效工作机制,把研究部署、推动落实全面从严治党要求规范化制度化科学化。坚持以上率下,示范带动,把全面从严治党主体责任压紧压实压到位。

三是严格追究责任。责任追究是全面从严治党的重要利器,以问责倒逼主体责任的落实。要加强重点岗位风险防控,强化日常监督管理。根据《中国共产党问责条例》及文联制定的实施办法,进一步加强和规范问责追责工作,不断加大对不履行或履行主体责任不力行为的查处力度。把责任落实情况作为日常监管重要内容,纳入党建工作考评体系。落实文联系统干部交流(轮岗)相关规定,签订风险岗位工作人员廉政责任书,完善对文联全委,各协会主席团成员、理事候选人建议人选民主推荐和会员发展、评奖办节、评审入展、考级培训等重点领域和关键环节的监督机制。经常性常态化开展纪律警示教育,强化管理约束。修订完善行业自律准则。严格执行文联现职党员领导干部出席活动等相关规定。重视巡视审计反馈问题整改,抓好问题整改落实,构建整改长效机制。

四是全面加强督促指导。习近平总书记指出:"中央和国家机关在全面从严治党中具有特殊地位和作用,必须在落实全面从严治党责任中走在前、作表率，全面提高机关党的建设质量，建设让党中央放心、让人民群众满意的模范机关，引领带动各地区各部门抓好全面从严治党。"[1] 在履行全面从严治党主体责任方面，中国文联应当为全国文联系统作示范当标杆。针对当前文联系统全面从严治党中存在的突出问题和短板弱项，必须深刻认识履行全面从严治党主体责任的重要性、必要性和紧迫性，切实增强底线思维和忧患意识，以刀刃向内的勇气和自我革命的精神，立行立改，即知即改，切实扛稳压实主体责任。以永远在路上的执着，坚持"严"的总基调，从细微之处着手，以钉钉子精神抓落实，让群众看到正风肃纪的成效，看到从严治党的成效，看到改革实践的成效，看到事业发展的成效。

三、落实意识形态工作责任制

意识形态工作是党的一项极端重要的工作，事关党的前途命运、国家长治久安和民族凝聚力向心力。文艺文联工作具有十分鲜明的意识形态属性。做好文联意识形态工作，关乎文艺界团结稳定，关乎文艺事业健康发展。

落实意识形态工作责任制必须坚持党建引领。文联意识形态工作要坚持党的集中统一领导，坚持马克思主义在意识形态领域的指导地位，以马克思列宁主义、毛泽东思想、邓小平理论、"三个代表"重要思想、科学发展观、习近平新时代中国特色社会主义思想为统领，增强"四个意识"、坚定"四个自信"、做到"两个维护"。把准把好正确导向，弘扬中华优秀传统文化、革命文化、社会主义先进文化，把

---

[1] 中共中央办公厅:《党委（党组）落实全面从严治党主体责任规定》，中共中央办公厅法规局编《中国共产党党内法规汇编》，法律出版社2021年版，第223页。

社会效益放在首位，把对党负责和人民负责统一起来，促进文艺界在思想上精神上紧紧团结在一起。

落实意识形态工作责任制必须加强对文联系统意识形态阵地的建设和管理，落实主管主办责任。积极有效发挥各类意识形态阵地作用，释放正能量，最大限度避免出现意识形态方向的问题。中国文联意识形态阵地主要包括：中国文联和各全国文艺家协会所属各类新闻媒体，从事新闻信息服务、具有媒体属性和舆论动员功能的网络平台，中国文联、各全国文艺家协会业务管理的社团，中国文联和各全国文艺家协会的各类出版物，以中国文联名义或以各协会、部门和单位名义主办、承办的各类报告会、研讨会、讲座、论坛，各类评奖办节、展演展示、志愿服务、对外交流等文艺活动以及其他意识形态阵地。统筹协调文联各项业务工作体现意识形态工作要求，努力引导创作、多出精品、提高审美、引领风尚。规范和改进文联和各文艺家协会文艺评奖。认真落实意识形态工作责任制，不断强化对中国文联所属图书、报刊出版单位的管理和监督力度，严格出版内容导向和编校质量审核把关，坚决防止发生内容导向和编校质量问题。强化互联网思维，认真贯彻落实中办、国办印发的《关于加强网络文明建设的意见》，大力推动"互联网+文艺"建设工作，严格落实网络意识形态工作责任制，进一步规范内容生产、信息发布和传播流程，确保网络意识形态安全。

落实意识形态工作责任制必须定期分析研判文艺领域意识形态情况。分清主流支流、本质现象，辨析文艺领域意识形态的突出问题，密切关注文艺领域的重大事件、重要情况、重要舆情中的倾向性苗头性问题。按照《中国文联意识形态工作应急处置预案》《中国文联加强和改进新时代文艺舆情信息工作实施办法》《中国文联加强网络评论队伍建设实施意见》，建立完善监测、研判、回应机制，健全文艺领域重大舆情、热点舆情和突发事件舆论引导机制，防范化解意识形态领域突发事件及潜在风险，维护意识形态安全。注重创新方式、改进管理手段，敢于引导、善于引导，敢于斗争、善于斗争，确保新闻舆论、文艺出版、评奖办节、展演展览、网络媒体等各类意识形态阵地可管可控。对文艺界各种不良现象和不正之风，主动发声亮剑，表明政治立场和正确态度。围绕党中央重大决策部署和文艺界普遍关心的热点问题，开展文艺工作者思想状况调研，做深做实思想政治工作。建立意识形态工作常态化督察考核机制，落实《中国文联意识形态工作考评办法》，完善考评指标体系，强化督查考核，对各单位年度意识形态工作开展专项考评，同时与年度党建、干部考核和述职、述廉、述责进行联动式一体化综合性考评，认真督促整改。

落实意识形态工作责任制必须不断提升意识形态工作队伍能力和水平。根据新形势新任务新要求，加强统筹，加大支持，落实年度和阶段性文联系统文艺人才和管理干部培训规划，组织调查研究、理论评论、新闻宣传、舆情信息工作等专题培训，稳步提高意识形态工作队伍的综合素养和专业能力。把学习贯彻习近平新时代中国特色社会主义思想摆在教育培训最突出的位置，在各类文艺人才培训中思想政治理论教育不低于总课时的30%。增强教育培训规范化常态化，创新培训方式，综合采用网络专题培训、直播教学、线上辅导等多种手段，实现线上培训和线下培训相结合。不断扩大培训覆盖面和吸引力。积极组织举办意识形态工作年度专题培训班，邀请上级主管部门领导及相关领域专家学者授课，切实增强文联从事意识形态工作干部职工的理论水平和工作能力。

落实意识形态工作责任制必须要构建全国文联系统意识形态工作大格局。坚持系统观念，构建一个左右协调、内外联动、上下贯通、运行顺畅的整体格局。加强对文艺界知识分子的思想政治引领，政治上关心、工作上关怀、生活上关爱，做细做好领军人物、代表人物、知名艺术家、网络文艺名人等代表人士的工作。加强对文艺界党外知识分子的政治引领和政治吸纳，加强同新的文艺组织、文艺群体中知识分子的联系沟通，开展深入细致的思想政治工作和扎实有效的教育培训工作，让他们感受到文联组织的温暖，引导他们与党同心同德、同向同行，最大限度地把他们团结凝聚在党的周围。

第四节 建设高素质专业化文联工作者队伍

党的十九大报告中明确提出"建设高素质专业化干部队伍"的要求，这是以习近平同志为核心的党中央统筹新时代发展趋势、党的事业需要和人民群众期待，聚焦选人用人工作的现实问题作出的科学谋划和战略部署。进入新发展阶段，贯彻新发展理念，构建新发展格局，对文联工作者队伍建设提出了高素质、专业化的时代标准。

一、抓住关键少数

文联系统各级党员领导干部作为"关键少数"，在建设高素质专业化文联工作者队伍工作中起着"领头雁"作用。领导干部综合素质和专业素养的提升，必将有效带动文联工作者队伍素质、能力和作风的提升。

（一）坚持把政治标准作为第一标准

各级领导干部是做好文联工作的带头人和第一方阵，肩负着团结引领广大文艺工作者听党话、跟党走的重要使命，必须保持政治定力，不断提高政治判断力领悟力执行力，确保在政治上信得过、靠得住、能放心。要按照全面从严治党的要求，加强文联组织党的建设，选好配强领导班子，把讲政治、懂业务、能干事、愿服务的干部放到文联工作领导岗位上来，努力建设一支政治过硬、本领高强、创新求实、能打胜仗的文联干部队伍。坚持用习近平新时代中国特色社会主义思想武装头脑、指导实践、推动工作，深入学习贯彻习近平总书记关于群团工作和文艺工作重要论述，紧跟党的理论创新步伐，在推动文联工作改革创新的具体实践中不断加深对习近平新时代中国特色社会主义思想科学体系和核心要义的理解。发挥各级理论学习中心组的龙头作用，坚持组织培训和个人自学相结合，完善理论学习培训考核激励机制，把学习贯彻习近平新时代中国特色社会主义思想情况作为考核评价领导班子和衡量领导干部思想政治素质的重要内容。把不忘初心、牢记使命作为全体党员特别是领导干部的终身课题，持之以恒践行不忘初心、牢记使命制度，不断增强文联各级领导干部的政治责任感和历史使命感。

（二）发展积极健康的党内政治文化

积极健康的党内政治文化，对于涵养良好的政治生态政治环境，起着极其重要的风向标作用。文联系统贯彻《关于新形势下党内政治生活的若干准则》，突出党内政治生活政治性、时代性、原则性、战斗性的要求，巩固和发展积极健康的党内政治文化。充分发挥文联各级领导班子和领导干部的示范引领作用，模范遵守党章党规党纪，严守党的政治纪律和政治规矩。全面落实《中国共产党党组工作条例》，切实增强各级领导班子执行民主集中制的意识和能力。坚持集体领导制度，坚持科学民主决策。带头充分发扬民主，善于集中集体智慧，严格按原则、按程序、按规矩办事，强化全局观念和责任意识，维护班子团结。开展积极健康的思想斗争，大胆使用、经常使用、用够用好批评和自我批评这个强大武器，帮助广大党员干部分清是非、修正错误、统一意志、增进团结，涵养和维护风清气正的良好政治生态。

（三）健全考核评价制度

坚持将政治标准作为选任各级领导班子和干部的首要标准，坚持人岗相适、依事择人。从文艺事业和文联工作大局出发，从岗位特点和需求出发，考虑人选德才表现，多角度多渠道考察了解干部，不断优化年龄结构、知识结构和专业结构。加强对领导班子和领导干部的综合考核评价，全方位、立体化开展对领导干部的日常、近距离考核，充分发挥干部考核对促进发展的引领作用和教育监督管理作用。强化考核结果的分析运用，将其作为干部选拔任用、评先奖优、问责追责的重要依据，推动形成能上能下的用人导向。引导各级领导班子和领导干部牢固树立求真务实、脚踏实地、功成不必在我的正确政绩观，始终心怀大我、践行宗旨、摆正初心、校准使命，涵养一心为民的公仆情怀，踏踏实实做好打基础利长远的工作，不断提高领导水平和工作能力。

（四）加强干部监督管理

严格执行《党委（党组）落实全面从严治党主体责任规定》，落实《中共中央关于加强对"一把手"和领导班子监督的意见》，压紧压实管党治党政治责任。各级领导班子主要负责人认真履行第一责任人责任，对本单位的政治生态负责，对本单位的工作进步和事业发展负责，对干部的健康成长负责。各级领导干部带头旗帜鲜明讲政治，强自律、作标杆、当表率，正确对待、主动接受各方面监督。坚持严管和厚爱相结合，把管政治、管思想、管作风、管纪律统一起来，突出对党员干部遵守政治纪律和政治规矩情况的监督。强化对重点部门、关键岗位干部的监督，严格落实个人有关事项报告、离任审计、述职述廉等监督制度。探索完善对领导干部"八小时以外"的监督和考察方式，抓早抓小、防微杜渐。引导广大干部自觉同特权思想、特权现象作斗争，始终保持对权力的敬畏，保持亲清新型政商关系。

二、提高综合能力

文联工作涉及面广，任务繁多，责任重大。广大文联工作者不仅要具有坚定的政治思想觉悟和较高的理论政策水平，还要有过硬的综合业务能力，在实践中不断提高自身的政治能力、学习研究能力、服务群众能力、创新发展能力。

（一）提高政治能力

习近平总书记指出："在干部干好工作所需的各种能力中，政治能力是第一位的。"[1] 文联是党领导下的人民团体，是繁荣发展社会主义文艺事业、建设社会主义先进文化和文化强国的重要力量。只有坚持和加强党对文联工作的全面领导，增强文联组织的政治性、先进性、群众性，引导广大文联工作者不断提高政治能力，把服务党和国家工作大局、服务基层人民群众、服务文艺工作者摆在突出位置，才能履行好新时代文艺界人民团体的职能职责。广大文联工作者要把政治建设放在首位，牢牢把握正确政治方向，不断提高政治敏锐性和政治鉴别力，严守党的政治纪律和政治规矩，自觉加强政治历练，注重

---

[1] 《年轻干部要提高解决实际问题能力 想干事能干事干成事》，《人民日报》2020年10月11日。

提高马克思主义理论水平，牢固树立马克思主义文艺观，做党的创新理论的坚定信仰者和忠实实践者。

（二）提高学习研究能力

习近平总书记指出："中国共产党人依靠学习走到今天，也必然要依靠学习走向未来。"[①] 知识化、信息化、科技化的新时代，对文联工作者提出了新要求、新任务、新挑战。广大文联工作者只有紧跟时代的步伐，善于学习，乐于学习，全面系统学，联系实际学，才能胜任党和人民交付的重任。坚持勤奋学习，时刻保持"本领恐慌"的危机感，树立终身学习理念，把学习作为熟悉各项工作的必备手段，作为提升工作本领的有效方法。坚持干什么学什么、缺什么补什么，有针对性地掌握履行岗位职责所必需的各种知识和能力，努力使自己真正成为工作上的行家里手。拓宽学习的领域和渠道，广泛学习经济、政治、历史、文化、社会、科技、军事、外交等方面的知识，既向书本学习也向实践学习，丰富知识储备，完善知识结构，筑牢干事创业、履职尽责的知识根基。加强调查研究，坚持到群众中去、到实践中去，扑下身子、迈开步子、走出院子，倾听广大文艺工作者所想所急所盼，了解和掌握真实情况，研究提出解决影响和制约文艺事业和文联工作发展问题的思路方法举措。

（三）提高服务群众能力

习近平总书记指出，群众性是群团组织的根本特点。群团组织开

[①] 习近平：《在中央党校建校80周年庆祝大会暨2013年春季学期开学典礼上的讲话》，《人民日报》2013年3月3日。

展工作和活动要以群众为中心①。文联工作者应始终践行全心全意为人民服务的宗旨，坚定执行党的群众路线，站稳群众立场，树立群众观点，增强服务意识，掌握方式方法，提高宣传群众、组织群众、教育群众、服务群众的能力。广泛听取群众的意见建议，集群众之智，解群众难题，成为群众贴心人。要尊重文艺工作者的创作个性和创造性劳动，政治上充分信任，创作上热情支持，营造有利于文艺创作的良好环境。要诚心诚意同文艺工作者交朋友，关心他们的工作和生活，倾听他们的心声和心愿。善于动员并组织引导包括"文艺两新"在内的广大文艺工作者坚持以人民为中心的创作导向，以社会主义核心价值观为引领，在联系服务群众的实践中，努力创作更多无愧于伟大时代、伟大民族的优秀作品，努力成为德艺双馨的优秀文艺人才。

(四)提高创新发展能力

习近平总书记指出："抓住了创新，就抓住了牵动经济社会发展全局的'牛鼻子'。"②创新是引领发展的第一动力。创新发展能力是创造性地运用各类知识发现、分析、解决问题的能力，是集多种能力于一体的综合能力，是新时代高素质专业化干部队伍必备的核心素质。广大文联工作者肩负着新时代文联工作改革创新的历史重担，必须守正创新，贯彻全面深化改革要求，准确把握新形势下文联工作的特点和规律，敢于打破惯性思维，克服路径依赖，以思想认识的新飞跃打开工作的新局面。保持越是艰险越向前的刚健勇毅，切实加强行业服务、行业管理、行业自律和行风建设，大力创新工作理念、方式、手

---

① 习近平:《保持和增强党的群团工作和群团组织的政治性先进性群众性》，《习近平谈治国理政》(第二卷)，外文出版社 2017 年版，第 309 页。
② 习近平:《在省部级主要领导干部学习贯彻党的十八届五中全会精神专题研讨班上的讲话》，《人民日报》2016 年 5 月 10 日。

段、机制，努力增强文联组织吸引力、凝聚力、影响力。各级文联组织应着力增强干部适应新时代、实现新目标、落实新部署的创新发展能力，激发干部担当作为、开拓前进的内生动力。引导广大文联工作者跟着问题走、奔着问题去，准确识变、科学应变、主动求变，努力开创文艺事业和文联工作新局面。

三、提升专业素养

在党的十八届六中全会第二次全体会议上，习近平总书记指出："专业素养是专业知识、专业能力、专业作风、专业精神的统一，而不仅仅是专业对口那么简单。"[1] 这是对广大党员干部提出的明确要求，也是对新时代文联工作者提出的新要求。

（一）注重学习，储备专业知识

文联工作者应把学习当作一种习惯、一种爱好、一种追求、一种生活方式。对照工作职责，对照岗位要求，对照能力短板，把专业知识学深悟透，不断提升自己的专业思维、专业素养和专业方法。既学习党的理论路线方针政策，又学习有关自然科学、社会科学、人文科学领域的知识，更要广泛涉猎各艺术门类知识，提高自身的文艺学养素养涵养。通晓艺术学术理论，熟悉文艺发展规律，不断丰富和充实专业知识，主动适应新时代新变化。

（二）强化教育，提高专业技能

各级文联组织应结合需要和可能，对文联工作者队伍的专业、素

---

[1] 常闻：《重视提高干部的专业素养》，《学习时报》2018年10月17日。

质、年龄等结构进行综合分析研判，以培养专业能力为重点，通过集中研修、观摩学习、轮岗交流等方式开展教育和培训。抓好符合专业化技能要求的教材体系、课程体系、教育体系的开发和建设，增强培训的针对性，满足各级各类干部的学习需求，推动解决文联工作中存在的能力短板等问题，提升专业技能，着力培育专业知识丰富、专业能力突出、专业作风扎实的文联工作者。

(三) 突出实践，练就专业本领

在实践中检验文联工作者队伍的专业本领，形成以学习促实践，以实践促学习的良性循环，让广大文联工作者在生动实践和现实课堂中经受磨炼、增长才干。进一步优化干部成长路径，以实践历练推进文联工作者队伍专业化能力建设，大力倡导传帮带，坚持递进式培养。注重让干部下沉到基层一线中去锻炼，让实际工作能力与专业本领共同提升，相互促进。以培养专业思维、专业精神为目标，持续引导广大文联工作者坚持理论联系实际，干一行爱一行、钻一行精一行。

(四) 注重选配，打造专业队伍

优化文联工作者队伍专业化配备，突出政治过硬，注重依事择人，坚持实践标准，拓宽选人视野。分级分类制定专业化能力标准，深入研究新时代对专业化的新挑战，按照指标可量化、措施可操作、成效可检验的要求，分业务、分岗位、分层级梳理细化岗位能力标准和规范。提高选人用人精准度，突出人岗匹配度，根据专业知识、专业经历、专业能力等情况，分领域、分行业、分层次建立文联专业人才库。拓展专业化来源，着眼长远、放眼全局，开展专业化干部配备情况调研分析，将岗位需求与个人意向、专业素养有机结合起来，探索专业化人才选拔方法，大力发现储备年轻干部，把更合适的专业人才选出来、用起来。

四、激励干事创业

新时代开启新征程,新使命需要新担当。党的十九大报告指出:坚持严管和厚爱结合、激励和约束并重,完善干部考核评价机制,建立激励机制和容错纠错机制,旗帜鲜明为那些敢于担当、踏实做事、不谋私利的干部撑腰鼓劲。这就要求文联建立"能上能下、容错纠错、鼓励激励"三位一体的干部管理制度体系,关心爱护干部,激发干部内生动力,推动广大干部干事创业、担当作为。

(一)树立正确选人用人导向

选好人、用对人,是对干部最有效、最直接的激励。坚持把政治标准放在第一位,将政治标准导向制度化、具体化,扎紧织密选人用人政治关的笼子,在标准条件上凸显政治要求,在考察识别上突出政治素质,把政治要求贯穿到选人用人全过程、各方面。坚持全方位、多角度、立体式考察干部,既听其言更观其行,既察其表更析其里,严把素质能力关,围绕事业发展需要配班子用干部。牢固树立重实干重实绩的用人导向,坚持从对党忠诚的高度看待干部担当作为,大胆任用敢担当、善担当的干部,尤其注重在应对风险挑战、处理复杂矛盾中考察识别干部,看干部是否敢于斗争、善于斗争。引导广大文联工作者发扬斗争精神,增强斗争勇气,提高斗争本领。在宣传表彰先进典型人物事迹的同时,合理提拔使用,进一步强化鼓励和引导文联工作者干事创业、改革创新的正向激励效应。

(二)建立健全容错纠错机制

激励广大文联工作者在改革创新中敢闯敢试,全面落实习近平总书记关于"三个区分开来"①的重要要求，认真贯彻落实中共中央办公厅印发的《关于进一步激励广大干部新时代新担当新作为的意见》精神。坚持具体问题具体分析，旗帜鲜明地为勇于负责的干部负责、为勇于担当的干部担当、为敢抓敢管的干部撑腰，进一步激发广大文联工作者的责任感和使命感，全心全意地投入到干事创业的时代大潮。坚持事业为上、实事求是、依纪依法、容纠并举的原则，建立清晰的权责关系，制订完备的权责清单和负面清单，逐一规范免责减责的情形和裁量空间，做到有权就有责、权责要对等，实现该容的大胆容错、不该容的坚决不容，既鼓励支持勇挑重担、开拓进取的干部，又要对不担当、不作为、不适应新形势的干部加大组织调整力度，达到保护改革者、宽容失误者、警醒违纪者的目的。坚持有错必纠、有过必改，对干部身上的苗头性、倾向性、潜在性问题，早发现、早提醒、早纠正，对已经出现的失误错误主动采取补救措施，让干部从失误错误中吸取教训、避免再犯，防止一容了之。建立科学合理有效的保护机制，对于容错免责的干部，及时消除负面影响。

（三）完善干部考核评价机制

通过建立健全考核评价机制激励干部担当作为、干事创业，充分发挥考核的"指挥棒"作用。切实增强考核的科学性、针对性、可操作性，不断完善指标设置、考核方式、综合评价、结果运用等环节流程，把贯彻党中央决策部署和执行文联党组工作安排情况作为干部考核重点，突出政治考核、作风考核、实绩考核，充分体现对不同领域、

---

① "三个区分开来"：就是要把干部在推进改革中因缺乏经验、先行先试出现的失误错误，同明知故犯的违纪违法行为区分开来；把尚无明确限制的探索性试验中的失误错误，同明令禁止后依然我行我素的违纪违法行为区分开来；把为推动发展的无意过失，同为谋取私利的违纪违法行为区分开来。

不同层次、不同类型干部进行考核的特点，实现工作推进到哪里，考核工作就跟进到哪里，激励作用就体现到哪里。改进考核方式，增强考核完整性和系统性，强化平时考核、健全年度考核、完善任期考核、改进任职考察，建立有机联系、相互配套并有效运行的干部考核评价机制。突出考用结合，把考核结果作为干部选拔任用、评先评优、问责追责、能上能下的重要依据，坚持表彰奖励向实干者聚焦、提拔重用向担当者倾斜、选树先进向绩优者靠拢。对不作为、慢作为，表态多调门高、行动少落实差，作风漂浮、消极懈怠的干部，及时给予诫勉、组织调整、纪律处分等，大力推动形成优者上、庸者下、劣者汰的常态化工作机制。

（四）抓好干部选拔任用

持之以恒加强文联各级领导班子和干部队伍建设，必须坚持以党的政治建设为统领，持续深化理论武装，不断增强执行民主集中制的意识和能力，切实提高文联干部综合素养和水平，把好干部选拔任用起来。选配文联各级领导班子，坚持德才兼备、以德为先，坚持事业为上、公道正派，统筹考虑干部日常表现、性格特点、平时了解和岗位要求、班子结构等情况，延伸考察范围，丰富考察手段，做到以事择人、人岗相适，真正选出让组织放心、群众满意、干部服气的干部。着力抓好干部选拔任用，坚持信念坚定、为民服务、勤政务实、敢于担当、清正廉洁的好干部标准，严格执行选人用人政策和制度规定，规范执行干部选拔任用工作程序，建立主要体现德才素质、个人资历、工作实绩的职级晋升制度。完善内部培养和外选调入相结合的方式，把讲政治、懂业务、会管理、能干事的领导干部充实调整到文联各级领导班子。把加强教育培养作为选准用好干部的基础性工作来抓，充实完善优秀年轻干部培养库，加大理论培训和党性锻炼力度，注重增强年轻干部的"脚力、眼力、脑力、笔力",鼓励他们立足岗位履职尽责、经受锤炼。在同等条件下,优先把那些素质好、有能力的年轻干部放到重要岗位上,形成年轻干部脱颖而出的制度机制,有效促进干部队伍的结构优化和功能提升。健全完善干部关怀制度,对干部在政治上充分信任、思想上主动引导、工作上创造条件、生活上关心照顾,从多个层面关爱干部,调动广大干部工作积极性和创造精神。

五、锻造过硬队伍

打铁还需自身硬,是习近平总书记和党中央对新时代干部队伍自身建设的明确要求。广大文联工作者要按照习近平总书记要求,做到政治思想过硬、工作作风过硬、能力素质过硬、廉洁自律过硬,为实现新时代文艺工作和文联工作创新发展提供人才保证。

(一)打造过硬的政治素质

政治性是群团组织的灵魂。广大文联工作者要深入学习贯彻习近平新时代中国特色社会主义思想特别是习近平总书记关于群团工作和文艺工作的重要论述,切实提高政治意识,深化思想认识,增强行动自觉,在政治立场、政治方向、政治原则、政治道路上同以习近平同志为核心的党中央保持高度一致,把牢固树立"四个意识"、坚定"四个自信"、做到"两个维护"落实在岗位上、体现在行动中,努力成为社会主义先进文化的传播者、中国共产党执政的坚定支持者,最广泛地团结凝聚广大文艺工作者听党话、跟党走,推动文艺创作,服务人民群众。不断提升道德境界、思想境界和精神境界,做"其身正,不令而行"的表率,以奋发有为的劲头、攻坚克难的勇气、精益求精的态度干事创业,切实做到为党分忧、为国尽责、为民奉献。

(二）锤炼过硬的工作作风

工作作风硬不硬，具体体现在做事情上。引导广大文联工作者树立"要干事"的雄心，时刻不忘肩负的职责，把计划、目标、任务落实到实际行动中，认真履行责任义务，在矛盾和问题面前敢于碰硬、迎难而上、攻坚克难。坚定"能干事"的信心，树立正确的权力观、地位观和利益观，做到自重自省自警自励；不断加强党性修养和道德修为，不为名利所累，不为物欲所惑，不为人情所扰，堂堂正正做人，老老实实做事，做到一尘不染，一身正气、廉洁奉公。下定"干成事"的决心，把高标准高质量高要求履职尽责作为根本追求，把抓各项工作的落实和提升执行力作为重中之重，通过持续的学习、实践、总结，熟练掌握运用战略思维、创新思维、辩证思维、底线思维、法治思维解决问题的本领，正确对待成绩和失误，不断促进工作向纵深发展。

（三）练就过硬的能力素质

面对新时代提出的新要求和新任务，广大文联工作者必须开拓新视野，加强业务知识和能力训练，全面提高工作能力和工作水平。增强学习的紧迫感和针对性，勤于学习、善于学习，系统学习马克思主义立场观点方法，掌握科学文化知识和专业技能，提高人文素养，使自己的思维、观念、认识、胸怀、格局跟上时代发展的步伐。坚持学以致用、用以促学、学用相长，俯下身子、沉下心来，深入基层、深入生活，把理论学习与实际工作结合起来，在解决实际问题中练就过硬的素质，在生动实践当中汲取营养、丰富阅历、提升能力。

（四）树立过硬的自律意识

练就过硬的干部队伍，必须树立严格的纪律自律意识。文联各级领导班子要扛起全面从严治党主体责任，强化监督执纪问责，真管真严、敢管敢严、长管长严。不断增强广大文联工作者的政治纪律、组织纪律、廉洁纪律、群众纪律、工作纪律、生活纪律的意识，始终把握正确方向，提高政治判断力、政治领悟力、政治执行力，自觉内化于心、外化于行，做遵守党的纪律的模范。开展经常性、针对性、主动性的纪律教育，引导广大文联工作者修身律己、慎终如始，时刻自重自省自警自励，做到慎独慎初慎微慎友，带头廉洁治家，带头反对特权，习惯在受监督和约束的环境下学习工作生活，做严以律己的模范。坚决防止和大力整治形式主义和官僚主义。广大文联工作者要发扬为民服务孺子牛、开拓创新拓荒牛、艰苦奋斗老黄牛的精神，崇尚实干、埋头苦干，追求实实在在的工作业绩。

后　记

　　《新时代文联工作》是在中国文联的领导和本书编委会的指导下，由中国文联理论研究室牵头组织，在《文联工作概论》（2011年出版）基础上，结合新的时代特征和工作要求，举全国文联系统之力，历时一年半，集体研究和创作的成果。

　　在编写过程中，中国文联主席、本书编委会名誉主任铁凝同志提供了宝贵的指导意见。中国文联党组书记、副主席，本书编委会主任李屹同志多次就编写工作提出明确要求和具体指导，并审定了全部书稿。中国文联党组成员、本书编委会副主任李前光、胡孝汉、徐永军、董耀鹏、张雁彬同志审阅了书稿。

　　在本书编写过程中，我们先后向胡振民、赵实、仲呈祥、左中一、夏潮、郭运德、冯双白、王一川等中国文联老领导、主席团成员征求了修改意见和建议。在编写提纲形成阶段，还征求了彭云、范玉刚、马建辉、王杰、祝东力、刘永明等同志的意见。中国文联所属各全国文艺家协会、机关各部门、各直属单位主要负责同志和陈宁、解晓勇、万镜明、冀晓青、陈耀辉、张新生、吴丰宽、王登渤、水家跃、尤存、陈瑶、邓长青、夏义生、叶青、郑晓幸、严霜、王晓、陈毅达等省级文联的负责同志对书稿提出了进一步修改的意见。此外，我们还请范玉刚、黄相怀、丁国旗、鲁太光等高校和研究机构的专家学者审读书稿、提出修改意见，并向朱丽华、黄中骏、杨矿等曾经参与《文联工作概论》（2011年出版）编写工作的同志征求了意见。

参加本书审核和统稿工作的有：董耀鹏、邓光辉、谢力、董占顺、周由强、暴淑艳、郑希友、刘国强、庞井君、徐粤春、傅亦轩、向云驹、董涛、胡一峰、王亚春等。董耀鹏主持了统稿工作。

参加编写和修改的人员有（按章节顺序）：马建辉、刘永明、张斌、王庭戡、陶璐、薛长绪、修成琳、黄猛、逄锦来、石琳、许哲、任慧慧、杨晓雪、胡英军、赵勇、刘辉、吴玉宝、柳蕊、刘尚军、杨发航、苗宏、李翔、柯洪坤、田恬、魏宁、刘金山、刘大伟、冷风、张晶、谢晗群、王栋、张桐硕、杨矿、胡启华、郑晓幸、王世龙、冉茂金、彭宽、郭青剑、杨玬婻、阮佳、赵志强、郝红霞、张利国、汤鸿卫、卢庆华、杨军良、陈明、杜宏山、杜巧玲、张扬和于德海、于雪峰、云菲、宋保成、孙晋耀、赵嘉琛、沈文明、潘秋玉、周利利、郭露超、徐国华等同志。

周由强、董涛、胡一峰、王亚春、尹兴统筹协调了本书编写和出版工作。王柏松、陈立君、吕洋、刘雷等参加了相关工作。

本书编写组
2021年11月